johnny panic e a bíblia de sonhos

e outros textos em prosa

sylvia plath

johnny panic e a bíblia de sonhos
e outros textos em prosa

TRADUÇÃO Ana Guadalupe

Todos os direitos reservados. Nenhuma parte desta edição pode ser utilizada ou reproduzida – em qualquer meio ou forma, seja mecânico ou eletrônico, fotocópia, gravação etc. – nem apropriada ou estocada em sistema de banco de dados sem a expressa autorização da editora.

Texto fixado conforme as regras do novo Acordo Ortográfico da Língua Portuguesa (Decreto Legislativo nº 54, de 1995).

Título original: *Johnny Panic and the Bible of Dreams*
Editor responsável: Lucas de Sena Lima e Erika Nogueira Vieira
Assistente editorial: Jaciara Lima da Silva e Lara Berruezo
Preparação: Isadora Sinay
Diagramação: Carolina Araújo | Ilustrarte Design
Revisão: Amanda Zampieri e Marcela Isensee
Capa: Bloco Gráfico
Ilustração de capa: Karina Freitas
Foto do miolo: Bettmann/Getty Images

1ª edição, 2020.
1ª reimpressão, 2021.

CIP-BRASIL. CATALOGAÇÃO NA PUBLICAÇÃO
SINDICATO NACIONAL DOS EDITORES DE LIVROS, RJ

P777j

    Plath, Sylvia, 1932-1963
      Johnny Panic e a bíblia de sonhos : e outros textos em prosa
/ Sylvia Plath ;tradução Ana Guadalupe. - 1. ed. - Rio de Janeiro :
Biblioteca Azul, 2020.
    464 p. ; 21 cm.

    Tradução de: Johnny Panic and the bible of dreams
    ISBN 978-65-5567-005-9

    1. Ficção americana. I. Guadalupe, Ana. II. Título.

20-63664
                  CDD: 813
                  CDU: 82-3(73)

Meri Gleice Rodrigues de Souza - Bibliotecária CRB-7/6439

Direitos exclusivos de edição em língua portuguesa para o Brasil adquiridos por Editora Globo S.A.
Rua Marquês de Pombal, 25
20230-240 – Rio de Janeiro – RJ
www.globolivros.com.br

SUMÁRIO

AGRADECIMENTOS..7

INTRODUÇÃO DE TED HUGHES 9

PROSA DE POETA, POR MARGARET ATWOOD 13

**PARTE I. OS MELHORES CONTOS E
OUTROS TEXTOS EM PROSA**

Johnny Panic e a Bíblia de Sonhos (1958) 19

América! América! (1963) 41

O dia em que o sr. Prescott morreu (1956) 47

A caixinha de desejos (1956) 59

Uma comparação (1962) 69

A águia de quinze dólares (1959) 73

As filhas da Blossom Street (1959) 93

"Contexto" (1962) 117

O quinquagésimo nono urso (1959) 119

Mães (1962) 135

Oceano 1212-W (1962) 151

Blitz de neve (1963) 161

PARTE II. OUTROS CONTOS

Iniciação (1952) 177
O domingo dos Minton (1952) 191
Super-Homem e o novo agasalho de neve
    de Paula Brown (1955) 207
Nas montanhas (1954) 217
Nossos queridos falecidos (1956/7) 229
Dia de sucesso (1960) 241

PARTE III. EXCERTOS DE CADERNOS

Anotações de Cambridge (Fevereiro de 1956) 263
Viúva Mangada (Verão de 1956) 285
Rose e Percy B. (1961/62) 295
Charlie Pollard e os apicultores (Junho de 1962) 315

PARTE IV. CONTOS DA LILLY LIBRARY

Um dia de junho (1949) 325
A pedra verde (1949) 331
Em meio às mamangavas (Início dos anos 50) 341
Línguas de pedra (1955) 351
A tal da Viúva Mangada (Outono de 1956) 361
Menino de pedra com golfinho (1957/58) 389
Sobre a curva do rio (1958) 423
O Sombra (Janeiro de 1959) 433
Docinho de Coco e os homens das calhas (Maio de 1959) 447

AGRADECIMENTOS

Parte i

Os contos "O dia em que o sr. Prescott morreu" e "A caixinha de desejos" foram publicados pela primeira vez na revista *Granta* (1956 e 1957). "A águia de quinze dólares" foi publicado pela primeira vez na *Sewanee Review* em 1960. "As filhas da Blossom Street" e "O quinquagésimo nono urso" foram publicados na *London Magazine* (1960 e 1961). "Johnny Panic e a Bíblia de Sonhos" foi publicado originalmente na *Atlantic Monthly* em setembro de 1968, e "Mães" foi publicado em outubro de 1972 na revista *McCall's*, que mudou o título para "The Mothers' Union".

"Contexto" foi encomendado pela *London Magazine* (1962). "Uma comparação" foi escrito para um programa da rádio BBC Home Service, *The World of Books* [O Mundo dos Livros], veiculado em julho de 1962, e publicado na revista *The Listener* em julho de 1977. "Oceano 1212-W" foi veiculado pela BBC em 1962 e publicado na *The Listener* em 1963. "América! América!" foi publicado na revista *Punch* em abril de 1963. "Blitz de neve" foi publicado pela primeira vez na edição deste livro em inglês pela Faber and Faber.

Parte II

"Iniciação": Seventeen, janeiro de 1953
"O domingo dos Minton": *Mademoiselle*, agosto de 1952
"Super-Homem e o novo agasalho de neve de Paula Brown":
Smith Review, primavera de 1955
"Nas montanhas": *Smith Review*, outono de 1954
"Nossos queridos falecidos": *Gemini*, verão de 1957 (Agradecimentos a Richard Steuble, que encontrou esse conto)
"Dia de sucesso": *Bananas*, 1976

INTRODUÇÃO

SYLVIA PLATH PRODUZIU UMA quantidade significativa de textos em prosa. Ainda restam cerca de setenta contos, em sua maioria nunca publicados. Ela começou a escrever vários romances, mas apenas um fragmento de tamanho considerável — "Menino de pedra com golfinho" — subsiste entre os escritos que precederam *A redoma de vidro*. Depois de *A redoma de vidro*, ela datilografou 130 páginas de outro romance, cujo título provisório era *Double Exposure* [Dupla exposição]. Esse original desapareceu por volta de 1970.

Além da ficção, ela tinha o hábito de escrever em diferentes formatos de diário — às vezes eram cadernos de capa dura grossos, às vezes folhas soltas datilografadas ou caderninhos dos quais ela arrancava as páginas que queria guardar. (O restante do caderno era preenchido com rascunhos de poemas etc.) Ela escrevia diários por motivos variados. Os registros escritos à mão geralmente eram uma expressão de autopunição negativa ou uma forma de recobrar a determinação para concluir alguma tarefa, entre outras coisas. Em meio a seus cadernos, na ocasião de sua morte, estavam os originais de cerca de dezessete contos. Entre eles incluíam-se os contos que ela decidiu guardar, além de textos que escreveu durante seus últimos dois anos na Inglaterra.

A primeira edição deste livro, publicada em 1977, consistia em uma seleção de contos que estavam entre esses dezessete, além de alguns de seus textos jornalísticos e trechos de seu diário. Na ocasião, no papel de editor, fui obrigado a supor que ela tivesse perdido ou destruído, como tentativas fracassadas, todos os outros contos que tinha escrito e de que eu me lembrava. Na mesma época em que a seleção foi publicada, no entanto, vários dos escritos de Sylvia Plath foram encontrados na Lilly Library, na Universidade de Indiana, após serem adquiridos da biblioteca da sra. Aurelia Plath, mãe da autora, e entre esses arquivos estavam os originais datilografados de outros cinquenta contos — datando de seus primeiros esforços literários até aproximadamente 1960, embora em sua maioria sejam textos muito antigos. À exceção de duplicatas de alguns dos contos que ela mesma decidiu manter, todos eram textos que não conseguira publicar e mais tarde passou a rejeitar.

Esta segunda edição inclui os treze contos publicados na primeira edição, cinco de seus mais memoráveis textos jornalísticos e alguns fragmentos de seu diário, e, na Parte IV, outros nove contos selecionados do Indiana Archive. A todos os textos foi atribuída uma data aproximada de criação, na medida em que se tem conhecimento dessas datas.

É certo que a própria Sylvia Plath renegou vários dos contos aqui reunidos, de forma que são hoje publicados contra sua vontade. Deve-se levar isso em conta. Mas, apesar de seus óbvios defeitos, são contos suficientemente interessantes em si mesmos, mesmo que apenas como notas de sua autobiografia íntima. Alguns deles mostram, de forma ainda mais evidente do que em seus textos mais fortes, a que ponto a mera presença objetiva das coisas e dos acontecimentos era capaz de paralisar sua fantasia e sua imaginação. A pintora de natureza-morta que havia nela era fiel às coisas. Nada a energizava mais do que ficar sentada por horas diante de uma pilha de objetos, traçando com esmero os contornos de cada um deles. Mas isso também era uma impotência. O peso da realidade imutável arruinava qualquer poder ou inclinação de rearranjá-los ou vê-los de outra forma. Essa limitação às circunstâncias reais, que por um lado se tornou uma prisão para a maior parte de sua prosa, também foi parte da solidez e a verdade dos seus últimos poemas.

Nos anos sessenta ela se aventurou escrevendo contos para as mais açucaradas revistas femininas da Inglaterra, e nesses textos demonstrou um alcance criativo um pouco maior. Um deles, "Dia de sucesso", foi incluído nesta seleção como uma amostra de sua incursão pelo pastiche, mas mesmo nesse conto é possível perceber que a rigidez da situação objetiva acaba por roubar a vida da narrativa.

Sem dúvida, um dos defeitos desses contos mais fracos é o fato de ela não se permitir ser suficientemente objetiva. Quando queria apenas registrar os acontecimentos, sem pensar no desbastamento artístico ou na publicação, ela produzia alguns de seus textos mais eficazes — e isso fica claro em seus diários.

Boa parte do que consta nesses diários descreve pessoas que ainda estão vivas ou trata de assuntos muito íntimos. Não é fácil decidir que trechos desse material devem ser publicados. Suas descrições de vizinhos, amigos e acontecimentos corriqueiros são em sua maioria extremamente pessoais e suas críticas, muitas vezes injustas. Alguns dos trechos mais inofensivos — mas não os melhores, com certeza — de seus últimos registros foram selecionados para ilustrar, entre outras coisas, a íntima conexão entre os detalhes que ela tomou para si naquelas páginas e os detalhes que mais tarde veio a explorar em seus poemas. O trecho sobre Charlie

johnny panic e a bíblia de sonhos e outros textos em prosa   11

Pollard é um incipiente rascunho em prosa do poema "The Bee Meeting". A placidez e a economia de sua observação são notáveis. Mas quase todos os elementos essenciais do poema já estão nessa versão: o início de sua interpretação, a atmosfera e até a dinâmica misteriosa de algumas das frases. "Rose and Percy B." é, para todos os efeitos, um rascunho da morte e do funeral que se vê em "Berck Plage", enquanto "Among the Narcissi" empresta uma ou duas frases do texto.

Na leitura desta seleção, é necessário que se tenha em mente que ela ficou conhecida pelos poemas que escreveu em seus últimos seis meses de vida. Quase toda a prosa reunida neste livro foi escrita antes que sua primeira coletânea de poemas, *The Colossus*, fosse concluída três anos antes de sua morte.

As únicas obras em prosa escritas no mesmo período dos poemas de *Ariel* são as três breves peças jornalísticas, "América! América!", "Blitz de neve" e "Oceano 1212-W". Em outras palavras, esta seleção representa a prosa da poeta que escreveu *Ariel* tanto quanto os poemas de *The Colossus* representam a poesia da poeta que escreveu *Ariel*. Mas estes contos de fato oferecem um vislumbre de como começou o estranho embate entre o que se esperava dela e o que finalmente lhe foi exigido.

Agradecemos à Lilly Library e à Universidade de Indiana por sua generosa ajuda na inspeção do arquivo Sylvia Plath, processo que possibilitou a publicação deste livro.

Ted Hughes

PROSA DE POETA

Margaret Atwood

O ensaio a seguir foi publicado originalmente no New York Times *em 28 de janeiro de 1979 e aparece com o título "Johnny Panic and the Bible of Dreams" no livro* Second Words: Selected Critical Prose *[Segunda palavra: Prosa crítica selecionada].*

Quando um trabalho de destaque de um autor ou uma autora de destaque é publicado de maneira póstuma, ninguém se surpreende. Já trabalhos de menor destaque de autores de menor destaque aparentemente só são publicados quando, mortos há tempo suficiente, esses escritores se tornam uma curiosidade. *Johnny Panic e a Bíblia de Sonhos* é um trabalho de menor destaque de uma autora de destaque, e é esse contraste que incomoda. Quem essa publicação beneficia? Não a autora, e não a fama da autora, que passa muito bem sem ela. Nem o leitor médio e até então indiferente à obra e ao mito de Sylvia Plath, que agora talvez se depare com o livro e se pergunte o motivo de tanta comoção. Imagino que a resposta seja "os(as) estudiosos(as)", se por "estudioso(a)" tomarmos qualquer leitor ou leitora que aprecie o trabalho de Plath o bastante para já tê-lo lido quase em sua totalidade e se interessar por antevisões, referências cruzadas, influências e *insights*; e é esse tipo de público que *Johnny Panic* toma para si. É um livro de prosa que atira para todos os lados, reunindo contos, ensaios curtos e excertos de diários, e, como tal, pode complementar o conhecimento que se tem sobre a autora e talvez oferecer algumas surpresas. Felizmente, realiza ambos.

Tenho que admitir logo de início que publicações como esta me deixam apreensiva, uma vez que sugerem que alguém escarafunchou gavetas de escrivaninha que a autora, se viva estivesse, sem dúvida manteria firmemente trancadas. Que escritora em sã consciência entregaria ao mundo, por vontade própria, seus contos da época da faculdade, suas anotações ressentidas sobre os comportamentos de vizinhos desagradáveis, suas tentativas constrangedoras de escrever ficção formulaica para revistas? Mas também devo admitir que li *Johnny Panic* com notável interesse e, em certos momentos, fascínio.

Foi um susto comparável a ver a Rainha de biquíni descobrir que Sylvia Plath, uma poeta brilhante de extrema seriedade, tinha duas ambições lancinantes: tornar-se uma jornalista de turismo bem remunerada e ser uma escritora amplamente publicada em revistas, fossem elas do gênero *New Yorker* ou — será possível? — *Ladies' Home Journal*.* Para isso, ela trabalhou à exaustão, entregue à máxima insegurança e agonia, escrevendo mais de setenta contos, que em sua maior parte nunca foram publicados, e enchendo cadernos com os detalhes do que considerava a vida real: estilos de roupas e itens de decoração, cacoetes das pessoas que conhecia, esboços do mundo físico que ela acreditava não ter talento para observar. (A poesia ela considerava mera fuga, uma autoindulgência egoica, e, portanto, algo irreal, porque não estava totalmente convencida de seu próprio valor, nem mesmo de sua própria existência.)

---

* Fundada em 1883, a revista feminina ficou conhecida pela coluna "Can This Marriage Be Saved?" [Esse casamento tem salvação?] e pelo conteúdo destinado às donas de casa norte-americanas. (N. T.)

É fácil zombar de tais ambições, e o editor não resiste completamente a essa tentação, embora sua reprovação seja discreta e venha acompanhada de uma afirmação de validade inegável: o verdadeiro veículo de Sylvia Plath era a poesia. É claro que isso é verdade, mas seu desejo por uma carreira de sucesso no jornalismo, algo tão destoante face à excelência de seus feitos futuros, deve ser contextualizado. Sylvia Plath só ficou famosa depois de morrer. Esses textos foram escritos por uma escritora jovem e desconhecida que tinha deixado de ser estudante para, quase sem intervalo, ganhar outra posição subordinada: a de esposa de um poeta que já era reconhecido como nova promessa da literatura. Suas tentativas desesperadas de escrever textos que fossem dignos de publicação em revistas e de ganhar dinheiro também eram tentativas de se afirmar como uma pessoa de verdade, uma mulher adulta merecedora em um mundo que até então tinha falhado em reconhecê-la.

De certa forma, *Johnny Panic* é um registro de aprendizagem. Tem tudo para destruir de vez a ideia romântica da genialidade que brota feito uma flor. Raros escritores de grande relevância foram capazes de trabalhar tanto, por tanto tempo, e com tão parco resultado. O sucesso, quando veio, já havia sido exaustivamente justificado inúmeras vezes. Mas *Johnny Panic* não traz apenas a produção de uma jovem autora. A qualidade e o apelo dos textos oscilam muito, ou talvez seja a qualidade do apelo que oscila, pois, embora a jovem Sylvia Plath fosse capaz de botar para fora algumas histórias bastante deprimentes, como ocorre com a maioria dos jovens escritores, todos os textos apresentados no livro são reveladores.

Há coisas excelentes que se destacam: dois ensaios curtos escritos no fim de sua vida, "América! América!" e "Uma comparação"; vários dos excertos dos cadernos; o conto-título, que antecipa elementos de *A redoma de vidro*; e "Línguas de pedra". Dois pares — registro de diário e conto — demonstram a transformação de vida real observada em ficção; em ambos os casos os registros de diários têm uma espontaneidade que os contos, em seu desejo de serem literários, quase perdem. Há textos abertamente formulaicos, em especial "Dia de sucesso", que trata de uma jovem esposa e mãe que "segura" seu marido, um garboso dramaturgo, ao priorizar a vida doméstica. À primeira vista, esses contos são tão execráveis quanto qualquer outro texto típico dos anos cinquenta, mas em uma segunda leitura são capazes de causar formigamento nos dedos.

Mesmo quando tentava ser banal, Sylvia Plath não conseguia esconder as manifestações desconcertantes de seus próprios mecanismos emocionais, as mesmas que caracterizam sua poesia. A irregularidade dos contos muitas vezes é resultado de um embate entre a fórmula escolhida e a mensagem secreta que vai se revelando à força, aparentemente à revelia da autora. "Quaisquer que fossem as visões, só vinham às custas dos parafusos de tortura, e nunca no aconchego mortal de uma cama quente", pensa Dody Ventura em "Menino de pedra com golfinho". Ainda que ela lamentasse e tentasse negar esse fato, assim como Sylvia Plath.

Tanto a editora que o publica quanto o editor do livro fizeram jus à autora, embora seja uma provocação dizer aos leitores que Sylvia Plath escreveu coisas "realistas e cruéis" sobre as pessoas para em seguida decidir não as divulgar. Os contos são organizados em ordem cronológica, mas de trás para frente. Isso cria um efeito arqueológico: os leitores são levados a escavar enquanto voltam no tempo, entrando cada vez mais fundo em uma mente extraordinária, de forma que um dos últimos — e também, portanto, um dos primeiros contos —, "Em meio às mamangavas" (um conto melancólico sobre a devoção de uma menininha por seu pai, que morre de forma misteriosa), surge como um esqueleto com sua coroa dourada no fundo da cripta — o rei que todos os anteriores morreram para proteger. E de fato o é.

PARTE I

Os melhores contos e outros textos em prosa

JOHNNY PANIC E A BÍBLIA DE SONHOS

Todo dia em horário comercial eu me sento à mesa de frente para a porta do consultório e escrevo à máquina os sonhos dos outros. Não só os sonhos. Meus chefes não julgariam conveniente. Também registro as queixas diurnas das pessoas: problemas com a mãe, problemas com o pai, problemas com a bebida, a cama, a dor de cabeça que abate e apaga o mundo inteiro sem nenhum motivo claro. As pessoas só vêm ao nosso consultório quando têm problemas. Problemas que não se pode determinar apenas com testes de Wassermann ou Wechsler-Bellevue.*

Talvez um rato comece muito cedo a pensar que o mundo é governado por esses pés enormes. Bem, daqui do meu lugar, concluí que o mundo é governado por uma coisa e uma coisa só. O pânico com cara-de-cão, cara-de-diabo, cara-de-bruxa, cara-de-puta, o pânico com letras maiúsculas que nem cara tem — é sempre o mesmo Johnny Panic, seja acordado ou adormecido.

---

* O teste de Wassermann foi o primeiro exame sorológico usado para o diagnóstico da sífilis. Já o Wechsler-Bellevue foi a primeira versão do teste de QI conhecido como Escala de Inteligência Wechsler para Adultos. (N. T.)

Quando me perguntam onde trabalho, digo que sou secretária-assistente de um dos departamentos ambulatoriais da ala clínica do hospital municipal. Essa resposta soa tão definitiva que raramente querem saber mais sobre o que faço, e o que faço é só datilografar prontuários. Por conta própria, no entanto, e sem que ninguém tome conhecimento, tenho me dedicado a uma vocação que deixaria esses médicos de cabelo em pé. Na privacidade do meu apartamento de um cômodo, me considero secretária de ninguém menos que o próprio Johnny Panic.

De sonho em sonho, estou estudando para me tornar aquela rara figura, mais rara, na verdade, que qualquer membro do Instituto de Psicanálise: uma especialista em sonhos. Não uma controladora-de-sonhos, nem uma relatora-de-sonhos, nem uma oportunista de sonhos numa busca mesquinha por saúde e satisfação, mas uma incorrupta colecionadora de sonhos pelo que os sonhos são. Uma amante dos sonhos em nome de Johnny Panic, o Criador de todos eles.

Não há um único sonho que eu tenha datilografado em nossos livros de prontuários e não saiba de cor. Não há sequer um sonho que eu não tenha passado a limpo em casa, na Bíblia de Sonhos do Johnny Panic.

Essa é minha verdadeira vocação.

*

CERTAS NOITES ENTRO NO elevador e vou até a cobertura do prédio onde moro. Certas noites, por volta das três da manhã. Entre as árvores do outro lado do parque, o lampejo da tocha da United Fund* enfraquece e se restaura graças a uma força sobrenatural invisível, e aqui e ali entre os blocos de pedra e tijolo eu vejo uma luz. Mais do que tudo, no entanto, sinto a cidade dormindo. Dormindo do rio

---

* United Fund foi o nome da entidade filantrópica norte-americana United Way até 1972, período em que era conhecida por seus projetos ligados à saúde. (N. T.)

no oeste ao mar no leste, como uma espécie de ilha sem raízes que nina a si mesma, apoiada em absolutamente nada. Posso estar tensa e retesada como a corda mais grave de um violino, mas quando o céu começa a azular já estou pronta para dormir. Pensar em todos os sonhadores e naquilo que sonham me consome, e então durmo um sono febril. De segunda a sexta, não faço outra coisa senão datilografar esses mesmos sonhos. Claro, nem chego perto de conhecer todos os sonhos da cidade, mas, de página em página, de sonho em sonho, meus livros de admissões engordam e pesam nas prateleiras do armário que ocupa o corredor estreito e paralelo ao salão principal, o mesmo corredor para o qual se abrem as portas dos pequenos cubículos em que todos os médicos fazem suas consultas. Tenho o curioso hábito de identificar as pessoas que vêm aqui pelos sonhos que têm. Até onde sei, os sonhos as tornam mais únicas do que qualquer nome de batismo. Tem um cara, por exemplo, que trabalha para uma indústria de rolamentos na cidade e toda noite sonha que está deitado de barriga para cima com um grão de areia sobre o peito. Pouco a pouco esse grão de areia vai crescendo até ficar do tamanho de uma casa, e ele não consegue mais respirar. Soube de outro sujeito que tem o mesmo sonho desde que lhe deram éter e lhe tiraram as amígdalas e adenoides quando era criança. No sonho ele está preso nas lâminas de um moinho de algodão, lutando para sobreviver. Mas, ah, ele não é o único, ao contrário do que pensa. Hoje em dia muitas pessoas sonham que são esmagadas ou devoradas por máquinas. São aquelas figuras desconfiadas que não andam de metrô nem de elevador. Quando volto do meu horário de almoço no refeitório do hospital, muitas vezes passo por elas, ofegantes, subindo as escadas encardidas para chegar ao nosso consultório no quarto andar. Às vezes me pergunto que sonhos as pessoas tinham antes de os rolamentos e os moinhos de algodão serem inventados.

Tenho um sonho que é meu. Meu único sonho. O sonho dos sonhos. Nesse sonho há um grande lago semitransparente que se estende por todas as direções, grande demais para que eu veja suas margens, se é que há margens, e estou suspensa sobre o lago, na barriga de vidro de um helicóptero, olhando para baixo. No fundo do lago — tão fundo que só posso intuir pelas massas escuras que se movem e se elevam — estão os verdadeiros dragões. Aqueles que existiam antes de os homens começarem a morar em cavernas, a cozinhar carne na fogueira e a inventar a roda e o alfabeto. Enormes não é a palavra que os define; eles têm mais rugas que o próprio Johnny Panic. Experimente sonhar com isso por muito tempo, que suas mãos e pés começam a ficar gastos quando você os olha de perto. O sol encolhe e fica do tamanho de uma laranja, só que mais frio, e você descobre que mora em Roxbury desde a última era glacial. O único lugar para você é um quarto acolchoado como aquele primeiro quarto que conheceu, onde você pode sonhar e flutuar, flutuar e sonhar, até que enfim esteja mais uma vez entre aquelas criaturas primevas e não haja mais motivo para sonhar.

É para esse lago que a mente das pessoas corre à noite, riacho e calha de uma reserva compartilhada e infinita. Em nada se assemelha às fontes de água potável e pura de um azul cintilante que os subúrbios resguardam com mais avareza do que o diamante Hope, isolado no meio da floresta com uma cerca de arame farpado.

É a estação de tratamento de esgoto da história do mundo, transparência à parte.

Agora a água desse lago se tornou fedorenta e fumegante, é evidente, graças aos sonhos que ficaram abandonados ali, juntando água por tantos séculos. Se você parar para pensar no espaço que uma noite de acessórios de sonhos ocupa para uma só pessoa em uma só cidade, e que essa cidade não passa de um pontinho no mapa do mundo, e começar a multiplicar esse espaço pela população do mundo, e esse espaço pelo número de noites que se passaram desde que os macacos começaram a fazer machados de pedra e a perder os pelos, dá pra ter uma ideia do que eu quero dizer. Não levo jeito para a matemática: minha cabeça começa a latejar só de pensar no número de sonhos que acontecem ao mesmo tempo durante uma só noite no estado de Massachusetts. A essa altura já vejo a superfície do lago repleta de cobras, cadáveres inchados como baiacus, embriões humanos boiando em frascos de laboratório, como tantas mensagens inacabadas do grande Eu Sou. Vejo armazéns de ferramentas completos: facas, cortadores de papel, êmbolos, engrenagens e quebra-nozes; capôs de carro brilhosos que se elevam com olhos vítreos e sorriso maligno. E depois o homem-aranha e o homem de teias no pé que vieram de Marte, e a simples e lúgubre imagem de um rosto humano que dá as costas eternamente, a despeito das alianças e dos votos, para o último de todos os amantes.

Uma das formas que mais se vê nesse repuxo é tão lugar-comum que mencioná-la parece bobagem. É um grão de terra. A água está repleta desses grãos. Eles se infiltram em todas as outras coisas e giram sob um estranho poder que eles mesmos emanam, obscuros e ubíquos. Podem chamar a água do que quiserem, Lago Pesadelo, Brejo da Loucura, mas é aqui que as pessoas adormecidas se deitam e se reviram juntas em meio aos acessórios de seus piores sonhos, numa grande irmandade, embora cada uma delas, quando acordada, veja a si mesma como singular e completamente isolada.

Esse é o meu sonho. Ninguém vai vê-lo registrado em nenhum livro de casos clínicos. Aliás, a rotina do nosso consultório é muito diferente da rotina da Dermatologia, por exemplo, ou da Oncologia. Os outros setores se assemelham muito uns aos outros; nenhum é como o nosso. No nosso setor, não se prescreve o tratamento. Ele é invisível. Acontece ali mesmo, naqueles pequenos cubículos, cada um com sua mesa, suas duas cadeiras, sua janela e sua porta com o retângulo de vidro opaco cravado na madeira. Há uma espécie de pureza espiritual nesse tipo de medicina. Não consigo deixar de pensar que ser secretária-assistente do setor de Psiquiatria Adulta é um grande privilégio. Meu orgulho é corroborado pelas grosseiras invasões dos outros setores aos nossos cubículos em determinados dias da semana, quando falta espaço nas outras áreas: nosso edifício é muito antigo, e as instalações não acompanharam as exigências cada vez maiores do tempo. Nesses dias em que o espaço é compartilhado, o contraste entre nós e os outros setores fica evidente.

Às terças e quintas pela manhã, por exemplo, acontecem exames de punção lombar em uma de nossas salas. Se ocorre de a assistente de enfermagem deixar a porta do cubículo aberta, como muitas vezes acontece, consigo entrever a borda da cama branca e os pés descalços de sola amarelada e suja do paciente se projetando para fora do lençol. Apesar da minha aversão a essa cena, não consigo tirar os olhos dos pés descalços e me pego deixando de olhar para a máquina de escrever de quando em quando para ver se ainda estão lá, se chegaram a mudar de posição. Não é difícil imaginar o quanto isso me distrai do trabalho. Muitas vezes preciso reler várias vezes o que acabei de datilografar, sob o pretexto de fazer uma revisão cuidadosa, para conseguir memorizar os sonhos que acabei de passar a limpo, ouvindo a voz do médico no audiógrafo.

O setor do Sistema Nervoso, na porta ao lado, que lida com a faceta mais desagradável e pouco inspirada do nosso negócio, também nos perturba pela manhã. Usamos as salas deles para sessões de terapia durante a tarde, já que só atendem pela manhã, mas conviver com aquela gente chorando, ou cantando, ou tagarelando alto em italiano ou chinês, como sempre acontece, por quatro horas a fio sem intervalo toda manhã é no mínimo desconcertante.

24   sylvia plath

A despeito de todas essas interrupções causadas pelos outros setores, meu trabalho está progredindo a toda velocidade. Já faço muito mais do que registrar apenas o que vem depois da fala do paciente: "Tive um sonho, doutor". Cheguei ao ponto de recriar sonhos que sequer foram registrados. Sonhos que se prefiguram da maneira mais ambígua, mas estão escondidos, como uma estátua debaixo do veludo vermelho logo antes da grande revelação.

Para dar um exemplo. Uma tal mulher chegou à clínica com a língua inchada e tão esticada para fora da boca que precisou abandonar a festa que estava dando para vinte amigos de sua sogra franco-canadense e foi levada às pressas para nossa Ala de Emergência. Ela pensou que não queria ficar com a língua para fora da boca, e para dizer a verdade aquela era uma situação muito constrangedora, mas ela detestava aquela sogra franco-canadense mais que tudo, e sua língua estava de acordo, embora mais nada na mulher estivesse. Ela não reivindicou sonho nenhum. Só tenho os simples fatos mencionados acima como ponto de partida, mas por trás deles consigo detectar a intumescência e a promessa de um sonho.

Então me dedico à tarefa de desenraizar esse sonho de sua confortável posição debaixo da língua da mulher.

Seja qual for o sonho que desenterrar com meu esforço, um esforço exaustivo, e até com uma espécie de oração, já sei que vou encontrar uma impressão digital num canto, um detalhe zombeteiro mais à direita, um sorriso de Gato Risonho incorpóreo que levita, o que evidencia que tudo isso foi trabalho do gênio de Johnny Panic, e de ninguém mais. Ele é ardiloso, ele é arguto, ele é rápido como um raio, mas se revela com mais frequência do que deveria. É que ele não resiste ao melodrama. Melodrama da espécie mais antiga e mais óbvia.

Eu me lembro de um cara, um sujeito atarracado de jaqueta preta de couro com rebites, que correu ao nosso encontro logo depois de uma luta de boxe no Centro de Eventos, com Johnny Panic em sua cola. Esse cara, bom católico que era, jovem e direito e tudo o mais, tinha um tremendo medo da morte. Na verdade, morria de medo de ir para o inferno. Era remunerado por peça numa fábrica de lâmpadas fluorescentes. Eu me lembro desse detalhe porque achei engraçado que esse fosse seu emprego, tendo tanto medo do escuro quanto ele tinha, como depois se descobriu. Johnny Panic confere a esse trabalho um elemento poético que não se encontra por aí. E por isso eu lhe serei eternamente grata.

Também me lembro com clareza do cenário do sonho que elaborei para esse cara: um ambiente gótico no porão de um mosteiro qualquer que se estendia até onde os olhos podiam ver, numa daquelas perspectivas infinitas entre dois espelhos, e as colunas e paredes eram feitas apenas de crânios e ossos humanos, e em cada reentrância havia um cadáver estirado, e era o Salão do Tempo, com os corpos em primeiro plano ainda mornos, desbotando e começando a apodrecer a meia distância, e os ossos surgindo na última fileira, tinindo de tão limpos, com uma espécie de brilho branco futurista. Pelo que me lembro, cuidei para que o cenário fosse iluminado, por uma questão de rigor, não por velas, mas pela fluorescência de claridade gélida que faz a pele parecer verde e todo rubor rosado e vermelho assumir uma cor preta-arroxeada sem vida.

Você me pergunta como eu sei que esse era o sonho do cara de jaqueta de couro preta. Eu não sei. Só acredito que era o sonho dele, e me dedico à crença com mais energia e lágrimas e súplicas do que dedico à recriação do sonho em si.

Meu consultório tem suas limitações, é claro. A senhora com a língua de fora, o cara do Centro de Eventos — esses são nossos casos mais extremos. As pessoas que de fato saíram flutuando e desceram até aquele lago pantanoso vêm até nós uma só vez, e depois são encaminhadas para um lugar mais permanente que nosso consultório, que só atende o público em horário comercial de segunda a sexta. Até as pessoas que ainda conseguem andar pela rua e continuar trabalhando, que estão a só meio caminho do lago, são mandadas para o Departamento Ambulatorial de outro hospital especializado em casos mais severos. Ou podem passar um mês ou pouco mais na nossa Ala de Observação no hospital central, que nunca cheguei a conhecer.

Mas conheci a secretária dessa ala. Alguma coisa em seus trejeitos ao fumar e tomar café no refeitório no intervalo das dez horas me desagradou tanto que nunca mais me sentei ao lado dela. Ela tem um nome peculiar de que não consigo me lembrar direito, algo realmente muito estranho, como srta. Milleravage. Um desses nomes que se parecem mais um trocadilho com "Milltown" e "Ravage" do que qualquer coisa que você pudesse encontrar na lista telefônica.* Mas, afinal, não tão estranho assim para qualquer um que já tenha folheado a lista e visto pessoas chamadas Hyman Diddlebocker e Sasparilla Greenleaf. Uma vez, ao folheá-la, a data não importa, descobri que há muitas pessoas que não têm o sobrenome Smith, e isso satisfez uma das minhas necessidades mais profundas.

Enfim, essa tal srta. Milleravage é uma mulher grande, não gorda, mas bastante robusta e musculosa, e ainda por cima alta. Ela cobre o corpanzil com um traje cinza que me lembra vagamente uma espécie de uniforme, embora o corte do tecido não tenha nada de militar. Sua cara, robusta como a de um boi, ostenta um número extraordinário de minúsculas manchas, como se ela tivesse ficado debaixo d'água por um bom tempo e pequenas algas tivessem se agarrado à sua pele, enxovalhando tudo de tons de marrom-tabaco e verde. Essas verrugas são ainda mais perceptíveis porque a pele ao redor delas é muito pálida. Às vezes me pergunto se a srta. Milleravage já viu a salutar luz do dia alguma vez. Não

---

* "Destruição". (N. T.)

me surpreenderia nem um pouco se tivesse sido criada desde o berço apenas com iluminação artificial.

Byrna, a secretária do Setor de Alcoolismo, que fica do lado oposto do corredor, me apresentou à srta. Milleravage e tentou estimular a conversa dizendo que eu "também tinha ido para a Inglaterra". Eis que a srta. Milleravage havia passado os melhores anos de sua vida nos hospitais de Londres.

— Tive uma amiga — ela reverberou com sua voz grave peculiar e canina, sem me olhar no rosto — que era enfermeira no Bart's.* Tentei entrar em contato com ela depois da guerra, mas a enfermeira-chefe era outra pessoa, toda a equipe tinha mudado, ninguém tinha notícias dela. Ela deve ter desaparecido com a velha enfermeira-chefe nos escombros dos bombardeios. — Em seguida, ela abriu um sorriso largo.

Agora, eu já vi estudantes de medicina dissecando cadáveres, quatro defuntos por turma, que pareciam tão humanos quanto Moby Dick, e depois jogando bola com o fígado dos mortos. Já ouvi homens fazendo piada sobre o fato de terem costurado uma mulher do lado errado após um parto na Ala de Caridade da Internação. Mas prefiro não saber o que a srta. Milleravage considera a coisa mais engraçada do mundo. Não, obrigada, não contem comigo. Se alguém cutucar o olho daquela mulher com um alfinete, vai jurar que bateu numa pedra de quartzo.

Minha chefe também tem senso de humor, mas o dela é delicado. Generoso como Papai Noel na véspera de Natal.

Trabalho para uma mulher de meia-idade chamada srta. Taylor, que é a secretária-chefe da clínica e sempre foi, desde que a clínica foi inaugurada há trinta e três anos — no ano em que nasci, por incrível que pareça. A srta. Taylor conhece cada médico, cada paciente, cada prontuário médico antiquado, cada guia de

---

* Hospital de São Bartolomeu. (N. T.)

encaminhamento e procedimento de cobrança que o hospital já usou ou cogitou usar. Ela pretende continuar na clínica até o dia de colher os frutos dos cheques da aposentadoria. Se existe uma mulher mais dedicada ao trabalho, eu nunca vi. Ela lida com as estatísticas como eu lido com sonhos: se o prédio pegasse fogo, ela ia arremessar aqueles livros de estatística um a um para os bombeiros lá embaixo, preferindo colocar a própria vida em risco. Eu me dou muitíssimo bem com a srta. Taylor. Só não deixo que ela me pegue lendo os velhos livros de registros. Na verdade, quase não tenho tempo para isso. Nosso consultório é mais movimentado que a Bolsa de Valores, com a equipe de vinte e cinco médicos entrando e saindo, os estudantes de medicina em residência, os pacientes, os familiares dos pacientes e os funcionários visitantes de outras clínicas que encaminham pacientes para a nossa, então, mesmo quando tomo conta do consultório sozinha, durante o intervalo e o horário de almoço da srta. Taylor, raramente consigo copiar mais do que uma ou duas anotações.

Esse clima de salve-se quem puder me dá nos nervos, para dizer o mínimo. Muitos dos melhores sonhadores estão nos livros antigos, os sonhadores que vêm até nós uma ou duas vezes para avaliações e depois são mandados para algum outro lugar. Para copiar esses sonhos preciso de tempo, muito tempo. Minhas circunstâncias não são nada adequadas para que eu me dedique calmamente à minha arte. Há, é claro, certa intrepidez que se manifesta sob tais condições arriscadas, mas anseio pela calma prazerosa do verdadeiro especialista, que permite que suas narinas pairem sobre o copo de conhaque por uma hora antes de esticar a língua para o primeiro gole.

Ultimamente, me pego muitas vezes imaginando que alívio seria levar uma pasta para o trabalho, uma pasta grande o suficiente para guardar um daqueles livros de registros grossos, azuis, com capa de tecido e páginas cheias de sonhos. Durante o horário de almoço da srta. Taylor, na calmaria que antecede a chegada dos médicos e alunos que atendem os pacientes da tarde, eu poderia pegar um dos livros datados de dez ou quinze anos antes, colocá-lo na minha pasta e apenas deixá-los debaixo da minha mesa até o relógio bater às cinco da tarde. É claro que pacotes suspeitos são inspecionados pelo porteiro do edifício das clínicas, e o hospital tem sua própria equipe de policiais que cuidam dos muitos roubos que ocorrem, mas, céus, não estou pensando em roubar máquinas de escrever nem heroína. Eu só pegaria emprestado o livro por uma noite e o devolveria ao armário no primeiro horário da manhã seguinte, antes de todo mundo chegar. Ainda assim, se fosse pega levando um livro do hospital eu provavelmente seria mandada embora, e sem o emprego perderia todo meu material de pesquisa.

A ideia de me debruçar sobre um livro de registros na privacidade e conforto do meu apartamento, mesmo que para isso precise passar noite após noite em claro, me atrai tanto que tenho cada vez menos paciência para minha forma habitual de arranjar alguns minutos para pesquisar sonhos quando a srta. Taylor se afasta um pouco do consultório.

A questão é que nunca consigo saber exatamente quando a srta. Taylor vai voltar para o consultório. Ela é tão correta com seu trabalho que seria capaz de abrir mão de alguns minutos de sua meia hora de almoço e ainda mais minutos da pausa para o café, não fosse sua perna esquerda aleijada. O ruído característico dessa perna aleijada no corredor me alerta a tempo de esconder o livro de registros que estou lendo na gaveta da minha mesa e fingir que acrescento os últimos retoques a um recado telefônico ou arranjar algum álibi similar. O único porém, no que diz respeito ao meu estado emocional, é que o setor de Amputados fica no final do nosso corredor, na direção oposta ao setor do Sistema Nervoso, e fui ficando inquieta graças aos muitos alarmes falsos, situações em que confundi o passo claudicante de alguma perna de pau com a própria srta. Taylor voltando mais cedo para o consultório.

30 sylvia plath

*

Nos dias mais sombrios, quando mal tenho tempo de arrancar um sonho dos velhos livros e meu trabalho se restringe a universitários chorosos que não conseguiram um papel de protagonista em *Camino Real*, sinto que Johnny Panic me dá as costas, pétreo como o Everest, mais alto que Órion, e a máxima da grande Bíblia de Sonhos, "O medo perfeito expulsa todo o resto", se converte em cinzas e água de limão em meus lábios. Sou uma ermitã bichada numa terra de porcos de concurso tão empanturrados que não veem que o matadouro se aproxima. Sou Jeremias assolado por visões no País da Cocanha.

O que é pior é que, dia após dia, vejo esses médicos da psique estudando para roubar os convertidos de Johnny Panic, sem medir esforços e sem parar de falar, falar, falar. Esses colecionadores de sonhos de olhos fundos e barba cheia que vieram antes de mim e seus herdeiros contemporâneos com capas brancas e consultórios com lambris de madeira e sofás de couro faziam e ainda fazem sua coleta de sonhos por motivos mundanos: saúde e dinheiro, dinheiro e saúde. Para ser um membro genuíno da congregação de Johnny Panic, é preciso se esquecer do sonhador e se lembrar do sonho: o sonhador não passa de um veículo débil para o grande Criador de Sonhos em pessoa. Mas a isso eles não se propõem. Johnny Panic é ouro nas tripas, e eles tentam extirpá-lo com lavagens gástricas espirituais.

Veja o que aconteceu com Harry Bilbo. O sr. Bilbo chegou ao nosso consultório com a mão de Johnny Panic lhe pesando sobre o ombro como um caixão de chumbo. Ele tinha uma percepção interessante da depravação que há no mundo. Eu o escalei para um papel de destaque na Bíblia de Sonhos de Johnny Panic, Terceiro Livro do Medo, Capítulo Nove: Sujeira, Doença e Ruína em Geral. Um dos amigos de Harry tocava trompete na banda

johnny panic e a bíblia de sonhos e outros textos em prosa   31

dos escoteiros quando eram pequenos. Harry Bilbo também tinha tocado o trompete do amigo. Anos depois o amigo teve câncer e morreu. Então, um dia, há não muito tempo, um médico oncologista chegou à casa de Harry, sentou-se em uma cadeira, passou a manhã com a mãe de Harry e, ao ir embora, apertou sua mão e abriu a porta sozinho. De repente Harry Bilbo não queria mais tocar trompete ou se sentar em cadeiras ou dar apertos de mão, e nem com as orações de todos os cardeais de Roma se convenceria do contrário, por medo de pegar câncer. Sua mãe precisava apertar os botões da tv e abrir as torneiras e portas para ele. Não demorou para Harry deixar de ir ao trabalho por causa do cuspe e dos cocôs de cachorro que ficavam pela rua. Primeiro essa porcaria gruda no seu sapato, depois quando você tira o sapato ela gruda na sua mão, e depois durante o jantar é um pulinho da mão pra boca, aí nem cem Ave-Marias podem salvar você da contaminação em cadeia.

A gota d'água foi o fato de Harry ter parado de levantar pesos no ginásio público quando viu um aleijado se exercitando com os halteres. É impossível saber que tipo de germes os aleijados têm atrás das orelhas e debaixo das unhas. Harry Bilbo vivia dia e noite em sagrada adoração a Johnny Panic, devoto como um padre entre incensórios e sacramentos. Era um caso de beleza única.

Bem, esses remendeiros de capa branca deram um jeito, todos eles, de convencer Harry a ligar a tv sozinho, e a abrir as torneiras e portas de armário, portas de casa, portas de bares. Antes de se darem por satisfeitos, ele já conseguia se sentar em poltronas de cinema e bancos espalhados pelo Jardim Municipal inteiro, e levantava pesos todos os dias da semana no ginásio, embora outro aleijado tivesse começado a usar o aparelho de remo. Ao final do tratamento, ele veio cumprimentar o diretor clínico com um aperto de mão. Nas palavras do próprio Harry Bilbo, ele era "um novo homem". A pura luz do Pânico havia desaparecido de sua face. Ele saiu do consultório condenado ao destino mesquinho que esses médicos chamam de saúde e satisfação.

Mais ou menos na época da cura de Harry Bilbo, uma nova ideia começa a me cutucar o fundo do cérebro. É tão difícil de ignorar quanto aqueles pés descalços que saem de baixo do lençol na sala de punção lombar. Se eu não quiser correr o risco de tirar um livro de registros do hospital e ser pega no flagra e demitida e precisar encerrar minha pesquisa para sempre, posso acelerar meu trabalho virando as noites no edifício da ala clínica. Estou longe de acabar com os recursos da clínica, e o volume pífio de casos que consigo ler nas breves ausências da srta. Taylor durante o dia não é nada comparado ao que eu poderia ler em algumas noites de trabalho contínuo. Preciso trabalhar mais rápido, nem que seja para neutralizar os esforços desses médicos.

Antes que me dê conta, estou vestindo o casaco às cinco e dando boa-noite à srta. Taylor, que costuma ficar alguns minutos depois do expediente para organizar as estatísticas do dia, e escapulindo para o banheiro feminino. Está vazio. Me enfio na cabine das pacientes, tranco a porta por dentro e espero. Até onde sei, uma das faxineiras do hospital pode tentar derrubar a porta, pensando que alguma paciente desmaiou sentada na privada. Cruzo os dedos. Cerca de vinte minutos depois, a porta do banheiro se abre e alguém entra mancando como uma galinha coxa. É a srta. Taylor, sei disso por causa do suspiro resignado que ela solta ao encarar o olhar bilioso do espelho do banheiro. Ouço o clique-claque de vários produtos de maquiagem na pia, a água esguichando, o assobio de um pente por entre cabelos ressecados, e então a porta se fecha com o chiado lento das dobradiças.

Eu tenho sorte. Quando saio do banheiro feminino às seis em ponto, as luzes do corredor estão apagadas e o quarto andar está vazio como uma igreja na segunda-feira. Tenho uma chave do nosso consultório; sou a primeira a entrar toda manhã, então

johnny panic e a bíblia de sonhos e outros textos em prosa 33

isso não é problema. As máquinas de escrever estão guardadas nas gavetas, os telefones de disco estão no gancho, não há nada de errado no mundo. Do outro lado da janela, a última luz de inverno se dissipa. Mas não me distraio e não acendo a lâmpada do teto. Não quero acabar sendo vista por algum médico ou zelador de olhos de lince que esteja no edifício do hospital, do outro lado do nosso pequeno pátio. O armário que guarda os livros de registros fica no corredor sem janelas que dá nos cubículos dos médicos, que têm janelas com vista para o pátio. Eu verifico se todas as portas dos cubículos estão fechadas. Então acendo a luz do corredor, uma coisinha amarelenta de vinte e cinco watts que já está ficando preta na base. Mas nessa situação isso é mais útil do que um altar cheio de velas. Não pensei em trazer um sanduíche. Tenho uma maçã que sobrou do almoço na gaveta da minha mesa, então guardo essa opção para qualquer fome que eu possa ter à uma da manhã e abro meu caderno de bolso. Em casa, toda noite, mantenho o hábito de arrancar as páginas que preenchi no consultório durante o dia e reuni-las para depois transcrevê-las no meu manuscrito. Assim escondo meus rastros, para que ninguém que abra meu caderno por acidente possa adivinhar a natureza ou o escopo do meu trabalho.

Começo de forma sistemática, abrindo o livro mais antigo da prateleira de baixo. A capa que um dia foi azul-marinho agora é de cor nenhuma, as páginas são cópias em papel-carbono borradas e marcadas pelo manuseio, mas estou vibrando dos pés à cabeça: esse livro de sonhos era novo em folha quando nasci. Quando conseguir me organizar de fato, terei sopa quente numa garrafa térmica para as noites mais frias de inverno, tortas de peru e *éclairs* de chocolate. Trarei bobes de cabelo e quatro trocas de roupa para o trabalho na minha maior bolsa de mão. Nas manhãs de segunda--feira, para que ninguém perceba a derrocada da minha aparência e comece a suspeitar de casos amorosos infelizes, ou de filiação

34 sylvia plath

a grupos socialistas, ou do meu trabalho com livros de sonhos na clínica quatro noites por semana.

Onze horas depois. Cheguei ao miolo da maçã e ao mês de maio de mil novecentos e trinta e um, com uma enfermeira particular que acabou de abrir um saco de roupa suja no armário de um paciente e nele encontrou cinco cabeças decepadas, incluindo a da própria mãe.

Um ar gelado toca minha nuca. De onde estou, sentada de pernas cruzadas no chão, de frente para o armário, sentindo o peso do livro de registros no colo, entrevejo que a porta do cubículo ao meu lado está deixando uma fresta de luz azul entrar. Não só pelo piso, mas também pela lateral da porta. Isso é estranho, já que a primeira coisa que fiz foi me certificar de que as portas estivessem bem fechadas. A fresta de luz azul vai aumentando e meus olhos se fixam em dois sapatos imóveis na soleira da porta, com as pontas viradas para mim.

São sapatos de couro marrom de uma marca estrangeira, com grossas solas de plataforma. Acima dos sapatos há meias pretas de seda que deixam entrever uma carne lívida. Não me atrevo a ir além da barra da calça de risca de giz.

— Tsc, tsc — censura uma voz infinitamente delicada vindo da área nublada acima da minha cabeça. — Que posição desconfortável! Suas pernas já devem estar dormentes. Deixe eu te ajudar a levantar. O sol já vai sair.

Duas mãos se enfiam debaixo dos meus braços por trás e sou erguida, balançante como um *flan* que não firmou, até ficar em pé, pé esse que não consigo sentir porque minhas pernas de fato estão dormentes. O livro de registros se esparrama no chão com as páginas arreganhadas.

— Fique quieta um minuto. — A voz do diretor clínico sopra o lóbulo da minha orelha direita. — Assim a circulação volta.

O sangue das minhas pernas ausentes começa a subir como um milhão de formigas sibilantes, e uma visão do diretor clínico fica cauterizada no meu cérebro. Nem preciso olhar: barriga de cerveja estufando o colete cinza de risca de giz, dentes de marmota amarelos e saltados, olhos furta-cor rápidos como peixinhos atrás dos óculos de lentes grossas.

Agarro-me ao meu caderno. A última tábua flutuante do *Titanic*. O que ele sabe, o que ele sabe? Tudo.

— Eu sei onde tem uma bela tigela de sopa quente de frango e macarrão. — A voz dele farfalha, poeira debaixo da cama, filhotes de rato na palha. Sua mão se funde ao meu braço esquerdo num gesto de amor paternal. O livro de registros com todos os sonhos que aconteciam na cidade onde nasci quando pela primeira vez respirei o ar deste mundo ele empurra para baixo da estante com a biqueira do sapato engraxado.

Não encontramos ninguém no lusco-fusco do corredor. Ninguém na escada de pedra fria que leva aos corredores do porão onde Billy, o Menino da Sala do Arquivo, certa noite rachou a cabeça saltando os degraus porque tinha uma tarefa urgente.

Aperto o passo para que ele não pense que é ele quem está me incitando.

— Você não pode me demitir — eu digo, muito calma. — Eu me demito.

A risada do diretor clínico sobe chiando do fole que é sua barriga.

— Não vamos mandar você embora tão cedo. — O sussurro desce serpenteando até as passagens caiadas do porão, ecoando pelos canos curvos, pelas cadeiras de rodas e macas ancoradas durante a noite, rentes às paredes manchadas de vapor. — Ora, precisamos de você mais do que você imagina.

Nós dois ziguezagueamos e minhas pernas acompanham o ritmo das dele até que chegamos, em algum lugar daqueles túneis de caminho de rato, a um elevador que funciona a noite toda e é operado por um negro que só tem um braço. Entramos, e a porta se fecha rangendo como a porta de um carro de gado, e subimos sem parar. É um elevador de carga, tosco e barulhento, nem um pouco parecido com os elevadores luxuosos a que estou habituada no edifício da ala clínica.

Saímos num andar indeterminado. O diretor clínico me conduz por um corredor vazio, iluminado apenas em alguns trechos por lâmpadas protegidas por pequenas caixas de arame no teto. Portas trancadas com janelas teladas contornam os dois lados do corredor. Pretendo me separar do diretor clínico à primeira placa vermelha de Saída, mas não há nenhuma em nossa jornada. Estou em território estrangeiro, com meu casaco no gancho do consultório, bolsa e dinheiro na primeira gaveta da mesa, caderno na mão, e só Johnny Panic para me aquecer e proteger da era glacial lá de fora.

À frente uma luz se intensifica e clareia. O diretor clínico, um pouco ofegante por conta da caminhada vigorosa e longa, à qual ele obviamente não está habituado, me faz dobrar a esquina e entrar em um cômodo quadrado e muito iluminado.

— Aqui está.

— Essa bruxinha!

A srta. Milleravage iça sua tonelagem e sai de trás da mesa de aço que fica de frente para a porta.

As paredes e o teto da sala são chapas rebitadas de navio de batalha. Não há janelas.

Em pequenas celas trancadas que contornam as laterais e fundos da sala, vejo os sumos sacerdotes de Johnny Panic me encarando, com os braços amarrados nas costas e as camisolas brancas da Ala, os olhos mais vermelhos que brasa, pelando.

Eles me recebem com estranhos coaxos e grunhidos, como se tivessem a língua travada na mandíbula. Sem dúvida já souberam do meu trabalho através dos passarinhos de Johnny Panic e querem descobrir como vivem seus apóstolos.

Levanto as mãos para acalmá-los, mostrando meu caderno, com a voz tão alta quanto o órgão de tubos de Johnny Panic.

— Saudações! Trago a vocês…

O Livro.

— Chega dessa ladainha, querida. — A srta. Milleravage sai de trás da mesa e se aproxima de mim, dançando como um elefante de circo.

O diretor clínico fecha a porta da sala.

No instante em que a srta. Milleravage se levanta, vejo o que seu corpanzil vinha escondendo atrás da mesa — uma maca branca que chega à cintura de um homem, com um só lençol esticado sobre o colchão, imaculado e justo como a pele de um tambor. Na cabeceira da maca há uma mesa em que se vê uma caixa de metal repleta de mostradores e medidores.

A caixa parece me observar de sua espiral de fios elétricos, feia como uma cobra de duas cabeças, o último modelo de Assassina-de-Johnny-Panic.

Me preparo para fugir pela lateral. Quando a srta. Milleravage tenta me agarrar, sua mão gorda volta com um punhado de coisa nenhuma. Ela avança contra mim mais uma vez, e seu sorriso tem o peso dos dias quentes de agosto.

— Chega. Chega, eu fico com esse livrinho preto.

Por mais rápido que eu corra ao redor da maca branca, a srta. Milleravage é tão rápida que parece estar de patins. Ela agarra e acerta. Contra seu grande corpanzil eu bato o punho, e contra seus imensos seios sem leite, até que suas mãos nos meus pulsos se tornam argolas de ferro e seu hálito me nina com um cheiro de amor mais podre que um porão de funerária.

— Minha querida, minha bebê, voltou pra mim…

— Ela — diz o diretor clínico, triste e severo — andou se engraçando com o Johnny Panic de novo.

— Que danadinha…

*

A MACA BRANCA ESTÁ pronta. Com uma terrível delicadeza, a srta. Milleravage tira meu relógio do pulso, os anéis dos dedos, os grampos do cabelo. Começa a me despir. Quando estou nua em pelo, sou ungida nas têmporas e vestida com trajes tão virginais quanto a chegada da neve.

Nesse momento, dos quatro cantos da sala e da porta chegam cinco falsos sacerdotes com jalecos cirúrgicos brancos e máscaras cujo único objetivo é destituir Johnny Panic de seu trono. Me fazem ficar de barriga para cima, estendida na maca. A coroa de arame é colocada sobre a minha cabeça e a hóstia do esquecimento sobre minha língua. Os sacerdotes mascarados se colocam a postos e imobilizam: um minha perna esquerda, outro a direita, um meu braço direito, outro o esquerdo. Um atrás da minha cabeça diante da caixa de metal, onde não consigo ver.

De suas reentrâncias estreitas na parede, os devotos elevam suas vozes em protesto. Começam a entoar o canto devocional:

> A única coisa que se pode amar é o próprio Medo.
> O amor ao Medo é o início da sabedoria.
> A única coisa que se pode amar é o próprio Medo.
> Que o Medo e o Medo e o Medo estejam por toda parte.

Não há mais tempo para a srta. Milleravage, nem para o diretor clínico, nem para que os sacerdotes os calem.

Foi dado o sinal.

A máquina os trai.

No momento em que penso estar mais perdida, o rosto de Johnny Panic aparece numa auréola de lâmpadas a arco lá no teto. Estremeço como uma folha nos dentes da glória. A barba dele é relâmpago. O relâmpago está em seu olho. A sua Palavra libera a descarga elétrica e ilumina o universo.

O ar crepita com seus anjos de língua azul e halo de raio.

Seu amor é o salto de vinte andares, a corda no pescoço, a faca no coração.

Ele jamais esquece os seus.

AMÉRICA! AMÉRICA!

ESTUDEI EM ESCOLAS PÚBLICAS — públicas mesmo. *Todo mundo* estudou: os tagarelas, os tímidos, os atarracados, os varapaus, o futuro cientista eletrônico, o futuro policial que certa noite viria a chutar um diabético até a morte ao confundi-lo com um bêbado que precisava se acalmar um pouquinho; os pobres, cheirando a lã suja, ao bebê urinoso que tinha ficado em casa e à geleia geral; os mais ricos, com suas golas de pele puídas, anéis de opala e papais que tinham carro ("Quê que o *seu* pai faz?", "Ele num *trabaia*, ele é motorista de ônibus." Todos dão risada). Lá estava ela — a Educação —, oferecida sem custo a todos nós, uma grossa fatia da população americana em plena depressão. *Nós* não estávamos deprimidos, é claro. Deixávamos essa parte para os nossos pais, que se desdobravam para criar um filho ou dois e caíam pelos cantos depois do trabalho e de jantares frugais, sempre ao lado do rádio, para ouvir as notícias da "terra natal" e de um homem de bigode preto chamado Hitler.

Acima de tudo, nós de fato nos sentíamos americanos na agitada cidadezinha litorânea onde peguei, como se fosse piolho, o ritmo dos meus primeiros dez anos de escola — um grande e ruidoso balaio de gato de católicos irlandeses, judeus alemães, suecos, negros, italianos e aquele raro e puro cocô do navio *Mayflower*: alguém que fosse *inglês*. A essa pobre tripulação de cidadãos mirins, as doutrinas da Liberdade e Igualdade deveriam ser transmitidas por meio das escolas comunitárias e gratuitas. Embora quase nos considerássemos bostonianos (o aeroporto da cidade, com seus aviões e dirigíveis prateados que pairavam tão belos, rosnava e reluzia do outro lado da baía), eram os arranha-céus de Nova York os ícones colados nas paredes das salas de aula; Nova York e a grande rainha verde que estendia uma luminária como símbolo da liberdade.

Toda manhã, levando a mão ao coração, prometíamos lealdade às Estrelas e Listras, uma espécie de toalha de altar que ficava no alto da mesa do professor. E cantávamos as letras carregadas de fumaça de pólvora e patriotismo que acompanhavam melodias impensáveis, vacilantes, agudas. Uma nobre e bela canção, "pelas grandezas das montanhas roxas acima da planície fértil", sempre levou às lágrimas a poeta em miniatura que havia em mim. Naquela época, eu não sabia dizer o que era a planície fértil e o que era a grandeza da montanha, e confundia Deus com George Washington (cuja expressão de vovozinha meiga também nos iluminava do alto da parede da sala, entre persianas impecáveis de caracóis brancos), mas mesmo assim gorjeava, ao lado dos meus pequenos e catarrentos compatriotas: "América, América! Deus derramou Sua graça sobre ti, e coroou teu povo com a fraternidade que se estende pelo mar brilhante".*

Do mar sabíamos uma coisa ou outra. Término de quase todas as ruas, contorcia, sacudia e arremessava de seu cinza amorfo

---

* "For purple mountains majesties above the fruited plain. [...] America, America! God shed His grace on thee, and crown thy good with brotherhood from sea to shining sea." Trata-se da letra da canção tradicional "America The Beautiful", escrita em 1893 pela poeta Katharine Lee Bates. (N. T.)

pratos de porcelana, macaquinhos de madeira, delicadas conchas e sapatos de homens que tinham morrido. Ventos salgados e úmidos varriam sem parar nossos parquinhos — aquelas composições góticas de cascalho, macadame, granito e terra remexida, maliciosamente projetadas para esfolar e polir os joelhos mais tenros. Lá trocávamos cartas de baralho (só pelos desenhos no verso) e histórias indecentes, pulávamos corda, brincávamos de bola de gude e encenávamos as emoções do rádio e dos quadrinhos da nossa época ("Quem conhece o mal que espreita no coração do homem? O Sombra conhece... Ha ha ha!" ou "Olhem lá no céu! É um pássaro? É um avião? Não, é o Super-Homem!"). Se estávamos destinados a algum fim especial — marcados, condenados, limitados, fadados —, não sabíamos. Sorríamos e saltávamos de nossas carteiras para jogar queimada, tão abertos e tão confiantes quanto o próprio mar.

Afinal, podíamos ser qualquer coisa. Se trabalhássemos. Se nos dedicássemos aos estudos. Nosso sotaque, nosso dinheiro e nossos pais não faziam diferença. Não havia advogados que saíam da família do carroceiro de carvão e médicos da lata do lixeiro? A educação era a resposta, e só Deus sabe como ela havia chegado a nós. Invisível, suponho, no início — um místico brilho infravermelho que saía das tabuadas, poemas pavorosos que exaltavam o céu azul do mês de outubro, um mundo de histórias que parecia começar e terminar com a Festa do Chá de Boston, em que os peregrinos e os índios eram, como o *eohippus*,* pré-históricos.

Depois a obsessão da universidade chegaria para nos dominar feito um vírus sutil e aterrorizante. Todo mundo *tinha que* ir a alguma universidade. Fosse um curso de administração, um curso técnico, uma faculdade estadual, um curso de secretariado, uma universidade da *Ivy League*, um curso de agronomia. Primeiro os

---

* Gênero extinto de equinos precursores dos cavalos. (N. T.)

johnny panic e a bíblia de sonhos e outros textos em prosa   43

estudos, depois o trabalho. Quando nós (tanto o futuro policial quanto o futuro gênio da tecnologia) chegamos como uma explosão ao próspero segundo grau pós-guerra, orientadores vocacionais trabalhavam em período integral para nos estimular, com frequência cada vez maior, a discutir motivações, objetivos, assuntos escolares, empregos — e universidades. Professores excelentes caíam do céu como meteoros: professores de biologia exibiam cérebros humanos, professores de inglês nos inspiravam com seu apego ideológico por Tolstói e Platão, professores de arte nos conduziam pelos guetos de Boston e depois nos devolviam ao cavalete para que espalhássemos na tela a tinta guache da escola pública com consciência social e raiva. A excentricidade, o risco que se corre por ser especial *demais*, era negociada e afastada de nós como o polegar que uma criança deixa de chupar.

A orientadora vocacional das meninas diagnosticou meu problema logo de cara. Eu era perigosamente intelectual, só isso. Sem a combinação adequada de atividades extracurriculares, minha elevada e pura sucessão de notas dez perigava me levar direto para o abismo. Cada vez mais as universidades procuravam alunos versáteis. Àquela altura eu já tinha estudado Maquiavel nas aulas de história moderna. Peguei a deixa.

Mas, sem que eu soubesse, essa orientadora vocacional tinha uma irmã gêmea idêntica de cabelos brancos que eu sempre encontrava nos supermercados e no dentista. Com essa gêmea eu me abria sobre meu leque de atividades que crescia sem parar — coisas como comer gomos de laranja no alojamento dos jogos de basquete femininos (eu havia sido selecionada para o time), pintar Ferdinandos e Violetas gigantescos para os bailes da turma, fazer a diagramação dos bonecos do jornalzinho da escola à meia-noite, enquanto minha coeditora exausta lia as piadas no fim das colunas da *New Yorker*. A expressão vazia e estranhamente emudecida da gêmea da minha orientadora vocacional não me desencorajou, nem a aparente amnésia de sua sósia pálida e eficiente que ficava na sala da escola. Me tornei uma adepta adolescente e enfurecida do pragmatismo. "O uso é a verdade, e a verdade é o uso", devo ter resmungado, dobrando as meias soquete para ficar igual às minhas colegas de escola. Não havia uniforme, mas havia uniforme, sim — o corte de cabelo tigela, todo certinho, a saia com blusa de malha, os *loafers*, cópias pioradas dos mocassins dos indígenas. Chegamos até a fomentar, em nossa estrutura democrática, duas relíquias milenares do esnobismo — duas irmandades: Debutantes e Açúcar com Pimenta. No início de cada ano letivo, as veteranas mandavam convites para as novas alunas — as bonitas, as populares, as rivais em potencial. Uma semana de iniciação precedia nossa adequação arrogante à famigerada Norma. Os professores eram contra a semana de iniciação e os meninos tiravam sarro, mas ninguém podia nos impedir.

Como acontecia com toda iniciada, me atribuíram uma Irmã Mais Velha que transformou em rotina a missão de destruir meu ego. Por uma semana inteira fui proibida de usar maquiagem, tomar banho, pentear os cabelos, trocar de roupa ou falar com os meninos. Quando amanhecia, eu ia a pé até a casa da minha Irmã Mais Velha para fazer seu café da manhã e arrumar sua cama. Depois, arrastando seus livros insuportavelmente pesados, além dos meus próprios, eu a seguia feito um cachorro até a escola. No caminho ela podia me mandar subir numa árvore e ficar pendurada num galho até cair, ou fazer perguntas grosseiras aos passantes, ou sair pelo comércio pedindo uvas podres e arroz mofado. Se eu sorrisse — isto é, se mostrasse qualquer traço de ironia ante a minha escravidão —, tinha de me ajoelhar na calçada e arrancar o sorriso do rosto. No instante em que o sinal do fim das aulas tocava, a Irmã Mais Velha assumia o controle. Quando anoitecia, eu sentia dor e cheirava mal; a tarefa de casa zunia dentro de um cérebro embotado e zonzo. Estavam me moldando para ser Normal.

johnny panic e a bíblia de sonhos e outros textos em prosa

Sabe-se lá como, não funcionou — essa iniciação ao *nihil* do pertencimento. Talvez eu fosse estranha demais. O que essas representantes da feminilidade americana escolhidas a dedo faziam em suas reuniões da irmandade? Comiam bolo; comiam bolo e fofocavam sobre o encontro do sábado à noite. O privilégio de ser alguém começava a mostrar a outra face — a pressão de ser todo mundo; logo, ninguém.

Há pouco tempo espiei uma escola primária americana pelo vidro lateral da fachada: carteiras de tamanho infantil e mesas de madeira clara; fogões de brinquedo e bebedouros minúsculos. Luz do sol por todo lado. Em um quarto de século, a anarquia, o desconforto e a sujeira de que eu me lembrava com tanta ternura tinham sido amansados. Uma das turmas havia passado a manhã dentro de um ônibus para que os alunos aprendessem a pagar a passagem e perguntar sobre as paradas. Ler (na minha época se aprendia aos quatro anos com as caixas de sabão) se tornou uma arte tão traumática e imprevisível que o indivíduo tem sorte se conseguir dominá-la aos dez. Mas as crianças sorriam em seu pequeno círculo. Será que cheguei a ver, no armário de primeiros socorros, o reluzir dos frascos — calmantes e sedativos para o rebelde mirim, o artista, o diferente?

O DIA EM QUE O SR. PRESCOTT MORREU

Era um dia claro, um dia quente, o dia em que o velho sr. Prescott morreu. Eu e mamãe nos sentamos no banco lateral do ônibus verde caindo aos pedaços que vinha da estação de metrô em direção a Devonshire Terrace e ficamos sacolejando sem parar. O suor escorria pelas minhas costas, eu sentia, e minha blusa de linho preto grudava no assento. Toda vez que eu me mexia o tecido se soltava com um barulho de alguma coisa rasgando, e eu olhava para mamãe com uma cara de "eu avisei", como se fosse culpa dela, mas não era. Ela só continuava sentada com as mãos dobradas no colo, sacudindo de um lado para o outro, e não dizia nada. Só fazia uma cara de quem estava resignada ao destino.

— Sabe, mamãe — eu lhe dissera depois que a sra. Mayfair tinha telefonado aquela manhã —, eu entendo que tenhamos de ir ao velório, apesar de não acreditar em velórios, mas como assim precisamos ficar sentadas com eles?

— É o que se faz quando alguém próximo morre — mamãe dissera, bastante sensata. — Você vai até lá e se senta com a família. É um momento difícil.

— É mesmo um momento difícil — eu confirmara. — E o que posso fazer se não vejo Liz e Ben Prescott desde criança, a não ser uma vez por ano no Natal, na hora de trocar presentes na casa da sra. Mayfair? Querem que eu fique sentada segurando um lencinho, é isso?

Ao ouvir esse comentário, mamãe levantou a mão e me deu um tapa na boca, como não fazia desde que eu era criança e falava o que vinha à cabeça.

— Você vai vir comigo — ela dissera com seu tom imponente, o que significava que não ia aturar mais nenhuma gracinha.

E foi assim que vim parar nesse ônibus no dia mais quente do ano. Eu não sabia ao certo como uma pessoa se veste para velar alguém, mas imaginei que sendo uma roupa preta estaria tudo bem. Então coloquei um conjunto de linho preto muito elegante e um chapeuzinho com véu, o mesmo que uso para ir trabalhar quando tenho jantares à noite, e senti que estava pronta para qualquer coisa.

Bem, o ônibus foi se arrastando e passamos pelas piores partes de East Boston, que eu não via desde criança. Desde que nos mudamos para o campo com a tia Myra, eu não voltava à minha cidade natal. A única coisa de que realmente senti falta depois da mudança foi o mar. Mesmo hoje, nesse ônibus, me peguei ansiosa para ver aquele primeiro pedaço de azul.

— Olha, mamãe, nossa velha praia — eu disse, apontando.

Mamãe olhou e sorriu.

— Pois é. — Então ela se virou para me encarar e seu rosto fino ficou muito sério. — Quero que você me dê orgulho hoje. Se quiser falar, fale. Mas fale com jeito. Não me venha com essas ideias de queimar gente feito churrasco. É um comentário inadequado.

— Ah, mamãe — eu disse, muito cansada. Eu vivia me explicando. — A senhora não sabe que eu tenho bom senso? Só porque o velho Prescott fez por merecer, só porque ninguém está se lamentando, não pense que não vou ser educada e correta.

48   sylvia plath

Eu sabia que aquilo ia mexer com a mamãe.

— O que você quer dizer com "ninguém está se lamentando"? — ela sibilou, primeiro se certificando de que não havia ninguém por perto para escutar a conversa. — O que você está insinuando com essa sua boca suja?

— Olha, mamãe — eu disse —, a senhora sabe que o senhor Prescott era vinte anos mais velho que a senhora Prescott, e que ela só estava esperando ele morrer para poder aproveitar a vida. Só esperando. Ele era um velho ranzinza desde que eu me entendo por gente. Dava dor de cabeça para todo mundo, e vivia com aquela doença de pele nas mãos.

— Isso era uma lástima de que o pobre coitado não tinha culpa — mamãe disse, piedosa. — Ele tinha direito de ficar mal-humorado com as mãos coçando sem parar, esfregando a pele como ele fazia.

— Lembra quando fomos à ceia de Natal do ano passado? — eu continuei tagarelando, teimosa. — Ele se sentou à mesa e ficou esfregando as mãos de um jeito tão barulhento que eu não conseguia ouvir mais nada, só a pele dele descamando aos poucos feito uma lixa. Você ia aguentar conviver com *aquilo* todo dia?

Naquele momento eu a convenci. Não havia dúvida de que o falecimento do sr. Prescott não faria ninguém se lamentar. Era a melhor coisa que podia ter acontecido.

— Bem — mamãe falou suspirando —, podemos pelo menos achar bom que ele tenha partido sem sofrimento. Só posso torcer para que seja assim quando chegar a minha hora.

Depois as ruas começaram a se embaralhar de repente, e então chegamos ao velho Devonshire Terrace e mamãe puxou a campainha. O ônibus freou com violência, e eu agarrei o poste de metal descascado que ficava atrás do motorista a tempo de não sair voando pela janela da frente.

— Obrigada, senhor — eu disse no tom mais frio possível e desci do ônibus com passinhos afetados.

— Lembre-se — mamãe disse enquanto andávamos pela calçada e depois fazíamos uma fila onde havia um hidrante e a passagem era muito estreita —, lembre-se, ficamos enquanto eles precisarem de nós. E nada de reclamar. Só lave a louça, ou converse com a Liz, ou o que você achar melhor.

— Mas mamãe — eu reclamei —, como vou dizer que lamento a morte do senhor Prescott, se na verdade não lamento nem um pouco? Se na verdade acho que é uma coisa boa?

— Você pode dizer que foi piedade de Deus que ele tenha partido em paz — mamãe disse, austera. — Então você dirá a mais pura verdade.

Só fiquei nervosa quando viramos na estradinha de cascalho que dava na velha casa amarela dos Prescott em Devonshire Terrace. Não senti nem um pingo de tristeza. O toldo laranja e verde estava estendido sobre a varanda, exatamente como eu me lembrava, e depois de dez anos continuava idêntico, só que menor. E os dois álamos que ficavam um de cada lado da porta tinham encolhido, mas era só isso.

Enquanto ajudava mamãe a subir os degraus de pedra que levavam à varanda, ouvi alguma coisa rangendo, e, dito e feito, lá estava Ben Prescott se sacudindo na rede de descanso da varanda como se fosse um dia qualquer, menos o dia em que seu papai tinha morrido. Estava lá sentado, alto e desengonçado, em carne e osso. Mas o que me deixou surpresa mesmo foi que ele estava com seu violão preferido na rede de descanso bem ao lado dele. Parecia ter acabado de tocar uma música tradicional muito animada ou algo assim.

— Oi, Ben — mamãe disse, pesarosa. — Sinto muito.

Ben pareceu envergonhado.

— Imagine, tudo bem — ele disse. — O pessoal está lá na sala.

Segui mamãe pela porta de tela, dando um sorrisinho para Ben. Eu não sabia se podia sorrir porque ele era um bom rapaz, ou se não podia, por respeito ao pai dele.

Dentro da casa também era como eu me lembrava, muito escuro, de forma que não se via quase nada, e as persianas verdes das janelas também não ajudavam. Todas estavam fechadas. Mamãe foi tateando até chegar à sala de estar e abriu a cortina que fazia as vezes de porta.

— Lydia? — ela chamou.

— Agnes? — Houve uma pequena movimentação no escuro da sala e a sra. Prescott saiu para nos receber. Eu nunca a tinha visto com uma cara tão boa, embora o pó facial estivesse todo manchado de lágrimas.

Fiquei em pé enquanto as duas se abraçavam e se beijavam e faziam barulhinhos de comiseração. Então a sra. Prescott se virou para mim e ofereceu a bochecha para que eu a beijasse. Mais uma vez tentei parecer triste, mas aquilo não dava certo de jeito nenhum, então eu disse:

— Você não imagina como ficamos surpresas ao saber do senhor Prescott.

Na verdade, entretanto, ninguém estava nem um pouco surpreso, porque o velho só precisava de mais um ataque do coração para ir para o saco. Mas era a coisa certa a se dizer.

— Ah, sim… — A sra. Prescott suspirou. — Eu pensei que esse dia ainda ia demorar um bom tempo para chegar. — E ela nos levou à sala de estar.

Depois que me acostumei à luz baixa, consegui ver quem eram as pessoas sentadas à nossa volta. Uma delas era a sra. Mayfair, que era cunhada da sra. Prescott e a mulher mais imensa que eu tinha visto na vida. Estava no canto, perto do piano. A outra era Liz, que mal me cumprimentou. Estava vestindo uma bermuda e uma blusa velha e fumava sem parar. Para uma moça que tinha visto o pai morrer naquela manhã, ela parecia bastante descontraída, talvez só um pouquinho pálida.

Bem, enquanto nos ajeitávamos ninguém disse nada por um instante, como se todos esperassem o aviso que antecede o início de um espetáculo. Só a sra. Mayfair, sentada sobre suas camadas de gordura, estava enxugando os olhos com um lenço, e eu tinha quase certeza de que era suor que escorria, não lágrimas, jamais.

— Que pena — mamãe começou a falar, muito baixo, nesse momento —, que pena, Lydia, que ele tenha partido assim. Vim tão rápido que não cheguei a saber quem o encontrou.

Mamãe pronunciou "ele" como se merecesse um "e" maiúsculo, mas pensei que era fácil falar agora que o sr. Prescott não ia mais incomodar ninguém com aquele gênio difícil e aquelas mãos ásperas. De qualquer maneira, aquela era a deixa que a sra. Prescott estava esperando.

— Ah, Agnes... — ela começou a falar, e seu rosto ganhou uma peculiar luz brilhante. — Eu não estava aqui. Foi a Liz quem o encontrou, coitadinha.

— Coitadinha — disse a sra. Mayfair, fungando em seu lenço. Seu enorme rosto vermelho se enrugou como uma melancia rachada. — O pobre caiu morto nos braços dela.

Liz não disse nada, só amassou um cigarro pela metade no cinzeiro e acendeu outro. Nem estava com as mãos trêmulas, nada. E, acredite, eu prestei muita atenção.

— Eu tinha ido visitar o rabino — a sra. Prescott voltou a falar. Ela se interessa muito por essas novas religiões. Toda hora aparece um novo ministro ou pastor indo jantar na casa dela. E agora é um rabino, por ora. — Eu tinha ido visitar o rabino e a Liz estava em casa fazendo o jantar quando o papai chegou depois de nadar. Você sabe que ele sempre adorou nadar, Agnes.

Mamãe disse que sim, que ela sabia que o sr. Prescott sempre adorou nadar.

52   **sylvia plath**

— Bem — a sra. Prescott prosseguiu, tão calma quanto uma radialista da Dragnet —, era pouco depois das onze e meia. O papai sempre gostou de dar um mergulho de manhã, mesmo quando a água estava um gelo, e tinha voltado e estava no quintal se secando e conversando com o nosso vizinho por cima da cerca de malva-rosa.

— Ele tinha erguido aquela cerca fazia só um ano — a sra. Mayfair interrompeu, como se aquela fosse uma pista importante.

— E o senhor Gove, que é um vizinho tão simpático, achou que o papai estava com uma cara gozada, azulada, pelo que ele disse, e sem mais nem menos o papai parou de responder, e só ficou parado com um sorriso bobo no rosto.

Liz estava olhando pela janela da frente, onde ainda se ouvia a rede rangendo na varanda. Estava soprando argolas de fumaça. Esse tempo todo sem nenhuma palavra. Só argolas de fumaça.

— Aí o senhor Gove chamou a Liz e ela foi correndo lá fora, e o papai despencou feito uma árvore, e o senhor Gove correu pra pegar um pouco de conhaque na casa enquanto a Liz ficou segurando o papai nos braços…

— E depois, o que aconteceu? — não consegui deixar de perguntar, do mesmo jeito que fazia quando era pequena e mamãe contava histórias de ladrão.

— Depois — a sra. Prescott nos contou — o papai só… faleceu, ali mesmo, nos braços da Liz. Nem conseguiu terminar de beber o conhaque.

— Ah, Lydia — mamãe lamentou. — Quanta coisa você está suportando!

A sra. Prescott não parecia ter suportado nada. A sra. Mayfair começou a soluçar em seu lencinho e a invocar o nome do Senhor. Ela devia estar pensando no velho, porque não parava de repetir: "Ah, perdoai nossos pecados", como se o tivesse matado com as próprias mãos.

— Vamos seguir a vida — a sra. Prescott disse, abrindo um sorriso corajoso. — O papai ia querer ver a gente seguindo a vida.

— É o melhor que podemos fazer — mamãe disse, suspirando.

— Espero que na minha hora eu também vá em paz — a sra. Prescott disse.

— Perdoai nossos pecados — a sra. Mayfair soluçou para ninguém.

A essa altura, a rede parou de ranger na varanda e Ben Prescott apareceu em pé na soleira da porta, piscando os olhos por trás dos óculos grossos e tentando enxergar todas nós no escuro.

— Fiquei com fome — ele disse.

— Acho que a gente devia comer agora — a sra. Prescott sugeriu, sorrindo pra gente. — Os vizinhos trouxeram comida para a semana inteira.

— Peru e presunto, sopa e salada — Liz comentou num tom de voz entediado, como se fosse uma garçonete lendo o cardápio. — Eu nem soube onde guardar tudo.

— Ah, Lydia — mamãe exclamou. — Deixe *a gente* arrumar tudo. Deixe *a gente* ajudar. Espero que não seja muito aborrecimento...

— Imagine... — A sra. Prescott sorriu seu novo sorriso radiante. — Vamos deixar os mais jovens cuidarem disso.

Mamãe se virou para mim com um de seus acenos cheios de significado, e eu me levantei num salto, como se tivesse tomado um choque elétrico.

— Me mostre onde estão as coisas, Liz — eu disse —, e a gente arruma tudo rapidinho.

Ben nos seguiu até a cozinha, onde o velho fogão a gás preto estava, e a pia também, cheia de louça suja. A primeira coisa que fiz foi pegar um copo grande e pesado que estava de molho na pia e me servir de um copo d'água.

— Nossa, que sede me deu — eu disse, bebendo tudo de uma vez. Liz e Ben ficaram me encarando como se estivessem hipnotizados. Então notei que a água estava com um gosto estranho, como se não tivessem lavado o copo direito, e que havia pingos de alguma bebida forte no fundo, misturados à água.

— Esse — disse Liz depois de dar uma tragada no cigarro — foi o último copo que o papai usou. Mas tanto faz.

—Ai, puxa vida, sinto muito — eu disse, largando o copo na mesma hora. De súbito senti algo muito parecido com um enjoo, porque consegui visualizar o sr. Prescott bebendo o último conhaque daquele copo e ficando azul. — Sinto muito mesmo.

Ben sorriu e disse:

— Uma hora ou outra alguém ia ter que beber desse copo.

Eu gostava do Ben. Quando queria, ele era um rapaz muito sensato.

Então Liz subiu para se trocar, depois de me mostrar o que eu precisava arrumar para o jantar.

— Se importa se eu trouxer meu violão? — Ben perguntou quando comecei a aprontar a salada de batata.

— Não, por mim tudo bem — eu disse. — Mas o pessoal não vai achar ruim? Já que violão é coisa de festa, e tudo o mais?

— Deixe que achem ruim. Deu vontade de tocar.

Fiquei andando pela cozinha e Ben não falou quase nada, só ficou sentado, tocando com muita delicadeza umas músicas *hillbilly* que davam vontade de rir e às vezes de chorar.

— Sabe, Ben — eu disse, cortando o peru frio em fatias numa travessa —, eu fico me perguntando… Você está triste mesmo?

Ben sorriu com seu jeito de sempre.

—Agora não estou triste de verdade, mas eu poderia ter sido melhor. Poderia ter sido melhor, só isso.

Eu pensei na mamãe, e de repente toda aquela tristeza que não tinha conseguido encontrar durante o dia me subiu para a garganta.

— Vamos seguir a vida ainda mais fortes que antes — eu disse. E depois repeti o que mamãe tinha dito, como nunca pensei que faria: — É o melhor que podemos fazer. — E fui tirar a sopa de ervilhas do forno.

— É gozado, né? — Ben disse. — A gente pensa que uma pessoa morreu e que a gente se libertou, mas depois descobre que ela continua ali dentro, rindo da gente. Eu não sinto que o papai tenha morrido de verdade. Ele está em algum lugar lá no fundo, dentro de mim, olhando o que está acontecendo. E rindo sem parar.

— Talvez esse seja o lado bom — eu disse, e de repente soube que talvez fosse, de fato. — O lado do qual não precisamos fugir. A gente sabe que vai levar essa parte com a gente, e depois, quando formos para um lugar qualquer, não vai ser para fugir. Vai ser só para crescer.

Ben sorriu para mim e eu fui chamar o pessoal. O jantar foi uma refeição meio silenciosa, com um ótimo presunto frio e peru. Conversamos sobre o meu emprego na firma de seguros e até fiz a sra. Mayfair rir quando comentei sobre o meu chefe, sr. Murray, e seu truque do charuto que explodia. Liz estava praticamente noiva, de acordo com a sra. Prescott, e parecia outra pessoa quando Barry não estava por perto. Nem um pio sobre o velho sr. Prescott.

A sra. Mayfair se refestelou comendo três sobremesas e ficou repetindo "só um pedacinho, só isso. Só um pedacinho!" enquanto o bolo de chocolate rodava a mesa.

— Coitada da Henrietta — a sra. Prescott disse, vendo a imensa cunhada engolir colheradas e mais colheradas de sorvete. — É aquela fome psicossomática de que a gente ouve falar. Faz ela comer demais.

Depois do café, que Liz preparou no moedor, por isso deu para sentir que era de qualidade, houve um silenciozinho constrangedor. Mamãe não parava de pegar a xícara para bebericar o café, mas eu sabia que não tinha mais nada dentro. Liz voltou a fumar, e uma pequena nuvem de fumaça se formou ao redor dela. Ben começou a fazer um planador com o guardanapo de papel.

— Então — a sra. Prescott pigarreou —, acho que agora vou para a casa funerária com a Henrietta. Entenda, Agnes, que não sou uma pessoa antiquada com esse tipo de coisa. Eu disse que não era necessário trazer flores e que ninguém precisa ir. É que alguns dos colegas de negócios do papai esperam que haja cerimônia.

— Eu vou — disse mamãe, convicta.

— As crianças não vão — a sra. Prescott disse. — Já viram o que tinham que ver.

— O Barry vem mais tarde — Liz disse. — Tenho que tomar um banho.

— Eu vou lavar a louça — eu me ofereci, sem olhar para mamãe. — Ben vai me ajudar.

— Bom, então acho que todo mundo já se arranjou. — A sra. Prescott ajudou a sra. Mayfair a se levantar, e mamãe pegou seu outro braço. Da última vez que as vi, estavam segurando a sra. Mayfair enquanto ela descia os degraus da varanda, respirando com dificuldade. Esse era o único jeito de descer em segurança, sem cair, ela disse.

A CAIXINHA DE DESEJOS

Agnes Higgins sabia muito bem por que seu marido, Harold, encarava o suco de laranja e os ovos mexidos do café da manhã com uma expressão beatífica e distraída.

— E então — Agnes disse, contrariada, espalhando geleia de ameixa na torrada com movimentos rancorosos da faca de manteiga —, com o que você sonhou *essa noite*?

— Estava me lembrando agora mesmo — Harold disse, ainda olhando com uma cara extasiada e confusa para os contornos muito atraentes e tangíveis da esposa (corada nas bochechas e loira, com um ar meigo, como sempre, naquela manhã de início de setembro, vestindo seu penhoar com estampa de rosas) — daqueles manuscritos sobre os quais fiquei conversando com William Blake.

— Mas — Agnes contestou, tentando em vão esconder a irritação — como você *sabia* que era William Blake?

Harold pareceu surpreso.

— Ora, pelas fotos dele, é claro.

E o que Agnes poderia dizer depois disso? Ela ardia em silêncio, bebendo o café, lutando contra o estranho ciúme que vinha crescendo por dentro como um câncer perigoso e maligno desde a noite de seu casamento, havia apenas três meses, quando descobrira sobre os sonhos de Harold. Naquela primeira noite da lua-de-mel, nas primeiras horas da manhã, Harold havia dado um susto em Agnes quando uma violenta e convulsiva contração que tomou conta de seu braço direito interrompeu o sono profundo e sem sonhos da esposa. Momentaneamente assustada, Agnes tinha acordado Harold com um chacoalhão e perguntado qual era o problema com uma entonação delicada e maternal; ela pensou que ele tivera um pesadelo. Mas com Harold não funcionava assim.

— Eu tinha acabado de começar a tocar o *Concerto do Imperador* — ele explicou, sonolento. — Eu devia ter levantado o braço para tocar o primeiro acorde quando você me acordou.

Quando eram recém-casados, os sonhos vívidos de Harold divertiam Agnes. Toda manhã ela perguntava a Harold o que ele tinha sonhado durante a noite, e ele lhe contava em detalhes, como se descrevesse um acontecimento significativo e real.

— Me apresentaram a um grupo de poetas americanos na Biblioteca do Congresso — ele reportava com satisfação. — William Carlos Williams estava lá, com um casaco grande e áspero, e aquele que escreve sobre Nantucket, e Robinson Jeffers parecendo um índio americano, igual na foto da antologia; e depois Robert Frost chegou dirigindo um sedã e fez um comentário perspicaz que me fez rir. — Ou: — Vi um deserto lindo, todo em tons de vermelho e roxo, e cada grão de areia parecia um rubi ou uma safira reluzente. Um leopardo branco com manchas douradas estava parado sobre um riacho azul brilhante, com as pernas traseiras numa margem e as dianteiras na outra, e uma fila de formigas vermelhas cruzava o riacho por cima do leopardo, subindo pelo rabo, passando pelas costas e pelo meio dos olhos, e depois descendo do outro lado.

Os sonhos de Harold eram verdadeiras e meticulosas obras de arte. Sem dúvida, para um contador certificado com notáveis gostos literários (na condução ele lê E. T. A. Hoffmann, Kafka e as colunas mensais de astrologia, em vez do jornal do dia), Harold tinha uma imaginação surpreendentemente rápida e vivaz. Mas, pouco a pouco, o hábito que Harold tinha de encarar seus sonhos como se fossem de fato parte integral de sua experiência consciente começou a tirar Agnes do sério. Ela se sentia excluída. Era como se Harold passasse um terço de sua vida entre celebridades e criaturas lendárias e fabulosas num mundo vertiginoso do qual Agnes se via perpetuamente exilada, a não ser pelo que ele lhe contava.

Com o passar das semanas, Agnes começou a ficar cismada. Embora ela nunca tivesse comentado com Harold, seus próprios sonhos, quando ela os tinha (o que já era uma raridade, infelizmente), a horrorizavam: eram paisagens sombrias e ameaçadoras povoadas de figuras macabras, irreconhecíveis. Ela nunca conseguia se lembrar desses pesadelos em detalhes, e perdia-os enquanto se esforçava para acordar, só conseguindo guardar a nítida sensação da atmosfera sufocante e tempestuosa que sempre a assombrava, opressora, pelo dia seguinte inteiro. Agnes tinha vergonha de contar sobre essas cenas fragmentadas de terror a Harold, por medo que refletissem de forma pouco lisonjeira a potência de sua imaginação. Seus sonhos — poucos e pouco frequentes como eram — soavam tão prosaicos e tão tediosos em comparação ao nobre e barroco esplendor dos de Harold. Como ela poderia apenas dizer "eu estava caindo", ou "minha mãe morreu e fiquei tão triste", ou "tinha alguma coisa me perseguindo e eu não conseguia correr"? A verdade, conforme Agnes descobriu, com um arroubo de inveja, era que sua vida onírica faria até o mais dedicado psicanalista reprimir um bocejo.

Para onde tinham ido, Agnes se perguntava com melancolia, aqueles dias férteis da infância nos quais ela acreditara em fadas? Naquela época, pelo menos, seu sono nunca fora vazio de sonhos, nem seus sonhos tediosos e feios. No seu sétimo ano, como ela se lembrou com melancolia, tinha sonhado com uma terra de caixinhas de desejos que ficava acima das nuvens, onde caixinhas de desejos davam nas árvores e se pareciam muito com moedores de café; as pessoas escolhiam uma caixa, giravam a manivela nove vezes, sussurrando seu desejo num buraquinho na lateral da caixa e ele se realizava. Outra vez, ela tinha sonhado que encontrava três plantinhas mágicas que cresciam ao lado da caixa de correio no fim da rua onde morava: as três plantinhas brilhavam como fitas de Natal de ouropel, uma vermelha, outra azul, e uma prateada. Em outro sonho, ela e Michael, seu irmão mais novo, estavam na frente da casa de tábuas brancas de Dody Nelson com roupas de frio, e raízes nodosas de bordo serpenteavam pelo chão duro e marrom; ela usava luvas de lã listradas em vermelho e branco; e, de repente, quando ela estendia uma das mãos em concha, começava a nevar pastilhas para garganta azul-turquesa. Mas não iam muito além disso, os sonhos de uma infância infinitamente mais criativa dos quais Agnes se lembrava. Em que idade aqueles mundos de sonhos coloridos e benevolentes a tinham abandonado? E por quê?

*

ENQUANTO ISSO, HAROLD, INCANSÁVEL, continuava lhe contando seus sonhos durante o café da manhã. Certa vez, numa fase deprimente e mal aspectada da vida de Harold, antes de conhecer Agnes, ele havia sonhado que uma raposa-vermelha corria pela cozinha, gravemente queimada, com a pelagem chamuscada e enegrecida, com vários ferimentos vertendo sangue. Depois, conforme Harold revelou, numa fase mais auspiciosa, logo depois do casamento com Agnes, a raposa-vermelha tinha aparecido de novo, curada por algum milagre, com o pelo lustroso, para presentear Harold com um tinteiro Quink de tinta preta perma-

62   sylvia plath

nente. Harold tinha um carinho especial por seus sonhos com a raposa; eram recorrentes. Também era recorrente seu sonho com o peixe gigante.

— Tinha um lago — Harold contou a Agnes numa manhã úmida de agosto — em que meu primo Albert e eu sempre íamos pescar; e era lotado de peixes, de lúcios. Bem, essa noite eu estava pescando lá e peguei o lúcio mais imenso que você pode imaginar. Devia ser o tataravô dos outros; eu puxei sem parar, e era peixe que não acabava mais.

— Uma vez — Agnes contra-atacou, colocando açúcar no café preto com um ar de enfado —, quando eu era pequena, tive um sonho com o Super-Homem, e era todo em tecnicolor. Ele estava de azul, com uma capa vermelha e cabelo preto, lindo como um príncipe, e eu saí voando junto com ele pelo ar; consegui sentir o vento soprando e as lágrimas que saíam dos meus olhos. Voamos sobre o Alabama; eu sabia que era o Alabama porque a terra parecia um mapa, com "Alabama" escrito em letra cursiva ao longo de umas montanhas grandes e verdes.

Harold ficou impressionado.

— O que — ele então perguntou a Agnes — você sonhou essa noite? — O tom de Harold era quase arrependido: se fosse dizer a verdade, sua própria vida onírica o absorvia tanto que ele nunca tinha pensado em fazer as vezes de ouvinte e investigar a da esposa. Harold observou seu semblante belo e perturbado com interesse renovado: do outro lado da mesa do café, Agnes era, como ele parou para observar talvez pela primeira vez desde o início do casamento, uma visão extraordinariamente encantadora.

Por ora, Agnes ficou desconcertada com a pergunta bem-intencionada de Harold; ela já tinha passado havia muito tempo da fase em que pensava a sério em esconder no armário uma cópia das teorias de Freud sobre os sonhos e em se preparar com a narrativa do sonho de outra pessoa para conseguir manter o interesse de Harold pela manhã. Agora, em desespero e mandando a discrição às favas, ela decidiu confessar seu problema.

— Eu não sonho com nada — Agnes admitiu com uma voz baixa e trágica. — Não sonho mais.

Harold se mostrou preocupado.

— Talvez — ele a consolou — você não use seu poder de imaginação o suficiente. Você devia treinar. Tenta fechar os olhos.

Agnes fechou os olhos.

— E agora — Harold perguntou, esperançoso —, o que você está vendo?

Agnes entrou em pânico. Ela não via nada.

— Nada — ela disse, trêmula. — Só uma coisa parecida com um borrão.

— Então — disse Harold, enérgico, adotando a postura de um médico diante de uma enfermidade incômoda, mas não fatal — imagine um cálice.

— Um cálice *de que tipo*? — Agnes tentou negociar.

— Você que escolhe — Harold disse. — *Você* descreve para *mim*.

Ainda de olhos fechados, Agnes fez de tudo para revirar as profundezas de sua mente. Com muito esforço, ela deu um jeito de conjurar um cálice prateado embaçado e brilhante que pairava em algum lugar das áreas nebulosas de seu pensamento, tremeluzindo como se a qualquer momento pudesse se apagar como uma vela.

— É prateado — ela disse, com um ar quase provocador. — E tem duas alças.

— Ótimo. Agora imagine uma gravura no cálice.

Agnes colocou à força uma rena no cálice, contornada por folhas de videira, desenhada só com contornos na prata.

— É uma rena com uma coroa de folhas de videira.

— De que cor é a gravura? — Harold era implacável, Agnes pensou.

— Verde — Agnes mentiu, esmaltando às pressas as folhas de videira. — As folhas são verdes. E o céu é preto. — Ela estava quase orgulhosa desse toque tão original. — E a rena é marrom com pintinhas brancas.

— Certo. Agora lustre o cálice e deixe-o bem brilhante.

Agnes lustrou o cálice imaginário, se sentindo uma fraude.

— Mas o cálice está num lugar *muito longe* na minha cabeça — ela disse, hesitante, abrindo os olhos. — Eu vejo tudo muito longe. É assim que *você* vê os seus sonhos?

— Não, ora — Harold disse, confuso. — Eu vejo os meus sonhos na frente das pálpebras, como se estivessem numa tela de cinema. Eles só vêm; não tenho nada a ver com eles. Agora, por exemplo — ele fechou os olhos —, eu consigo ver umas coroas brilhantes se mexendo, penduradas num salgueiro bem grande.

Agnes entregou-se a um silêncio austero.

— Você vai ficar bem — Harold, com ar jocoso, tentou animá-la. — Só treine, todo dia, imaginando coisas diferentes como eu te ensinei.

Agnes mudou de assunto. Quando Harold estava no trabalho, ela começou, de súbito, a ler muito; ler povoava sua mente com imagens. Acometida por uma espécie de voracidade histérica, ela lia romances, revistas femininas, jornais e até as anedotas de sua edição de *Joy of Cooking* [O prazer de cozinhar]; lia guias de viagem, anúncios de eletrodomésticos, o *Sears Roebuck Catalogue*, as instruções das caixas de sabão, as informações do verso das capas de disco — tudo para não encarar o vasto vazio de sua própria cabeça, do qual Harold a tornara tão consciente. Mas, assim que tirava os olhos do impresso que tinha em mãos, era como se uma dimensão protetora se desfizesse.

A realidade extremamente autossuficiente e inalterável das *coisas* que a cercavam começou a deprimir Agnes. Com uma reverência invejosa, seu olhar assustado e quase paralisado se voltou ao tapete persa, ao papel de parede azul-marinho, ao dragão pintado de ouro no vaso chinês sobre a lareira, à estampa azul e dourada do sofá estofado em que estava sentada. Ela se sentiu sufocada, asfixiada por esses objetos cuja existência volumosa e pragmática de certa forma ameaçava as raízes mais profundas e secretas de seu próprio ser efêmero. Harold, como ela bem sabia, nunca iria tolerar tais tolices vaidosas se viessem das mesas e cadeiras; quando não gostava do cenário, quando ficava entediado, ele mudava tudo a seu bel-prazer. Se em alguma doce alucinação, Agnes se lamentou, um polvo viesse se arrastando em sua direção pelo assoalho, com uma estampa floral de roxo e laranja, ela comemoraria. Qualquer coisa para provar que seus poderes de imaginação não estavam perdidos para sempre; que seu olho não era apenas a lente aberta de uma câmera que registrava os fenômenos ao seu redor e parava por aí.

— Uma rosa — ela se pegou repetindo de forma cavernosa, como um hino fúnebre — é uma rosa é uma rosa...

Certa manhã, quando estava lendo um romance, Agnes de súbito percebeu, para seu horror, que seus olhos tinham percorrido cinco páginas sem assimilar o sentido de uma só palavra. Ela tentou mais uma vez, mas as letras se afastavam, se contorcendo como cobrinhas pretas malignas que cruzavam a página numa espécie de jargão sibilante e intraduzível. Foi aí que Agnes começou a frequentar o cinema da esquina todas as tardes. Não importava se já tinha visto o filme várias vezes; o caleidoscópio fluido de formas diante de seus olhos a embalava num transe rítmico; as vozes, que falavam algum código calmante e ininteligível, exorcizavam o silêncio mortal de sua mente. Depois de um tempo, às custas de muita adulação, Agnes convenceu Harold a comprar uma televisão em parcelas. Era muito melhor que o cinema; ela podia passar longas tardes bebendo xerez e assistindo à TV. Nesses últimos tempos, quando Agnes cumprimentava Harold assim que ele chegava em casa no fim da tarde, ela descobriu, com certa satisfação maldosa, que o rosto dele ficava desfocado diante de seus olhos, de forma que ela podia rearranjar suas feições como bem entendesse. Às vezes ela lhe atribuía um aspecto verde-ervilha, às vezes lilás; às vezes um nariz grego, às vezes um bico de águia.

— É que eu *gosto* de xerez — Agnes disse a Harold com ar teimoso quando ele implorou que maneirasse na bebida, depois que suas tardes de embriaguez solitária se tornaram óbvias até aos olhos complacentes do marido. — Me ajuda a relaxar.

O xerez, entretanto, não relaxava Agnes o suficiente para fazê-la dormir. Brutalmente sóbria, passado o efeito visionário do xerez, ela ficava deitada e imóvel, contorcendo os dedos como garras nervosas entre os lençóis, muito depois de a respiração de Harold se tornar pesada e pacífica, enquanto ele embarcava em alguma aventura rara e maravilhosa. Com um pânico gélido que ia crescendo, Agnes ficava deitada sem pregar os olhos, noite após noite. E, para piorar a situação, ela já não sentia mais cansaço. Por fim, uma consciência clara e sombria do que estava acontecendo a invadiu: as cortinas do sono, da escuridão e do esquecimento relaxante que separavam cada dia do dia anterior, e do dia seguinte, tinham sido afastadas de Agnes de forma definitiva e irrevogável. Ela viu diante de si um panorama intolerável e inquebrável de dias e noites despertos e cegos, e sua mente condenada ao vazio absoluto, sem ter uma só imagem própria para afastar o aniquilador ataque de mesas e cadeiras presunçosas, autônomas. Talvez ela chegasse aos cem anos, Agnes pensou debilmente. Todas as mulheres da família viviam muito.

Dr. Marcus, o médico da família dos Higgins, tentou, de seu jeito jovial, tranquilizar Agnes a respeito de suas queixas de insônia:

— É só um pouco de tensão nervosa, só isso. Tome uma dessas cápsulas à noite por um tempo e veja se melhora.

Agnes não perguntou ao dr. Marcus se as pílulas a fariam sonhar; só guardou a caixa com cinquenta pílulas na bolsa e pegou o ônibus para casa.

Dois dias depois, na última sexta-feira de setembro, quando Harold voltou do trabalho (ele havia passado toda a viagem de uma hora para casa de olhos fechados, fingindo estar dormindo, mas na verdade navegava num veleiro cor de cereja num rio luminoso em que elefantes brancos se aglomeravam e andavam pela superfície cristalina da água, à sombra de torres de estilo mouro construídas com vidro multicolorido), encontrou Agnes deitada no sofá da sala de estar, usando seu vestido social preferido, de tafetá esmeralda e saia estilo princesa, pálida e linda como um lírio aberto, de olhos fechados, com um frasco de remédios vazio e um copo de água virado no tapete ao seu lado. Sua expressão serena tinha se endurecido num sutil e secreto sorriso vitorioso, como se, em alguma terra distante que os homens mortais não alcançam, ela estivesse, enfim, dançando uma valsa com o príncipe moreno de capa vermelha daqueles seus primeiros sonhos.

UMA COMPARAÇÃO

COMO INVEJO O ROMANCISTA!

Eu o imagino, ou melhor, "a", pois é em uma mulher que busco um paralelo; eu a imagino, então, podando uma roseira com uma grande tesoura, ajeitando os óculos, fazendo suas coisas entre xícaras de chá, cantarolando, arrumando cinzeiros ou bebês, aproveitando o sol e o ligeiro frescor do dia e perfurando, com uma espécie de visão de raio-X simples e bonita, os espaços psíquicos de seus vizinhos — seus vizinhos no trem, na sala de espera do dentista, no café da esquina. Para ela, essa sortuda, não há nada que *não seja* relevante! Sapatos velhos podem ser usados, maçanetas, aerogramas, camisolas de flanela, catedrais, esmaltes, aviões a jato, jardins de rosas e periquitos; pequenos maneirismos — a língua batendo nos dentes, um puxão na bainha da blusa —, qualquer coisa estranha ou verrugosa ou bela ou desprezível. Isso sem falar nas emoções e motivações — essas coisas estrondosas, trovejantes. Ela trabalha com o Tempo, com sua capacidade de se lançar para frente, voltar num desvio, florescer, apodrecer e se revelar em dupla exposição. Ela trabalha com o Tempo das pessoas.

E, ao que me parece, tem todo o tempo do mundo. Se quiser, ela pode demorar um século, uma geração, um verão inteiro.

Eu posso demorar cerca de um minuto.

Não me refiro aos poemas épicos. Esses, todo mundo sabe quanto tempo podem levar. Me refiro ao poema pequenino, casual, lugar-comum. Como posso descrevê-lo? Uma porta se abre, uma porta se fecha. No meio-tempo você entreviu: um jardim, uma pessoa, uma tempestade, uma libélula, um coração, uma cidade. Penso naqueles pesos de papel vitorianos, redondos e feitos em vidro, de que me lembro, mas nunca encontro — tão diferentes dos pesos de papel de plástico produzidos em massa que lotam a seção de brinquedos das lojas. Esse tipo de peso de papel é um globo transparente, perfeito, puro, que tem uma floresta ou um vilarejo ou uma família dentro. Você vira o globo de ponta-cabeça, depois vira de novo. Começa a nevar. Tudo muda num instante. Lá dentro nada vai voltar a ser igual — nem os pinheiros, nem os telhados, nem as expressões das pessoas.

É assim que um poema surge.

E de fato há tão pouco espaço! Tão pouco tempo! A poeta aprende a fazer tudo caber em uma mala:

O espectro de cada rosto pelo mundo;
Pétalas em um ramo preto e úmido.

Pronto: o começo e o fim num só fôlego. Como a romancista conseguiria fazer isso? Num parágrafo? Numa página? Misturando tudo, quem sabe, como tinta, com um pouquinho de água, diluindo e espalhando.

Agora estou sendo pretensiosa, já comecei a me gabar.

*

SE O POEMA é concentrado, um punho fechado, o romance é relaxado e expansivo, uma mão aberta: tem estradas, desvios, destinos; linha do coração, linha da cabeça; envolve bons costumes e dinheiro. Enquanto o punho afasta e aturde, a mão aberta toca e abarca muitas coisas em suas viagens.

Nunca coloquei uma escova de dente num poema.

Não gosto nem de pensar em todas as coisas, coisas conhecidas, úteis e válidas que nunca coloquei num poema. O que fiz, uma vez, foi colocar uma árvore, um teixo. E esse teixo começou, com um egocentrismo surpreendente, a dominar tudo à sua volta. Não era um teixo que ficava ao lado de uma igreja depois de uma casa em uma cidade onde certas mulheres viviam... e daí por diante, como aconteceria num romance. Não, não. O teixo se colocou bem no centro do meu poema, manipulando suas sombras escuras, as vozes no pátio da igreja, as nuvens, os pássaros, a doce melancolia com que eu o contemplava — tudo! Não consegui subjugá-lo. E, no fim, meu poema se tornou um poema sobre um teixo. Aquela árvore era arrogante demais para ser só uma mancha preta de passagem por um romance.

Talvez eu desagrade certos poetas ao sugerir que o *poema* é arrogante. O poema também pode abarcar tudo, eles me dirão. E com muito mais precisão e potência do que aquelas criaturas flácidas, desgrenhadas e aleatórias que chamamos de romances. Bem, deixo que esses poetas continuem com seu falatório pomposo. *Não* acho que poemas devam ser assim tão castos. Acho que eu permitiria até uma escova de dente, se o poema fosse um poema de verdade. Mas essas aparições, essas escovas de dente poéticas, são raras. E, quando de fato se apresentam, não é incomum que, como meu teixo indomesticável, se considerem singulares, muito especiais.

Não é assim nos romances.

Neles, a escova de dente retorna à sua prateleira com espantosa prontidão e é esquecida. O tempo flui, rodopia e ziguezagueia, e as pessoas podem se dar ao luxo de crescer e se transformar diante de nossos olhos. As ricas ninharias da vida pululam à nossa volta: escrivaninhas, dedais, gatos, todo o adorado e desbotado catálogo da miscelânea que a romancista quer que todos compartilhemos. Não estou insinuando que não haja padrão, nem discernimento, nem ordem rigorosa.

Estou apenas sugerindo que talvez o padrão não se imponha com a mesma insistência.

A porta do romance, como a porta do poema, também se fecha.

Mas não tão rápido, nem de forma tão intensa e incontestavelmente definitiva.

A ÁGUIA DE QUINZE DÓLARES

HÁ OUTROS ESTÚDIOS DE tatuagem no Madigan Square, mas nenhum se compara ao do Carmey. Ele é um verdadeiro artista da agulha e da tinta, um verdadeiro poeta. Jovens, vagabundos e casais de fora da cidade que vêm beber cerveja param na frente da loja do Carmey, com o nariz na vitrine, todos eles. Você tem um sonho, Carmey diz, sem dizer nenhuma palavra, você tem uma rosa no coração, uma águia no músculo, tem o próprio Jesus, então venha até mim. É bom levar o coração à flor da pele nesta vida, e eu sou o homem certo para te atender. Cães, lobos, cavalos e leões para os amantes dos animais. Para as mulheres, borboletas, aves-do--paraíso, cabeças de bebê sorrindo ou chorando, é só escolher. Rosas, todos os tipos, grandes, pequenas, em botão ou abertas, rosas com pergaminhos com um nome escrito, rosas com espinhos, rosas com uma cabeça de boneca de porcelana saltando pra fora, pétala cor-de-rosa, folha verde, todos os detalhes em linhas pretas. Cobras e dragões para o Frankenstein. Isso sem falar nas vaqueiras, havaianas, sereias e estrelas de cinema com mamilos de rubi e, se for do seu gosto, nuas em pelo. Se você tiver espaço nas costas, pode ser Cristo na cruz, um ladrão em cada cotovelo e anjos no alto, dos dois lados, segurando uma faixa com os dizeres "Calvário" em letras góticas e o tom de amarelo mais próximo do ouro que houver.

Do lado de fora, apontam para as imagens multicoloridas coladas nas três paredes da loja do Carmey, do chão ao teto. Murmuram como um motim, dá para ouvi-los pelo vidro:

— Meu bem, dá uma olhada nesse pavão!

— Que loucura pagar por uma tatuagem. Só paguei por uma das minhas, uma pantera no braço.

— Você quer um coração, eu escolho onde vai ser.

Vejo Carmey em ação pela primeira vez graças ao meu caso fixo, Ned Bean. Apoiando-se em uma parede de flores e corações, esperando algum cliente, Carmey está batendo papo com um tal de sr. Tomolillo, uma pessoa extremamente pequena com um casaco de lã que cobre sobre seus ombros inexistentes sem nada que lembre caimento ou ajuste. O casaco tem uma estampa de quadrados marrons do tamanho de um maço de cigarros, e cada quadrado tem um contorno preto e grosso. Daria para brincar de jogo da velha no casaco. Um fedora abraça sua cabeça logo acima das sobrancelhas, como o chapéu de um cogumelo. Tem a cara fina, arrebatada e triangular de um louva-a-deus. Quando Ned nos apresenta, o sr. Tomolillo se dobra ao meio numa reverência tão perfeita quanto o bigodinho que emoldura seu lábio superior. Não consigo deixar de admirar sua reverência, porque a loja é tão apertada que quase não há espaço para nós quatro ficarmos em pé sem bater os cotovelos e joelhos ao mínimo movimento.

O lugar todo cheira a pólvora e aos vapores de algum antisséptico. Espalhados pela parede dos fundos, da esquerda para a direita, estão: a mesa do Carmey, agulhas elétricas conectadas a uma prateleira por cima de uma bandeja rotativa com recipientes de tinta, a cadeira giratória do Carmey, voltada para a vitrine, um saco de lixo e um caixote de feira repleto de pedaços de papel e pontas de lápis. Na frente da loja, perto da porta de vidro, há uma outra cadeira reta, com um grande letreiro do Calvário apoiado nela, e um gaveteiro de cartolina sobre uma mesa de madeira lixada. Entre os bebês e margaridas da parede que fica sobre a cadeira de Carmey, estão dois daguerreótipos sépia desbotados de um menino da cintura para cima, um de frente, outro de costas. A distância ele parece estar vestindo uma camisa justa de renda preta com mangas compridas. Chegando mais perto nota-se que ele está nu, coberto apenas por uma hera rastejante de tatuagens.

Num recorte amarelado de uma rotogravura muito antiga, há homens e mulheres asiáticos sentados de pernas cruzadas em almofadas com franjas, de costas para a câmera e adornados com dragões de sete cabeças, cordilheiras, cerejeiras e cachoeiras. "Essas pessoas não estão vestindo nem uma peça de roupa", a legenda destaca. "Fazem parte de uma comunidade que exige que os membros tenham tatuagens. Um desenho inteiro pode chegar a custar trezentos dólares." Ao lado, uma fotografia da cabeça de um homem careca com tentáculos de polvo subindo das costas e circulando o cocuruto.

— Essas peles devem valer mais que um quadro, eu imagino — diz o Sr. Tomolillo. — Ainda mais esticadas numa tela.

Mas o Menino Tatuado e aqueles Asiáticos da comunidade não ganham do Carmey, que também é uma propaganda viva de sua arte — uma escuna indo de vento em popa num oceano de rosa e azevinho no bíceps direito, a dançarina Gypsy Rose Lee flexionando seu abdômen musculoso no esquerdo, os antebraços lotados de corações, estrelas e âncoras, números da sorte e pergaminhos com nomes, e os contornos em anil borrados, de forma que ele parece uma tirinha de jornal que ficou tomando chuva. Dizem por aí que Carmey, fã do Velho Oeste, tem um cavalo bravo empinado que vai do umbigo à clavícula, além de um caubói rebelde agarrado às

johnny panic e a bíblia de sonhos e outros textos em prosa   75

costas. Mas isso pode ser só uma lenda inspirada por seu hábito de usar botas de caubói de couro entalhado e salto fino e um cinto estilo Bill Hickock cravejado de pedras vermelhas para segurar as calças pretas de sarja. Os olhos de Carmey são azuis. Um azul que em nada fica devendo aos tão celebrados céus do Texas.

— Faz dezesseis anos que entrei nessa — Carmey diz, recostando-se na parede que mais parece um álbum de figurinhas — e pode-se dizer que ainda estou aprendendo. Meu primeiro trabalho foi no Maine durante a guerra. Ficaram sabendo que eu era tatuador e me chamaram para uma base das mulheres do exército...

— Para *tatuar* as mulheres? — eu pergunto.

— Para tatuar os números de cada uma, nada mais, nada menos.

— E nenhuma ficou *com medo*?

— Ah, claro que sim. Mas algumas voltaram. Vieram duas militares no mesmo dia para se tatuar. Ficaram indecisas pra caramba. Eu falei assim: "Olha, vocês vieram outro dia e escolheram o desenho, então qual é o problema?". "É que não é o desenho, mas o lugar", uma delas explicou. "Bom, se é só isso, podem ficar tranquilas", eu disse, "porque eu sou que nem médico, sabe? Lido com tanta mulher que não sinto mais nada". "Eu quero três rosas", uma delas disse. "Uma na barriga e uma em cada lado da bunda." Aí a outra criou coragem, sabem como é, e pediu uma rosa...

— Pequenininhas ou grandes? — o sr. Tomolillo não deixa escapar nenhum detalhe.

— Parecida com aquela ali — Carmey aponta para um cartão com rosas pendurado na parede, cada botão do tamanho de uma couve-de-bruxelas. — Da maior que tem. Aí eu fiz as rosas e disse pra elas: "Dez dólares de desconto se vocês voltarem e me mostrarem as rosas já cicatrizadas".

— Elas vieram? — Ned quer saber.

— Pode crer que sim. — Carmey sopra um anel de fumaça que fica pairando no ar a alguns centímetros de seu nariz, o contorno azul e vaporoso de uma rosa de cem pétalas. — Querem saber — ele diz — de uma lei maluca? Eu posso tatuar você em qualquer lugar, qualquer lugar mesmo. — Ele me olha com muita atenção. — Nas costas. Na bunda. — Suas pálpebras caem, parece até que ele está rezando. — Nos seios. Em qualquer lugar, menos no rosto, mãos e pés.

O sr. Tomolillo pergunta:

— É uma lei federal?

Carmey faz que sim.

— Lei federal. Tenho uma persiana — ele aponta um dedo para as persianas empoeiradas abertas sobre a vitrine. — Eu fecho aquela persiana, e consigo tatuar qualquer parte do corpo com privacidade. Menos o rosto, mãos e pés.

— Aposto que é porque são partes que *aparecem* — eu digo.

— Claro. Pense no treinamento do exército, por exemplo. Os caras iam ficar muito estranhos. A cara e as mãos iam chamar atenção, e eles não iam conseguir se camuflar.

— Seja lá como for — o sr. Tomolillo diz —, acho que essa é uma lei ultrajante, uma lei totalitária. Todos devem ter liberdade para se adornar como quiserem em qualquer democracia. Se uma mulher *quer* uma rosa nas costas da mão, eu acho que…

— Ela tem esse *direito* — Carmey termina a frase de forma enérgica. — As pessoas têm direito de fazer o que quiserem, independentemente de qualquer coisa. Ora, esses dias me apareceu uma mocinha. — Carmey nivela o ar com a palma da mão, a menos de um metro e cinquenta do chão. — Bem alta. Queria o Calvário, tudo o que ela tinha direito, nas costas, e eu fiz pra ela. Demorou dezoito horas.

Observo os ladrões e anjos no cartaz do Calvário com certo receio.

— Não precisou encolher um pouquinho?

— Nada.

— Ou deixar um anjo de fora? — Ned se pergunta. — Ou um pouco da parte da frente?

— Nada, nadinha. Uma tatuagem de trinta e cinco dólares toda colorida, ladrões, anjos, letras góticas, tudo que ela tinha direito. Ela saiu da loja explodindo de orgulho. Não é toda mocinha que tem o Calvário todo colorido nas costas. Ah, e eu copio as fotos que as pessoas trazem, copio atores de cinema. É só pedir que eu faço. Tem uns desenhos que não penduro na parede pra não ofender certos clientes. Vou mostrar pra vocês. — Carmey abre o gaveteiro que fica em cima da mesa na frente da loja. — A esposa tem que limpar isto aqui — ele diz. — Que baderna.

— Sua esposa te ajuda? — eu pergunto, interessada.

— Ah, a Laura passa quase o dia inteiro na loja. — Por algum motivo, Carmey de repente passa a falar com um ar solene digno de um monge no domingo. Me pergunto se ele a usa como chamariz: Laura, a Mulher Tatuada, uma obra-prima viva, dezesseis anos de trabalho contínuo. Nem um espaço em branco na pele dela, senhoras e senhores... Podem olhar à vontade. — Você devia vir fazer companhia pra ela, ela gosta de conversar. — Ele está revirando uma gaveta em vão, mas de repente para de se mexer e fica rígido como um cão de caça.

Tem um cara grande parado na soleira da porta.

— Posso ajudá-lo? — Carmey dá um passo à frente, como o maestro que é.

— Quero aquela águia que você me mostrou.

Eu, Ned e o sr. Tomolillo nos colamos à parede para deixar o cara entrar. Deve ser um marinheiro sem farda, de jaqueta azul-marinho e camisa de lã xadrez. Sua cabeça em forma de diamante, mais larga entre as orelhas, se afunila e chega a um platô de cabelo preto e curto.

— A de nove dólares ou a de quinze?

— A de quinze.

O sr. Tomolillo suspira com leve admiração.

O marinheiro senta-se na cadeira que fica de frente para a cadeira giratória de Carmey, tira a jaqueta, desabotoa o punho esquerdo e começa a arregaçar a manga vagarosamente.

— Pode ficar bem aqui — Carmey me diz com uma voz grave e cheia de promessa —, assim você consegue ver tudo. Você nunca viu ninguém fazendo tatuagem. — Eu me encolho para conseguir me ajeitar em cima da caixa de papéis no canto, à esquerda da cadeira de Carmey, cautelosa como uma galinha chocando seus ovos.

Carmey revira o gaveteiro novamente, e dessa vez tira um pedaço de plástico quadrado.

— É essa?

O marinheiro olha a águia perfurada no plástico. Aí ele diz "isso mesmo" e devolve o plástico para Carmey.

— Hummm — o sr. Tomolillo murmura, em resposta à boa escolha do marinheiro.

Ned diz:

— É uma bela águia.

O marinheiro endireita o corpo com certo orgulho. Agora Carmey começou a rodopiar em volta dele, estendendo um pedaço de estopa escura em seu colo e organizando uma esponja, uma navalha, vários frascos com rótulos borrados e uma tigela de antisséptico em sua mesa de trabalho — melindroso como um sacerdote que afia a faca antes de sacrificar o bezerro. Tudo tem que estar em seu devido lugar. Enfim ele se senta. O marinheiro estende seu braço direito, e Ned e o sr. Tomolillo chegam mais perto por trás da cadeira, Ned se debruçando por cima do ombro direito do marinheiro e o sr. Tomolillo por cima do esquerdo. Ao lado de Carmey, tenho a melhor visão da cena.

johnny panic e a bíblia de sonhos e outros textos em prosa

Com um movimento rápido e exato da navalha, Carmey raspa todos os pelos pretos espetados do antebraço do marinheiro, depois tira os pelos do fio da lâmina e os joga no chão com o polegar. Então ele unge o pedaço de pele exposta com a vaselina de um potinho que fica sobre sua mesa.

— Já fez alguma tatuagem?

— Já. — O marinheiro é um homem de poucas palavras. — Uma vez. — Seus olhos já se fixaram a uma visão de alguma coisa que está muito além da cabeça de Carmey, para lá das paredes, no espaço vazio que nós quatro, que estamos na sala, não alcançamos.

Carmey está salpicando um pó preto no quadrado de plástico e enfiando o pó nos buracos perfurados. O contorno da águia escurece. Virando de uma vez, Carmey pressiona a face do quadrado de plástico contra o braço lubrificado do marinheiro. Quando ele retira o plástico com facilidade, como se fosse a pele de uma cebola, o contorno de uma águia de asas abertas e garras prestes a atacar se revela no braço do marinheiro.

— Ah! — O sr. Tomolillo se sacode sobre seu sapato com sola de cortiça e dirige a Ned um olhar expressivo. Ned levanta a sobrancelha, aprovando o que vê. O marinheiro se permite um pequeno tremor no lábio. Nele, parece até um sorriso.

— Agora — Carmey pega uma de suas agulhas elétricas como se tirasse um coelho da cartola — vou mostrar pra vocês como se faz uma águia de nove dólares virar uma águia de quinze dólares.

Ele aperta um botão na agulha. Nada acontece.

— Bem — ele diz, suspirando —, não está funcionando.

O sr. Tomolillo solta um grunhido.

— De novo?

Então Carmey se lembra de alguma coisa, dá risada e liga um interruptor na parede, logo atrás dele. Dessa vez, quando ele aperta a agulha, ela emite um zunido e um brilho azulado.

— Não estava ligada, era isso.

— Aleluia — diz o Sr. Tomolillo.

Carmey enche a agulha da tinta preta de um dos potes da bandeja rotativa.

— Essa mesma águia — Carmey aproxima a agulha da ponta da asa direita da águia — por nove dólares é só preta e vermelha. Por quinze dólares, vocês verão uma mistura de quatro cores. — A agulha segue as linhas traçadas pelo pó. — Preto, verde, marrom e vermelho. O azul está em falta no momento, senão seriam cinco cores. — A agulha pula e resiste como uma britadeira, mas a mão do Carmey é firme como a de um cirurgião. — Como eu *gosto* de águias!

— Acho que, mais do que gostar, você *se sustenta* com as águias do Tio Sam — diz o sr. Tomolillo.

A tinta preta escorre pela curva do braço do marinheiro e cai na tela do avental manchado e endurecido que lhe cobre o colo, mas a agulha segue sua jornada, ornamentando as penas das asas da raiz às pontas. Gordas gotas de vermelho começam a brotar da tinta, borbulhas de sangue vivo que mancham o fluxo preto.

— Os caras reclamam — Carmey fala cantando. — Entra semana, sai semana, e sempre ouço a mesma reclamação: "Tem alguma coisa nova? A gente não quer aquela mesma águia vermelha e preta". Então eu inventei essa mistura. Esperem só que vocês vão ver. Uma águia toda colorida.

A águia se perde em meio a uma nuvem de tinta preta que se espalha cada vez mais. Carmey para e mergulha a agulha na tigela de antisséptico, e um gêiser branco brota do fundo da tigela até a superfície. Então Carmey passa uma esponja grande e redonda, cor de canela, na água da tigela e limpa a tinta do braço do marinheiro. A águia se livra de sua capa de tinta ensanguentada, uma forma saliente na pele machucada.

— Agora vocês vão ver uma coisa. — Carmey gira a bandeja rotativa até encontrar o frasco de tinta verde e pega outra agulha na prateleira.

johnny panic e a bíblia de sonhos e outros textos em prosa   81

Agora o marinheiro, detrás dos olhos fechados, partiu para algum lugar no Tibete, Uganda ou Barbados, a oceanos e continentes de distância das gotas de sangue que saltam no rastro das linhas verdes e largas que Carmey está desenhando na sombra das asas da águia.

A essa altura me dou conta de uma sensação esquisita. Um perfume doce e poderoso se desprende do braço do marinheiro. Meus olhos desviam do vermelho e do verde que se entrelaçam e me pego olhando fixamente para o cesto de lixo que está do meu lado esquerdo. Enquanto observo os calmos destroços dos papéis de bala coloridos, bitucas de cigarro e velhos chumaços de Kleenex manchados, Carmey joga um lenço encharcado de vermelho fresco na pilha. Atrás das silhuetas das cabeças de Ned e do sr. Tomolillo, as panteras, rosas e moças de mamilos vermelhos piscam e estremecem. Se cair para frente ou para o lado direito, vou empurrar o cotovelo de Carmey e fazê-lo apunhalar o marinheiro e estragar uma águia de quinze dólares bastante apresentável, isso sem falar na vergonha que traria ao meu sexo. A única opção é mergulhar no cesto de papéis ensanguentados.

— Agora vou fazer o marrom — Carmey diz cantarolando a um quilômetro de distância, e meus olhos voltam a se cravar no braço sanguinolento do marinheiro. — Quando a águia cicatrizar, as cores vão se harmonizar perfeitamente, vai parecer uma pintura.

O rosto de Ned é um rabisco de tinta preta indiana numa colcha de retalhos com sete cores e formas geométricas escolhidas a esmo.

— Eu vou… — Faço meus lábios se moverem, mas não sai som.

Ned avança em minha direção, mas antes que ele me alcance a sala se apaga como uma lâmpada.

Quando me dou por mim, estou olhando a loja do Carmey de uma nuvem com os olhos de raio-X de um anjo e ouvindo o minúsculo som de uma abelha que cospe fogo azul.

— Ela não aguentou o sangue? — É a voz de Carmey, pequena e longínqua.

— Ela está muito branca — diz o sr. Tomolillo. — E com os olhos estranhos.

Carmey entrega alguma coisa ao sr. Tomolillo.

— Dá isso pra ela cheirar. — O sr. Tomolillo entrega alguma coisa a Ned. — Mas não muito.

Ned aproxima alguma coisa do meu nariz.

Eu cheiro, e estou sentada na cadeira na frente da loja, tendo o Calvário como espaldar. Cheiro mais uma vez. Ninguém parece nervoso, então não trombei na agulha do Carmey. Ned rosqueia a tampa de um pequeno frasco de líquido amarelo. Sais inalantes Yardley.

— Pronta pra voltar? — O sr. Tomolillo aponta, com ar gentil, para o caixote de feira abandonado.

— Quase. — Alguma coisa me diz que preciso enrolar um pouco mais. Sussurro no ouvido do sr. Tomolillo, que está muito próximo, já que é tão baixinho: — E *você*, tem alguma tatuagem?

Debaixo da aba de cogumelo do chapéu, os olhos do sr. Tomolillo se voltam para o céu.

— Deus me livre e guarde! Só venho aqui para cuidar das molas. As molas da máquina do senhor Carmichael têm mania de quebrar no meio do serviço.

— Que coisa chata.

— É por isso que estou aqui. Agora estamos tentando uma nova mola, uma mola bem mais pesada. Sabe como é incômodo quando você está na cadeira do dentista, com a boca cheia de sei lá o quê...

— Bolas de algodão e aquele sifãozinho de metal...

— Exatamente. E no meio disso tudo o dentista dá as costas — o sr. Tomolillo se vira de costas para ilustrar o que está dizendo e faz uma expressão maldosa e dissimulada — e fica num canto por uns dez minutos mexendo nas ferramentas, e você não sabe o que é. — O rosto do sr. Tomolillo se alisa como um lençol sob o ferro a vapor. — Estou aqui para providenciar isso, uma mola mais forte. Uma mola que não deixe o cliente na mão.

A essa altura estou pronta para voltar ao meu lugar de honra no caixote de feira. Carmey acabou de terminar o marrom, e na minha ausência as cores de fato se misturaram umas às outras. Na pele depilada à navalha, a águia rasgada está inchada, numa fúria tricolor, com as garras curvas e afiadas como ganchos de açougueiro.

— Acho que podemos deixar o olho um pouquinho mais vermelho?

O marinheiro concorda com a cabeça, e Carmey abre a tampa de um pote de tinta da cor de ketchup. Assim que ele para de trabalhar com a agulha, a pele do marinheiro expele suas gotas de sangue, agora não só do contorno preto da ave, mas de todo seu corpo áspero de arco-íris.

— O vermelho — Carmey diz — destaca muito a tatuagem.

— Você estoca o sangue? — o sr. Tomolillo pergunta de repente.

— Pelo visto — diz Ned — você deve ter algum acordo com a Cruz Vermelha.

— Com um banco de sangue! — Os sais inalantes deixaram minha cabeça mais clara que um dia de sol em Monadnock. — É só colocar uma vasilhinha no chão para colher os pingos.

Carmey está fazendo um olho vermelho na águia.

— Nós, os vampiros, não dividimos nosso sangue com ninguém. — O olho da águia fica mais vermelho, mas não há mais como distinguir sangue e tinta. — Você nunca viu um vampiro fazer isso, viu?

— Nãooo… — o sr. Tomolillo admite.

Carmey inunda a pele atrás da águia de vermelho, e a águia finalizada paira num céu vermelho, nascida e batizada no sangue de seu dono.

O marinheiro volta flutuando de lugares desconhecidos.

— Gostou? — Com a esponja, Carmey liberta a águia do sangue que ofusca suas cores, como um artista de rua que sopra a poeira de um desenho da Casa Branca, de Liz Taylor ou da cachorra Lassie.

— Eu sempre digo que — o marinheiro comenta com ninguém em especial —, se você vai fazer uma tatuagem, tem que fazer uma das boas. Tem que ser a melhor. — Ele olha para baixo, para a águia, que, apesar do esforço de Carmey, começou a sangrar de novo. Há uma pequena pausa. Carmey está esperando alguma coisa e não é dinheiro. — Quanto custa para escrever "Japão" embaixo?

Carmey abre um sorriso satisfeito.

— Um dólar.

— Escreve Japão, então.

Carmey faz a marcação das letras no braço do marinheiro, com um enfeite a mais no gancho do J, na curva do P e do O do final, uma declaração de amor ao Oriente que a águia dominou. Ele enche a agulha e começa a tatuar o J.

— Pelo que eu sei — o sr. Tomolillo comenta com sua voz clara de quem dá palestras —, o Japão é um dos centros mundiais da tatuagem.

— Não quando *eu* estive lá — o marinheiro diz. — Foi proibido.

— Proibido! — diz Ned. — Por quê?

— Ah, hoje em dia eles acham que é um costume *primitivo*. — Carmey não tira os olhos do segundo A, e a agulha responde a seus movimentos de mestre como um cavalo amansado. — Ainda existem praticantes, claro. Clandestinos. Sempre existem. — Ele faz a última curva do O e limpa com a esponja o sangue que parece decidido a esconder seus belos trabalhos. — Era assim que você queria?

— Isso aí.

Carmey faz um curativo grosseiro com um chumaço de lenços dobrados e coloca sobre a águia e o Japão. Ágil como uma vendedora embrulhando uma caixa de presente, ele cola o curativo com fita adesiva.

O marinheiro se levanta e se enfia na jaqueta azul-marinho. Vários estudantes desengonçados, pálidos e cheios de espinhas na cara se juntaram na porta para espiar. Sem dizer nada, o marinheiro tira a carteira do bolso e pega dezesseis notas de um dólar de um maço verde. Carmey transfere o dinheiro para sua carteira. Os estudantes se afastam para deixar o marinheiro sair da loja.

— Espero não ter atrapalhado com a minha tontura.

Carmey sorri.

— Por que você acha que tenho aqueles sais à mão? Tem homem feito que vem aqui e desmaia. Os caras vêm por causa de alguma aposta que fizeram com os amigos, depois não sabem como fugir. Já vi gente vomitar até as tripas nesse balde.

— Ela nunca tinha ficado daquele jeito — Ned diz. — Ela já viu sangue de tudo quanto é jeito. Partos. Touradas. Essas coisas.

— Você *tava* muito nervosa. — Carmey me oferece um cigarro, que eu aceito, pega um para si mesmo, e Ned também pega um, e o sr. Tomolillo diz não-muito-obrigado. — Você *tava* muito tensa, foi por isso.

— Quanto custa um coração?

A voz vem de um garoto de jaqueta de couro preta que está na frente da loja. Seus amigos dão cotoveladas uns nos outros e soltam risadas grosseiras que parecem latidos de cachorrinhos. O garoto ao mesmo tempo sorri e fica ruborizado debaixo dos pontos roxos de acne.

— Um coração com um pergaminho embaixo, e um nome no pergaminho.

Carmey se recosta na cadeira giratória e encaixa os polegares no cinto. O cigarro balança em seu lábio inferior.

— Quatro dólares — ele diz, sem titubear.

— Quatro dólares? — A voz do garoto muda e falha numa incredulidade esganiçada. Na porta, os três resmungam entre si e se mexem sem parar.

— Aqui não tem nada na coleção do coração que custe menos de três dólares. — Carmey não cede aos mãos-de-vaca. Se nessa vida você quer uma rosa ou um coração, você tem que pagar. E pagar muito bem.

O garoto vacila diante dos mostruários de corações na parede, corações cor-de-rosa deslumbrantes, corações atravessados por flechas, corações no meio de coroas de flores.

— Quanto custa — ele pergunta com uma voz baixinha e medrosa — só o nome?

— Um dólar. — O tom de Carmey é direto e reto.

O garoto estende a mão esquerda.

— Quero Ruth. — Ele desenha uma linha imaginária que atravessa o pulso esquerdo. — Bem aqui... para eu conseguir cobrir com um relógio se quiser.

Seus dois amigos gargalham na soleira da porta.

Carmey aponta para a cadeira reta e coloca seu cigarro pela metade na bandeja rotativa, entre dois frascos de tinta. O garoto se senta, equilibrando os livros da escola no colo.

— O que acontece — o sr. Tomolillo pergunta, se referindo ao mundo todo — se a pessoa quiser trocar de nome? E só riscar e escrever o próximo por cima?

— Daria para usar um relógio por cima do nome antigo, para só mostrar o novo nome — Ned sugere.

— E depois outro relógio — eu digo — por cima do segundo, quando houver um terceiro nome.

— Até os relógios chegarem ao ombro da pessoa. — O sr. Tomolillo concorda com a cabeça.

Carmey está raspando os pelos finos e ásperos do pulso do garoto.

— Você vai levar muita bronca de alguém.

O garoto fica olhando o próprio pulso com um sorriso constrangido e instável, um sorriso que talvez seja apenas um substituto socialmente aceitável das lágrimas. Com a mão direita ele segura os livros, para que não caiam no chão.

Carmey termina de fazer a marcação de R-U-T-H no pulso do garoto e segura a agulha na posição correta.

— Ela vai te dar uma bronca daquelas quando vir isso. — Mas o garoto faz um sinal para que ele vá em frente.

— Por quê? — Ned pergunta. — Por que ela daria uma bronca nele?

— Então você foi lá e fez tatuagem! — Carmey imita uma cara de desgosto. — "E só um nome! É só *isso* que você acha de mim?" Ela vai querer rosas, passarinhos, borboletas… — A agulha espeta a pele e fica presa por um segundo, e o garoto se encolhe como um potro. — E se você fizer *mesmo* tudo isso para agradá-la… Rosas…

— Passarinhos e borboletas — o sr. Tomolillo se mete.

— … ela vai dizer assim, vai por mim: pra que você foi gastar *todo esse dinheiro*? — Carmey limpa a agulha na vasilha de antisséptico. — Com mulher não tem conversa. — Algumas reles gotas de sangue sobem e se colocam entre as quatro letras, letras tão pretas e retas que quase não parecem tatuadas, mas sim escritas à tinta. Carmey cola um curativo fino de lenços em cima do nome. O serviço completo dura menos de dez minutos.

O garoto pega uma nota de dólar amassada no bolso de trás da calça. Os amigos lhe dão tapinhas amistosos nos ombros e os três saem juntos pela porta, todos ao mesmo tempo, se cutucando, se empurrando, tropeçando nos pés uns dos outros. Vários rostos, pálidos feito uma concha, desaparecem do outro lado da vitrine quando o olhar de Carmey recai sobre eles.

— Não é à toa que ele não quer um coração, aquele menino. Ele não ia saber o que fazer. Ele vai voltar semana que vem pedindo pra tatuar uma Betty ou uma Dolly ou algo desse estilo, podem apostar. — Ele suspira e vai até o gaveteiro, pega uma pilha daquelas fotografias que não pode pendurar na parede e passa para o grupo. — Uma foto que eu queria ter... — Carmey se inclina na cadeira giratória e apoia as botas de caubói num caixote. — A borboleta. Tenho fotos da caça ao coelho. Tenho fotos de mulheres com cobras enroladas nas pernas e no meio das pernas, mas eu ia ganhar um belo de um dinheiro se tivesse uma foto da borboleta em uma mulher.

—Alguma espécie esquisita de borboleta que ninguém quer? — Ned olha atentamente para a direção da minha barriga, como se olhasse para um pergaminho de pele de alta qualidade que estava à venda.

— Não é a coisa, é o lugar. Uma asa na frente de cada coxa. Já viram uma borboleta pousar numa flor e bater as asas muito delicadamente? Bem, se a mulher faz qualquer movimento, parece que as asas ficam abrindo e fechando, abrindo e fechando. Queria tanto uma foto disso que eu até faria uma borboleta de graça.

Eu me divirto, por um instante, pensando em uma borboleta dourada da Nova Guiné, nas asas cobrindo tudo do quadril até o joelho, dez vezes maior que uma borboleta de verdade, mas logo deixo isso pra lá. Seria ótimo, se eu me enjoasse da minha pele com mais velocidade do que me canso das roupas.

— Tem muitas mulheres que *pedem* borboletas nesse lugar específico — Carmey prossegue —, mas sabe o que é? Nenhuma delas me deixa tirar uma foto depois de terminar a tatuagem. Nem se for da cintura pra baixo. Não pensem que eu não pedi. Pelo jeito que elas ficam alteradas com essa pergunta, parece que o país inteiro ia reconhecê-las.

— Será que — o sr. Tomolillo se arrisca timidamente — a esposa não faria essa gentileza? Para resolver tudo em família?

O rosto de Carmey se ergue com uma expressão pesarosa.

— Nada... — Ele balança a cabeça, falando com uma voz há muito tempo marcada pelo espanto e pelo arrependimento. — Nada, Laura não quer nem saber da agulha. Antes eu pensava que com o tempo ela ia se acostumar, mas nada feito. Às vezes ela me faz questionar o que foi que eu vi nisso tudo. Laura continua branca igual ao dia em que nasceu. Ora, ela *odeia* tatuagem.

Até esse momento eu vinha idealizando, como uma tola, visitas íntimas com Laura à loja de Carmey. Vinha imaginando uma Laura esbelta e graciosa, com uma borboleta prestes a voar em cada seio, rosas brotando das nádegas, um dragão guardião do tesouro nas costas e Simbad, o Marujo, em seis cores na barriga, uma mulher com a palavra Experiência escrita pelo corpo, uma mulher capaz de ensinar tudo sobre a vida. Que ingênua eu fui.

Nós quatro estamos caídos em meio a uma nuvem de fumaça de cigarro, sem dizer nenhuma palavra, quando uma mulher corpulenta e forte entra na loja, acompanhada de um homem de cabelo oleoso com uma expressão sombria e agressiva. A mulher está com um casaco de lã azul-elétrico que chega ao queixo; um lenço de cabeça fúcsia cobre tudo, menos o topete de cabelo loiro brilhante. Ela se senta na cadeira de frente para a vitrine, sem se importar com o Calvário, e passa a encarar Carmey com o olhar fixo. O homem se posiciona ao lado dela e também fita Carmey com uma expressão severa, como se esperasse que ele saísse correndo de repente.

Há um instante de um silêncio potente.

— Ora — Carmey diz com ar simpático, mas com certa frieza —, e não é que a Esposa apareceu?

Olho mais uma vez para a mulher e me levanto do meu lugar confortável no caixote ao lado de Carmey. A julgar pela postura de cão de guarda, suponho que o estranho homem seja ou irmão de Laura, ou seu guarda-costas, ou um detetive particular de quinta categoria que ela mesma contratou. O sr. Tomolillo e Ned andam em direção à porta ao mesmo tempo.

— Temos que ir andando — eu murmuro, já que mais ninguém parece disposto a falar.

— Cumprimente as pessoas, Laura — Carmey implora, se apoiando na parede. Não consigo deixar de sentir pena dele, e até uma certa vergonha. De repente Carmey perdeu o rebolado.

Laura não diz uma palavra. Só fica esperando, com a grande calma de uma vaca, nós três darmos no pé. Eu imagino seu corpo, branco como o lírio arum e completamente nu — o corpo de uma mulher imune, como uma freira, à fúria da águia, ao desejo da rosa. Na parede da loja do Carmey, todas as feras do mundo uivam e anseiam só por ela.

AS FILHAS DA BLOSSOM STREET

Eis que não preciso ouvir um alerta de furacão na previsão meteorológica das sete da manhã para saber que hoje vai ser um dia ruim. Assim que chego ao corredor do terceiro andar do edifício da ala clínica para abrir o consultório, a primeira coisa que vejo é uma pilha de prontuários de pacientes me esperando do lado de fora da porta, tão pontual quanto o jornal da manhã. Mas é uma pilha pequena, e nossos dias são cheios, e já tenho certeza de que vou precisar passar mais ou menos meia hora telefonando para todos os ramais da Sala do Arquivo para encontrar os prontuários que faltam. Ainda é tão cedo, mas minha blusa branca de ilhós já está ficando amassada, e já sinto um foco de umidade se espalhando por cada axila. O céu lá fora está baixo, grosso e amarelo como molho *hollandaise*. Escancaro a única janela do consultório para deixar o ar circular; não acontece nada. Todas as coisas continuam imóveis, e mais pesadas que roupa lavada sem torcer num porão escuro. Então eu corto o cordão que embrulha a pasta de prontuários e, me encarando na capa do primeiro deles, estão os dizeres em tinta vermelha: MORTA. MORTA. MORTA.

Tento moldar as letras até ler TORTA, mas não funciona. Não que eu seja uma pessoa supersticiosa. Apesar de a tinta estar manchada e com uma cor enferrujada que parece sangue na capa do histórico clínico, isso só significa que Lillian Ulmer está Morta, e o número nove-um-sete-zero-seis, para sempre cancelado dos arquivos ativos da Sala do Arquivo. O Billy Foice, do Ramal Nove, trocou os números de novo, mas não fez por mal. Ainda assim, com o céu tão escuro e o furacão avançando pelo litoral com seu estrondo, chegando mais perto a cada minuto, sinto que Lillian Ulmer, que Deus a tenha, me fez começar o dia com o pé esquerdo.

Quando minha chefe, a srta. Taylor, chega ao consultório, pergunto por que não queimam os prontuários das pessoas que partiram para a Blossom Street para abrir mais espaço nos arquivos. Mas ela diz que é comum que mantenham os arquivos por um tempo se a doença for interessante, para caso haja alguma pesquisa sobre pacientes que viveram ou morreram graças a ela.

Foi minha amiga Dotty Berrigan, do setor de Tratamento do Alcoolismo, quem me falou sobre a Blossom Street. Dotty se encarregou de me mostrar o hospital quando assumi o cargo de secretária na Psiquiatria Adulta, já que ela trabalha no mesmo corredor e trabalhamos com muitos casos clínicos em comum.

— Aqui você deve ver um monte de gente morta todo dia — eu disse.

— Você nem imagina — ela disse. — E todos os acidentes e espancamentos que você puder imaginar, que vêm do sul da cidade. Parece que estourou um cano na Emergência.

— E onde eles colocam toda essa gente morta? — Eu não queria acabar entrando por engano numa sala cheia de pessoas estiradas ou abertas ao meio, e àquela altura parecia natural que eu me perdesse pelos inúmeros andares de corredores do maior hospital do mundo.

— Numa sala que dá na Blossom Street, aquela rua, eu te mostro onde fica. Os médicos nunca dizem que alguém *morreu* com essas palavras, sabe, para não fazer os pacientes pensarem coisas ruins. Eles dizem: "Quantos dos seus foram para a Blossom Street esta semana?". E a pessoa responde: "Dois", ou "Cinco". Ou quantos forem. Porque é pela saída da Blossom Street que os corpos são enviados para as funerárias e preparados para o enterro.

A Dotty é uma pessoa sem igual. É uma rica fonte de informação, já que precisa detectar casos de alcoolismo na Emergência e comparar diagnósticos com a Ala Psiquiátrica, isso sem falar nos namoricos com vários membros da equipe do hospital, incluindo um caso rápido com um cirurgião e outro com um médico-residente da Pérsia. Dotty é irlandesa — mais baixa e um pouco cheinha, mas sabe valorizar o corpo com as roupas: sempre alguma peça azul, azul-anil para combinar com os olhos, e uns vestidos pretos confortáveis que ela costura sozinha com os moldes da *Vogue*, e sapatos com aqueles saltos fininhos de metal.

Cora, do departamento de Serviços Sociais da Psiquiatria, que fica no final do mesmo corredor em que eu e Dotty trabalhamos, é totalmente diferente de Dotty — quase chegando aos quarenta, como os pés de galinha logo revelam, embora continue usando o cabelo ruivo graças a esses xampus com tintura. Cora mora com a mãe, e, pelo seu jeito de falar, qualquer um pensaria se tratar de uma adolescente ingênua. Uma noite ela convidou três das garotas do setor do Sistema Nervoso para ir à sua casa jantar e jogar bridge e levou ao forno uma travessa com tortinhas de framboesa congeladas, e uma hora depois se perguntou por que ainda não estavam quentes, sendo que não tinha chegado a ligar o forno. Cora vive fazendo umas viagens de ônibus para o lago Louise e cruzeiros para Nassau para tentar conhecer o marido perfeito, mas só encontra as garotas da Oncologia e do setor de Amputados, e todas estão na mesmíssima missão.

Mas enfim, como a terceira quinta-feira do mês é o dia em que fazemos nossa Reunião de Secretárias na Sala Hunnewell no segundo andar, Cora chama Dotty e as duas me chamam, e nós saímos sapateando pelas escadas de pedra e descemos até uma sala muito charmosa, dedicada desde 1892, como se vê nos dizeres em uma placa de bronze que fica sobre a porta, a um tal Doutor Augustus Hunnewell. O lugar é repleto de mostruários de vidro cheios de instrumentos médicos antiquados, e as paredes são cobertas de ferrótipos marrom-avermelhados e desbotados de médicos que trabalharam durante a Guerra Civil, com suas barbas cheias e compridas, como as dos irmãos na embalagem das pastilhas para tosse Smith Brothers. Bem no meio da sala, quase que de parede a parede, há uma imensa mesa oval de nogueira escura, com as pernas entalhadas em forma de patas de leão, só que com escamas em vez de pelos, e um tampo polido no qual conseguimos ver nosso próprio reflexo. É ao redor dessa mesa que ficamos sentadas, fumando e conversando, esperando a sra. Rafferty chegar e começar a reunião.

Minnie Dapkins, a recepcionista minúscula e grisalha da Dermatologia, começa a entregar formulários de encaminhamento impressos em cor-de-rosa e amarelo.

— Tem algum dr. Crawford no Sistema Nervoso? — ela pergunta, mostrando um formulário rosa.

— Dr. Crawford! — Mary Ellen do Sistema Nervoso cai na gargalhada, e seu corpanzil negro chacoalha feito gelatina dentro do vestido florido. — Morreu há uns seis ou sete anos, quem procurou?

Minnie retesa os lábios, que ficam parecendo uma florzinha rosada e rígida.

— Uma paciente *disse* que foi atendida pelo dr. Crawford — ela responde friamente. — Minnie não tolera que desrespeitem os mortos. Ela trabalha no hospital desde que era casada, na época da Grande Depressão, e acabou de ganhar seu broche prateado de vinte cinco anos de serviço numa cerimônia especial na Festa de Natal das Secretárias, no último inverno, mas, pelo que dizem, nunca fez uma piada sequer sobre um paciente ou alguém que tenha morrido. Ao contrário de Mary Ellen, Dotty e até Cora, que sabem ver humor nas situações.

— Meninas, o que vocês vão fazer a respeito do furacão? — Cora pergunta a Dotty e a mim em voz baixa, se debruçando sobre a mesa para bater o cigarro no cinzeiro de vidro que traz o logotipo do hospital no fundo transparente. — Estou preocupada com o meu carro. Até uma brisa da praia molha aquele motor, o carro não sai mais do lugar.

— Ah, só vai chegar muito depois de a gente sair do trabalho — Dotty diz, tranquila como sempre. — Você vai conseguir chegar em casa.

— Mas não estou gostando nada desse céu. — Cora enruga o nariz sardento como se estivesse sentindo um cheiro ruim.

Eu também não estou gostando do céu. A sala foi ficando cada vez mais escura desde que chegamos, até o ponto em que ficamos todas sentadas numa espécie de penumbra, com a fumaça subindo dos nossos cigarros e estendendo seu véu no ar já tão denso. Por um minuto ninguém diz nada. Parece que Cora expressou em palavras o medo secreto de todas nós.

— Ora, ora, o que é que está *acontecendo* com a gente, meninas? Parece que estamos num enterro! — As lâmpadas dos quatro soquetes de cobre no teto se acendem de repente, e como por mágica a sala se ilumina, mandando o céu tempestuoso para bem longe, onde é seu lugar, inofensivo como um cenário de peça de teatro. A sra. Rafferty vai até a cabeceira da mesa, com as pulseiras de prata emitindo uma música animada em cada braço, e os brincos de pingente, réplicas perfeitas de estetoscópios em miniatura, chacoalhando alegremente em seus lóbulos redondos. Com um burburinho agradável, ela coloca sobre a mesa suas anotações e materiais, e seu coque tingido de loiro brilha sob a luz como um capacete de metal. Nem Cora consegue ficar de cara feia diante de uma vivacidade tão profissional. — Vamos resolver o que precisamos bem rápido, e falei para uma das meninas trazer a máquina para tomarmos um cafezinho. — A sra. Rafferty olha ao redor da mesa, colhendo as exclamações de alegria com um sorriso satisfeito.

— Dê uma chance à velhinha — Dotty murmura no meu ouvido. — Ela tem que vender o peixe.

A sra. Rafferty começa com uma de suas broncas bem-humoradas. Na verdade, a sra. Rafferty é nosso escudo. O escudo que fica entre nós e as hierarquias da Administração, e também o escudo que nos separa dos Médicos, sempre com suas manias estranhas, suas caligrafias ilegíveis ("Já vi letra melhor até na *pré-escola*", a sra. Rafferty teria dito certa vez, segundo as más-línguas), sua infantil incapacidade de anexar as receitas e prontuários na página correta dos livros de registros dos pacientes, e daí por diante.

— Pois bem, meninas — ela diz, erguendo um dedo, brincalhona —, estou recebendo toda sorte de reclamações a respeito das estatísticas diárias. Algumas estão vindo sem o carimbo da clínica nem a data. — Ela faz uma pausa para que todas possamos compreender a gravidade da situação. — Algumas não são registradas corretamente. Outras — mais uma pausa — simplesmente *não são* registradas. — Eu baixo os olhos e tento afastar à força o rubor que começou a queimar minhas bochechas. Não estou ruborizada por mim, mas por minha chefe, a srta. Taylor, que me segredou pouco depois da minha chegada que a verdade, a mais pura verdade, é que ela *odeia* estatística. As consultas dos pacientes com os psiquiatras da equipe muitas vezes ultrapassam o horário de fechamento oficial da clínica, e é claro que a srta. Taylor não consegue entregar as estatísticas todas as noites, a não ser que passe a se sacrificar pelo trabalho mais do que já se sacrifica. — Era só isso, meninas.

A sra. Rafferty abaixa a cabeça e olha suas anotações, se debruça para ticar alguma coisa com seu lápis vermelho, e depois se endireita, muito flexível.

— Outra coisa. A Sala do Arquivo disse que eles estão recebendo muitas ligações pedindo prontuários que vocês já têm nas caixas de casos em andamento, e já estão *furiosos* lá embaixo...

— Bota furiosos nisso — Mary Ellen grunhe com um ar simpático e revira os olhos, de modo que por um instante só se vê a parte branca. — Aquele fulano de tal do Ramal Nove fala como se a gente só devesse ligar em último caso.

— Ah, é o *Billy* — diz Minnie Dapkins.

Ida Kline e algumas das outras garotas do setor de Datilografia no primeiro subsolo soltam risadinhas abafadas, depois se calam.

— Acho que a essa altura todas vocês já sabem que o Billy tem os problemas dele. Então não sejamos muito severas com o menino.

— Ele não está se consultando com alguém do seu setor? — Dotty me pergunta num sussurro. Só tenho tempo de fazer que sim com a cabeça, porque os olhos verdes límpidos da sra. Rafferty nos silenciam como um banho de água fria.

— Também tenho uma reclamação, senhora Rafferty — Cora diz, se aproveitando da interrupção. — O que é que está havendo lá embaixo, na Admissão? Sempre falo para os nossos pacientes chegarem uma hora antes para as consultas com as meninas do Serviço Social, porque assim eles têm tempo de sobra pra pegar a fila lá embaixo e pagar no caixa e tudo mais, mas *mesmo assim* não adianta. Eles ficam nervosos e ligam pra gente lá de baixo, já dez minutos atrasados, e dizem que a fila não anda há meia hora, e as garotas do Serviço Social do nosso lado também estão esperando, então o que faço nesses casos?

Os olhos da sra. Rafferty se voltam, por um mínimo instante, às suas anotações, como se a resposta para a pergunta de Cora estivesse registrada ali. Ela parece quase constrangida.

— Algumas das outras garotas também reclamaram disso, Cora — ela diz, enfim, olhando para cima. — Estamos com uma garota a menos na Admissão, então tem sido muito difícil fazer todos os processos...

— Não dá pra *arranjar* outra garota? — Mary Ellen tem a coragem de perguntar. — Quer dizer, estão esperando o quê?

A sra. Rafferty troca um olhar rápido com Minnie Dapkins. Minnie esfrega suas mãos pálidas que parecem de papel uma na outra e lambe os lábios do jeito que ela sempre faz, como se fosse uma coelha. Do lado de fora das janelas abertas surge um ventinho repentino, e a julgar pelo barulho está começando a chover, mas é mais provável que seja só o barulho dos papéis que começaram a voar pela rua lá embaixo.

— Acho que é melhor falar logo a verdade e *contar* pra todo mundo — a sra. Rafferty diz nesse momento. — Algumas de vocês já sabem, a própria Minnie sabe, que o motivo pelo qual estamos esperando para preencher essa vaga é... a Emily Russo. Conta pra elas, Minnie.

— A Emily Russo — Minnie comunica com um tom de respeito fúnebre — está com câncer. Está internada neste mesmo hospital. Quero que vocês saibam, todas que a conhecem, que talvez ela queira companhia. Ela ainda pode receber visitas, já que não tem mais nenhum parente vivo...

— Puxa vida, eu não sabia disso — Mary Ellen diz lentamente. — Que pena.

— Detectaram a doença no último exame de câncer — diz a sra. Rafferty. — Ela está por um *fio*. Os novos remédios ajudam a aliviar a dor, é claro. O problema é que, doente como está, a Emily ainda faz *questão* de voltar ao trabalho. Ela *ama* aquele emprego, é sua vida há quarenta anos, e o dr. Gilman não quer lhe contar a verdade nua e crua, que ela nunca mais vai voltar, por medo de deixá-la em choque e tudo mais. Sempre que alguém a visita, ela pergunta: "Já preencheram a vaga? Já chamaram alguém para trabalhar na Admissão?". No instante em que preencherem a vaga, a Emily vai pensar que é sua sentença de morte, simplesmente.

— E se chamassem uma substituta? — Cora quer saber. — Vocês poderiam dizer que a pessoa está só fazendo um bico.

A sra. Rafferty balança sua cabeça sedosa e dourada.

— Não, a essa altura a Emily não ia acreditar, ia pensar que estamos tentando animá-la. As pessoas nesse estado ficam muito observadoras, muito perspicazes. Não podemos correr esse risco. Eu mesma tenho ido até a Admissão dar uma mãozinha quando posso. Agora — sua voz fica mais baixa, e sóbria como a de um agente funerário — resta pouco tempo, segundo o dr. Gilman.

Minnie parece estar prestes a chorar. A situação foi de mal a pior depois que a sra. Rafferty chegou, quando estávamos todas de cabeça baixa, fumando ou descascando o esmalte das unhas.

— Ora, meninas, não fiquem assim — a sra. Rafferty diz, lançando um olhar vivo e encorajador ao redor da mesa. — A Emily não poderia estar em mãos melhores, estou certa de que nisso todas concordamos, e para ela o dr. Gilman é quase da família, ela o conhece há dez anos. E vocês podem ir visitá-la, ela ia adorar…

— O que acham de flores? — Mary Ellen interrompe. Um murmúrio de concordância percorre a sala. Sempre que alguém da nossa equipe contrai alguma doença, ou há um noivado, ou casamento, ou tem um bebê (embora isso seja muito mais raro) ou ganha um prêmio pelo seu trabalho, nós fazemos uma vaquinha e mandamos flores, ou um presente adequado, e um cartão. Esse é o primeiro caso de doença terminal do qual participo, no entanto, e na minha opinião as meninas foram uma verdadeira doçura.

— Que tal alguma coisa cor-de-rosa, bem alegre? — Ida Kline sugere.

johnny panic e a bíblia de sonhos e outros textos em prosa   101

— Por que não uma coroa de flores? — uma secretária pequenina que acabou de ficar noiva diz baixinho. — Uma coroa cor-de-rosa bem grande, cravos, de repente.

— Uma *coroa* não, meninas! — a sra. Rafferty resmunga. — Com a Emily tão sensível como está, uma *coroa* não, pelo amor de Deus!

— Um vaso, então — diz Dotty. — As enfermeiras vivem reclamando que ninguém manda vasos. Um vaso bem bonito, talvez da loja de presentes do hospital, eles têm uns vasos *importados*, e um buquê sortido da floricultura.

— Essa sim é uma ótima ideia, Dorothy. — A sra. Rafferty parece aliviada. — Acho que algo assim é muito mais adequado. Quantas de vocês concordam em dar um vaso com um buquê sortido? — Todo mundo, incluindo a secretária pequenina, levanta a mão. — Vou deixar você encarregada disso, Dorothy — a sra. Rafferty diz. — Deixem a parte de vocês com a Dorothy, meninas, antes de saírem, e hoje à tarde vamos passar um cartão para todas assinarem.

Nesse momento a reunião se dispersa, com todo mundo falando com todo mundo, e algumas das garotas já estão procurando notas de dinheiro na bolsa e entregando a Dotty por cima da mesa.

— Silêncio! — a sra. Rafferty vocifera. — Silêncio, por favor, só mais um *minuto*, meninas! — Na quietude que se instala, a sirene de uma ambulância que se aproxima eleva e depois derruba seu grito de feiticeira, passando debaixo de nossas janelas, enfraquecendo na esquina e enfim cessando na entrada da Ala de Emergência. — Eu queria falar com vocês. Sobre o *furacão*, meninas, caso estejam em dúvida a respeito do protocolo. O último boletim da Direção diz que a coisa vai começar por volta do meio-dia, mas vocês não precisam se preocupar. Fiquem tranquilas. Continuem trabalhando normalmente — (risadas divertidas da equipe de datilografia) — e acima de tudo não transmitam nenhuma *preocupação* que possam ter sobre o furacão aos pacientes. Eles já estarão nervosos o suficiente com isso. Se a situação for muito grave, quem mora longe pode passar a noite aqui no hospital. Mandaram instalar macas nos corredores do edifício das clínicas e, salvo emergências, reservamos o terceiro andar inteiro só para mulheres.

Nesse momento as portas as portas vai-e-vem se abrem com um tranco e uma enfermeira entra na sala empurrando a máquina de café num carrinho de metal. Seus sapatos de sola de borracha estalam como se ela pisasse em ratos vivos.

— Reunião encerrada — diz a sra. Rafferty. — Sirvam-se, meninas.

Dotty me chama para longe da aglomeração ao redor do café.

— A Cora está louca pra tomar café, mas eu acho esse troço intragável de tão amargo. E ainda por cima em copos de papel. — Dotty faz uma singela careta de desgosto. — Por que não vamos nós duas torrar esse dinheiro num vaso com flores para a senhorita Emily agora mesmo?

— Pode ser. — Saindo da sala com Dotty, noto que ela está andando a passinhos curtos e trêmulos. — Mas o que deu em você? Não *quer* comprar o vaso?

— A questão não é o *vaso* em si, é saber que todo mundo está fazendo aquela velhinha de boba. Ela vai morrer, e merece ter um tempo pra se acostumar com a ideia e chamar um padre, e não ouvir que está tudo nos trinques. — Uma vez Dotty me contou que tinha entrado para o noviciado quando ainda era nova e não sabia nada da vida, mas, segundo ela, tinha achado tão difícil andar com a cabeça baixa e as mãos cruzadas e a boca fechada quanto achava difícil ficar de cabeça erguida e recitar o alfabeto grego de trás para frente. De vez em quando, entretanto, sinto que sua formação de convento vem à tona, assim como o brilho de sua pele branca sob o pó facial em tons de rosa e pêssego que ela usa.

johnny panic e a bíblia de sonhos e outros textos em prosa 103

— Você deveria ter sido missionária — eu digo. A essa altura já estamos chegando à loja de presentes, um lugarzinho apertado e elegante com prateleiras lotadas de produtos chiques: vasos entalhados, xícaras com corações e flores pintados, bonecas vestidas de noiva e passarinhos de porcelana, cartas de baralho com bordas douradas, pérolas cultivadas, tudo o que você puder imaginar, e o preço de tudo é alto demais para qualquer pessoa, menos para um parente amoroso que está preocupado com coisas muito mais sérias que o dinheiro. — É muito melhor que ela não saiba — eu acrescento, já que Dotty não disse mais nada.

— Estou quase indo *contar* pra ela. — Dotty pega um grande vaso de vidro soprado roxo com um ornamento frisado ao redor do aro e fica olhando. — Essa postura de "a gente sabe mais que você" que as pessoas têm aqui sempre me deixa horrorizada. Às vezes eu acho que, se *não existissem* tantos exames para detectar câncer e a Semana Nacional do Diabetes, com cabines no corredor para os pacientes fazerem exames de glicose, não existiriam tantos casos de câncer e diabetes, se é que você me entende.

— Agora você está parecendo aquele pessoal da Ciência Cristã — eu digo. — E, aliás, acho esse vaso um pouco extravagante para uma mulher mais velha como a senhorita Emily.

Dotty me olha com um sorrisinho esquisito, leva o vaso para a vendedora e despeja os seis dólares do pagamento no balcão. Em vez de se ater ao dinheiro que sobrou da vaquinha depois de gastar quase tudo no vaso, Dotty completa com alguns dólares do próprio bolso, e devo admitir que eu também, sem que ela precise insistir muito. Quando o florista da loja ao lado se aproxima, esfregando as mãos com uma cara de quem está preparado para oferecer tanto "meus parabéns" quanto "meus pêsames", e pergunta o que queremos — uma dúzia de rosas, ou talvez um pequeno buquê de escovinha e mosquitinho com uma fita prateada —, Dotty lhe estende o vaso roxo de vidro soprado.

— Um pouco de tudo, amigão. Pode encher.

O florista fica olhando para Dotty, com um lado da boca saltando num sorrisinho e o outro lado esperando até descobrir antes se ela não está de gozação.

— Vai, vai. — Dotty fica batendo o vaso no balcão de vidro, e o florista se encolhe de nervoso e tira o vaso de suas mãos na mesma hora. — Como eu disse. Rosa-chá, cravo, aquele sei-lá-o-quê-íolo...

Os olhos do florista seguem o dedo da Dotty.

— Gladíolo — ele corrige, com aflição na voz.

— *Gladoilo*. Um pouco desse aí, de várias cores. Vermelho, laranja, amarelo, você sabe. E um pouco daquela flor-de-lis...

— Ah, vai combinar com o vaso roxo — o florista diz, começando a pegar o jeito da coisa. — E *também* um sortimento de anêmonas?

— Também — Dotty diz. — Apesar de parecer nome de alergia.

Não demora para sairmos da floricultura e seguirmos pela passagem coberta que separa o edifício das clínicas e o hospital propriamente dito, e subirmos de elevador até o andar da senhorita Emily, com Dotty carregando o vaso roxo quase entalado de tantas flores.

— Senhorita Emily? — Dotty sussurra enquanto entramos, andando nas pontas dos pés, no quarto com quatro leitos. Uma enfermeira sai deslizando de trás das cortinas que rodeiam a cama do outro lado do quarto, ao lado da janela.

— Shhh. — Ela leva os dedos aos lábios e aponta para as cortinas. — Está ali. Não demorem muito.

A srta. Emily está afundada nos travesseiros, com os olhos abertos ocupando quase o rosto inteiro e o cabelo espalhado como um leque cinza sobre o travesseiro que lhe cerca a cabeça. Há toda sorte de frascos sobre a mesa de cabeceira, debaixo da cama e nas prateleiras ao redor da cama. Tubos finos de borracha saem de alguns frascos, e um deles desaparece debaixo da cama enquanto outro sobe até entrar na narina esquerda da srta. Emily. Não há ruído no quarto, a não ser o seco farfalhar da respiração da srta. Emily, e não há movimento, a não ser a débil elevação do lençol sobre seu peito e as bolhas de ar que impulsionam seus balões prateados rítmicos em um desses frascos de líquido. Sob a luz insalubre da tempestade lá fora, a srta. Emily parece uma boneca de cera, exceto pelos olhos, que nos encaram fixamente. Quase os sinto queimando minha pele, tamanha sua intensidade.

— Trouxemos estas flores, senhorita Emily. — Eu aponto para o enorme e multicolorido vaso cheio de flores de estufa que Dotty está colocando sobre a mesa de cabeceira. A mesa é tão pequena que antes, para abrir espaço, ela tem que transferir todos os frascos e copos e jarras e colheres para a prateleira de baixo.

Os olhos da srta. Emily flutuam até o monte de flores. Alguma coisa neles fulgura. Sinto que estou observando duas velas no final de um longo corredor, dois pontinhos flamejantes que se apagam e se reavivam num vento sombrio. Do lado de fora da janela, o céu está mais preto que uma frigideira de ferro fundido.

— As meninas mandaram para a senhora. — Dotty pega a mão inerte e cérea da srta. Emily, tirando-a de cima da colcha. — O cartão vai chegar mais tarde, todo mundo está assinando, mas não quisemos esperar para entregar as flores.

A srta. Emily tenta falar. Um débil sibilo escapa de seus lábios, nenhuma palavra compreensível.

Dotty, no entanto, parece saber o que ela quer dizer.

— A vaga continua lá, srta. Emily — ela diz, pronunciando as palavras clara e vagarosamente, do jeito que explicamos as coisas para uma criança muito pequena. — Decidiram que não vão preenchê-la. — As mesmíssimas palavras que a sra. Rafferty escolheria, eu pensei, com grande surpresa. Só que a sra. Rafferty acrescentaria alguma coisa para estragá-las: você vai ficar boa logo, logo, srta. Emily, não esquente a cabeça. Ou: você ainda vai ganhar seu bracelete de ouro de cinquenta anos de serviço, srta. Emily, pode acreditar. O curioso é que não parece que Dotty está deturpando os fatos ou mentindo. Ela está contando a mais pura verdade, dizendo: está todo mundo igual barata tonta na Admissão, srta. Emily, porque querem que você saiba que não é possível substituí-la. Não tão cedo, nem tão rápido.

A srta. Emily deixa as pálpebras cobrirem os olhos. Sua mão fica flácida contra a palma de Dotty, e ela suspira, um suspiro que faz seu corpo inteiro estremecer.

— Ela sabe — Dotty me diz quando nos afastamos da cama da srta. Emily. — Agora ela sabe.

— Mas você não *contou* pra ela. Não de forma direta, pelo menos.

— Que que você pensa que eu sou? — Dotty está indignada. — Uma pessoa sem coração, por acaso? Me diz — ela para de falar de repente quando saímos pela porta e chegamos ao corredor —, quem é aquele?

Uma figura esguia e franzina está apoiada na parede do corredor vazio a poucos metros da porta da srta. Emily. Quando nos aproximamos, a figura se achata ainda mais contra a parede, como se por milagre pudesse se misturar ao gesso pintado de verde e perder-se de vista. No corredor escuro, as luzes elétricas dão a impressão de que a noite chegou mais cedo.

— Billy Monihan! — Dotty exclama. — Pelo amor de Deus, o que é que *você* está fazendo aqui?

— Es-es-esperando — Billy chia com dificuldade, e seu rosto ganha um tom violento de vermelho por baixo da camada carmesim de espinhas e pústulas. É um rapaz muito baixinho, quase da altura de Dotty, e extremamente magro, embora já tenha parado de crescer e não tenha mais como melhorar nesse quesito. Seu cabelo preto comprido está alisado e puxado para trás com algum tipo de gel de cheiro forte e ostenta os sulcos do pente que há pouco percorreu a superfície brilhosa de couro envernizado.

— O que é — Dotty endireita a postura para chegar à sua altura máxima, e, de salto alto, consegue ficar mais alta que Billy — que você pensa que está fazendo aqui?

— Só-só... es-esperando. — Billy abaixa a cabeça para evitar o olhar implacável de Dotty. Parece que está tentando engolir a própria língua para se esquivar de qualquer tipo de comunicação.

— Você devia estar cuidando dos prontuários da Sala do Arquivo no edifício das clínicas neste instante — Dotty diz. — Você nem conhece a srta. Emily, nunca a viu na vida, deixe ela em paz, ouviu?

Um gorgolejo estranho e indecifrável escapa da garganta de Billy.

— E-e-ela di-disse que eu po-podia vir — ele enfim consegue dizer.

Dotty solta um suspiro seco e irritado. Ainda assim, alguma coisa nos olhos de Billy faz com que ela dê meia-volta e o deixe cuidar de sua vida. Quando o elevador chega ao nosso andar, Billy já se enfiou, com as espinhas, cabelo com gel, gagueira e tudo, no quarto da srta. Emily.

— Não gosto desse menino, esse menino é um verdadeiro... — Dotty faz uma pausa para procurar a palavra certa. — Um verdadeiro *abutre*. Ele tem andado muito esquisito, vou te contar... Ele fica rodeando aquela entrada da Ala de Emergência, parece até que o próprio Jesus Cristo está pra entrar por aquela porta e anunciar o Juízo Final.

— Ele tem se consultado com o dr. Resnik no nosso setor — eu digo —, só que ainda não recebi nenhum dos audiógrafos do caso dele, então não sei. Mas começou quando, esse comportamento dele?

Dotty dá de ombros.

— Só sei que ele quase matou a Ida Kline de medo na semana passada, no setor de Datilografia, porque ficou contando umas histórias sobre uma mulher que chegou à Dermatologia toda roxa, inchada igual a um elefante e de cadeira de rodas por conta de alguma doença tropical. A Ida não conseguiu comer nada no almoço porque não parava de pensar naquilo. Tem um nome para isso, para essas pessoas que ficam rodeando cadáveres e tudo mais. Neco... *necófilos*. Eles vão ficando cada vez piores e começam a desenterrar os corpos do cemitério.

— Ontem eu estava fazendo o relatório de admissão de uma mulher — eu digo. — Parecia que ela tinha alguma coisa parecida com isso. Não conseguiu aceitar que a filhinha morreu, não parava de ver a filha andando por aí, na missa, no supermercado. Ia ao cemitério todos os dias. Ela disse que um dia a menininha veio visitá-la, vestida de bata branca de renda, e disse para ela não se preocupar, que ela está no céu e está sendo bem cuidada, que está tudo bem.

— Eu fico pensando... — Dotty diz. — Eu fico pensando se é possível curar uma coisa assim.

Do refeitório do hospital, onde estamos sentadas a uma das mesas grandes, comendo sobremesa e assinando o cartão de "Melhore logo" da srta. Emily, vejo os longos fios da chuva golpeando as janelas que dão no jardim. Uma senhora rica mandou construir o pátio e encher o jardim de grama e árvores e flores para que os médicos e enfermeiras pudessem olhar para algo mais belo que paredes e cascalho durante as refeições. Agora as janelas estão tão embaçadas que não dá para ver o verde por entre o fluxo d'água.

— Vocês vão passar a noite aqui, meninas? — A voz de Cora está tão trêmula quanto a gelatina que ela está comendo. — É que eu não sei *o que fazer* com minha mãe sozinha em casa. Se faltar luz ela pode acabar quebrando o quadril enquanto procura as velas no porão, no escuro, e as telhas estão em frangalhos, qualquer chuvinha já enche o sótão de goteira...

johnny panic e a bíblia de sonhos e outros textos em prosa   109

— Fica aqui, Cora — Dotty diz num tom decidido. — Se você tentar ir pra casa debaixo *desse toró*, você vai acabar morrendo afogada. Amanhã de manhã você vai ligar para casa e vai encontrar sua mãe feliz da vida, e a tempestade já vai estar nas últimas, a quilômetros de distância, em algum cafundó do Maine.

— Olha! — eu digo, em parte para distrair Cora. — A senhora Rafferty vem vindo com a bandeja. Vamos pedir para ela assinar. — Antes que qualquer uma de nós possa acenar, a sra. Rafferty nos avista e se aproxima, um veleiro branco de vento em popa, com seus brincos de estetoscópio balançando dos dois lados de um rosto que só traz mau agouro.

— Meninas — ela diz, vendo o cartão escancarado na mesa à nossa frente —, meninas, não quero ser a portadora de más notícias, mas preciso dizer a vocês que o cartão não será mais necessário.

Cora fica da cor do cal por baixo das sardas, com uma colher de gelatina de morango suspensa a meio caminho da boca.

— A Emily Russo faleceu há menos de uma hora. — A sra. Rafferty inclina a cabeça por um segundo, depois a levanta com um ar honrado. — Foi o *melhor* que poderia ter acontecido, meninas, vocês sabem disso tanto quanto eu. Ela partiu em paz, então não se deixem abater. Nós temos — ela acena com firmeza em direção às vidraças cobertas de água — outras pessoas para cuidar.

— A senhorita Emily… — Dotty diz, misturando creme ao café com um ar estranhamente distraído. — A srta. Emily estava *sozinha* nos últimos momentos?

A sra. Rafferty titubeia.

— Não, Dorothy — ela responde. — Não. Ela *não* estava sozinha. O Billy Monihan estava com ela quando ela se foi. A enfermeira de plantão disse que ele pareceu *muito* emocionado, muito comovido com a senhorinha. Ele disse — a sra. Rafferty acrescenta —, ele disse à enfermeira que a srta. Emily era tia dele.

— Mas a senhorita Emily não tem irmãos nem irmãs — Cora contraria. — A Minnie nos contou. Ela não tem *ninguém*.

— Seja como for — a sra. Rafferty parece ansiosa para encerrar o assunto —, seja como for, o menino ficou muito comovido. Muito comovido com tudo o que aconteceu.

Como estava chovendo cobras e lagartos, e o vento era capaz de destruir a cidade, nenhum paciente veio ao consultório a tarde toda. A não ser, é claro, a velha sra. Tomolillo. A srta. Taylor tinha acabado de sair para pegar dois copos de café no fim do corredor quando a sra. Tomolillo me apareceu, raivosa e molhada feito uma bruxa, com o vestido de lã preta que usava o ano inteiro, chacoalhando uma pilha de papéis encharcados.

— Cadê o dr. Chrisman, dr. Chrisman, eu quero saber.

Eis que a pilha de papéis encharcados era o livro com os prontuários médicos da própria sra. Tomolillo, algo que paciente nenhum tem o direito de acessar em nenhuma circunstância. O livro está um desastre, e as anotações feitas com tinta vermelha, azul e verde dos inúmeros médicos dos inúmeros setores que a sra. Tomolillo frequenta se fundiram num louco arco-íris que desprende pingos coloridos de água e tinta quando o tiro de suas mãos.

— Mentira atrás de mentira — a sra. Tomolillo me diz, sibilando, de modo que não consigo dizer nada. — Tudo mentira.

— Que mentira, senhora Tomolillo? — eu pergunto nesse momento, com uma voz alta e clara, porque ela tem a audição especialmente prejudicada, embora se recuse a usar um aparelho. — Estou certa que o dr. Chrisman...

— Ele só escreveu mentira nesse livro. Eu sou uma mulher boa, meu marido já morreu. Deixa eu pegar esse homem, que aí eu vou mostrar pra ele...

Olho rápido para o corredor. A sra. Tomolillo está contorcendo os dedos de forma perturbadora. Um homem de muleta, com uma perna da calça vazia e cuidadosamente dobrada na altura do

johnny panic e a bíblia de sonhos e outros textos em prosa   111

quadril, passa se sacudindo pela porta. Depois dele vem uma assistente do setor de Amputados arrastando uma perna artificial e meio torso artificial. A sra. Tomolillo se acalma ao ver a pequena procissão. Seus braços caem ao lado do corpo e se perdem nas pregas de sua volumosa saia preta.

— Pode deixar que eu falo com o dr. Chrisman, senhora Tomolillo. Tenho certeza de que houve algum engano, não fique aborrecida. — Atrás de mim a janela estremece inteira, como se lá fora algum gigante de vento tentasse entrar à força para ver a luz. A chuva começou a golpear o vidro com a violência de tiros de pistola.

— Só mentira... — a sra. Tomolillo sibila, mas de forma mais plácida, mais parecendo uma chaleira que acabou de sair do fogo. — Pode falar pra ele.

— Eu falo. Ah, senhora Tomolillo...

— Sim? — Ela para na soleira da porta, negra e agourenta como uma das moiras, atingida pela tempestade que ela mesma criou.

— Quando falar com o dr. Chrisman, de onde digo que o livro saiu?

— Daquela sala lá embaixo — ela diz simplesmente. — Aquela sala onde ficam todos os livros. Eu peço e eles me dão.

— Entendi. — O número nos prontuários da sra. Tomolillo, escrito a tinta permanente, é nove-três-seis-dois-cinco. — Entendi, entendi. Obrigada, sra. Tomolillo.

O edifício das clínicas, apesar de ser muito grande, com sua fundação sólida de concreto e a construção de tijolo e pedra, parece profundamente abalado quando eu e Dotty atravessamos o corredor do primeiro andar e a passagem que leva ao refeitório da ala principal para comer alguma coisa quente no jantar. Conseguimos ouvir as sirenes, altas e fracas, que percorrem e rodeiam a cidade — caminhões de bombeiros, ambulâncias, viaturas de polícia. O estacionamento da Ala de Emergência está lotado de ambulâncias e carros particulares que não param de chegar das cidades vizinhas

— pessoas tendo ataque cardíaco, pessoas com insuficiência pulmonar, pessoas com histeria galopante. E para piorar houve uma queda de energia, então precisamos andar tateando as paredes na semiescuridão. Por toda parte, médicos e residentes esbravejam ordens, enfermeiras de uniforme passam flutuando, brancas como fantasmas, e macas que levam pessoas embrulhadas — grunhindo, ou chorando, ou imóveis — são carregadas de um lado para o outro. No meio de tudo isso, um vulto conhecido passa correndo por nós e desce no escuro o lance de degraus de pedra que levam ao primeiro e ao segundo subsolos.

— Não é ele?

— Ele quem? — Dotty quer saber. — Não consigo enxergar nada nesse breu, acho que preciso de óculos.

— O Billy. Da Sala do Arquivo.

— Devem ter pedido a ele que apertasse o passo pra entregar os prontuários dos casos da emergência — Dotty diz. — Toda ajuda é bem-vinda nesse sufoco.

*

Por algum motivo, não consigo contar sobre a sra. Tomolillo a Dotty.

— O menino não é de todo mau — eu me pego dizendo, apesar de saber o que sei sobre a sra. Tomolillo, e Emily Russo, e Ida Kline e a mulher elefante.

— Não é de todo mau — Dotty diz, irônica. — Se você simpatiza com vampiros.

Mary Ellen e Dotty estão sentadas de pernas cruzadas em uma das macas do anexo do terceiro andar, tentando jogar paciência à luz de uma lanterna de bolso que alguém arranjou, quando Cora vem voando pelo corredor até nos alcançar sentadas das macas.

Dotty coloca um nove vermelho sobre um dez preto.

— Conseguiu falar com a sua mãe? O telhado da sua casa continua no lugar?

johnny panic e a bíblia de sonhos e outros textos em prosa 113

No círculo branco e luminoso projetado pela lanterna, os olhos de Cora estão bem abertos e um pouco úmidos.

— Mas então — Mary Ellen se inclina em sua direção — você não soube de nada ruim? Você está branca feito papel, Cora.

— Não é… não é a minha *mãe* — Cora revela. — O telefone ficou mudo, não consegui completar a ligação. É aquele menino, aquele *Billy*…

Todas ficam muito quietas de repente.

— Ele estava subindo e descendo as escadas *sem parar* — Cora diz, com uma voz tão chorosa que parece até que está falando do irmãozinho mais novo ou algo assim. — Subindo e descendo, subindo e descendo com os prontuários, e sem luz, e ele estava com tanta pressa que descia dois, três degraus de uma vez. E ele *caiu*. Ele caiu um lance inteiro.

— Cadê ele? — Dotty pergunta, baixando devagar as cartas da mão. — Onde ele está agora?

— Onde ele *está*? — A voz de Cora subiu uma oitava. — Ele está é morto, isso sim.

É mesmo muito engraçado. No instante em que essas palavras saem da boca de Cora, todo mundo esquece que o Billy era minúsculo, e que na verdade era uma figura ridícula com aquela gagueira e aquela pele horrível. Com todo aquele nervosismo por causa do furacão, e ninguém conseguindo falar com sua família, a memória lança uma espécie de auréola sobre ele. Parecia até que ele tinha morrido por todas nós, sentadas ali naquelas macas.

— Ele não teria morrido — Mary Ellen pontua — se não estivesse ajudando os outros.

— Sabendo como são as coisas — Ida Kline opina —, retiro o que eu disse sobre ele outro dia, sobre ele e aquela mulher com a doença do elefante. Ele não sabia que eu enjoo tão fácil, nem nada disso.

Só Dotty fica em silêncio.

Nessa hora Mary Ellen desliga a lanterna, e todas tiramos os vestidos no escuro e nos deitamos. Dotty se deita na última maca na fileira, bem ao lado da minha. Por todo o corredor se ouve a chuva, agora mais branda, batendo sem parar nas vidraças. Depois de um tempo, um som de respiração estável emana de todas as macas.

— Dotty — eu sussurro. — Dotty, já dormiu?

— Não — Dotty sussurra de volta. — Estou com uma insônia danada.

— Então, Dotty, o que você acha?

— Quer saber o que eu acho? — Parece que a voz de Dotty chega flutuando aos meus ouvidos, vinda de um pontinho invisível em uma vasta escuridão. — Acho que aquele menino teve muita sorte. Pelo menos uma vez na vida ele fez o que era certo. Era a única chance que aquele menino teria de virar herói.

E depois das notícias no jornal, e das cerimônias na igreja, e da medalha de ouro póstuma concedida pelo diretor do hospital aos pais de Billy quando a tempestade arrefeceu, tenho que dar razão a Dotty. Ela tem razão. Ela tem toda razão.

"CONTEXTO"

As QUESTÕES DO NOSSO tempo que me inquietam neste momento são os incalculáveis danos genéticos da radioatividade e um artigo que documenta a aterradora, absurda e onipotente união entre as grandes corporações e as Forças Armadas dos Estados Unidos — "Juggernaut, The Warfare State" [Gigante, o Estado de Guerra], assinado por Fred J. Cook em uma edição recente da revista *Nation*. Se isso influencia o tipo de poesia que escrevo? Sim, mas de forma indireta. Não fui abençoada com a língua de Jeremias, apesar de perder o sono diante da minha visão do apocalipse. Meus poemas acabam não falando de Hiroshima, falam de um filho que se forma, dedo após dedo, na escuridão. Não falam dos horrores da extinção em massa, mas do brilho fraco da lua sobre a árvore do cemitério do bairro. Não falam dos testemunhos dos argelinos torturados, mas dos pensamentos noturnos de um cirurgião cansado.

De certa forma, esses poemas são digressões. Não acho que sejam uma fuga. Para mim, as verdadeiras questões do nosso tempo são as questões de todos os tempos — a angústia e a beleza do amor; a criação em todas as suas formas: filhos, pães, quadros, prédios; e a conservação da vida de todas as pessoas em todos os lugares, a mesma vida que jamais deve ser ameaçada sob o pretexto da "paz", de um "inimigo implacável" ou de qualquer outro falatório manipulador.

Não acho que a "poesia de notícia de jornal" interessaria a mais pessoas do que uma notícia de jornal. E, a não ser que esse poema sintonizado aos últimos acontecimentos nasça de algo mais íntimo do que a filantropia genérica e mutável, e seja de fato aquela coisa quase unicórnio — um poema de verdade —, ele corre o risco de acabar no lixo tão rápido quanto a própria página de jornal.

Os poetas que me fascinam são dominados por seus poemas tanto quanto pelo ritmo de sua própria respiração. Seus mais belos poemas parecem ter nascido por conta própria, e não sido moldados à mão; certos poemas dos *Life Studies* de Robert Lowell, por exemplo; os poemas da estufa de Theodore Roethke; alguns de Elizabeth Bishop e muitos, tantos de Stevie Smith ("A arte é selvagem como um gato e pouco se assemelha à civilização").

Sem dúvida o grande uso da poesia é o prazer que ela proporciona — não seu impacto como discurso panfletário religioso ou político. Certos poemas e versos me parecem tão sólidos e milagrosos como o altar das igrejas e a coroação das rainhas devem ser para as pessoas que veneram imagens tão diversas. Não me preocupa que os poemas alcancem relativamente poucas pessoas. Já é uma surpresa que cheguem tão longe — e a desconhecidos, e até do outro lado do mundo. Mais longe que as palavras dos professores e as receitas dos médicos; se tiverem sorte, mais longe do que uma vida pode chegar.

O QUINQUAGÉSIMO NONO URSO

QUANDO ENFIM CHEGARAM, SEGUINDO o mapa da Grand Loop no folheto, uma densa névoa cobria as piscinas do arco-íris; o estacionamento e os calçadões estavam vazios. À exceção do sol, que já estava baixo entre os montes roxos, e da imagem do sol, vermelha como um tomate anão alojado na única fresta visível de água, não havia nada para se ver. Ainda assim, como estavam colocando em prática um ritual de penitência e perdão, atravessaram a ponte que ficava sobre o rio escaldante. Fosse para frente ou para trás, colunas de vapor se manifestavam como cogumelos na superfície das piscinas naturais. A brancura se emaranhava, véu após véu, ao longo do calçadão, apagando a esmo pedaços do céu e das montanhas mais distantes. Eles andavam devagar, envoltos numa atmosfera ao mesmo tempo intimista e intolerável, sentindo no rosto, nas mãos e nos braços descobertos o ar sulfuroso quente e úmido.

Norton ficou para trás nesse momento, deixando a esposa seguir adiante. Sua silhueta esguia, vulnerável, esmaeceu e bruxuleou à medida que a névoa que os separava ganhou volume. Ela recuou e foi de encontro a uma nevasca, uma queda d'água branca; ela foi para lugar nenhum. O que ainda não tinham visto? As crianças agachadas junto à beira das piscinas, fervendo os ovos do café da manhã em latas enferrujadas; moedas de cobre cintilando no fundo das cornucópias de água azul-safira; os gêiseres trovejantes jorrando, ora aqui, ora ali, por toda a aridez ocre da superfície lunar. Ela havia insistido, não sem a delicadeza que lhe era natural, que fossem ao cânion amarelo-mostarda no qual, quase chegando ao rio lá embaixo, os falcões e as sombras de falcões giravam e pousavam como bolinhas pretas de metal. Ela havia insistido que fossem à Boca do Dragão, aquela enchente rouca e ribombante de água lamacenta, e ao Caldeirão do Diabo. Ele imaginara que seus melindres de sempre a fariam se afastar da massa negra e grumosa que estalava e fervilhava debaixo de seu nariz, mas ela se debruçou sobre o abismo, devota como uma sacerdotisa em meio àqueles odores abjetos. E no fim das contas foi Norton, sem chapéu sob o pleno sol do meio-dia, enfrentando de olhos apertados o brilho branco cor de sal e inalando os vapores de ovo podre, que resolveu voltar, vencido pela dor de cabeça. Ele sentiu que, sob seus pés, o chão se tornara frágil como o crânio de um pássaro, uma mera casca de sanidade e compostura que o separava das escuras entranhas daquela terra da qual emanavam as lentas lamas e as águas escaldantes.

Como se não bastasse, alguém tinha roubado seu cantil de água, arrancando-o do para-choque do carro enquanto eles andavam pelo calçadão, carregados pela aglomeração do meio-dia. Poderia ter sido qualquer pessoa: aquele homem que carregava uma câmera, aquela criança, aquela negra de vestido cor-de-rosa florido. A responsabilidade pelo crime se espalhou pela multidão como uma gota de tinta carmesim num copo d'água transparente, maculando a todos. Eram todos ladrões; suas expressões eram vazias, grosseiras ou traiçoeiras. A repulsa de Norton virou um nó na garganta. Uma vez no carro, ele se encolheu no banco, fechou os

120 sylvia plath

olhos e deixou Sadie dirigir. Um ar fresco abanou suas têmporas. Suas mãos e pés pareceram se erguer, se alongar, pálidos e inflados por um fermento onírico. Como uma imensa e luminosa estrela-do-mar ele flutuou, inundado de sono, com a consciência fincada em algum lugar, sombria e secreta como uma noz.

— Cinquenta e seis — Sadie disse.

Norton abriu os olhos; ardiam e lacrimejavam como se alguém tivesse esfregado areia neles enquanto cochilava. Era um belo urso, pequeno, de pelo preto, que rodeava os limites da floresta com movimentos decididos. Por todos os lados, os imensos troncos de pinheiros se lançavam ao céu, abrindo, lá no alto, seu telhado escuro de agulhas. Embora o sol estivesse alto, só algumas farpas de luz perfuravam a massa azulada e fresca das árvores. A mania de contar ursos começara como uma brincadeira no dia em que tinham chegado ao parque, e ainda se mantinha, cinco dias depois, muito depois de terem desistido de enumerar as placas de carros de estados diferentes e de comentar quando a quilometragem marcava quatro, cinco ou seis números idênticos seguidos. Talvez continuassem por conta da aposta.

Sadie tinha apostado dez dólares na probabilidade de verem cinquenta e nove ursos até o fim da estada. Norton escolhera o número setenta e um sem pensar muito. Em segredo, ele torcia para Sadie ganhar. Ela levava apostas a sério, como uma criança. Era tão crédula que perder a magoava; e acreditava acima de tudo em sua própria sorte. Cinquenta e nove era o símbolo da plenitude para Sadie. Para ela nunca havia "centenas de mosquitos", ou "milhões", ou mesmo "um monte", mas sempre cinquenta e nove. Cinquenta e nove ursos, ela havia previsto com ar descontraído, sem titubear. Agora que estavam tão perto desse total — tendo enumerado avós ursos, mamães ursas e filhotes, ursos cor de mel e ursos pretos, ursos pardos e ursos cor de canela, ursos enfiados até a cintura em latas de lixo, ursos que mendigavam comida na

johnny panic e a bíblia de sonhos e outros textos em prosa 121

beira da estrada, ursos que nadavam no rio, ursos que enfiavam o nariz nas barracas e trailers na hora do jantar —, podiam muito bem acabar chegando ao número cinquenta e nove. Eles voltariam para casa no dia seguinte.

Longe dos calçadões, da ladainha dos guardas e das atrações populares, Norton se sentiu um pouco melhor. Sua dor de cabeça, deslocada até o extremo limite da consciência, rodopiou e permaneceu ali como um pássaro perverso. Quando menino, Norton havia criado, muito por conta própria, um método de oração intensa — não direcionada a qualquer imagem de Deus, mas ao que ele gostava de imaginar como o espírito de um lugar, o espírito protetor de um bosque de freixo ou de uma praia. O que ele pedia em suas orações era, de uma forma ou de outra, um milagre particular: ele maquinava para ser agraciado com a visão de uma corça, digamos, ou com a descoberta de um seixo de quartzo polido pela água. Se sua força de vontade apenas coincidia com as circunstâncias ou de fato desencadeava acontecimentos, ele não tinha certeza. Fosse como fosse, ele tinha algum poder. Agora, acalentado pelo movimento do carro e fingindo dormir, Norton começou a convocar todos os animais da floresta em sua direção — o antílope cor de névoa, com o pelo estriado tão singelo, o búfalo corpulento e desgrenhado, as raposas-vermelhas, os ursos. Em sua imaginação, ele os viu parando de se mover, assustados, em suas grossas moitas e tocas diurnas, como se reagissem a uma presença estrangeira. Ele os viu, um a um, se virando e se aproximando do lugar central que ele ocupava e em que conduzia, feroz e incansável, o movimento de cada casco e pata.

— Alces! — Sadie exclamou, como uma voz saída das profundezas da mente de Norton. O carro desviou e parou no acostamento. Norton voltou a si com um sobressalto. Outros carros começaram a parar ao lado e atrás deles. Apesar de ser retraída com as pessoas, Sadie não tinha medo de animais. Com eles, ela se entendia. Certa vez Norton a havia flagrado dando mirtilos na mão a um veado selvagem, um veado cujos cascos poderiam arremessá-la no chão num só golpe. Nem lhe passou pela cabeça que fosse perigoso.

Agora ela correu atrás dos homens de traje casual, das mulheres de vestidos estampados de algodão e das crianças de todas as idades que se aglomeravam à beira da estrada como se aquele fosse o cenário de um acidente chocante. A encosta íngreme levava a uma clareira em meio a um bosque de pinheiros. Todo mundo tinha uma câmera. Girando indicadores, sacudindo fotômetros, pedindo um rolo de filme novo para parentes e amigos que continuavam lá em cima, eles se lançaram ladeira abaixo numa onda, deslizando, caindo, tropeçando numa avalanche de grama e agulhas de pinheiro cor de ferrugem. Com seus olhos grandes, suportando com ar majestoso o fardo de seus chifres cada vez maiores e ornamentados em preto, os alces estavam deitados no centro verde e úmido do pequeno vale. Quando as pessoas se aproximaram, correndo e gritando, eles se levantaram com uma incredulidade lenta e sonolenta e saíram de perto, sem pressa nem interesse, indo em direção à mata fechada que ficava além da clareira. Norton ficou em pé no alto da encosta com uma dignidade quieta e insular. Ele ignorava as pessoas ao seu redor, que agora, desapontadas, cambaleavam ruidosas pelos arbustos. Em pensamento, ele elaborava um pedido de desculpas aos alces. Sua intenção tinha sido das melhores.

— Nem deu tempo de tirar uma foto — Sadie estava dizendo ao lado dele. — Mas acho que lá embaixo estava muito escuro, de qualquer forma. — Seus dedos, macios como moluscos, apertaram a carne nua do braço de Norton. — Vamos lá ver aquela piscina. Aquela que ferve a cada quinze minutos.

— Pode ir você — Norton disse. — Estou com dor de cabeça e um tiquinho de insolação, acho. Vou ficar sentado no carro te esperando.

Sadie não respondeu, mas deu partida no carro com uma petulância inconfundível, e Norton soube que a decepcionara.

Um pouco depois, sentindo que o tempo ia virar, Norton observou Sadie sair do carro usando seu chapéu de palha pontudo com a fita vermelha sob o queixo e o lábio inferior, cor-de-rosa e brilhoso, fazendo bico. Em seguida ela passou, junto à fila de outros turistas, pelo ofuscante horizonte branco.

Muitas vezes, em devaneios, Norton se via no papel de viúvo: uma figura hamletiana de rosto encovado e trajes sóbrios, propensa a passar muito tempo alheada e agredida pelos ventos em pontais solitários ou no parapeito de navios, tendo o corpo branco, esguio e elegante de Sadie embalsamado, numa espécie de alto-relevo, no painel central de sua mente. Jamais ocorreu a Norton que sua mulher pudesse viver mais do que ele. A sensualidade dela, as paixões pagãs tão simples, a incapacidade de argumentar sem recorrer a suas emoções imediatas — tudo isso era etéreo, leviano demais para sobreviver sem suas asas protetoras.

Como ele tinha imaginado, o passeio que Sadie fez sozinha foi tudo menos satisfatório. A piscina começou a ferver, é verdade, num tom de azul belíssimo, mas uma mudança bizarra no curso do vento jogou o vapor quente em seu rosto e ela quase morreu escaldada. E alguém, um rapaz ou um grupo de rapazes, tinha falado com ela no calçadão e estragado tudo. Para uma mulher era impossível ficar sozinha em paz; uma mulher sem ninguém era um convite a todo tipo de audácia.

Norton sabia que tudo isso era uma tentativa de reconquistar sua companhia. Mas, desde o incidente com o cantil, uma repulsa pela aglomeração de turistas vinha fervilhando na base de seu crânio. Quando pensava em se juntar novamente à multidão, ele sentia os dedos se contraírem. Ele via a si mesmo, a uma grande distância, do Olimpo, empurrando uma criança numa piscina fumegante, socando um homem gordo na barriga. A dor de cabeça voltou de repente, perfurante como o bico de um urubu.

— Por que não deixamos o resto pra amanhã? — ele disse. — Aí eu aceitaria andar por aí com você.

— Hoje é o nosso *último dia*.

Norton não conseguiu pensar numa boa resposta.

Só quando passaram pelo quinquagésimo sétimo urso ele percebeu que Sadie estava mais magoada do que ele imaginara. O urso estava estirado na estrada logo adiante, uma imensa esfinge parda numa poça de luz do sol. Era impossível que Sadie não o visse: ela precisou entrar na faixa da esquerda para contorná-lo, mas apertou os lábios e não disse nada, acelerando para fazer a curva. Agora ela tinha começado a dirigir de forma irresponsável. Quando chegaram ao cruzamento próximo às piscinas do arco-íris, ela acelerou tanto que um grupo de pessoas que estava prestes a atravessar a rua levou um susto e recuou, e o guarda gritou, nervoso: "Ei, calma aí!". Algumas centenas de metros depois do cruzamento, Sadie começou a chorar. Seu rosto se enrugou e seu nariz ficou vermelho; lágrimas caíam pelos cantos da boca e chegavam ao queixo.

— Pare o carro — Norton enfim mandou, tomando as rédeas da situação. O carro foi saindo para o acostamento, sacolejou uma ou duas vezes e parou. Sadie desabou sobre o volante como uma boneca de pano.

— Eu não pedi mais nada — ela disse, soluçando delicadamente. — Só pedi para vermos as piscinas e as lagoas.

— Olha — Norton disse —, eu sei qual é o problema. Já são quase duas horas, e estamos dirigindo sem parar há seis horas sem comer nada.

Os soluços de Sadie esmoreceram. Ela o deixou desamarrar seu chapéu de palha e fazer carinho em seu cabelo.

— Vamos até a Mammoth Junction — Norton prosseguiu, como se contasse uma história de ninar apaziguadora — e vamos tomar sopa quente e comer sanduíches, e ver se chegou alguma coisa pelo correio, e na volta a gente sobe para ver todas as lagoas termais e ir em todas as piscinas. Que tal?

Sadie fez que sim. Ele sentiu que ela hesitou por um segundo. Então ela deixou escapar:

— Você viu o *urso*?

— Claro que vi o urso — Norton disse, reprimindo um sorriso. — Com esse, quantos são até agora?

— Cinquenta e sete.

Com a força do sol se dissipando e a forma agradável e maleável da cintura de Sadie sob o braço, Norton sentiu brotar dentro de si uma nova compaixão pela humanidade. A chama irascível na base de seu crânio se dissipou. Ele deu partida no carro com uma autoridade firme, arrogante.

*

Agora Sadie, em paz e bem-alimentada, andava alguns metros à sua frente, invisível, envolta em uma névoa, mas ainda era dele, como um cordeirinho. Sua inocência e sua lealdade o imbuíam da aura de um deus protetor. Ele a decifrava, ele a cercava. Ele não via, ou não queria ver, que a submissão dela o movia e o atraía, nem que agora, por entre aquelas camadas fumegantes e sufocantes de névoa, ela o guiava, e ele seguia, embora já não houvesse mais arco-íris no fundo da água límpida.

Quando enfim terminaram o circuito do calçadão, o sol já tinha se posto atrás das montanhas e os altos pinheiros traziam suas sombras para contornar a estrada deserta. Enquanto dirigia, uma leve apreensão fez com que Norton olhasse o medidor de combustível. O ponteiro branco indicava que o tanque estava vazio. Sadie também devia ter notado, porque, sob a luz obscura e desbotada, ela o observava.

— Você acha que vamos conseguir chegar? — ela perguntou, com uma vibração curiosa na voz.

— Claro que sim — Norton disse, embora estivesse longe de ter certeza. Não havia nenhum posto de gasolina até o lago, e o percurso levaria mais de uma hora. O carro tinha um tanque reserva, é claro, mas ele nunca tinha testado, nunca tinha dirigido com o tanque abaixo de um quarto. O contratempo com Sadie devia tê-lo distraído. Eles poderiam muito bem ter enchido o tanque na Mammoth Junction. Ele ligou o farol alto, mas aparentemente nem as pequenas cavernas de luz que corriam à frente deles eram páreo para o breu dos pinheiros que os cercavam. Ele pensou que seria tão bom ver, para variar, os faróis de outro carro vindo logo atrás deles, refletidos no espelho retrovisor. Mas o espelho transbordava escuridão. Por um instante irracional e covarde, Norton sentiu todo o peso do breu; comprimia o topo de seu crânio, o pressionava de todos os lados de forma brutal e concentrada, como se tivesse a clara intenção de destruir a frágil casca revestida de osso que o protegia.

Tentando umedecer os lábios, que haviam ficado bastante secos, Norton começou a cantar ante à escuridão, algo que não fazia desde criança.

> "Meninos que andam por Liverpool
> Peço que vocês prestem atenção
> Quando saírem para caçar
> Com sua armadilha, sua espingarda e seu cão..."

A cadência melancólica da música tornou a noite que os cercava ainda mais solitária.

> "Certa noite na minha cama
> Dormindo na mais pura solidão..."

De repente, como uma chama ao vento, a memória de Norton tremeluziu. A letra da música se apagou. Mas Sadie continuou:

"Sonhei que estava em Liverpool
Lá em Marylebone…"

Os dois terminaram em coro:

"Com meu grande amor ao meu lado
E um caneco de cerveja na mão
Mas acordei com dor no coração
Na Terra de Van Diemen ainda deitado."

Norton ficou desconcertado por ter esquecido a letra: ele a sabia de cor, cantava aquela música desde que se entendia por gente. Parecia que seu cérebro estava amolecendo.

Depois de meia hora dirigindo, eles não haviam passado por nenhum ponto de referência que conhecessem, e o ponteiro do medidor de combustível descia cada vez mais. Norton se viu prestando atenção ao tênue zumbido do motor como se escutasse a respiração de um ente querido no leito de morte, inclinando o ouvido para não perder nenhuma quebra de continuidade, nenhum vacilo, nenhum silêncio.

— Mesmo se a gente conseguir — Sadie disse de repente, com uma risadinha tensa —, teremos mais dois problemas. Um trailer estará estacionado na nossa vaga e um urso estará à nossa espera na barraca.

Finalmente o lago se avultou diante deles, uma vastidão prateada que ia muito além dos pinheiros escuros e cônicos, que refletia as estrelas e a lua avermelhada que acabara de surgir no céu. Um clarão branco cruzou os faróis do carro quando um veado correu para a mata. O eco tênue e seco dos cascos do veado os consolou, assim como a visão da água. Do outro lado do lago, uma minúscula coroa de luzes evidenciava a área do camping. Vinte minutos depois eles foram dirigindo até o posto de gasolina iluminado, gargalhando feito adolescentes empolgados. O carro morreu a cinco metros da bomba.

Desde o início da viagem Norton não via Sadie tão animada. Dormir ao ar livre, mesmo que fosse nos parques estaduais, junto de outras barracas e trailers, a incomodava. Certa noite, quando ele se afastara rapidamente para andar pela margem do lago, deixando que ela terminasse de recolher os pratos sujos do jantar, ela tinha ficado histérica — tinha corrido para a margem com seu pano de prato, acenando e gritando, com as sombras azuis cada vez mais densas ao seu redor, até que ele a ouviu e deu meia-volta. Mas agora o susto da escuridão já resolvido, o tanque vazio e a estrada despovoada começavam a afetá-la como conhaque. A euforia de Sadie o deixou embasbacado; ele sempre suportara o peso de seus medos, de suas reações de coelhinho assustado. Quando entraram no acampamento, dando a volta na curva em D até chegarem aonde estavam acampados, Norton perdeu o fôlego. A barraca tinha desaparecido. Logo depois, ruborizando por ter sido tão tolo, ele viu que a barraca estava apenas escondida atrás da longa silhueta de balão de um trailer de alumínio desconhecido que tinha parado bem ali.

Ele embicou o carro na vaga de estacionamento que ficava atrás do trailer. Os faróis se fixaram num vulto escuro e volumoso a poucos metros da barraca. Sadie soltou uma risada baixa e exultante.

— Cinquenta e oito!

Repelido pelas luzes, ou talvez pelo barulho do motor, o urso se afastou da lata de lixo. Depois, com seu trote desajeitado, desapareceu no labirinto de barracas e trailers escurecidos.

Normalmente Sadie não gostava de fazer o jantar depois que escurecia, porque o cheiro de comida atraía os animais. Essa noite, entretanto, ela foi até a bolsa térmica de acampamento e pegou os filés rosados das trutas que haviam pescado no lago no dia anterior. Fritou os filés, com batatas cozidas frias, e cozinhou no vapor algumas espigas de milho. Ela até se dedicou ao ritual de misturar Ovomaltine sob a luz amarelada da lanterna e, com ar alegre, aqueceu água para depois lavar a louça.

Para compensar a perda do cantil e sua desatenção com o tanque de gasolina, Norton foi muito cuidadoso com a limpeza. Embrulhou os restos do peixe frito em papel-manteiga e guardou tudo no banco de trás do carro, junto de um pacote de biscoitos, alguns doces de figo e a bolsa térmica. Verificou as janelas do carro e trancou as portas. No porta-malas havia alimentos não perecíveis e comida enlatada o suficiente para viverem dois meses; ele fez questão de ver se estava trancado. Então ele pegou o balde cheio de água com detergente e esfregou a mesa de madeira e os dois bancos. Os ursos só importunavam campistas bagunceiros, diziam os guardas — gente que deixava comida espalhada ou guardava alimentos dentro da barraca. Toda noite, é claro, os ursos circulavam pela área do acampamento e passavam de lata de lixo em lata de lixo procurando comida. Isso ninguém podia evitar. As latas tinham tampas de metal e estavam enterradas no chão, mas os ursos eram espertos e viravam as tampas para escavar os restos de comida, revirando os papéis e caixas de papelão até encontrar cascas de pão amanhecido, pedaços de hambúrguer e cachorro-quente, potes com restos de mel ou geleia ainda grudados nas laterais, todas as sobras pródigas dos campistas que não tinham bolsas térmicas nem recipientes adequados. A despeito das regras rígidas do lugar, as pessoas também alimentavam os ursos — atraíam os animais com açúcar e biscoitos água e sal para que posassem de frente para a câmera, e até empurravam os filhos na cara do urso para conseguir uma fotografia mais divertida.

Sob o luar azul e coagulado, os pinheiros continuavam cobertos pelas sombras. Norton ficou imaginando os corpos enormes e abrutalhados dos ursos andando nas pontas dos pés por ali, no coração do breu, procurando comida. A dor de cabeça voltou a incomodá-lo. Além da dor de cabeça, alguma outra coisa começou a pulsar no limite de sua mente, tão opressora quanto a letra esquecida de uma música: algum provérbio, alguma memória há muito submersa que ele tentava em vão encontrar.

— Norton! — Sadie sibilou de dentro da barraca.

Ele se aproximou dela com os gestos lentos e entorpecidos de um sonâmbulo, fechando atrás de si o zíper da porta de lona com uma janela de mosquiteiro embutida. O saco de dormir estava aquecido pelo corpo dela, e ele se aconchegou ao seu lado como se entrasse numa toca.

*

O ESTRONDO O ACORDOU. Primeiro ele sonhou com aquilo, aquele golpe dilacerante, o tilintar tardio do vidro quebrado, depois acordou, com a mente clara como a morte, e continuou escutando aquela cascata abafada de sinos e gongos. Ao lado dele, Sadie ficou imóvel. O sopro de suas palavras acariciou os ouvidos dele.

— Meu urso — ela disse, como se o tivesse intimado e tirado da escuridão.

Depois do estrondo, o ar pareceu estranhamente silencioso. Então Norton ouviu alguma coisa se arrastando perto do carro. Batidas e ruídos metálicos soaram, como se o urso arremessasse latas e vasilhas ladeira abaixo. Conseguiu abrir o porta-malas, Norton pensou. Vai abrir todas as nossas latas de molho e sopa e frutas, e vai ficar lá sentado a noite toda, fazendo a festa. A visão do urso tendo acesso às coisas deles o tirou do sério. Sabe-se lá como, o urso estava conectado ao cantil furtado e ao tanque vazio e, como se não bastasse, ia comer dois meses de mantimentos em uma só noite.

— Faz alguma coisa. — Sadie se embrulhou no ninho de cobertores. — Manda ele embora. — A voz dela o desafiava, mas ele sentia os membros pesados.

Norton conseguia ouvir o urso fungando e andando ao lado da barraca. A lona oscilava como a vela de um barco. Ele saiu do saco de dormir com cuidado, sem querer abrir mão do escuro e do

johnny panic e a bíblia de sonhos e outros textos em prosa 131

conforto almiscarado. Olhou pela tela da porta. Na noite azul banhada de luar, conseguiu ver o urso encurvado diante da janela traseira do carro, enfiando o corpo pela abertura onde o vidro deveria estar. Com um chiado parecido com o som de uma bola de papel sendo amassada, o urso tirou do carro um pequeno amontoado de palha e fitas penduradas.

Um arroubo de fúria subiu pela garganta de Norton. O desgraçado do urso não tinha o direito de pegar o chapéu da mulher dele, de destroçá-lo daquele jeito. O chapéu pertencia a Sadie tanto quanto seu corpo, indissolúvel, e lá estava o urso, violentando-o, rasgando-o ao meio com aqueles gestos horripilantes, invasivos.

— Espera aqui — Norton disse. — Vou botar esse urso pra correr.

— Leva a lanterna. Ele vai ficar com medo.

Norton tateou o chão à procura da superfície fria e cilíndrica da lanterna, abriu o zíper da porta e saiu da barraca, debaixo do borrão pálido da lua. Agora o urso tinha conseguido tirar o peixe frito do fundo do carro e estava apoiado nas patas traseiras, inquieto, revirando os embrulhos de papel-manteiga. O que restara do chapéu de Sadie, um montinho grotesco de palha, estava aos pés do urso.

Norton apontou o feixe de luz da lanterna direto nos olhos do animal.

— Ei, você, sai já daqui — ele disse.

O urso não se mexeu.

Norton deu um passo adiante. Apoiada no carro, a silhueta do urso se avultou. Norton conseguiu ver, sob o feixe de luz, os dentes pontiagudos de vidro que ladeavam o buraco aberto que era a janela do carro.

— Sai daqui... — Ele apontou a lanterna com firmeza, indo em frente, pedindo em pensamento que o urso fosse embora. Cedo ou tarde ele cederia e sairia correndo. — Sai daqui... — Mas havia outro pedido que se manifestava, um pedido ainda mais forte que o dele.

A escuridão o golpeou com toda força. A luz se apagou. A lua desapareceu numa nuvem. Uma náusea quente lhe fustigou o coração e as tripas. Ele se contorceu, sentindo o mel doce e grosso que enchia a garganta e escorria das narinas. Ouviu, como que vindo de um planeta cada vez mais distante, um grito estridente — se era de terror ou de triunfo, ele não sabia.

Era o último urso, o urso dela, o quinquagésimo nono.

MÃES

ESTHER AINDA ESTAVA NO andar de cima quando Rose a chamou da porta dos fundos.

— Psiu, Esther, pronta pra ir?

Rose morava com seu marido aposentado, Cecil, na mais alta das duas casas de campo que ficavam na viela que levava à casa de Esther — uma mansão com telhado de palha que tinha a própria horta e o próprio pátio pavimentado. O pavimento não era comum, mas feito de piche, e as laterais estreitas e retangulares das pedras formavam um mosaico amaciado por séculos de sapatos e cascos. As pedras se estendiam até a robusta porta de carvalho que se abria para o corredor escuro que separava a cozinha da copa, e na época da velha Lady Bromehead também compunham o piso da cozinha e da copa. Mas depois que, aos noventa anos, a velha Lady Bromehead caiu, fraturou o quadril e foi mandada para uma casa de repouso, uma série de inquilinos que não tinham empregados conseguiram convencer seu filho a revestir os mesmos cômodos de linóleo.

A porta de carvalho era a porta dos fundos; todos a usavam, menos os desconhecidos que vinham da rua. A porta da frente, pintada de amarelo e ladeada por dois aromáticos arbustos de buxo, levava a um terreno cheio de urtigas que se estendia até onde a igreja apontava para o céu cinzento que cobria seu círculo de lápides. O portão principal se abria bem na esquina do cemitério.

Esther puxou o turbante vermelho para trás das orelhas, depois ajeitou as pregas do casaco de caxemira, de modo que, para quem a visse ao acaso, ela só parecesse alta, imponente e gorda, e não grávida de oito meses. Rose não tinha tocado a campainha antes de entrar. Esther imaginou Rose, a Rose tão ávida e curiosa, observado as tábuas expostas do assoalho do hall principal e a desordem dos brinquedos da bebê, que iam da sala da frente até a cozinha. Esther não conseguia se acostumar com as pessoas que abriam a porta e entravam sem antes tocar a campainha. O carteiro fazia isso, e o padeiro, e o entregador da mercearia, e agora Rose, que era de Londres e deveria saber se portar melhor que os outros.

Certa vez, quando Esther estava discutindo em voz alta com Tom durante o café da manhã, a porta dos fundos se abrira com um clique e uma pilha de cartas e revistas tinha caído com tudo no piso do hall. Ouviu-se o grito de "bom dia!" do carteiro se dissipando. Esther sentiu que a espiavam. Depois disso, passou algum tempo trancando a porta dos fundos por dentro, mas o barulho dos comerciantes tentando abrir a porta e a encontrando trancada em plena luz do dia, depois tocando a campainha e esperando que ela ruidosamente abrisse a fechadura a constrangia ainda mais do que quando entravam por conta própria. Então ela parou de mexer na fechadura, e tomou o cuidado de não discutir tanto, ou pelo menos de não falar tão alto.

Quando Esther desceu, Rose estava esperando bem na frente da porta, muito elegante com seu chapéu de cetim lavanda e seu casaco de tweed xadrez. Ao seu lado estava uma mulher loira de rosto ossudo com as pálpebras pintadas de azul-claro e sem sobrancelhas. Essa era a sra. Nolan, esposa do dono do pub de White Hart. Segundo Rose, a sra. Nolan nunca havia ido às reuniões da Mothers' Union porque não tinha com quem ir, então Rose decidiu levá-la à reunião desse mês, junto com Esther.

— Você poderia esperar só mais um minuto, Rose, para eu avisar ao Tom que vou sair? — Esther conseguiu sentir o olhar afiado de Rose conferindo seu chapéu, suas luvas e seus sapatos altos de couro envernizado quando se virou e andou com todo o cuidado pelas pedras até chegar ao jardim dos fundos. Tom estava plantando frutos silvestres no canteiro recém-preparado que ficava atrás dos estábulos vazios. A bebê estava sentada em cima de um monte de terra vermelha, jogando lama no colo com uma colher velha.

Esther sentiu que seus pequenos dissabores relacionados a Tom, como a implicância com seu hábito de não fazer a barba ou de deixar a bebê brincar na terra, pareciam murchar diante da visão dos dois tão calmos e em perfeita sintonia.

— Tom! — Sem pensar, ela apoiou a luva branca no portão de madeira coberto de terra. — Estou saindo agora. Se eu demorar muito para voltar, você faz um ovo cozido para a bebê?

Tom se endireitou e gritou alguma resposta positiva que pairou no denso ar de novembro, e a bebê se virou na direção da voz de Esther, com a boca tingida de preto como se tivesse comido terra. Mas Esther foi embora antes que a bebê conseguisse se levantar e fosse cambaleando atrás dela até onde Rose e a sra. Nolan a esperavam, do outro lado do pátio.

Esther deixou que as duas saíssem pelo portão pesado de dois metros de altura e o trancou após sair. Então Rose dobrou seus dois cotovelos, e a sra. Nolan pegou um braço e Esther pegou o outro, e as três mulheres saíram cambaleando com seus sapatos chiques pelo caminho de pedras, passando pela casa de Rose e pela casa do velho cego e sua irmã solteirona para depois chegarem à estrada.

— Hoje o encontro vai ser na igreja. — Rose botou uma bala de hortelã na boca e, com ar afetado, ofereceu o pacote de papel laminado às outras. Tanto Esther quanto a Sra Nolan recusaram educadamente. — Mas não é sempre que nos encontramos na igreja. É só quando novos membros vão participar.

A sra. Nolan revirou seus olhos claros em direção ao céu, mas Esther não conseguiu entender se aquela era uma reação a um abatimento indefinido ou à ideia de ir à igreja.

— Você também é nova na cidade? — ela perguntou à sra. Nolan, projetando-se um pouquinho para não ficar escondida atrás do corpo de Rose.

A sra. Nolan soltou uma risadinha desprovida de alegria.

— Eu moro aqui há *seis anos*.

— Ora, então já deve conhecer todo mundo!

— Nem *viv'alma* — a sra. Nolan falou com uma voz monótona, fazendo com que inquietações se acumulassem no coração de Esther como uma revoada de pássaros com frio. Se a sra. Nolan, que era inglesa, pelo que indicavam sua aparência e seu sotaque, além de ser esposa do dono do *pub*, se sentia uma estranha em Devon depois de seis anos, como Esther, uma mulher americana, teria alguma esperança de um dia fazer parte daquela sociedade tão tradicional?

As três mulheres seguiram de braços dados pela estrada, ao longo da cerca viva que delimitava a propriedade de Esther, passando pelo portão principal e pelo muro de argamassa vermelha do cemitério da igreja. Lápides achatadas e cobertas de líquen se inclinavam à altura de suas cabeças. Cravada no fundo da terra muito antes da invenção do asfalto, a estrada se curvava feito um rio milenar com margens inclinadas.

Passando pela vitrine do açougueiro, com suas ofertas de pernil de porco e caixas de banha, e subindo pela ruela em que ficavam a polícia e os banheiros públicos, Esther viu as outras mulheres se aproximando, sozinhas e em grupos, do portão coberto. Sobrecarregadas por suas lãs pesadas e chapéus sem graça, todas, sem exceção, pareciam retorcidas e velhas.

Quando Esther e a sra. Nolan ficaram esperando no portão, encorajando Rose a entrar, Esther percebeu que a pessoa extraordinariamente feia que apareceu por trás dela, sorrindo e acenando, era a mulher que havia lhe vendido uma imensa couve-nabo por uma libra e seis xelins no Festival da Colheita. A couve-nabo se projetava como um vegetal milagroso de livro infantil para fora da sacola de compras de Esther, preenchendo-a por completo; mas, quando ela a cortou, revelou-se esponjosa e dura feito cortiça. Depois de dois minutos na panela de pressão, encolheu e virou uma maçaroca pastosa e alaranjada que manchou o fundo e as laterais da panela com uma secreção oleosa e malcheirosa. Eu devia ter colocado direto para ferver, Esther pensou agora, seguindo Rose e a sra. Nolan, que passavam debaixo dos limoeiros recém-podados e atarracados para chegar à igreja.

O interior da igreja lhe pareceu muito iluminado. Então Esther percebeu que só tinha estado ali durante a noite, para a cerimônia de Vésperas. Os bancos de trás já estavam se enchendo de mulheres, que entravam farfalhando, se esquivando, se ajoelhando e irradiando benevolência em todas as direções. Rose levou Esther e a sra. Nolan para um banco vazio no meio do corredor. Ela deixou a sra. Nolan se sentar antes, depois se ajeitou ela mesma, puxando Esther consigo. Rose foi a única das três que se ajoelhou. Esther inclinou a cabeça e fechou os olhos, mas seu pensamento continuou vazio; ela se sentiu uma hipócrita. Então abriu os olhos e ficou observando o ambiente.

A sra. Nolan era a única mulher na congregação que não estava usando chapéu. Esther a olhou nos olhos, e a sra. Nolan levantou uma sobrancelha, ou melhor, a pele em sua testa onde suas sobrancelhas estariam. Então ela se inclinou para a frente.

johnny panic e a bíblia de sonhos e outros textos em prosa 139

— Eu quase nunca — ela confessou — venho aqui.

Esther balançou a cabeça e balbuciou:

— Eu também não.

Essa não era toda a verdade. Um mês depois de chegar à cidade, Esther havia começado a frequentar as cerimônias de Vésperas sem nunca faltar. O intervalo de um mês havia sido difícil. Todos os domingos, duas vezes por dia, de manhã e à noite, os sineiros da cidade saíam batendo em seus carrilhões por todo o campo. Ninguém escapava daquelas notas penetrantes. Elas mordiam o ar e o sacudiam com um fervor canino. Os sinos fizeram Esther se sentir excluída, como se não tivesse sido convidada para uma festa tradicional.

*

ALGUNS DIAS DEPOIS DE terem se mudado para a casa, Tom a chamou no térreo porque havia uma visita. O pastor estava sentado na sala principal, em meio às caixas de livros ainda não empacotados. Homem pequeno, grisalho, com orelhas de abano, sotaque irlandês e um sorriso profissional de amabilidade e compreensão, ele falava de seus anos no Quênia, onde tinha conhecido Jomo Kenyatta, de seus filhos que estavam na Austrália e de sua esposa inglesa.

Não vai demorar, Esther pensou, para ele perguntar se frequentamos a igreja. Mas o pastor não tocou no assunto. Ele balançou a bebê em um joelho e logo depois foi embora, e sua silhueta compacta e negra foi encolhendo pelo caminho que levava ao portão.

Um mês depois, ainda perturbada pelos sinos evangélicos, Esther rabiscou, quase contra a própria vontade, um bilhete para o pastor. Ela gostaria de assistir à cerimônia de Vésperas. Será que ele poderia lhe explicar como o ritual funcionava?

Ela esperou, ansiosa, um dia, dois dias, e todas as tardes preparava chá e bolo que ela e Tom só comiam muito depois da hora do chá. Então, na terceira tarde, ela estava costurando uma camisola de flanela amarela para a bebê quando acabou olhando pela janela em direção ao portão principal. Uma figura robusta e negra andava devagar pelo meio das urtigas.

Esther recebeu o pastor com certa inquietação. Ela logo lhe contou que tinha sido criada numa família unitarista. Mas o pastor respondeu, sorridente, que, enquanto cristã, qualquer que fosse sua denominação, ela seria bem-vinda em sua igreja. Esther reprimiu um impulso de desembuchar, dizer que era ateia e deixar por isso mesmo. Enquanto abria o Livro de Oração Comum que o pastor havia lhe trazido, ela sentiu que um verniz de dissimulação doentia tomava conta de seu rosto; prestou atenção ao que ele dizia do começo ao fim. A aparição do Espírito Santo e os dizeres "ressurreição da carne" a fizeram sentir sua duplicidade de forma ainda mais intensa. Quando ela confessou, porém, que não conseguia acreditar na ressurreição da carne (ela não se atreveu a dizer "nem do espírito"), o pastor pareceu não se importar. Só perguntou se ela acreditava na eficácia da oração.

— Sim, claro, claro que sim! — Esther se ouviu exclamando, espantada com as lágrimas que lhe saltaram aos olhos num momento tão conveniente, e querendo dizer apenas: quem me dera. Mais tarde, ela se perguntou se as lágrimas poderiam ter sido causadas por sua consciência do abismo vasto e irrevogável que separava seu estado de descrença e a beatitude da fé. Ela não teve coragem de contar ao pastor que havia passado por um período de experimentação religiosa dez anos antes, nas aulas de teologia comparada na faculdade, e no fim das contas só tinha conseguido se lamentar por não ser judia.

O pastor sugeriu que sua esposa a encontrasse na próxima cerimônia de Vésperas e lhe fizesse companhia, para que não se sentisse deslocada. Em seguida ele pareceu mudar de ideia. Talvez ela preferisse, afinal, ir com seus vizinhos, Rose e Cecil. Eles nunca deixavam de ir à igreja. Só quando o pastor pegou seus dois livros de orações e seu chapéu preto Esther se lembrou do prato de bolinhos açucarados e da bandeja de chá que os aguardavam na cozinha. Mas a essa altura já era tarde demais. Alguma coisa além do esquecimento a tinha impedido de servir os bolinhos, ela pensou, observando o caminhar calculado do pastor por entre as urtigas.

*

A IGREJA SE ENCHEU depressa. A mulher do pastor, gentil e angulosa, com um rosto comprido, saiu nas pontas dos pés de seu banco na primeira fileira e distribuiu cópias do Livro de Oração da Mothers' Union. Esther sentiu o bebê se mexer e chutar, e pensou com muita calma: sou mãe, aqui é o meu lugar.

O frio milenar do piso da igreja começava a invadir as solas de seus pés quando, com um burburinho abafado, todas as mulheres se levantaram de uma só vez e o pastor, com seu passo lento e santo, surgiu no corredor.

O órgão respirou fundo; começaram a tocar o hino de abertura. O organista parecia inexperiente. A cada poucos compassos um acorde dissonante se prolongava, e as mulheres patinavam pela melodia ardilosa com uma agonia caótica e arisca. Houve gente se ajoelhando, respostas, mais hinos.

O pastor deu um passo adiante e repetiu cada detalhe de uma anedota que ganhara destaque em seu último sermão de Vésperas. Depois recorreu a uma metáfora imprópria e até constrangedora que Esther o vira usar numa cerimônia de batismo uma semana antes, um comentário sobre abortos físicos e espirituais. Sem dúvida o pastor estava se divertindo muito. Rose enfiou mais uma bala de hortelã entre os lábios, e a sra. Nolan ficou com o olhar baço e distante de uma vidente triste.

Finalmente três mulheres, duas bastante jovens e atraentes, uma muito velha, avançaram e se ajoelharam no altar para se afiliar à Mothers' Union. O pastor esqueceu o nome da mais velha (Esther conseguiu adivinhar que ele esqueceria) e precisou esperar até que a esposa tivesse a presença de espírito de sair deslizando pelos bancos e sussurrar o nome em seu ouvido. A cerimônia continuou.

Já tinha passado das quatro da tarde quando o pastor permitiu que as mulheres fossem embora. Esther saiu da igreja na companhia da sra. Nolan; Rose havia encontrado duas de suas outras amigas, Brenda, esposa do verdureiro, e a bem-vestida sra. Hotchkiss, que morava em Widdop Hill e criava pastores-alemães.

— Vai ficar para o chá? — a sra. Nolan perguntou, e a correnteza de mulheres as conduziu até a rua e depois pelo beco que levava à estação de polícia de tijolos amarelos.

— Foi por isso que eu vim — Esther disse. — Acho que a gente merece.

— Quando seu bebê nasce?

Esther deu risada.

— A qualquer momento.

As mulheres estavam saindo da rua e se aproximando de um pátio que ficava à esquerda. Esther e a sra. Nolan as seguiram até um salão escuro com aspecto de celeiro que trouxe à tona as lembranças deprimentes que Esther tinha dos acampamentos e corais da igreja. Seus olhos percorreram o ambiente escuro à procura de chá ou algum outro sinal de hospitalidade, mas encontraram apenas um piano de armário fechado. As outras mulheres não pararam; subiram em fila uma escadaria escura.

Atrás de uma porta giratória, uma sala bem-iluminada se abriu e revelou duas mesas grandes, posicionadas em paralelo uma à outra e cobertas por toalhas de linho brancas e limpas. No centro das mesas, pratos de bolos e doces se alternavam com vasos de crisântemos cor de cobre. Havia uma quantidade impressionante de bolos, todos decorados com capricho, alguns com cerejas e nozes e outros com glacê. O pastor já tinha se sentado na ponta de uma das mesas, e sua esposa na ponta da outra mesa, e as mulheres da cidade foram se ajeitando nas cadeiras muito próximas umas das outras. As mulheres do grupo de Rose se acomodaram do lado oposto da mesa do pastor. A sra. Nolan foi colocada a contragosto na cadeira que ficava de frente para o pastor, bem no canto da mesa, com Esther à sua direita, e à sua esquerda restou uma cadeira vazia que ninguém quis.

As mulheres se sentaram e se acalmaram.

A sra. Nolan se virou para Esther.

— O que você *faz* por aqui? — Era a pergunta de uma mulher desesperada.

— Ah, eu tenho a bebê. — Logo em seguida Esther sentiu vergonha por ter desconversado. — Datilografo parte do trabalho do meu marido.

Rose se debruçou para falar com as duas.

— O marido dela escreve para a *rádio*.

— Eu pinto — disse a sra. Nolan.

— Com que tipo de tinta? — Esther pensou em voz alta, um pouco impressionada.

— Tinta a óleo, principalmente. Mas não sou boa.

— Já tentou aquarela?

— Ah, sim, mas a pessoa tem que ser muito boa. Tem que acertar na primeira tentativa.

— Mas o que você pinta? Retratos?

A sra. Nolan enrugou o nariz e tirou da bolsa um maço de cigarros.

— Será que podemos fumar? Não. Não sei pintar retratos. Mas às vezes pinto o Ricky.

A mulher minúscula e acabada que estava passando com o chá se aproximou de Rose para servi-la.

— Podemos fumar, não podemos? — a sra. Nolan perguntou a Rose.

— Ah, acho que não. Fiquei louca pra fumar quando vim pela primeira vez, mas ninguém estava fumando.

A sra. Nolan olhou para a mulher que servia o chá.

— Podemos fumar?

— Ah, acho que não — a mulher disse. — Não nas dependências da igreja.

— É alguma lei contra incêndio? — Esther quis saber. — Ou alguma questão religiosa? — Mas ninguém sabia dizer. A sra. Nolan começou a contar para Esther sobre seu filhinho de sete anos, chamado Benedict. Eis que Ricky era um hamster.

De repente a porta giratória abriu passagem para uma jovem ruborizada carregando uma bandeja fumegante.

— As linguiças, as linguiças! — vozes satisfeitas gritaram de várias direções da sala.

Esther estava com muita fome, quase com vertigem. Nem as tiras de gordura quente e clara que escorriam da linguiça envolta em massa a inibiram — ela deu uma grande mordida, assim como a sra. Nolan. Nesse momento todos os presentes abaixaram a cabeça. O pastor fez a oração.

Com as bochechas inchadas, Esther e a sra. Nolan se entreolharam, fazendo caras e bocas e reprimindo risadinhas, como amigas de escola que contavam um segredo. Depois, terminada a oração, todos começaram a distribuir pratos e a se servir com muita vontade. A sra. Nolan contou a Esther sobre o pai do Pequeno Benedict, o Grande Benedict (seu segundo marido), que trabalhava numa plantação de borracha na Malásia até ter o azar de ficar doente e ser mandado de volta para casa.

— Comam um pouco de pão recheado. — Rose passou um prato de fatias úmidas e apetitosas, e a sra. Hotchkiss veio logo em seguida com um bolo de chocolate de três camadas.

Esther se serviu de um pouco de tudo.

— Quem fez todos os bolos?

— A esposa do pastor — Rose disse. — Ela adora fazer pães e bolos.

— O pastor — a sra. Hotchkiss inclinou seu chapéu de aba longa — ajuda a bater.

A sra. Nolan, impedida de fumar, tamborilava com os dedos no tampo da mesa.

— Acho que logo eu vou embora.

— Eu vou com você — Esther disse, com a boca cheia de pão. — Tenho que voltar por causa da bebê.

Mas a mulher já tinha voltado, servindo chá mais uma vez, e as duas mesas lembravam cada vez mais uma grande reunião de família da qual seria uma desfeita se retirar sem dizer obrigada ou pelo menos pedir licença.

Sabe-se lá como, a esposa do pastor tinha saído de sua ponta da mesa e agora estava se debruçando sobre elas com modos maternais, apoiando uma mão no ombro da sra. Nolan e a outra no de Esther.

— O pão recheado é uma delícia — disse Esther, pensando que a elogiava. — Você quem fez?

— Não, não, o sr. Ockenden faz esse pão. — O sr. Ockenden era o padeiro da cidade. — E tem um desses sobrando. Se quiser, você pode comprar depois.

Espantada com essa súbita transição para os assuntos financeiros, Esther quase imediatamente lembrou que as pessoas da igreja, qualquer que fosse a religião, viviam correndo atrás de moedinhas, dízimos e doações de uma forma ou de outra. Havia pouco tempo ela se vira voltando da cerimônia de Vésperas com uma Caixa de Bênçãos — um austero recipiente de madeira com uma abertura na qual esperava-se que a pessoa depositasse dinheiro até o Festival da Colheita do ano seguinte, ocasião em que as caixas seriam esvaziadas e distribuídas novamente.

— Seria ótimo — Esther disse, com uma animação um pouco exagerada.

Depois que a esposa do pastor voltou à sua cadeira, houve um burburinho entre as mulheres de meia-idade que estavam do outro lado da mesa com suas melhores blusas, cardigãs e chapéus de feltro. Por fim, em meio a uma chuva de aplausos, uma mulher se levantou e fez um pequeno discurso, propondo um voto de agradecimento à esposa do pastor por ter servido o ótimo chá. Também houve uma observação bem-humorada sobre o fato de o pastor também merecer um agradecimento por sua ajuda — batendo a massa dos bolos, como era sabido por todos. Mais palmas, mais risos, e depois a esposa do pastor fez mais um discurso, dando as boas-vindas a Esther e à sra. Nolan e as chamando pelo nome. Empolgada, ela revelou que torcia para que as duas se filiassem à Mothers' Union.

No tumulto de palmas e sorrisos e olhares curiosos e pratos que voltavam a circular, o próprio pastor deixou seu lugar e se sentou na cadeira vazia ao lado da sra. Nolan. Cumprimentando Esther com um aceno de cabeça, como se já tivessem tido a oportunidade de conversar com calma, ele começou a falar em voz baixa com a sra. Nolan. Esther prestou atenção na conversa sem pudor nenhum enquanto comia o pão com manteiga e os vários bolos que ainda restavam no prato.

O pastor fez uma alusão estranha e jocosa ao fato de nunca encontrar a sra. Nolan em casa — ao que sua pele clara de mulher loira ganhou um tom berrante de cor-de-rosa —, depois disse:

— Sinto muito, mas não a convidei porque pensei que fosse divorciada. Costumo deixar as divorciadas em paz.

— Ah, não tem problema. Agora está tudo certo, não está? — murmurou uma sra. Nolan muito ruborizada, puxando furiosamente a gola de seu casaco aberto. O pastor concluiu sua fala com um sermãozinho amigável que Esther não conseguiu ouvir, de tão confusa e chocada que ficou com a situação desagradável pela qual a sra. Nolan acabara de passar.

— Eu não devia ter vindo — a sra. Nolan sussurrou para Esther. — Mulheres divorciadas não podem participar.

— Que absurdo — Esther disse. — Eu vou embora. Vamos.

Rose olhou para cima e viu suas duas protegidas começando a abotoar os casacos.

— Eu vou com vocês. Cecil deve estar esperando o chá.

Esther olhou para a esposa do pastor, que estava do outro lado da sala, agora rodeada por um grupo de mulheres que falavam sem parar. Não havia nem sinal do pão recheado que sobrara, e ela não quis insistir. Ela poderia comprar do sr. Ockenden no sábado, quando ele passasse por sua casa. Além do mais, ela tinha a vaga impressão de que a esposa do pastor poderia lhe cobrar um pouco a mais pelo pão — para beneficiar a igreja, como sempre faziam nos bazares de roupas usadas.

A sra. Nolan se despediu de Rose e Esther na frente da prefeitura e seguiu pela ladeira que levava ao pub do marido. A estrada que parecia um rio se dissipou na primeira descida, numa massa de neblina úmida e azul; elas a perderam de vista em poucos minutos.

Rose e Esther voltaram juntas para casa.

— Eu não sabia que não aceitavam divorciadas — Esther disse.

— Ah, não, eles não gostam delas. — Rose revirou o bolso do casaco e revelou um pacote de confeitos de chocolate. — Quer? A senhora Hotchkiss disse que, mesmo se a senhora Nolan quisesse se filiar à Mothers' Union, ela não poderia. Quer um cachorro?

— Um o quê?

— Um cachorro. Sobrou um pastor-alemão da última ninhada da senhora Hotchkiss. Ela vendeu todos os filhotes pretos, que todo mundo adora, e agora só sobrou um cinza.

— O Tom *odeia* cachorro — Esther se surpreendeu com o próprio fervor. — Ainda mais pastor-alemão.

Rose pareceu satisfeita com a resposta.

— Eu falei que achava que você não fosse querer. Cachorro é uma coisa pavorosa.

O líquen milenar que cobria as lápides luminosas e um pouco verdes sob o denso crepúsculo parecia ter algum poder sobrenatural de fosforescência. As duas mulheres passaram por dentro do cemitério, com seus grandes teixos negros, e, enquanto o ar frio da noite se infiltrava em seus casacos e acabava com a sensação agradável do chá, Rose dobrou um dos braços, e Esther o aceitou sem titubear.

OCEANO 1212-W

A TERRA ONDE VIVI minha infância não era terra, mas sim o lugar onde ela acaba — na encosta fria, salgada e corredia do Atlântico. Às vezes penso que minha visão do mar é a coisa mais pura que tenho. Eu a pego na mão, exilada que sou, como as "pedras da sorte" roxas que eu colecionava e que tinham uma linha branca de fora a fora, ou como a concha de um mexilhão azul que por dentro parece uma unha de anjo com as cores do arco-íris; e em um só fluxo de memória as cores se intensificam e cintilam, o mundo mais antigo volta a respirar.

Respirar, isso vem primeiro. Alguma coisa respira. É meu próprio fôlego? O fôlego da minha mãe? Não, alguma outra coisa, uma coisa maior, mais distante, mais séria, mais desgastada. Atrás das pálpebras fechadas passo um tempo boiando — sou uma pequena marinheira que aproveita o dia de tempo bom —; aríetes contra o paredão, pó de projétil nos gerânios corajosos da minha mãe, ou o xuá xuá hipnótico de uma grande lagoa espelhada; a lagoa revira com gentileza as pedrinhas de quartzo em sua margem, sem pressa, uma mulher decidindo que joia usar. Talvez haja um sibilo de chuva no vidro, o vento talvez surja suspirando e testando os lugares em que a casa range como quem testa chaves. Eu não me deixava enganar por nenhuma dessas coisas. O pulso maternal do mar reduzia tais imitações a nada. Como uma mulher intensa, escondia muito; tinha muitas faces, muitos véus delicados e terríveis. Tratava de milagres e distâncias; sabia seduzir, mas também sabia matar. Quando eu estava aprendendo a engatinhar, minha mãe me colocou sentada na praia para ver o que eu achava. Fui direto ao encontro das ondas e já tinha atravessado aquele muro verde quando ela me puxou pelo pé.

Muitas vezes me pergunto o que aconteceria se eu tivesse atravessado aquele espelho. Teriam se manifestado minhas guelras infantis, o sal no meu sangue? Por um tempo acreditei não em Deus, nem no Papai Noel, mas nas sereias. Elas me pareciam tão possíveis quanto o frágil filhote de cavalo-marinho que havia no aquário do zoológico, ou as arraias enfileiradas nos anzóis dos pescadores rabugentos no domingo — arraias que tinham o formato de uma fronha velha e lábios carnudos de mulher coquete.

E me lembro da minha mãe, também uma menina do mar, lendo para mim e para meu irmão — que veio depois — trechos de "Tritão abandonado", de Matthew Arnold:

> Cavernas repletas de areia, fundas e frias,
> Onde o vento se deitava e dormia;
> Onde as luzes já sem brilho tremulam;
> Onde as algas na correnteza ondulam;
> Onde as criaturas marinhas estão sempre por perto
> E se alimentam do líquido de seu próprio pasto;
> Onde as serpentes marinhas se entrelaçam
> E na salmoura secam as escamas e descansam;
> Aonde as grandes baleias chegam navegando,
> Navegando sem fim, de olhos sempre abertos,
> E assim, e sim, dão a volta ao mundo.*

* "Sand-strewn caverns, cool and deep,/ Where the winds are all asleep;/ Where the spent lights quiver and gleam,/ Where the salt weed sways in the stream,/ Where the sea-beasts, ranged all round,/ Feed in the ooze of their pasture-ground;/

Percebi que eu estava arrepiada. Não sabia por quê. Não estava com frio. Será que tinha sido um fantasma? Não, era a poesia. Uma faísca saiu do poema de Arnold e me sacudiu, como um calafrio. Tive vontade de chorar; senti uma coisa muito estranha. Tinha descoberto por acaso uma nova forma de ser feliz.

De tempos em tempos, quando sinto saudade da minha infância no oceano — dos gritos das gaivotas e do cheiro de sal —, alguém muito solícito me enfia num carro e me leva ao horizonte de água salgada mais próximo. Afinal, em qualquer lugar da Inglaterra você anda, quantos?, pouco mais de cem quilômetros e encontra o mar. "Pronto", a pessoa me diz, "olha lá". Como se o mar fosse uma imensa ostra que pudessem servir num prato e que tivesse sempre o mesmo gosto em qualquer restaurante do mundo. Eu saio do carro, estico as pernas, sinto o cheiro. Do mar. Mas não é o mesmo, está muito longe de ser o mesmo.

Para começo de conversa, a geografia está toda errada. Cadê o dedão cinzento da caixa d'água à esquerda e o banco de areia (banco de pedra, na verdade) em forma de foice que fica embaixo, e a prisão de Deer Island lá no ponto mais alto do lado direito? A estrada que eu conhecia fazia curvas que pareciam ondas, com o mar de um lado e a baía do outro; e a casa da minha avó, no meio do caminho, era voltada para o leste, cheia de sol vermelho e luzes das navegações.

Até hoje me lembro do número de telefone da minha avó: OCEANO 1212-w. Ligando da minha casa, que ficava do lado mais tranquilo, de frente para a baía, eu repetia o número para a telefonista, como se fosse um feitiço, uma rima rica, e quase esperava

---

Where the sea-snakes coil and twine,/ Dry their mail and bask in the brine;/ Where great whales come sailing by,/ Sail and sail, with unshut eye,/ Round the world for ever and aye" (N. T.)

johnny panic e a bíblia de sonhos e outros textos em prosa   153

que o aparelho preto me devolvesse, feito uma concha, o murmúrio sussurrante do mar, além do "alô" da minha avó.

E depois o sopro do mar. E as luzes. Seria algum animal enorme, radiante? Mesmo de olhos fechados eu sentia o bruxuleio que emanava de seus espelhos brancos rastejando pelas pálpebras. Eu me deitava num berço de água, e os lampejos do mar entravam pelas frestas da cortina verde-escura, e brincavam e dançavam, ou caíam e tremiam um pouquinho. Quando ia tirar um cochilo, eu batia com a unha na cabeceira de metal oco da cama só para ouvir a música, e uma vez, num arroubo de descoberta e surpresa, encontrei a borda do papel de parede novo e, com a mesma unha curiosa, expus um grande pedaço de parede calva. Levei uma bronca por ter feito isso, e até apanhei, e depois meu avô me arrancou dos conflitos domésticos e me levou para uma longa caminhada até a praia e pelas montanhas de pedras roxas que crepitavam e rangiam.

Minha mãe nasceu e foi criada na mesma casa corroída pelo mar; ela se lembrava de naufrágios, e de ver os moradores da cidade remexendo os destroços como se estivessem numa feira livre — chaleiras, tecidos encharcados, o lúgubre sapato sem par. Mas nunca um marinheiro afogado, não de que ela se lembrasse. Esses iam direto para o fundo do mar. Ainda assim, que heranças o mar nos deixaria? Eu nunca perdi a esperança. Pepitas de vidro marrons e verdes eram comuns, azuis e vermelhas eram raras: seriam as lanternas dos navios destruídos? Ou as garrafas de cerveja e uísque, com seus corações castigados pelo mar. Era impossível saber.

Acho que o mar deve ter engolido dezenas de jogos de chá — violentamente arremessados dos navios de cruzeiro ou entregues às marés por noivas abandonadas. Eu colecionava cacos de diferentes peças de porcelana, com detalhes de espinhos e pássaros ou coroas de margaridas. Nunca houve sequer dois pedaços do mesmo jogo.

Até que um dia as texturas da praia ficaram cauterizadas para sempre nas lentes dos meus olhos. Era um mês de abril muito quente. Eu esquentava a bunda nos degraus de mica da casa da minha avó, olhando a parede de gesso decorada com uma composição de pedras, conchas e vidro colorido. Minha mãe estava no hospital. Estava internada havia três semanas. Fiquei chorando pelos cantos, chateada. Não queria fazer mais nada. Seu abandono abrira um buraco fervilhante no meu céu. Como ela, tão amorosa e dedicada, tinha me deixado para trás com tanta facilidade? Minha avó cantarolava e sovava a massa do pão com um entusiasmo contido. Vienense e vitoriana, ela apertava os lábios e não me dizia nada. Enfim ela cedeu um pouquinho. Eu ia descobrir uma surpresa quando minha mãe voltasse. Ia ser uma coisa legal. Ia ser... um bebê.

Um bebê.

Eu odiava bebês. Eu, que tinha sido o centro de um universo frágil por dois anos e meio, senti o eixo se deslocando e um frio polar imobilizando meus ossos. Eu ia virar uma espectadora, um elefante branco. Bebês!

Nem meu avô, sentado na varanda envidraçada, conseguiu me arrancar daquela tristeza profunda. Eu não quis esconder o cachimbo dele na planta da borracha e transformá-la num pé de cachimbo. Ele saiu andando, de tênis no pé, magoado como eu, mas assobiando. Esperei até a silhueta dele fazer a curva da Water Tower Hill e começar a sumir na direção do calçadão em frente ao mar; as barraquinhas de sorvete e cachorro-quente estavam lotadas, apesar do tempo ameno da pré-temporada. Seu assobio expressivo me convidava à diversão e ao esquecimento. Mas eu não queria esquecer. Abraçando meu rancor, tão feio e espinhoso, um ouriço-do-mar muito triste, saí cambaleando sozinha, na direção oposta, rumo à imagem proibida da prisão. Como se estivesse numa estrela, eu vi, de forma fria e lúcida, que as coisas eram todas *separadas*. Senti o muro que era minha pele: eu sou eu. Aquela pedra é uma pedra. Minha bela fusão com as coisas do mundo tinha chegado ao fim.

A maré desceu, sugada para dentro de si mesma. Lá estava eu, uma rejeitada, com a alga marinha preta e seca com nós duros que eu gostava de estourar, metades ocas de laranja e toranja e um monte de conchas que ninguém queria. De repente envelhecida e solitária, fiquei observando — as amêijoas, as conchas em forma de barco, os mariscos cabeludos, o tecido rendado cinza dentro da ostra (nunca havia pérola) e as conchas em forma de cone. Não era difícil saber onde as melhores conchas ficavam — na borda da última onda, com os cílios pintados de alcatrão. Apática, peguei uma estrela-do-mar rosada e rígida. Ficou bem na palma da minha mão, uma imitação da minha mão de verdade. Às vezes eu criava estrelas-do-mar vivas em potes de geleia cheios de água do mar e observava seus braços perdidos nascendo de novo. Nesse dia, nesse terrível dia do nascimento da alteridade, do meu rival, de outra pessoa, joguei a estrela-do-mar numa pedra. Podia morrer. Não servia para nada.

Dei um pontapé nas pedras redondas e cegas. Elas nem perceberam. Não se importavam. Pensei que eram felizes. O mar, em sua valsa, avançou rumo ao nada, avançou rumo ao céu — a linha que os separava era quase invisível nesse dia tranquilo. Eu tinha aprendido na escola que o mar envolvia o corpo do mundo como um casaco azul, mas de alguma forma meu conhecimento nunca se conectava ao que eu *via* — a água que se erguia no ar, uma cortina reta e vítrea; o caminho de lesma que os navios iam deixando no horizonte. Até onde eu sabia, eles andavam em círculos e seguiam a mesma linha para sempre. O que vinha depois? "A Espanha", dizia Harry Bean, meu amigo de olhos arregalados. Mas o mapa simplório que eu tinha na cabeça não conseguia processar aquela informação. Espanha. Mantilhas, castelos dourados e touradas. Sereias sentadas nas pedras, arcas de tesouro cheias de joias, o inacreditável. E o mar, sempre devorando e se revirando, podia depositar um pedacinho disso tudo aos meus pés a qualquer momento. Para me enviar um sinal.

Um sinal de quê?

Um sinal de que eu tinha sido eleita, de que eu era especial. Um sinal de que eu não seria excluída para sempre. E eu *de fato* vi um sinal. Projetando-se de um montinho de algas, ainda brilhando, com um cheiro úmido e fresco, se estendeu uma mãozinha marrom. O que seria aquilo? O que eu *queria* que fosse? Uma sereia, uma infanta espanhola?

O que era... era um macaco.

Não um macaco de verdade, mas um macaco de madeira. Tinha o peso da água que havia engolido e cicatrizes de alcatrão pelo corpo, estava agachado em seu pedestal, alheado e santo, narigudo e estranhamente estrangeiro. Eu o escovei, o sequei e admirei seu cabelo entalhado com tanta delicadeza. Era diferente de todos os macacos que eu já vira comendo amendoim e fazendo macaquices. Tinha a postura nobre de um Pensador símio. Hoje sei que o totem que libertei com tanto carinho daquela bolsa amniótica de algas (e que depois guardei com as outras bagagens da infância, pobre de mim, e nunca mais encontrei) era um Babuíno Sagrado.

Eis que o mar, percebendo minha necessidade, tinha me concedido uma bênção. Nesse dia meu irmão mais novo assumiu seu lugar na casa, mas o mesmo aconteceu com meu maravilhoso e (quem sabe?) talvez valioso babuíno.

Será que foi a paisagem marítima da minha infância, então, que despertou minha paixão pela mudança e pelo selvagem? Montanhas me dão medo — elas só ficam onde estão, são *arrogantes*. A imobilidade das colinas me sufoca feito um travesseiro gordo. Quando não estava andando à beira-mar, eu estava sobre o mar ou dentro do mar. Meu tio, jovem, atlético e habilidoso, montou para nós um balanço na praia. Com a maré na medida certa, era possível subir até o ponto mais alto, se soltar e cair na água.

Ninguém me ensinou a nadar. Simplesmente aconteceu. Estava com um grupo de amiguinhos na baía tranquila, a água chegando às axilas, balançando nas ondinhas menores. Um menininho mimado tinha uma boia de borracha e ficava sentado chutando a água porque não sabia nadar. Minha mãe nunca deixou que eu ou meu irmão usássemos boias de braços ou redondas ou aquelas que pareciam um travesseiro, por medo de que nos jogassem para o fundo e para uma morte precoce. "Primeiro aprendam a nadar", era seu lema austero. O menininho desceu da boia e ficou se balançando agarrado a ela, não queria dividi-la com ninguém. "É minha", ele dizia, e com certa razão. De repente uma onda capilar chegou escurecendo a água e ele tirou a mão, e a boia cor-de-rosa com formato de boia salva-vidas flutuou para longe. A perda lhe arregalou os olhos; ele começou a chorar. "Eu pego", eu disse, mas minha demonstração de coragem mascarava um desejo intenso de dar uma voltinha na boia. Pulei, batendo as mãos ao lado do corpo; meus pés não encostavam em mais nada. Eu estava naquele território proibido — onde "não dava pé". Pelo que minha mãe dizia, era para eu ter afundado feito uma pedra, mas não afundei. Meu queixo continuou erguido, e minhas mãos e pés golpearam a água fria e verde. Alcancei a boia fugitiva e entrei nela. Eu estava nadando. Eu sabia nadar.

O aeroporto do outro lado da baía cuspiu um dirigível. Subiu como uma bolha prateada, uma saudação.

Naquele verão meu tio e sua noiva magrinha construíram um barco. Eu e meu irmão andávamos com pregos reluzentes nos bolsos. Acordávamos com o tum-tum do martelo. A cor de mel da madeira virgem, as aparas brancas (transformadas em anéis) e a doce poeira do serrote foram criando um ídolo, uma coisa linda — um barco à vela de verdade. Do mar, meu tio trazia cavalinha preta.

Os peixes iam para a mesa ainda pintados de azul-esverdeado e preto. E de fato tirávamos nosso sustento do mar. Com a cabeça e o rabo de um bacalhau, minha avó fazia um ensopado que, quando frio, endurecia na própria gelatina triunfante. Comíamos mexilhões cozidos na manteiga no jantar e distribuíamos armadilhas de lagostas. Mas eu nunca conseguia olhar quando minha avó jogava as lagostas verdes, ainda sacudindo as pinças cheias de lascas de madeira, na panela com água fervente da qual sairiam em um minuto — vermelhas, mortas e comestíveis. Eu sentia em demasia a terrível temperatura da água na minha pele.

O mar era nossa principal fonte de entretenimento. Quando recebíamos visitas, nós as convidávamos a se sentar em toalhas de frente para o mar, com garrafas térmicas e sanduíches e guarda-sóis coloridos, como se a água — azul, verde, cinza, azul-marinho ou prateada, dependendo do dia — fosse diversão suficiente. Naquela época os adultos ainda usavam os trajes de banho pretos puritanos que fazem nossos álbuns de fotos da família parecerem tão antiquados.

Minha última memória do mar é de violência — um dia estático de um amarelo tísico em 1939, o mar quase transformado em lava, com um brilho metálico, se sacudindo na coleira como um bicho irritado, com violetas malignas no olho. Telefonemas ansiosos vindos da minha avó, do lado exposto do oceano, chegavam à minha mãe, na baía. Eu e meu irmão, que ainda não chegávamos ao joelho de um adulto, nos embebedamos das conversas sobre maremotos, elevação do nível do mar, janelas cobertas com tábuas e barcos à deriva como se fossem um elixir milagroso. A previsão era de que o furacão nos atingiria no início da noite. Naquela época, os furacões não brotavam na Flórida e floresciam em Cape Cod todos os outonos, como acontece hoje — pá, pá, pá, tão frequentes quanto os foguetes de 4 de julho, sempre com nomes excêntricos de mulher. Esse furacão era uma especialidade monstruosa, um leviatã. Nosso mundo corria o risco de ser devorado, estilhaçado. Não podíamos deixar de vê-lo por nada.

A tarde sulfurosa escureceu muito mais cedo que o normal, como se avisasse que era proibido tentar iluminar com estrelas ou velas ou até mesmo olhar o que estava por vir. A chuva chegou, um verdadeiro aguaceiro. Depois veio o vento. O mundo tinha virado um tambor. Chorava e chacoalhava a cada golpe. Pálidos e fascinados em nossas camas, eu e meu irmão bebericamos nosso leite quente da noite. Não íamos dormir, é claro. Fomos escondidos até a cortina e a levantamos só um pouquinho. Num espelho de breu em forma de água, nossos rostos tremeluziam como mariposas que tentavam atravessar para o outro lado. Não se via nada. O único ruído era um uivo, incrementado pelas batidas, baques, lamentos e estilhaços dos objetos que eram arremessados como pratos numa briga de gigantes. A casa balançava do telhado à fundação. E tanto balançou e balançou e balançou que suas duas pequenas sentinelas caíram no sono.

No dia seguinte, a destruição era tudo o que tínhamos imaginado — árvores e postes telefônicos tombados, casinhas de praia capengas boiando perto do farol, pequenos navios reduzidos a destroços. A casa da minha avó tinha resistido, heroica — embora as ondas tivessem atravessado a estrada e chegado à baía. Os vizinhos diziam que o dique do meu avô tinha salvado a casa. Espirais douradas de areia haviam soterrado seu forno, o sal havia manchado o estofado do sofá e um tubarão morto agora ocupava o que antes fora o canteiro de gerânios, mas minha avó já estava com a vassoura na mão, e logo tudo ia ficar bem.

E é assim que se solidifica, minha visão daquela infância à beira-mar. Com a morte do meu pai, nós nos mudamos para o continente. E então meus nove primeiros anos de vida ficaram para sempre vedados, como um navio dentro da garrafa — lindos, inacessíveis, obsoletos, um belo e branco mito do voo.

BLITZ DE NEVE

Em Londres, no dia depois do Natal (o feriado do *Boxing Day*) — começou a nevar: minha primeira neve na Inglaterra. Eu havia passado cinco anos perguntando "mas chega a nevar aqui?" com jeitinho enquanto me preparava psicologicamente para os seis meses úmidos, tépidos e cinzentos que caracterizam o inverno inglês. "Ah, eu me lembro de ter visto neve algumas vezes" era a resposta mais frequente, "quando era rapazote". Ao ouvir isso, eu me lembrava com muito entusiasmo dos enormes flocos de um branco puro e espetacular com que fazia bolas de neve, em que cavava túneis e andava de trenó nos Estados Unidos quando *eu* era mais nova. Agora eu sentia aquele mesmo adocicado arrepio de expectativa diante da minha janela em Londres, observando os pedaços de escuridão se incendiarem ao atravessar o brilho do poste de luz. Como meu apartamento (em que um dia viveu W. B. Yeats, de acordo com uma placa azul e redonda) não tem aquecimento central, meu arrepio não era metafórico, mas muito real.

No dia seguinte a neve cobriu o chão — branca, belíssima, intocada — e não parou mais de cair. No outro dia a neve ainda cobria o chão — intocada. Parecia que era só o começo. Pedacinhos despencavam no cano da minha bota quando eu atravessava a rua, que ainda não tinha sido visitada pelo limpa-neve. A avenida principal também não. Ônibus e táxis aleatórios avançavam com dificuldade pelos rastros fundos e brancos. De vez em quando homens carregando jornais, vassouras e panos tentavam descobrir onde estavam seus carros.

A maioria das lojas da cidade ainda estavam soterradas por um ou dois metros de neve felpuda, e as pegadas dos clientes pareciam rastros de pássaro que conectavam as portas. Um pequeno espaço na frente da farmácia havia sido limpo. Foi a esse espaço que eu, agradecida, me dirigi.

— Estou achando que vocês não têm caminhões limpa-neve na Inglaterra, há, há! — brinquei, me abastecendo de lencinhos Kleenex, suco de groselha-preta, xarope de cinórrodo e frascos de descongestionante nasal e xarope para tosse (em cuja embalagem se lia "Linctus" em fonte gótica); todas essas coisinhas que damos a bebês resfriados.

— Não — disse o farmacêutico, entrando na brincadeira —, nada de limpa-neve, infelizmente. Aqui na Inglaterra não temos preparo para enfrentar a neve. É tão raro de acontecer, afinal de contas.

Essa me pareceu uma resposta razoável, apesar de um pouco agourenta. E se uma nova era glacial chegasse à Inglaterra, o que iam fazer?

— Será que eu posso — o farmacêutico se inclinou para frente com um sorriso confidencial — mostrar o que tem funcionado para *mim*?

— Ah, sim, claro que sim — eu disse, desesperada, pensando que me mostraria calmantes.

O farmacêutico, com ar tímido e orgulhoso, tirou uma tábua de quase dois metros de trás de um balcão repleto de papinhas de bebê e pastilhas para tosse.

162 sylvia plath

— Uma tábua!

— Uma tábua?

O farmacêutico fechou os olhos e agarrou a tábua, contente como uma dona de casa com seu rolo de abrir massa.

— Com esta tábua eu só *tiro* a neve do caminho.

Fui embora, tropeçando, com as minhas sacolas. Eu ri. Todo mundo ria. A neve era uma grande piada, e nossa situação era idêntica à dos alpinistas que acabavam soterrados nos desenhos. Depois a neve endureceu e congelou. Calçadas e ruas se tornaram um terreno irregular de puro gelo, por cujas fendas traiçoeiras os idosos cambaleavam, agarrando a coleira do cachorro ou sendo puxados por desconhecidos.

Certa manhã minha campainha tocou.

— Quer que limpe o degrau, dona? — perguntou um *cockney** baixinho que trazia um grande carrinho de lona.

— Quanto é? — perguntei com ar cínico, sem saber o preço que costumavam praticar e já esperando uma extorsão.

— Três libras. Uma moedinha só.

Cedi e disse que tudo bem.

Depois, prevendo um trabalho preguiçoso:

— Vê se tira todo o gelo!

Duas horas depois, o menino ainda estava trabalhando. Quatro horas depois ele tocou a campainha para pegar emprestado uma vassoura. Olhei pela janela e vi um carrinho lotado de icebergs minúsculos. Ele finalmente tinha terminado. Examinei o serviço. Aparentemente ele tinha limpado os vãos entre as grades com um cinzel.

— Parece que vai nevar de novo.

---

* Termo usado para se referir aos moradores do East End de Londres e aos membros da classe trabalhadora londrina. Também é o nome do dialeto falado por essas pessoas. (N. T.)

Ele observou o céu baixo e cinza com um ar esperançoso. Eu lhe dei uma moeda de seis libras, e ele desapareceu numa avalanche de obrigados com seu carrinho amontoado de neve. E realmente nevou de novo. E então o frio chegou. Na manhã em que o *Big Freeze* começou, encontrei a banheira de casa cheia até a metade de água imunda. Não consegui entender. Não entendo de hidráulica. Esperei um dia; talvez a água fosse embora. Mas a água não foi embora; só aumentou, tanto em volume quanto em sujeira. No dia seguinte, acordei e me peguei olhando uma mancha no meu teto branco, lindo e novo. Diante dos meus olhos, o teto começou a exsudar, em vários pontos, gotas de um líquido viscoso que caíam ruidosamente no tapete. As emendas do papel do acabamento do teto começaram a ficar flácidas.

— Socorro! — gritei ao corretor de imóveis, numa poça de água preta na cabine telefônica. Eu não tinha uma linha residencial porque a instalação levava no mínimo três meses. — Estou com uma infiltração no teto e a banheira está cheia de água suja.

Silêncio.

— Não é *minha* água suja — eu me apressei para esclarecer. — É uma água que se acumula na banheira por conta própria. Acho que tem neve no meio. De repente é água do telhado.

Essas últimas informações eram um pouco mais apocalípticas. Eu tinha *mesmo* visto neve na água da banheira? Sem dúvida soava mais perigoso.

— É possível que a água esteja vindo do telhado — o corretor disse debilmente. E em seguida com mais firmeza: — Você deve saber que não há um só encanador disponível em Londres. Todo mundo está com o mesmo problema. Ora, no meu apartamento três canos estouraram.

— Sim, mas você sabe consertar os canos — eu falei com jeitinho, decidida. — E não sai água fria das torneiras de água fria, também. O que *isso* significa?

— Logo — o corretor resmungou — a gente vai verificar.

Os pedreiros e o assistente do corretor chegaram em menos de uma hora, ofegando e deixando um rastro de gosma preta por onde as botas pisavam. Entraram pelo alçapão do sótão com pás e picaretas, e não demorou para que montes de neve vindos do telhado começassem a despencar no quintal.

— Por que o telhado está com essas infiltrações? — perguntei ao assistente do corretor.

— O telhado é velho. Quando chove não tem problema, mas, quando neva, a neve vai se acumulando nas calhas. Quando continua fazendo frio, não tem problema. — Ele sorriu. — Mas quando derrete, puxa vida!

— Mas na minha terra neva todo inverno e *nunca* tem infiltração.

O assistente do corretor ficou vermelho.

— Bom, tem *mesmo* uma calha com problema bem em cima da sua cama.

— Em cima da minha cama! Não seria melhor já consertarem isso? Se nevar e a neve derreter de novo, vou acordar coberta de gesso molhado. Ou talvez nem acorde mais.

Pareceu que o assistente do corretor não havia pensado seriamente em consertar a calha. Afinal, como eu podia imaginá-lo dizendo com otimismo, era provável que não voltasse a nevar.

— É melhor consertarem isso. Não quero ter que incomodar vocês *de novo*!

Os homens desceram e começaram a limpar o teto desbotado, que continuava pingando, com o ar decidido de quem resolve tudo. Corri para o quarto das crianças depois de ouvir um baque e um grito. Meu filho, num arroubo de energia, tinha quebrado o berço, desprendendo todos os parafusos. Quando voltei, consolando o bebê, ouvi os homens dizerem "opa" um para o outro. Estavam segurando um balde amarelo de plástico para um gêiser

johnny panic e a bíblia de sonhos e outros textos em prosa 165

de água vinda do teto com o ar constrangido de quem esconde uma obscenidade.

— Por quanto tempo — eu exigi saber — essa infiltração vai continuar? Vocês sabem que isso é igual à tortura da gota chinesa, né? Um pinga-pinga-pinga a noite toda. Não podem deixar um balde no sótão?

— Ah, moça, nesse sótão não tem espaço nem para acender uma vela. A calha fica bem em cima do forro.

Eles deixaram o balde no chão, por via das dúvidas, e, prometendo consertar a calha até o fim de semana, foram embora.

Eu nunca mais os vi.

Depois o próprio corretor de imóveis apareceu, com seu chapéu--coco e seu detector de umidade, para examinar minha infiltração, a ausência de água fria e a banheira cheia de fluido montanhoso.

Ele cutucou o forro do quarto com o detector de umidade e me garantiu que, pelo menos no futuro próximo, o teto não ia cair.

— Mas a senhora sabe que corre o risco de ficar sem água potável, não?

Eu disse que não, que não sabia. Por quê?

— Quem construiu o imóvel não instalou os canos da forma correta, e estão congelados. Eu desligaria seu aquecedor de imersão, para ele não acabar queimando o reservatório vazio. Quando acabar a água da cisterna lá de cima, não vai ter mais.

Tentei relembrar quais eram as coisas que uma pessoa não consegue fazer sem água, além de lavar o rosto e preparar o chá. Eram muitas.

— Vou tentar consertar esses canos até hoje à noite — o corretor de imóveis prometeu. — O problema da água potável é mais urgente que a banheira.

Ele saiu na varanda coberta de neve para examinar o labirinto de canos pré-históricos que ficavam rente à parede, depois entrou para mexer nas torneiras da cozinha.

— A-há! — ele disse, enfim. — A princípio pensei que os encanadores podiam ter conectado um cano do jeito errado e que a água da banheira podia mesmo estar vindo do telhado. Mas olha só! — Ele pediu que eu ficasse olhando a banheira se encher de água enquanto ele ia até a cozinha e abria a torneira quente.

Bolhas e círculos foram subindo do buraco do ralo aberto.

— Viu só? — o corretor disse. — É a *sua própria água* que está enchendo a banheira. Seu cano de escoamento congelou, então a água não vai embora.

Então ele me convidou para ir à varanda.

Falando como se fosse tudo muito simples, ele enumerou as fontes e origens dos canos entrelaçados.

— Aquele é o cano da pia, aquele é o do banheiro, estes que sobem são canos de ar.

Eu olhei aquilo e me desesperei. Só o cano de escoamento do banheiro tinha uns seis metros e descia pela parede e cruzava a varanda, para só depois despejar seu conteúdo num bueiro aberto.

— O cano de escoamento do banheiro está congelado em algum ponto.

— O que acontece — eu perguntei — se a gente abrir a água quente da banheira?

— Ah, só derrete um pouco do gelo, depois congela tudo de novo.

— E o que eu faço, então?

— Comece a segurar velas acesas perto do cano. Ou jogue água quente nele. É claro que eu *poderia* chamar os pedreiros para passar um maçarico no cano, mas a despesa sairia do seu bolso.

— Mas os reparos externos são responsabilidade de *vocês*, e os canos ficam do lado de fora.

— Ah, mas — o corretor disse, com um brilho maligno nos olhos — o *banheiro* fica dentro. A senhora fecha os ralos toda noite para não deixar a água vazar e congelar?

johnny panic e a bíblia de sonhos e outros textos em prosa 167

— Não. Ninguém me disse isso. Mas sempre fecho as torneiras com bastante força.

Me senti acuada.

— Justo — disse o corretor, num tom pretensioso. — A companhia distribuidora de água deveria ter distribuído panfletos que orientassem as pessoas sobre o que fazer numa emergência como essa.

— O que *você* faz no *seu* apartamento?

— Ah, eu jogo muita água fervente pelos canos várias vezes por dia, e à noite fecho bem os ralos. É um terrível desperdício de energia elétrica, é claro, mas por enquanto tem funcionado.

Depois que o corretor de imóveis se agasalhou com seu cachecol, luvas e chapéu-coco e foi embora com seu detector de umidade, eu analisei seus conselhos. A água fervente só ajudaria de alguma coisa se os canos já estivessem desentupidos, e eu tinha uma reserva de água limitada, a essa altura talvez até inexistente. A ideia da vela me pareceu terrivelmente dickensiana. Ainda assim, para me ocupar com alguma coisa, enchi um balde com água quente e saí na varanda, tremendo muito. Esvaziei ao acaso a água, que havia ficado morna quase no mesmo segundo, sobre alguns dos canos escuros e desobedientes. Depois entrei para ver a banheira, torcendo para que um milagre tivesse acontecido. Não tinha.

A sujeira nem se mexeu.

A única coisa que se tornou realidade foi a presença do inquilino do andar de baixo.

— Por acaso você acabou de jogar água na sua varanda?

— Foi o corretor de imóveis que me mandou jogar — eu confessei.

— O corretor é um idiota. Tem uma poça d'água vazando para o piso da minha cozinha. E as paredes da frente estão pingando. É claro que nada *disso* é culpa sua. Mas como é que eu vou botar um tapete em cima daquele monte de água?

Eu disse que não fazia a mínima ideia.

Naquela noite, na rua, passei por imensos campos de água congelada. Deduzi que eram consequência dos canos estourados. Parado diante de uma torneira recém-instalada na calçada da esquina, um aposentado muito velho começou a encher uma gorda jarra de porcelana com motivo florido.

— Isso é água potável? — eu perguntei, falando mais alto que o forte vento leste.

— Eu acho — ele resmungou — que instalaram essa torneira para isso.

— Que lástima! — nós dois exclamamos ao mesmo tempo, e seguimos pela escuridão como dois navios tristes.

Mais tarde, naquela mesma noite, ouvi o som das Cataratas do Niágara vindo lá de cima, e pés batendo nas escadas do corredor do prédio, e alguém batendo na porta desesperadamente. As torneiras borbulhavam e se engasgavam. Escancarei a porta e um encanador jovem e corado apareceu.

— A água chegou?

Fechei os olhos e apontei para o burburinho.

— Olha você. Não tenho coragem. Vai ficar tudo inundado?

— Ah, estamos só enchendo a cisterna. Está tudo bem.

E estava mesmo. Tínhamos água para beber, tínhamos sorte.

Quanto à banheira, resolvi esperar o degelo — aquele momento místico e imprevisível em que tudo ia melhorar. Todo dia eu recolhia a sujeira com um balde, jogava na privada e mandava tudo embora.

Por incrível que pareça, ninguém reclamava.

Vi um homem passando a chama de um pequeno acendedor azul pelo cano da lateral da casa e lhe perguntei se aquilo funcionava.

— Ainda não — ele respondeu, cheio de otimismo.

O otimismo parecia universal. Estávamos todos na mesma situação, como tinha acontecido nos bombardeios da Blitz de Londres. Uma garota indiana na estação Chalk Farm me contou que tinha passado três semanas sem água em casa, e que depois os canos estouraram e inundaram o terreno. A família precisou comer fora, e a proprietária do imóvel racionava os baldes de água que consumiam por dia.

— Me desculpe por fazer você sair da sua casa quentinha — o leiteiro se desculpava, vindo buscar seus dez xelins e seis pences semanais. — Agora a gente tem nove meses de inverno e três de tempo ruim.

*

Então vieram os cortes de energia elétrica.

Numa manhã poeirenta e congelante, acionei os dois botões do aquecedor elétrico que os pedreiros tinham enfiado, como uma máscara cirúrgica vinda de Marte, bem no meio da parede georgiana de que até então eu gostava tanto. Um brilho vermelho e reconfortante — duas barras de brilho. Depois nada. Acendi uma luz. Nada. Será que eu tinha estourado um fusível aquecendo a casa pouco a pouco, com os pequenos aquecedores elétricos em forma de cogumelo e próprios para crianças que eu arrastava pelos cômodos (nunca bastavam)? Eles sim vinham parando de funcionar ultimamente, um a um, soprando ar gelado. Olhei para a rua cinzenta. Não tinha luz em lugar nenhum. Meu problema pessoal parecia ser universal. Fiquei melancólica mesmo assim. O que tinha acontecido? Quanto tempo ia durar?

Bati no apartamento do andar de baixo. Um fedor de óleo quente inundou o corredor, vindo de um daqueles aquecedores de parafina que eu nunca compraria porque tenho medo de incêndio.

— Ah, você não sabia? É um corte de energia — disse o inquilino, que lia os jornais.

— Por quê?

— Greves. Teve um bebê que morreu no hospital.

— Mas e os *meus* bebês? Estão com gripe. Eles não podem fazer isso com a gente, não é certo!

O inquilino deu de ombros, com um sorriso resignado e impotente. Depois ele me emprestou uma bolsa de água quente verde de borracha. Embrulhei minha filha num cobertor com a bolsa de água quente e coloquei uma tigela de leite morno e seu quebra-cabeças preferido diante dela. O bebê, eu vesti com um agasalho de neve. Felizmente o fogão era a gás.

Horas depois minha menininha gritou "olha fogo". E lá estava — amorfo, vermelho, feio, mas completamente maravilhoso.

O corte seguinte chegou sem avisar alguns dias depois, na hora do chá. A essa altura eu também estava com gripe — aquele revezamento muito britânico de febre e calafrios para o qual meu médico não oferecia alívio nem cura. Ou você morre, ou você melhora.

Uma vizinha apareceu com um prêmio — lampiões. Para ajudar a enxergar. Nas lojas não se encontravam mais velas, círios, nada. Ela tinha enfrentado uma fila para conseguir os lampiões. Nas ruas, as pessoas ajudavam os idosos a descer os degraus periclitantes dos apartamentos do subsolo à luz de velas. Velas cobriam as janelas, suaves e amarelas; a cidade tremeluzia.

Mesmo depois do corte de energia, o instinto acumulador continuou. Um ferreiro simplesmente escreveu VELAS na vitrine e vendeu lotes e mais lotes de caixas vermelhas e brancas de alguma fonte secreta — nenhum outro ferreiro tinha recebido novas mercadorias — em poucos minutos. Comprei meio quilo de velas de cera e enchi os bolsos.

Um eletricista me contou que os geradores não eram projetados para suportar os novos aparelhos elétricos. Estavam construindo novos geradores, mas não rápido o suficiente. Os especialistas não tinham previsto tamanha demanda.

Então, somente um mês depois da primeira nevasca, o tempo melhorou. As calhas começaram a pingar. Minha banheira se esvaziou por contra própria com um gorgulho sórdido. Pelas ruas vi homens de uniforme polvilhando pás cheias de alguma substância em pó por cima do gelo quase derretido.

— O que é isso? — eu quis saber.

— Sal e serragem. Para derreter o gelo.

Também vi meu primeiro caminhão limpa-neves em Londres — pequeno, intrépido, com uma equipe de homens auxiliando seu trabalho, quebrando e picando os restos truculentos e jogando tudo num furgão aberto.

— Onde vocês se enfiaram o mês todo? — perguntei a um deles.

— Ah, estávamos chegando.

— Quantos limpa-neves são ao todo?

— Cinco.

Não perguntei se os cinco só atendiam a nossa região ou Londres inteira. Não fazia mais diferença.

— O que vocês fazem com a neve?

— Jogamos tudo no esgoto. Depois inunda tudo.

— O que vocês vão fazer se isso acontecer todo ano? — perguntei ao corretor de imóveis.

Ele desconversou.

— Ah, não nevava tanto desde 1947.

Notei que ele não queria pensar naquilo — na possibilidade de um bombardeio de neve anual. Agasalho quente, muito chá e muita coragem. Essa parecia ser a resposta. Afinal de contas, além da guerra e do tempo ruim, o que mais despertaria tamanha camaradagem numa cidade tão grande e tão fria?

Enquanto isso, os canos continuam do lado de fora. Onde mais ficariam?

E se *de fato* houver outro bombardeio de neve?

E mais outro?

Meus filhos vão crescer decididos, independentes e fortes, enfrentando filas para me trazer velas quando eu for uma velha febril. Enquanto faço chá sem água — *pelo menos isso* o futuro há de trazer — numa chama a gás num cantinho. Isso se o gás também não for para as cucuias.

PARTE II

Outros contos

PARTE II

OUTROS CONTOS

INICIAÇÃO

O PORÃO ESTAVA ESCURO e aquecido, como o interior de um pote de vidro bem fechado, pensou Millicent, enquanto seus olhos se habituavam àquela estranha luz baixa. O silêncio era suave e cheio de teias de aranha, e pela janelinha retangular bem no alto da parede de pedra vazava uma luz azulada que parecia vir da lua cheia de outubro. Agora ela conseguia ver que estava sentada num monte de lenha ao lado da fornalha.

Millicent tirou uma mecha de cabelo do rosto. Estava grosso e grudento por causa do ovo que tinham quebrado em sua cabeça quando ela se ajoelhara com uma venda nos olhos diante do altar da irmandade, pouco tempo antes. Primeiro houvera um silêncio, um discreto ruído de algo se quebrando, depois ela havia sentido a clara de ovo fria e pegajosa caindo, se espalhando por sua cabeça e escorregando pelo pescoço. Ouvira alguém abafando uma gargalhada. Era tudo parte da cerimônia.

Depois as meninas a tinham trazido para este lugar, ainda vendada, passando pelos corredores da casa de Betsy Johnson e trancando-a no porão. Ainda faltava uma hora para que a buscassem, mas a essa altura o Julgamento das Calouras já teria acabado, e ela diria o que precisasse dizer e iria para casa.

Porque hoje era o *grand finale*, a prova de fogo. Agora não restavam dúvidas de que ela seria aprovada. Ela não se lembrava de ninguém que tivesse sido convidada para a irmandade do colegial e não tivesse conseguido passar pelo processo de iniciação. Mas ainda assim seu caso seria bem diferente. Ela fazia questão. Ela não sabia dizer exatamente o que a tinha feito se rebelar, mas sem dúvida tinha alguma relação com Tracy e alguma relação com os pássaros-érica.

Que menina do Colégio Lansing não desejaria estar em seu lugar nesse momento?, Millicent pensou, achando graça. Que menina não desejaria ser uma das escolhidas, mesmo que para isso fossem necessários cinco dias de iniciação, com atividades antes e depois das aulas, culminando no Julgamento dos Calouros na sexta à noite, quando aprovavam as novas alunas? Até Tracy tinha ficado chateada quando soube que Millicent era uma das cinco meninas a receberem o convite.

— Não vai mudar nada entre a gente, Tracy — Millicent tinha lhe dito. — Ainda vamos andar juntas como sempre, e ano que vem você entra, com certeza.

— Eu sei, mas mesmo assim — Tracy tinha dito baixinho — você vai mudar, querendo ou não. As coisas sempre mudam.

E como mudam, Millicent pensou. Seria terrível se uma pessoa nunca mudasse... se ela fosse condenada a ser a Millicent sem graça e tímida de alguns anos antes pelo resto da vida. Por sorte sempre havia as mudanças, o crescimento, a continuidade.

Também chegaria a hora de Tracy. Ela contaria a Tracy as bobagens que as meninas tinham dito, e Tracy também mudaria, e cedo ou tarde entraria para aquele círculo mágico. E aos poucos ela descobriria o que era aquele ritual especial, como Millicent começara a descobrir na semana anterior.

— Antes de mais nada... — Betsy Johnson, a secretária loira e animada da irmandade, dissera às cinco candidatas enquanto comiam sanduíches na lanchonete da escola, na segunda-feira. — Antes de mais nada, cada uma de vocês tem uma irmã mais velha. É ela quem manda e desmanda em vocês, e vocês obedecem.

— E não esqueçam daquela parte sobre responder e sorrir — Louise Fullerton tinha acrescentado, dando risada. Ela também era famosa no colegial, bonita, morena e vice-presidente do Conselho Estudantil. — Vocês não podem falar nada, a menos que sua irmã mais velha pergunte alguma coisa ou mande vocês falarem com alguém. E não podem sorrir, nem se estiverem morrendo de vontade. — As garotas tinham dado risadinhas um pouco nervosas, e o sinal tocou, anunciando o início das aulas vespertinas.

Seria muito bom, pra variar, Millicent se pegou pensando enquanto tirava seus livros do armário no corredor, seria muito empolgante fazer parte de um grupo tão unido, o grupo exclusivo do Colégio Lansing. Não era organizado pela escola, é claro. Na verdade, o diretor, sr. Cranton, queria acabar com a semana de iniciação, porque achava que as atividades eram pouco democráticas e prejudicavam a rotina escolar. Mas ele não podia fazer nada. Claro, as garotas tinham que ir à escola sem batom e sem enrolar os cabelos por cinco dias, e é claro que todo mundo ficava olhando, mas que poder os professores tinham?

Millicent sentou-se em sua mesa na grande sala de estudos. Amanhã ela viria para a escola com orgulho, com bom humor, sem batom, com o cabelo castanho sem cachos e na altura do ombro, e aí todo mundo ia saber, até os meninos iam saber que ela era uma das escolhidas. Os professores iam sorrir, impotentes, talvez pensando: então agora elas escolheram a Millicent Arnold. Eu nunca teria imaginado.

Um ou dois anos antes, quase ninguém teria imaginado. Millicent tentou ser aceita por muito tempo, por mais tempo que a maioria. Era como se ela tivesse passado anos sentada num alojamento do lado de fora de uma pista de dança, espiando pela janela o interior de puro ouro, iluminado, com sua atmosfera encantadora, observando com melancolia os casais felizes que valsavam ao som da música ininterrupta, rindo juntos em pares e grupos, jamais sozinhos.

Mas agora, finalmente, em meio a uma semana de pompa e folia, ela aceitaria o convite e entraria no salão de baile pela entrada principal, intitulada "Iniciação". Ela seguraria sua saia de veludo, sua cauda de seda, ou qualquer que fosse o traje das princesas deserdadas dos livros infantis, e adentraria o reino que era seu por direito... O sinal tocou e a sessão de estudos chegou ao fim.

— Millicent, espera aí! — Era Louise Fullerton vindo atrás dela. Louise, que sempre havia sido muito legal, muito educada, mais amigável que as outras havia muito tempo, desde antes da chegada do convite. — Escuta... — Louise a acompanhou pelo corredor até a sala de latim, que era a próxima aula das duas. — Você tem algum compromisso hoje, logo depois da aula? Porque eu queria conversar com você sobre amanhã.

— Tenho tempo de sobra.

— Então me encontra no corredor no fim da aula, e a gente vai até a lanchonete, algo assim.

Andando ao lado de Louise a caminho da lanchonete, Millicent sentiu um arroubo de orgulho. Qualquer um diria que ela e Louise eram melhores amigas.

— Fiquei muito feliz quando votaram para você entrar, sabia? — Louise disse.

Millicent sorriu.

— Fiquei muito animada com o convite — ela disse, sincera —, mas um pouco triste porque a Tracy não entrou também.

Tracy, ela pensou. Se o que chamavam de "melhor amiga" existia mesmo, era isso que Tracy vinha sendo no último ano.

— Pois é, a Tracy... — Louise começou a falar — Ela é uma garota legal, e a incluíram na lista de votação na lousa, mas... É que ela teve três votos contra.

— Como assim?

— Bom, a gente não pode contar isso para ninguém de fora do clube, mas, como você vai ser admitida até o final da semana, acho que não tem problema. — Agora elas tinham chegado à lanchonete. — É que — Louise começou a explicar em voz baixa assim que se acomodaram numa das mesas mais afastadas — uma vez por ano a irmandade faz uma lista com todas as novas candidatas sugeridas...

Millicent sorveu sua bebida doce e gelada, deixando o sorvete por último. Ela ouviu atentamente o que Louise estava dizendo:

— ... e depois tem uma reunião muito importante, e todos os nomes das garotas são lidos em voz alta, e o grupo discute uma por uma.

— Ah, é? — Millicent perguntou de forma mecânica, e sua voz soou esquisita.

— Ah, eu sei o que você deve estar pensando. — Louise riu. — Mas não é tão ruim assim. Há o mínimo possível de fofoca. Só conversam sobre cada garota e os motivos pelos quais seria bom tê-la na irmandade ou não. E depois vem a votação. Com três votos contra a garota é eliminada.

— Será que eu posso perguntar o que aconteceu com a Tracy? — Millicent disse.

Louise soltou uma risada um pouco constrangida.

— Bom, você sabe como as meninas são. Elas reparam em cada detalhe. Sei lá, algumas achavam que a Tracy era um pouco diferente *demais*. De repente você pode dar umas dicas pra ela.

— Que dicas?

— Ah, dizer para ela não usar meia cinco oitavos na escola, talvez, e parar de andar com aquela mochila velha. Eu sei que parece besteira, mas, bom, são essas coisas que nos definem. Enfim, você sabe que nem mortas as meninas do colégio usariam meia cinco oitavos, não importa o frio que faça, e usar mochila é coisa de criança, de gente boba.

— Acho que sim — Millicent disse.

— Sobre amanhã... — Louise prosseguiu. — A Beverly Mitchell foi sorteada para ser sua irmã mais velha. Queria te avisar que ela é a mais casca-grossa de todas, mas, se você lidar bem com tudo, vai ser ainda melhor para a sua imagem.

— Obrigada, Lou — Millicent disse, agradecida, pensando: isso está começando a ficar sério. É pior do que um teste de fidelidade, toda essa tortura. E o que isso comprova, afinal? Que eu obedeço às ordens sem reclamar? Ou será que é só porque elas gostam de ver a gente se desdobrando para fazer o que querem?

— Na verdade você só precisa — Louise disse, pegando a última colherada de seu sundae — parecer muito dócil e obediente quando estiver com a Bev, e fazer tudo o que ela mandar. Não dê risada, nem tente responder, nem faça piadinha, senão ela vai cair matando e, acredite, disso ela entende muito bem. Chegue à casa dela às sete e meia.

E ela chegou. Tocou a campainha e sentou-se nos degraus da entrada, esperando Bev. Depois de alguns minutos, a porta da frente se abriu e Bev ficou em pé com uma cara séria.

— Levanta, subalterna — Bev exigiu.

Alguma coisa em seu tom de voz deixou Millicent irritada. Tinha um quê de maldade. E o rótulo de "subalterna" remetia a uma ideia desagradável de anonimato, ainda que chamassem assim todas as garotas que passavam pela iniciação. Era degradante, como ser chamada por um número, e não pelo nome. Era uma negação da individualidade.

182 sylvia plath

Ela se sentiu invadida por um sentimento de revolta.

— Eu disse pra levantar. Ficou surda?

Millicent se levantou e ficou imóvel.

— Entra na casa, subalterna. Tem uma cama por fazer e um quarto para arrumar lá em cima.

Millicent subiu as escadas sem dizer nada. Encontrou o quarto de Bev e começou a fazer a cama. Sorrindo para si mesma, ela pensou: que coisa absurdamente engraçada, eu recebendo ordens dessa menina como se fosse uma empregada.

De repente Bev estava na soleira da porta.

— Tira esse sorriso do rosto — ela ordenou.

Havia alguma coisa que não era de todo divertida nesse relacionamento. Millicent podia jurar que viu um brilho duro e seco de euforia nos olhos de Bev.

No caminho para a escola, Millicent precisou andar atrás de Bev, a uma distância de dez passos, carregando seus livros. Elas foram até a lanchonete, onde já havia uma aglomeração de meninos e meninas do Colégio Lansing que esperavam o espetáculo.

As outras meninas em processo de iniciação também estavam lá, e Millicent ficou aliviada. Agora não ia ser tão ruim, porque ela era parte do grupo.

— O que a gente vai colocá-las para fazer? — Betsy Johnson perguntou a Bev. Naquele dia de manhã Betsy tinha feito sua "subalterna" carregar um velho guarda-sol colorido pelo pátio da escola, cantando "I'm Always Chasing Rainbows".

— Eu sei — disse Herb Dalton, o bem-apessoado capitão do time de basquete.

Houve uma mudança inegável no comportamento de Bev. De repente ela ficou muito doce, muito coquete.

— Você não pode mandar nelas — Bev disse com voz meiga.

— Homens não apitam nada nessa questão.

— Tá bom, tá bom — Herb disse, rindo, depois deu um passo para trás e fingiu que desviava de um golpe.

— Está ficando tarde — Louise tinha se manifestado. — Quase oito e meia. É melhor elas começarem logo a marchar para a escola.

As "subalternas" tiveram que ir até a escola dançando o Charleston, e cada uma recebeu uma música e devia tentar cantar mais alto do que as outras quatro. É claro que durante as aulas ninguém podia fazer algazarra, mas mesmo assim havia uma regra que proibia as meninas de falarem com os meninos fora da sala ou do horário de almoço... ou em qualquer momento depois da aula. Então as garotas da irmandade pediam para que os garotos mais populares se aproximassem para convidar as "subalternas" para um encontro, ou tentassem puxar assunto, e às vezes a "subalterna" ficava tão surpresa que começava a falar sem perceber. E então o garoto a dedurava e ela tinha sua pontuação reduzida.

Herb Dalton abordou Millicent quando ela foi buscar um sorvete no balcão da lanchonete na hora do almoço. Ela o viu se aproximando antes que ele falasse qualquer coisa, e baixou rapidamente a cabeça, pensando: ele parece até um príncipe, todo sorridente e moreno. E eu sou vulnerável demais. Por que preciso ter cuidado logo com ele?

Não vou dizer nada, ela pensou, só vou sorrir muito meiga.

Ela olhou para Herb e sorriu, muito meiga e muito muda. O sorriso que ele lhe devolveu foi quase um milagre. Sem dúvida ele tinha feito mais do que sua função exigia.

— Eu sei que você não pode falar comigo — ele disse em voz baixa. — Mas as meninas disseram que você está indo bem. Gostei até desse seu cabelo liso.

Bev estava vindo em sua direção, com a boca vermelha contorcida num sorriso vivo e calculista. Ela ignorou Millicent e se aproximou de Herb.

— Por que perder tempo com as subalternas? — ela gorjeou alegremente. — Elas passaram o zíper na boca, não podem falar nada.

Herb conseguiu emplacar uma última tirada.

— Mas essa aí faz um silêncio *tão* bonito.

Millicent sorriu, tomando seu sundae no balcão ao lado de Tracy. Geralmente as meninas que não faziam parte do grupo, como Millicent antes não fazia, debochavam das bobagens da iniciação, dizendo que eram infantis e absurdas para tentar disfarçar a inveja que sentiam. Mas Tracy, como sempre, foi muito compreensiva.

— Acho que hoje à noite vai ser o pior momento, Tracy — Millicent lhe contou. — Ouvi dizer que as meninas vão nos levar de ônibus para Lewiston e vão fazer com que a gente se apresente na praça.

— Faça cara de paisagem — Tracy aconselhou. — Mas por dentro dê risada de tudo.

Millicent e Bev entraram num ônibus antes do resto das garotas; tiveram que ficar em pé até chegar à Lewiston Square. Bev parecia estar muito brava com alguma coisa. Enfim ela disse:

— Você ficou conversando com o Herb Dalton hoje no almoço.

— Não — disse Millicent, sinceramente.

— Bom, eu *vi* você sorrindo para ele. Isso é quase tão ruim quanto falar. Não faz isso de novo.

Millicent ficou em silêncio.

— Faltam quinze minutos para o ônibus chegar à cidade — Bev mudou de assunto. — Quero que você passe pelo ônibus inteiro perguntando o que as pessoas comeram no café da manhã. Não esquece que você não pode contar que está em processo de iniciação.

Millicent olhou o corredor do ônibus lotado e de súbito se sentiu bastante enjoada. Ela pensou: como é que eu vou fazer isso?, sair falando com todas essas pessoas com cara séria, tão carrancudas olhando pela janela…

— Você entendeu o que eu quero, subalterna.

johnny panic e a bíblia de sonhos e outros textos em prosa   185

— Com licença, senhora — Millicent disse educadamente à mulher no primeiro banco do ônibus —, estou fazendo uma pesquisa. Será que poderia me dizer o que comeu no café da manhã?

— Ora... ahm... só suco de laranja, torrada e café — ela disse.

— Muito obrigada. — Millicent se aproximou do próximo passageiro, um jovem executivo. Ele tinha comido ovos fritos, torrada e café.

Quando Millicent chegou ao fundo do ônibus, a maioria das pessoas a olhava com um sorriso no rosto. Eles devem saber, ela pensou, que estou passando por algum tipo de iniciação.

Por fim, só restava um homem no canto do último banco. Era pequeno e simpático, tinha um rosto vermelho e enrugado que se abriu num sorriso radiante quando Millicent se aproximou. Com seu terno marrom e sua gravata verde-bandeira, ele parecia uma espécie de gnomo ou um duende muito alegre.

— Com licença, senhor — Millicent disse, sorrindo —, estou fazendo uma pesquisa. O que você comeu no café da manhã?

— Sobrancelhas de pássaro-érica com torrada — o homenzinho contou.

— O *quê?* — Millicent exclamou.

— Sobrancelhas de pássaro-érica — o homenzinho explicou. — Os pássaros-érica vivem nos pântanos mitológicos e passam o dia inteiro voando, e cantam uma melodia selvagem e doce sob o sol. São roxos e têm sobrancelhas *muito* saborosas.

Sem querer, Millicent caiu na gargalhada. Ora, era uma maravilha sentir uma simpatia tão repentina por um completo desconhecido.

— O senhor também é um ser mitológico?

— Não exatamente — ele respondeu —, mas espero ser um dia, sem dúvida. Ser mitológico faz muito bem para a autoestima.

Agora o ônibus estava chegando à estação; Millicent lamentou ter que deixar o homenzinho. Ela queria saber mais a respeito dos pássaros.

E, a partir daquele momento, os rituais de iniciação deixaram de incomodar Millicent. Ela percorreu toda a praça, entrando de loja em loja e pedindo biscoitos quebrados e mangas, e simplesmente riu por dentro enquanto as pessoas a encaravam e em seguida se soltavam um pouquinho, respondendo às suas perguntas malucas como se ela estivesse falando sério e fosse uma pessoa importante. Tantas pessoas viviam fechadas em si mesmas como se fossem caixas, mas de repente se abriam, revelando-se de um jeito tão lindo se você demonstrasse interesse por elas. E a verdade era que ninguém precisava fazer parte de clube nenhum para se identificar com outros seres humanos.

Um dia, à tarde, Millicent tinha começado a conversar com Liane Morris, outra garota que estava passando pela iniciação, sobre o que fariam quando finalmente fizessem parte da irmandade.

— Ah, eu já sei como vai ser — Liane tinha dito. — Minha irmã foi aceita antes de terminar o colegial, dois anos atrás.

— E o que elas fazem no clube, *afinal?* — Millicent quis saber.

— Olha, elas fazem uma reunião semanal… Todas as meninas se revezam e cada vez é na casa de uma…

— Então é só uma espécie de clube social exclusivo…

— Acho que sim… se bem que fica engraçado quando você fala assim. Mas com certeza dá muito status a uma menina. Minha irmã começou a namorar firme com o capitão do time de futebol depois que entrou para a irmandade. Nada mau, eu diria.

Nada mau, realmente, Millicent tinha pensado, deitada na cama na manhã do Julgamento dos Calouros, ouvindo os pardais cantando no telhado. Ela pensou em Herb. Será que ele teria sido tão simpático se ela não tivesse a chancela da irmandade? Será que ele a convidaria para sair (se um dia convidasse) só pelo que ela era, sem dar importância a tudo disso?

E havia mais uma coisa que a incomodava. Deixar Tracy de lado. Porque era assim que as coisas seriam; Millicent já tinha visto essa história muitas vezes.

Lá fora, os pardais continuavam cantando, e, deitada na cama, Millicent os visualizou, um bando de pássaros marrom-acinzentados, um igual ao outro, todos idênticos dos pés à cabeça. E depois, por algum motivo, Millicent pensou nos pássaros-érica. Lançando-se sem medo sobre os pântanos, eles voavam cantando e gritando pelos grandes espaços de ar, mergulhando e se atirando, fortes e altivos em sua liberdade e em sua eventual solidão. Nesse momento ela tomou sua decisão.

Agora, sentada no monte de lenha no porão de Betsy Johnson, Millicent soube que havia sido vitoriosa e passado pela prova de fogo, a fase de cauterização do ego, que poderia lhe levar a dois tipos de vitória. A mais fácil das duas seria sua coroação como princesa, o que a classificaria como parte daquele grupo seleto em definitivo. A outra vitória seria muito mais árdua, mas ela sabia que era essa que desejava. Ela não estava tentando mostrar nobreza, nada disso. Mas tinha aprendido que havia outras maneiras de entrar naquele grande salão, tão repleto de luzes, das pessoas e da vida.

Seria difícil explicar às garotas hoje à noite, é claro, mas depois ela poderia contar toda a verdade a Louise. Contar que ela tinha provado algo a si mesma passando por todo aquele processo, até pelo Julgamento dos Calouros, e depois decidindo não se juntar à irmandade no fim das contas. E que ela ainda poderia ser amiga de todas. Irmã de todas. E também da Tracy.

A porta se abriu atrás dela e um raio de luz entrou perfurando a fraca escuridão do porão.

— Ei, Millicent, agora você pode sair daí. Acabou. — Algumas das garotas estavam lá fora.

— Estou indo — ela disse, se levantando e saindo da leve escuridão, indo ao encontro da luz, pensando: acabou, mesmo. A pior parte, a parte mais difícil, a iniciação que eu mesma descobri.

Mas nesse mesmo instante, de algum lugar muito longe, Millicent poderia jurar, surgiu um som melódico, muito doce e

único, e ela soube que aquela devia ser a canção dos pássaros-
-érica, que iam girando e planando por horizontes azuis e amplos,
por ares tão vastos, batendo as asas rápidas e roxas no sol forte.

No interior de Millicent outra melodia elevou-se, forte e
exuberante, uma resposta triunfal à música dos pássaros-érica
que se lançavam e cantavam com tanta clareza e tanta alegria
pelas terras distantes. E ela soube que sua iniciação íntima havia
apenas começado.

O DOMINGO DOS MINTON

Se ao menos Henry, pensou Elizabeth Minton, suspirando e endireitando um mapa pendurado na parede do escritório de seu irmão, não fosse tão melindroso. Tão, tão melindroso. Por um instante ela se debruçou distraída sobre a escrivaninha de mogno, e seus dedos fracos, cobertos de veias azuis, se abriram brancos em contato com a madeira escura e lustrosa.

O sol do fim da manhã caía em cubos claros pelo assoalho, e os montinhos de poeira flutuavam e afundavam no ar luminoso. Pela janela, ela via o brilho plano do mar esverdeado de setembro, que se curvava muito além da obscurecida linha do horizonte.

Nos dias bons, se as janelas estivessem abertas, ela conseguia ouvir a rebentação das ondas. Uma onda quebrava e depois voltava deslizando, e depois outra e mais outra. Certas noites, quando estava semidesperta na cama, prestes a ser engolida pelo sono, ela ouvia as ondas e depois o vento começando a golpear as árvores, e de repente, não conseguia mais diferenciar um som do outro, de forma que, para todos os efeitos, a água poderia muito bem ter vindo lavar as folhas, ou as folhas poderiam estar caindo num sussurro, correndo para o mar.

— Elizabeth — a voz de Henry ecoou, grave e ameaçadora, pelo corredor cavernoso.

— Sim, Henry? — Elizabeth respondeu para seu irmão mais velho com uma voz meiga. Agora que ambos tinham voltado à velha casa, agora que ela tinha voltado a cuidar de Henry, ela às vezes se imaginava como uma garotinha obediente e solícita, como havia sido muito antes.

— Já terminou de arrumar o escritório? — Henry vinha pelo corredor. Ela ouvia seus passos lentos e desengonçados do lado de fora da porta. Com gestos nervosos, Elizabeth levou sua mão magra à garganta, procurando, como se assim se sentisse segura, o broche de ametista de sua mãe, que ela sempre usava na gola do vestido. Ela olhou ao redor do cômodo escurecido. Sim, tinha se lembrado de tirar a poeira das cúpulas dos abajures. Henry não suportava poeira.

Ela encarou Henry, que agora estava em pé na soleira da porta. Na luz obscura não conseguiu ver suas feições com clareza, e seu rosto se avultou, redondo e sombrio, enquanto sua sombra robusta se misturava à escuridão do corredor. Apertando os olhos diante da forma indefinida do irmão, Elizabeth sentiu um estranho prazer em observá-lo sem os óculos. Ele sempre fora tão claro, tão preciso, e agora, ao menos uma vez, estava quase totalmente obscurecido.

— Sonhando acordada de novo, Elizabeth? — Henry esbravejou com tristeza, vendo o característico olhar distante da irmã. A convivência dos dois sempre tinha sido assim, e Henry estava acostumado a encontrá-la lendo no jardim, debaixo das roseiras, ou construindo castelos de areia junto ao paredão da praia, assim como estava habituado a dizer que mamãe precisava de ajuda na cozinha ou que estava na hora de arear os talheres.

— Não, Henry. — Elizabeth se levantou, atingindo toda sua altura frágil. — Não, Henry, nada disso. Eu já estava indo botar o frango no forno. — Ela passou rapidamente pelo irmão, com um movimento que continha a mínima insinuação de mágoa.

Henry seguiu a irmã com os olhos enquanto seus sapatos de salto desceram a escada rapidamente e chegaram à cozinha, e sua saia cor de lavanda balançou na altura da canela com uma dose assustadora de insolência. Ela nunca havia sido uma menina ponderada, a Elizabeth, mas pelo menos já tinha sido mais dócil. E agora... de tempos em tempos ela vinha com essa audácia. Desde que ela viera morar com Henry depois que ele havia se aposentado, na verdade. Henry sacudiu a cabeça.

Na copa, Elizabeth começou a mexer nos pratos de porcelana e nos talheres, arrumando a mesa para a refeição de domingo, empilhando as uvas e maçãs no alto do prato de vidro lapidado para o arranjo de centro e servindo água gelada nas taças altas e verde-claras.

Ela se movia na escuridão da sala de jantar austera com cortinas fechadas, um delicado vulto roxo à meia-luz. Era assim que sua mãe costumava se movimentar muitos anos antes... quando havia sido? Quanto havia se passado? Elizabeth tinha perdido a noção do tempo. Mas Henry saberia lhe dizer. Henry lembraria o dia exato, a hora precisa da morte de sua mãe. Ele era exato e escrupuloso com essas coisas.

Sentado na ponta da mesa durante o almoço, Henry baixou a cabeça e fez a oração com sua voz grave, deixando as palavras fluírem, ricas e rítmicas como um salmo. Mas assim que Henry chegou ao "amém", Elizabeth sentiu o cheiro de alguma coisa queimando. Pensou nas batatas com desgosto.

— As batatas, Henry! — Ela se levantou num pulo e correu para a cozinha, onde as batatas escureciam lentamente no forno. Desligando a chama, ela as levou ao balcão, mas antes derrubou uma das batatas, que queimou seus dedos finos e sensíveis.

— Foi só a casca, Henry. Dá para comer as batatas — gritou em direção à sala de jantar. Ela ouviu uma fungada de irrita-

johnny panic e a bíblia de sonhos e outros textos em prosa 193

ção. Henry sempre fazia questão de comer as cascas das batatas com manteiga.

— Você não mudou nada esses anos todos, pelo visto, Elizabeth — Henry disse, dando sua lição de moral, quando ela voltou para a sala de jantar com as batatas queimadas. Elizabeth sentou--se, fazendo de tudo para ignorar as críticas de Henry. Ela sabia que ele estava prestes a começar um longo discurso de reprovação. Uma pretensão hipócrita escorria de sua voz como gotas gordas e douradas de manteiga.

— Às vezes você me deixa admirado, Elizabeth — Henry prosseguiu, cortando com dificuldade um pedaço especialmente resistente do frango. — Sempre me pergunto como você conseguiu se virar todos aqueles anos, trabalhando sozinha na biblioteca da cidade, com essa sua mania de sonhar acordada.

Elizabeth baixou a cabeça e ficou olhando seu prato sem dizer nada. Era mais fácil pensar em outra coisa enquanto Henry fazia seu discurso. Quando era pequena, ela sempre tapava os ouvidos para bloquear o som da voz dele, que a convocava ao trabalho, fazendo cumprir as ordens de sua mãe com tanta obstinação. Mas hoje em dia, discretamente, ela fugia da censura de Henry se refugiando em seu universo pessoal, sonhando e pensando sobre qualquer coisa que lhe viesse à cabeça. Agora ela estava pensando em como o horizonte se misturava ao céu azul de forma que, para todos os efeitos, a água poderia estar se afinando até virar ar, ou o ar poderia estar engrossando, se equilibrando, se transformando em água.

Eles continuaram comendo em silêncio, e Elizabeth se levantava de vez em quando para recolher alguns pratos, encher o copo d'água de Henry e buscar na cozinha as tacinhas de sobremesa cheias de amoras com creme. Enquanto cuidava de tudo, com a saia rodada cor de lavanda farfalhando e roçando nos móveis duros e encerados, ela teve a estranha sensação de estar se fundindo a

194 sylvia plath

outra pessoa, quiçá sua mãe. Alguém competente e zelosa com as tarefas domésticas. Era irônico que ela, depois de tantos anos de independência, irônico que ela voltasse para perto de Henry e mais uma vez se visse limitada aos afazeres domésticos.

Nesse momento ela olhou para o irmão, que estava debruçado sobre a taça de sobremesa, enfiando colherada atrás de colherada de amoras e creme na boca cavernosa. Ela pensou que ele se misturava à penumbra translúcida da sala de estar escura, e ela gostava de vê-lo sentado ali, sob o crepúsculo artificial, quando sabia que para lá das cortinas fechadas o sol reluzia, exato e brilhante.

Elizabeth demorou lavando a louça do almoço enquanto Henry se debruçou sobre os mapas em seu escritório. Não havia nada que ele apreciasse mais do que fazer tabelas e cálculos, Elizabeth pensou, mergulhando as mãos na água morna com sabão e observando pela janela da cozinha a água azul que lampejava a distância. Quando eram pequenos, Henry estava sempre fazendo suas tabelas e seus mapas, copiando do livro de geografia, reduzindo as escalas, enquanto ela suspirava diante das gravuras das montanhas e rios com aqueles nomes estrangeiros tão gozados.

Nas profundezas da bacia de louça, os talheres de metal colidiam cegamente com os cristais num crescendo de barulhinhos titilantes. Elizabeth colocou os últimos pratos na bacia de água com sabão e os observou girando e afundando. Depois que acabasse, ela se juntaria a Henry na sala de estar, onde leriam juntos por um tempo, ou quem sabe sairiam para um passeio. Henry dizia que o ar fresco fazia muito bem à saúde.

Com certo ressentimento, Elizabeth se lembrou de todos os longos dias que havia passado presa à cama quando era menina. Ela era uma criança pálida e enfermiça, e Henry tinha o hábito de visitá-la no quarto com seu rosto redondo e corado brilhando, esbanjando vivacidade.

johnny panic e a bíblia de sonhos e outros textos em prosa   195

Haveria de chegar a hora, Elizabeth pensou, como tinha pensado tantas vezes antes, em que ela confrontaria Henry e lhe diria alguma coisa. Ela não sabia exatamente o quê, mas seria alguma coisa muito devastadora, muito terrível. Alguma coisa extremamente desrespeitosa e frívola, disso ela tinha certeza. E então ela veria Henry desorientado, ao menos uma vez na vida, Henry gaguejando, vacilando, sem saber o que dizer.

Rindo sozinha, com o rosto arrebatado por aquela satisfação íntima, Elizabeth se juntou a Henry, que estava folheando um livro de mapas na sala de estar.

— Vem cá, Elizabeth — Henry mandou, dando uma palmadinha no sofá ao seu lado. — Achei um mapa muito interessante dos estados da Nova Inglaterra, quero que você veja.

Elizabeth foi sentar-se ao lado do irmão, obediente. Os dois ficaram sentados no sofá por um tempo, segurando a enciclopédia e examinando as páginas brilhantes e repletas de mapas cor-de-rosa, azuis e amarelos dos estados e países. De repente Elizabeth avistou um nome conhecido no meio de Massachusetts.

— Só um minuto — ela exclamou. — Deixe-me ver todos os lugares que já conheci. Aqui… — Ela traçou uma linha com o dedo pela superfície da página, na direção oeste, indo de Boston a Springfield. — E aqui… — Seu dedo subiu pelo canto do estado de North Adams. — E logo na fronteira de Vermont quando fui visitar a prima Ruth… Quando foi, mesmo? Na última primavera…

— Na semana de seis de abril — Henry completou.

— Sim, claro. Sabe, eu nunca pensei — ela disse — na direção que estava seguindo no mapa… Se era para cima, para baixo ou para o outro lado.

Henry olhou para a irmã com uma espécie de consternação.

— Nunca pensou, é? — ele disse, com um suspiro incrédulo. — Você está dizendo que não sabe se está indo para o norte, sul, leste ou oeste?

— Não — revelou Elizabeth. — Não sei. Nunca vi sentido nisso.

Então ela pensou no escritório dele, nas paredes repletas de grandes mapas cuidadosamente diagramados, meticulosamente comentados. Em pensamento ela conseguiu ver os contornos pretos desenhados com tanto capricho e o banho de tinta azul desbotada que marcava o litoral dos continentes. Também havia símbolos, ela relembrou. Moitas estilizadas para indicar os pântanos e trechos em verde para indicar os parques.

Ela se imagina perambulando, pequena e diminuta, pelos contornos cuidadosamente traçados, subindo e depois voltando a descer, avançando pelas formas ovais dos lagos rasos e abrindo caminho entre as moitas rígidas e simétricas da vegetação dos pântanos. Depois ela viu a si mesma segurando uma bússola redonda de mostrador branco. A agulha da bússola girava, tremia, parava, sempre apontando para o norte, não importava aonde ela fosse. A exatidão implacável do mecanismo a irritava.

Henry continuava olhando para ela com algo similar ao horror. Ela notou que seus olhos estavam muito frios e muito azuis, bastante parecidos com as águas do Atlântico no mapa da enciclopédia. Linhas pretas e finas irradiavam da pupila. Viu a franja curta e preta dos cílios se desenhando de repente, nítida e clara. Henry saberia onde o norte ficava, ela pensou com desespero. Ele saberia exatamente onde o norte ficava.

— Na verdade, não acho que seja tão importante saber em que direção você está indo. É o lugar aonde você vai que importa — ela declarou com ar petulante. — Quero dizer, você realmente pensa o tempo todo na direção que está seguindo?

Até o cômodo em que estavam pareceu se ofender com essa insolência explícita. Elizabeth pensou ter visto o rígido suporte da lareira se retesar, e era visível que a tapeçaria logo acima da cornija tinha perdido a cor. O relógio de coluna antigo a olhou com

johnny panic e a bíblia de sonhos e outros textos em prosa 197

a boca aberta, sem palavras, e depois prosseguiu com seu tique-
-taque de reprovação.

— É claro que penso na direção que estou seguindo — declarou Henry com firmeza, e uma vermelhidão lhe subiu às bochechas. — Sempre demarco a rota com antecedência, depois levo
um mapa para me guiar durante a viagem.

Agora Elizabeth conseguia vê-lo posicionado com alegria
numa manhã, na superfície plana de um mapa, esperando o sol
nascer no leste, cheio de expectativa. (Ele sabia exatamente onde
ficava o leste.) Não só isso, como sabia de que lado o vento soprava. Graças a alguma magia infalível, ele sabia dizer qual era o grau
de inclinação do vento.

Ela visualizou Henry no centro do mapa, que era dividido em
quatro como uma torta de maçã sob a redoma azul do prato. Com
os pés firmes no chão, ele fazia cálculos com papel e lápis e verifi-
cava se o mundo estava girando no tempo certo. À noite ele observava as constelações fazendo tique-taque como relógios luminosos,
e chamava cada uma pelo nome com verdadeira alegria, como se
cumprimentasse parentes muito pontuais. Ela quase conseguia
ouvi-lo dizendo, muito cordial: "Como vai, Órion, meu velho?". Ah,
era simplesmente insuportável.

— Suponho que interpretar um mapa seja algo que qualquer
pessoa possa aprender — Elizabeth enfim murmurou.

— É claro — Henry lhe disse, satisfeito com sua humildade.
— Eu poderia emprestar um mapa para você praticar.

Elizabeth ficou sentada, muito quieta, enquanto Henry fo-
lheava as páginas da enciclopédia, examinando mapas que considerava especialmente interessantes. Elizabeth estava protegendo o
mundo vago e impreciso no qual vivia como protegeria um amigo
querido que tivesse sido alvo de difamação.

Seu mundo era um mundo de crepúsculo, em que a lua subia
flutuando acima das árvores à noite como um balão trêmulo de luz

prateada, e os raios azulados bruxuleavam por entre as folhas do lado de fora de sua janela, estremecendo em padrões fluidos no papel de parede de seu quarto. O próprio ar era levemente opaco, e as formas oscilavam e se mesclavam umas às outras. O vento soprava em rajadas delicadas e inconstantes, ora aqui, ora ali, vindo do mar ou das roseiras do jardim (ela conseguia saber pelo perfume de água ou de flores).

Ela se retraiu diante do brilho caridoso do sorriso condescendente de Henry. Nesse momento quis dizer alguma coisa corajosa e ousada, alguma coisa que perturbasse a horrível serenidade do rosto dele.

Certa vez, como agora relembrava, ela se atrevera a dizer algo espontâneo e excêntrico... O que tinha sido? Alguma coisa sobre querer levantar o cocuruto das pessoas como se fosse uma tampa de chaleira e olhar lá dentro para descobrir o que estavam pensando. Ao que Henry tinha se retesado, pigarreado e dito com um suspiro, como se falasse com uma criança irresponsável, algo como "e o que você acha que encontraria lá dentro? Certamente não seriam engrenagens, nem ideias empilhadas como folhas de papel, etiquetadas e amarradas com uma fita!". E ele tinha sorrido, orgulhoso de sua própria tirada tediosa.

Não, claro que não, Elizabeth tinha lhe dito, decepcionada. Agora ela imaginava como seria dentro de sua mente, uma sala escura e aconchegante com luzes coloridas balançando e tremeluzindo, como centenas de lanternas refletidas na água, e imagens indo e vindo nas paredes nebulosas, delicadas e embaçadas como pinturas impressionistas. As cores seriam separadas em pequenos fragmentos de tinta, e o rosa da pele das moças seria do mesmo tom das rosas, e o lavanda dos vestidos se misturaria aos lilases. E, vindo de algum lugar, haveria o doce som de violinos e sinos.

Ela tinha certeza de que a mente de Henry seria plana e nivelada, projetada com instrumentos de medida sob a luz forte e

johnny panic e a bíblia de sonhos e outros textos em prosa   199

uniforme do sol. Haveria ruas geométricas de concreto e edifícios robustos e quadrados com relógios na fachada, e tudo seria perfeitamente sincronizado, perfeitamente calculado. O ar teria o peso daquele tique-taque tão preciso. Lá fora o cenário se iluminou de súbito, e o cômodo pareceu se expandir sob a nova luz.

— Vamos, é uma bela tarde para passear — Henry disse, levantando-se do sofá, sorrindo e estendendo uma mão robusta e quadrada para ela.

Todos os domingos à tarde, depois do almoço, era seu costume levá-la para caminhar pela avenida à beira-mar. A maresia, dizia ele, era um verdadeiro tônico revigorante. Ela andava um tanto lívida, com as feições um tanto amareladas.

No vento, o cabelo grisalho de Elizabeth se soltava e se agitava ao redor de seu rosto como uma frágil auréola, úmido e lambido. Mas, apesar da brisa de saúde, ela sabia que Henry não gostava de ver seu cabelo desarrumado e preferia que ela o ajeitasse em seu coque costumeiro, preso com um longo grampo de metal.

Hoje o tempo estava limpo e ainda quente para o início de setembro, e Elizabeth foi até a varanda da frente da casa com um repentino bom humor, e seu casaco cinza aberto por cima do vestido lavanda. Ao longe ela viu um montinho de nuvens escuras que talvez fosse uma tempestade se elevando vagarosa sobre o horizonte. As nuvens roxas pareciam minúsculos cachinhos de uva, e as gaivotas que rodopiavam em volta delas eram flocos cor de creme.

As ondas rebentavam com violência contra os alicerces de pedra do calçadão à beira-mar, e as grandes cristas verdes ficavam suspensas numa curva de vidro frio, raiado de azul, e em seguida, depois de um instante de imobilidade, tombavam num branco arroubo de espuma, e as camadas de água se projetavam na praia em suas finas folhas de cristal espelhado.

200 sylvia plath

Com a mão firmemente apoiada no braço de Henry, Elizabeth se sentiu amarrada e protegida como um balão ao vento. Aspirar as correntes de ar fresco fez com que ela se sentisse curiosamente leve, quase inflada, como se bastasse uma rajada de vento um pouco mais forte para que saísse voando sobre a água. No horizonte muito, muito distante, os cachos de uva iam inchando, se dilatando, e o vento estava estranhamente quente e enérgico. De repente a luz do sol de setembro pareceu diluída, enfraquecida.

— Henry, acho que vem vindo uma tempestade.

Henry menosprezou as nuvens que se avultavam a distância.

— Bobagem — ele disse, inabalável. — Vai se dissipar. O vento está inadequado.

O vento estava inadequado, de fato. Soprando em rajadas impulsivas e bizarras, o vento provocava Elizabeth. Mexia na barra de sua anágua. Com ar brincalhão, soprava uma mecha de cabelo em seus olhos. Era estranho, mas ela se sentiu desobediente e eufórica, e em segredo estava feliz com o vento inadequado.

Henry parou perto do paredão e tirou seu enorme relógio de ouro do bolso do colete. A maré, disse ele, subiria dentro de quinze minutos. Às quatro e sete da tarde, para ser mais exato. Eles poderiam observar tudo do velho píer que avançava sobre as pedras.

Elizabeth foi ficando cada vez mais eufórica enquanto andavam pelas tábuas do píer, que rangiam e gemiam sob seus pés. Entre as frestas, ela viu a água verde-escura lhe lançando uma piscadela. As ondas efervescentes pareciam sussurrar uma mensagem misteriosa para Elizabeth, alguma coisa ininteligível, esquecida na intensidade do vento. Zonza de alegria, ela sentiu as colunas de sustentação do píer balançarem e chiarem com a imensa força da maré.

— Aqui — disse Henry, apoiando-se no parapeito do píer, com seu antiquado terno azul de risca de giz sacudindo sob o mes-

johnny panic e a bíblia de sonhos e outros textos em prosa 201

mo vento que erguia os cabelos cuidadosamente penteados do alto de sua cabeça e os deixava vibrando no ar, em pé, como antenas de inseto.

Elizabeth se debruçou no parapeito ao lado do irmão e ficou observando as ondas que se lançavam contra as pedras lá embaixo. Sua saia cor de lavanda não parava de se levantar e se remexer, indomável, embora ela tentasse segurá-la com seus dedos finos e frágeis.

Alguma coisa estava pinicando sua garganta. Ela levantou a mão distraidamente, e sentiu seu broche de ametista se soltar, escorregar pelos dedos e cair, irradiando lampejos roxos enquanto rodopiava e pousava nas pedras com um cintilar de crueldade.

— Henry — ela gritou, se agarrando a ele. — Henry... O broche da mamãe! O que é que eu vou fazer? — Os olhos de Henry seguiram sua mão esticada, seu dedo indicador anguloso e trêmulo, até onde o broche estava caído, brilhando. — Henry — ela gritou, meio soluçando —, você tem que buscar o broche para mim. As ondas vão levá-lo embora!

Henry, lhe entregando seu chapéu-coco preto, de repente se mostrou responsável e protetor. Ele se inclinou no parapeito para ver como poderia descer.

— Não se preocupe — ele disse com valentia, e o vento desdenhoso lhe devolveu suas palavras —, não se preocupe, tem uma espécie de escada ali. Eu vou buscar seu broche.

Com cautela e habilidade, Henry começou sua jornada ladeira abaixo. Ele posicionou os pés um depois do outro nos cantos das tábuas de madeira, e por fim aterrissou nas rochas secas e cobertas de musgo, onde parou por um instante numa pose de triunfo. As ondas quebravam um pouco abaixo, subindo e descendo de forma rítmica, fazendo ruídos assustadores nas cavernas e fendas das grandes pedras. Apoiando-se com uma só mão no degrau mais baixo da escada improvisada, Henry se inclinou com todo seu peso para pegar o broche. Ele se curvou, lento e majestoso, ofegando um pouco graças à refeição pesada.

Elizabeth percebeu que tudo indicava que a onda se aproximava havia algum tempo, mas não tinha notado que era tão maior que as outras. Mas ali estava, uma imensa massa de água verde que se movia lenta e majestosa, se curvando, vindo na direção de Henry, que nesse momento ajeitava, prestes a lhe lançar um sorriso, o broche na palma da mão.

— Henry — ela murmurou num êxtase de horror, e se debruçou para ver a onda engolindo a pedra e lançando um imenso jato de água no lugar exato em que Henry estava, subindo por seus tornozelos, envolvendo seus joelhos em dois redemoinhos. Por um longo instante Henry se equilibrou com bravura, um colosso montado no mar bravio, e uma expressão de surpresa incomum e dolorosa se espalhou por seu rosto branco e altivo.

Os braços de Henry giraram no ar como duas hélices desvairadas quando ele sentiu o musgo das pedras escorregando, fugindo de seus sapatos engraxados e submersos, e, com um último olhar indefeso, hesitando, tateando, sem saber o que dizer, ele tombou para trás e foi de encontro à próxima onda negra. Sentindo uma paz cada vez maior, Elizabeth observou os braços agitados subindo, e descendo e subindo mais vez. Por fim a silhueta preta se aquietou, afundando devagar pelas inúmeras camadas de obscuridade do oceano. A maré estava subindo.

Contemplativa, Elizabeth continuou debruçada no parapeito, apoiando o queixo pontudo nas mãos cobertas de veias azuis. Imaginou um Henry verde e aquático descendo entre as camadas de água turva como um golfinho. Ele teria algas nos cabelos e água nos bolsos. Com o peso do relógio de ouro redondo e da bússola de mostrador branco, ele afundaria até chegar ao fundo do mar.

A água entraria em seus sapatos e se infiltraria no mecanismo de seu relógio até o tique-taque parar. Aí nenhum chacoalhão irritado seria capaz de fazê-lo funcionar novamente. Até as engrenagens misteriosas e precisas da bússola ficariam enferrujadas, e Henry poderia sacudir e cutucar todas elas, mas a agulha fina e trêmula não sairia mais do lugar, e o norte passaria a ser seu único destino. Ela o imaginou fazendo sua caminhada de domingo sozinho, andando muito rápido sob a luz verde diluída, revirando as anêmonas-do-mar com a bengala para matar a curiosidade.

E então ela pensou no escritório de Henry, com todos aqueles mapas e desenhos de serpentes-do-mar que decoravam o Oceano Atlântico; em Netuno soberano sentado numa onda com o tridente na mão e a coroa sobre os cabelos brancos ao vento. Enquanto ela pensava nisso, os traços do rosto régio de Netuno se embaçaram, incharam, inflaram, e eis que ali, virada em sua direção, estava a cara assustada de um Henry profundamente transformado. Estremecendo sem o colete, sem o terno de risca de giz, estava sentado e encolhido na crista da onda, batendo os dentes. E, enquanto olhava, ela ouviu um espirro mínimo e patético.

Pobre Henry. Seu coração se encheu de pena. Quem cuidaria dele lá embaixo, em meio àquelas criaturas marinhas escorregadias e preguiçosas? Quem o escutaria quando falasse da forma como a lua controlava as marés ou da densidade da pressão atmosférica? Ela pensou em Henry com preocupação, porque ele nunca tinha digerido bem frutos do mar.

O vento voltara a soprar com mais força, e a saia de Elizabeth se ergueu com uma nova rajada, inflando, subindo, cheia de ar. Ela se inclinou perigosamente, soltando o parapeito para tentar ajeitar a anágua. Seus pés se afastaram das tábuas, desceram e se afastaram de novo, até que ela começou a subir, a flutuar como uma semente de asclépia-do-brejo lavanda, voando com o vento e sobre as ondas rumo ao mar aberto.

E essa foi a última vez que alguém viu Elizabeth Minton, que estava se divertindo à beça, enquanto o vento a soprava para cima, depois para um lado, depois para outro, fazendo seu vestido lavanda se misturar ao lilás das nuvens longínquas. Sua risadinha aguda, triunfante e feminina se uniu ao riso grave e gorgolejante de Henry, que lá embaixo era arrastado pela maré vazante.

A tarde se dissipava, tornando-se crepúsculo. Elizabeth sentiu um puxão no braço.

— Vamos, Elizabeth — Henry disse. — Está ficando tarde.

Elizabeth soltou um suspiro de submissão.

— Já vou — ela disse.

SUPER-HOMEM E O NOVO AGASALHO
DE NEVE DE PAULA BROWN

No ano em que a guerra começou, eu estava na quinta série da Escola Primária Annie F. Warren, em Winthrop, e aquele foi o inverno em que ganhei um prêmio por ter feito a melhor placa de Defesa Civil. Aquele também foi o inverno do novo agasalho de neve de Paula Brown, e até hoje, treze anos depois, eu me lembro das cores oscilantes daqueles dias, cores claras e nítidas como os desenhos de um caleidoscópio.

Eu morava do lado da cidade em que a baía ficava, na Avenida Johnson, do lado oposto do Aeroporto Logan, e toda noite, antes de dormir, eu me ajoelhava no meu quarto diante da janela voltada para oeste e olhava para as luzes de Boston, brilhando e piscando lá longe, do outro lado da água turva. O pôr do sol ostentava sua bandeira cor-de-rosa acima do aeroporto, e o barulho das ondas se perdia no zumbido perpétuo dos aviões. Eu ficava maravilhada com os sinais luminosos na pista e assistia, até que tudo ficasse totalmente escuro, às luzes vermelhas e verdes subindo e planando no céu como estrelas cadentes. O aeroporto era minha Meca, minha Jerusalém. Eu passava a noite inteira sonhando em voar.

Aquela foi a época em que eu sonhava em tecnicolor. Minha mãe achava que eu precisava dormir muitas horas por noite, e por isso eu nunca estava cansada de fato quando ia para a cama. Essa era a melhor hora do dia, o momento em que eu podia ficar deitada sob o crepúsculo sutil, pegando no sono aos pouquinhos, inventando cada detalhe dos sonhos dentro da cabeça. Os sonhos em que eu voava eram tão críveis como uma paisagem de Dalí, tão reais que eu acordava com um choque repentino e a sensação ofegante de ter caído do céu como Ícaro a tempo de chegar ao aconchego da minha cama.

Essas aventuras noturnas pelo espaço tiveram início quando o Super-Homem começou a invadir meus sonhos para me ensinar a voar. Ele sempre chegava voando, em seu traje azul brilhante com a capa assobiando contra o vento, e era bastante parecido com meu tio Frank, que estava morando comigo e com minha mãe. No chiado mágico de sua capa eu ouvia as asas de centenas de gaivotas, os motores de milhares de aviões.

Eu não era a única devota do Super-Homem no nosso bairro. David Sterling, um menino pálido e estudioso que morava no fim da rua, compartilhava do meu amor pela pura poesia do voo. Toda noite, antes do jantar, ouvíamos juntos o Super-Homem no rádio, e durante o dia inventávamos nossas próprias aventuras a caminho da escola.

A Escola Primária Annie F. Warren era um edifício de tijolos vermelhos que ficava afastado da estrada principal, numa rua de asfalto, rodeado de parquinhos cobertos de cascalho. Perto do estacionamento, eu e David encontramos o esconderijo perfeito para nossas encenações das histórias do Super-Homem. A precária porta dos fundos da escola ficava no final de um corredor comprido que era um excelente cenário para capturas imprevisíveis e resgastes repentinos.

No intervalo das aulas, eu e David atingíamos o máximo de nosso potencial. Ignorávamos os meninos que jogavam beisebol no campo de cascalho e as meninas que riam sem parar jogando queimada no pátio. Nossas brincadeiras de Super-Homem nos relegavam à margem, mas ao mesmo tempo nos davam uma violenta sensação de superioridade. Chegamos até a encontrar um dublê de vilão na figura de Sheldon Fein, o filhinho de mamãe anêmico que morava na nossa rua e era excluído das brincadeiras dos meninos porque sempre chorava quando corriam atrás dele e sempre dava um jeito de cair e ralar o joelho gordo.

No início tivemos que estimular Sheldon a entrar no papel, mas depois de um tempo ele virou especialista em inventar métodos de tortura e começou até a praticá-los quando estava sozinho, extrapolando o universo da brincadeira. Ele gostava de arrancar as asas das moscas e as patas dos gafanhotos e manter os insetos mutilados prisioneiros num pote de vidro que ficava debaixo de sua cama, para depois tirá-los do vidro em segredo e observá-los se contorcendo. Eu e David só brincávamos com Sheldon durante o intervalo. Depois da aula o deixávamos com sua mamãe, seus bombons e seus insetos indefesos.

Nessa época meu tio Frank estava morando conosco enquanto esperava a convocação do exército, e eu o achava idêntico ao Super-Homem disfarçado. David não concordava que a semelhança fosse tão extraordinária, mas reconhecia que o tio Frank era o homem mais forte que ele já havia conhecido, e que sabia um monte de truques, incluindo fazer uma bala desaparecer embaixo de um guardanapo e andar apoiado nas mãos.

Naquele mesmo inverno a guerra foi declarada, e eu me lembro de ficar sentada perto do rádio com minha mãe e o tio Frank e de sentir um estranho pressentimento pairando no ar. As vozes eram baixas e sérias, e a conversa envolvia aviões e bombas alemãs. O tio Frank disse alguma coisa sobre os alemães que estavam nos Estados Unidos irem para a cadeia enquanto a guerra durasse, e minha mãe ficou repetindo sem parar uma coisa sobre o meu pai: "Ainda bem que o Otto não viveu para ver isso; ainda bem que o Otto não viveu para ver tudo acabar assim".

Na escola começamos a desenhar as placas de Defesa Civil, e foi aí que eu ganhei do Jimmy Lane, que também morava na nossa rua, e fiquei com o grande prêmio da quinta série. De vez em quando faziam simulações de ataque aéreo na escola. O alarme de incêndio disparava e pegávamos nossos casacos e lápis e, fazendo fila, descíamos os velhos degraus da escada para chegar ao porão, onde nos sentávamos em grupos específicos, de acordo com a cor que haviam nos dado, e colocávamos os lápis entre os dentes para não morder a língua sem querer quando as bombas chegassem. Algumas das criancinhas das primeiras séries caíam no choro porque o porão era escuro, iluminado apenas pelas lâmpadas do teto de pedra escura e fria.

A ameaça da guerra se infiltrava em tudo. No intervalo das aulas, Sheldon virou nazista e começou a imitar o passo de ganso que tinha visto nos filmes, mas ele tinha um tio chamado Macy que estava mesmo na Alemanha, e a sra. Fein começou a ficar magra e pálida porque ouviu dizer que Macy tinha sido feito prisioneiro, e depois não ouviu dizer mais nada.

O inverno parecia interminável, com seu vento leste úmido que sempre vinha do mar e a neve que derretia antes que pudéssemos brincar de escorregar. Numa sexta-feira à tarde, logo antes do Natal, Paula Brown fez sua festa de aniversário, como fazia todos os anos, e eu fui convidada porque todas as crianças da rua eram convidadas. Paula morava na frente do Jimmy Lane, em Somerset Terrace, e ninguém na nossa rua gostava dela de verdade, porque ela era mandona e metida, com aquela pele muito branca, as tranquinhas de cabelo ruivo e os olhos azuis lacrimejantes.

Ela nos recebeu na porta de sua casa com um vestido branco de organdi e o cabelo ruivo cacheado com bobes e um laço de cetim. Antes que pudéssemos nos sentar à mesa para comer o bolo e o sorvete, ela fez questão de mostrar todos os presentes que tinha ganhado. Eram muitos, porque o aniversário dela coincidia com a época do Natal.

O presente de que Paula mais tinha gostado era um novo agasalho de neve, e ela o experimentou para nos mostrar. O agasalho era azul-claro e tinha vindo da Suécia numa caixa prateada, pelo que ela dissera. A parte da frente da jaqueta era toda bordada com rosas cor-de-rosa e brancas e passarinhos, e as calças tinham fivelas bordadas. Ela tinha ganhado até uma boininha branca de lã e luvas de lã sem dedos que combinavam com o agasalho.

Depois da sobremesa, como um agradinho especial, o pai do Jimmy Lane levou todos nós ao cinema para assistir à matinê. Antes de decidir se eu poderia ir, minha mãe tinha descoberto que o filme em destaque era *Branca de Neve e os sete anões*, mas não havia notado que o outro título era um filme de guerra.

O filme contava a história de prisioneiros dos japoneses que foram torturados e ficaram sem comida e sem água. Nossos jogos de guerra e os programas de rádio eram todos de mentira, mas o filme era real, aquilo tinha mesmo acontecido. Tapei os ouvidos para abafar os grunhidos dos homens sedentos e esfomeados, mas não consegui tirar os olhos da tela.

No fim, os prisioneiros conseguiram arrancar uma tábua de madeira das vigas do teto e a usaram para golpear a parede de barro e chegar à fonte de água no pátio, mas, assim que o primeiro estava prestes a beber a água, os japoneses começaram a atirar e matar os prisioneiros, e depois pisaram neles, rindo sem parar. Eu estava sentada perto do corredor, e nessa hora me levantei e fui correndo para o banheiro feminino, onde me ajoelhei na frente de uma privada e vomitei todo o bolo com sorvete.

Naquela noite, quando fui dormir, assim que fechei os olhos o campo de prisioneiros se materializou na minha cabeça, e mais uma vez os homens que grunhiam conseguiram derrubar a parede,

johnny panic e a bíblia de sonhos e outros textos em prosa   211

e mais uma vez foram mortos quando chegaram à fonte gotejante. Por mais que antes de dormir eu pensasse com muita ênfase no Super-Homem, nenhuma figura azul imbuída de ira divina chegou voando para fazer justiça e acabar com os homens de pele amarela que invadiram meus sonhos. Quando acordei na manhã seguinte, os lençóis estavam cobertos de suor.

No sábado fez um frio cruel, o céu estava cinza e nublado e a neve ameaçava cair. Eu tinha ido ao mercado e voltava calmamente para casa naquela tarde, com os dedos gelados encolhidos nas luvas, quando vi um grupo de crianças brincando de pega-pega chinês* na frente da casa da Paula Brown.

Paula parou no meio da brincadeira e me lançou um olhar gélido.

— A gente precisa de mais uma pessoa. Quer brincar? — Nesse momento ela pegou no meu tornozelo, e eu saí pulando até conseguir pegar o Sheldon Fein, quando ele se agachou para ajeitar as galochas. O degelo fora de época tinha derretido a neve da rua e o pavimento estava cheio de areia que os limpa-neves tinham deixado no caminho. Na frente da casa da Paula, o carro de alguém tinha deixado uma mancha preta e brilhosa de óleo.

Ficamos correndo pela rua, fugindo para os gramados marrons e endurecidos quando a criança que era o pegador chegava perto demais. Jimmy Lane saiu de sua casa e ficou um tempo assistindo à brincadeira, depois quis participar. Sempre que era o pegador ele perseguia Paula, que estava com seu agasalho de neve azul-claro, e ela dava um grito estridente e se virava para olhar para ele com seus olhos grandes e lacrimejantes, e ele sempre conseguia pegá-la.

---

* Variação da brincadeira "tag", similar ao pega-pega brasileiro, na qual o jogador que foi atingido por outro deve manter uma das mãos em determinada parte do corpo. (N. T.)

Só que uma hora Paula se esqueceu de olhar onde pisava e, quando Jimmy estendeu a mão para pegá-la, ela escorregou no óleo. Ficamos todos paralisados quando ela caiu de lado, como se estivéssemos brincando de estátua. Ninguém deu um pio, e por um instante só se ouvia o ruído dos aviões do outro lado da baía. A luz opaca e esverdeada do fim de tarde começou a cair sobre nós, fria e conclusiva como uma persiana.

O agasalho da Paula ficou besuntado de óleo de um dos lados, úmido e preto. As luvinhas de lã pingavam, parecendo o pelo de um gato preto. Devagar, ela se sentou e olhou para todos nós, que estávamos em pé à sua volta, como se procurasse alguma coisa. Então, de repente, seus olhos se fixaram em mim.

— Você — ela disse, decidida, apontando para mim. — Você me empurrou.

Houve mais um segundo de silêncio, e então Jimmy Lane se virou contra mim.

— Foi você — ele provocou. — Foi você.

Sheldon e Paula e Jimmy e os outros me encararam com um estranho brilho de prazer no fundo dos olhos.

— Foi você, você empurrou a Paula — eles disseram.

E, mesmo quando gritei "não empurrei", eles continuaram avançando na minha direção, repetindo em coro:

— Sim, foi você, sim, foi você, a gente viu.

Na torrente de rostos que veio ao meu encontro, não vi nenhuma compaixão, e comecei a me perguntar se Jimmy tinha empurrado Paula, ou se ela tinha caído sozinha, e eu não tinha certeza. Eu realmente não tinha certeza.

Comecei a me afastar deles, andando para casa, determinada a não correr, mas, quando os deixei para trás senti o baque seco de uma bola de neve no meu ombro esquerdo, e depois outra. Apertei o passo e virei na esquina da casa da Kelly. Lá estava minha casa de ripas marrom-escuras, um pouco adiante, e lá dentro minha mãe e o tio Frank, que estava em casa de licença. Comecei a correr pela tarde fria e áspera, indo em direção aos quadrados de luz clara que eram as janelas da minha casa.

O tio Frank me recebeu na porta.

— Como vai minha soldadinha preferida? — ele perguntou, e em seguida me girou tão alto que minha cabeça encostou no teto. Um amor muito grande emanava de sua voz, abafando os gritos que ainda ecoavam nos meus ouvidos.

— Estou bem — eu menti, e ele ficou me ensinando uns golpes de jiu-jitsu na sala até a minha mãe nos chamar para o jantar.

Minha mãe tinha colocado velas na mesa coberta por uma toalha branca de linho, e as chamas em miniatura tremeluziam nos talheres e no vidro dos copos. Eu via outra sala refletida para além da janela escura da sala de jantar, uma sala onde as pessoas riam e conversavam na segurança de uma teia de luz, unidas por seu brilho indestrutível.

De repente a campainha tocou e minha mãe se levantou para atender à porta. Consegui ouvir a voz clara e aguda de David Sterling no hall de entrada. Uma corrente de ar frio entrou pela porta, mas ele e minha mãe continuaram falando, e ele não entrou. Quando voltou para a mesa, minha mãe estava com uma expressão triste no rosto.

— Por que você não me contou? — ela disse. — Por que você não me contou que tinha empurrado a Paula na lama e estragado o agasalho novo dela?

O flan de chocolate entalou na minha garganta, grosso e amargo. Tive que tomar leite para ajudar a descer. Por fim eu disse:

— Não fui eu.

Mas as palavras saíram pela boca parecendo sementinhas secas e duras, ocas e dissimuladas. Tentei mais uma vez.

— Não fui eu. Foi o Jimmy Lane.

— É claro que nós acreditamos em você — minha mãe disse devagar —, mas a vizinhança inteira está falando sobre isso. A sra.

214 sylvia plath

Sterling ficou sabendo da história pela sra. Fein e mandou o David vir avisar que devíamos comprar um agasalho novo para a Paula. Não consigo entender.

— Não fui eu — eu repeti, e o sangue começou a pulsar nos meus ouvidos como um tambor desgastado. Afastei minha cadeira da mesa, sem olhar para o tio Frank nem para minha mãe, que continuaram ali sentados, cerimoniosos e entristecidos.

A escada que levava ao segundo andar estava escura, mas atravessei o longo corredor que dava no meu quarto sem acender a luz, entrei e fechei a porta. Uma luazinha incipiente projetava cubos de luz esverdeada por todo o piso e as vidraças estavam enfeitadas de gelo.

Eu me atirei na cama com violência e fiquei lá deitada, sem verter uma lágrima, queimando por dentro. Depois de um tempo ouvi o tio Frank subindo a escada e batendo na minha porta. Como não atendi, ele entrou e se sentou na minha cama. Vi o volume de seus ombros fortes contra a luz da lua, mas sob as sombras seu rosto não tinha mais expressão.

— Me conta, querida — ele disse com muita delicadeza. — Me conta. Não precisa ter medo. A gente vai entender. Só me conta o que aconteceu de verdade. Você nunca precisou esconder nada de mim, você sabe disso. Só me conta o que aconteceu mesmo.

— Eu já contei — eu disse. — Eu contei o que aconteceu, e não posso mudar nada. Nem por você posso mudar alguma coisa.

Então ele suspirou e se levantou para ir embora.

— Tudo bem, querida — ele disse na porta. — Tudo bem, mas de qualquer forma vamos comprar outro agasalho de neve para todo mundo ficar feliz, e daqui a dez anos ninguém vai saber o que aconteceu.

A porta se fechou atrás dele e ouvi seus passos ficando cada vez mais fracos enquanto ele atravessava o corredor. Fiquei sozinha na minha cama, sentindo a sombra negra subir pela extremi-

johnny panic e a bíblia de sonhos e outros textos em prosa 215

dade do mundo como uma maré enchente. Nada se sustentou, nada restou. Todos os aviões prateados e as capas azuis se dissolveram e desapareceram, apagados como os desenhos toscos que uma criança tinha feito com giz colorido no imenso quadro-negro da escuridão. Aquele foi o ano em que a guerra começou, e também o mundo real, e também a diferença.

NAS MONTANHAS

Subindo de ônibus pela estrada em meio às montanhas, com o dia escurecendo até se tornar um breu completo, depararam-se com a neve caindo à toda, golpeando as janelas. Lá fora, para além das vidraças frias, avultavam-se as montanhas, e atrás delas mais montanhas, cada vez mais altas. Mais altas do que tudo que Isobel já tinha visto, reunidas e altivas contra o céu baixo.

— Estou sentindo a terra se dobrar — Austin lhe disse em tom de confissão enquanto o ônibus subia — e também estou sentindo o curso dos rios, e a forma como descem e criam vales.

Isobel não disse nada. Continuou olhando pela janela, para além dele. Por todos os lados as montanhas se lançavam em direção ao céu noturno, e as encostas de pedra negra estavam pintadas de neve.

— Você sabe o que eu quero dizer, não sabe? — ele insistiu, olhando para ela com a nova intensidade que ele vinha demonstrando desde que tinha ido para o sanatório. — Você sabe o que eu quero dizer, não sabe? Isso das formas da terra?

Isobel evitou seu olhar.

— Sei — ela respondeu. — E também acho fabuloso. — Mas ela tinha deixado de se importar com as formas da terra.

Satisfeito com sua afirmação de que aquilo era fabuloso, Austin envolveu seu ombro com o braço. O velho que estava no final do assento comprido do fundo do ônibus estava olhando para os dois, e tinha um olhar bondoso. Isobel sorriu para ele e ele devolveu o sorriso. Era um velho simpático, e hoje em dia ela não se incomodava mais quando as pessoas viam Austin a abraçando.

— Eu estava pensando há um tempo em como ia ser bom te levar lá em cima e tudo mais — ele estava dizendo. — Para ver este lugar pela primeira vez. Já faz seis meses, não faz?

— Quase. Você largou o curso de medicina na segunda semana do outono.

— Posso até esquecer esses seis meses, agora que estou com você de novo. — Ele a olhou de cima e sorriu. Continuava forte, ela pensou, e seguro de si, e, embora tudo tivesse mudado para Isobel, até hoje ela sentia uma ponta daquele velho medo dolorido só de pensar em como as coisas eram antes.

O braço dele continuava em volta de seus ombros, quente e possessivo, e através do casaco de lã ela sentia a rigidez e o comprimento da coxa de Austin encostada na sua. Mas nem seus dedos, que agora brincavam com o cabelo dela, enroscando-se delicadamente em seu cabelo, não faziam com que ela o desejasse.

— Faz muito tempo que o outono passou — ela disse. — E foi uma longa viagem até o sanatório.

— Mas você conseguiu — ele disse, orgulhoso. — Com direito a baldeação no metrô e táxi cruzando a cidade, e tudo mais. Você sempre detestou viajar sozinha. Você sempre teve tanta certeza de que acabaria se perdendo.

Ela deu risada.

— Eu dou um jeito. Mas você… Não está cansado da viagem do sanatório, de sair e agora voltar, tudo no mesmo dia?

— Claro que não — ele debochou. — Você sabe que eu nunca fico cansado.

Ele sempre tinha desprezado a fraqueza. Qualquer tipo de fraqueza, e ela se lembrava de como ele tinha zombado dela quando soube que tinha pena dos porquinhos-da-índia que eles matavam.

— Eu sei — ela disse —, mas pensei que, agora, depois de ficar tanto tempo de cama…

— Você sabe que eu nunca fico cansado. Por que você acha que me deixam ir encontrar você na cidade? Eu estou ótimo — ele declarou.

— E está com uma cara ótima, também — ela disse para acalmá-lo, e ficou em silêncio.

Em Albany, ele estava esperando no terminal de ônibus quando o táxi em que ela estava derrapou e parou rente à calçada, e tinha a mesma cara de que ela se lembrava, com seu cabelo loiro cortado rente ao crânio ossudo e o rosto rosado por conta do frio. Nenhuma mudança até ali.

Viver com uma bomba no pulmão, como ele lhe escrevera da faculdade de medicina depois de receber a notícia, é igual a viver de qualquer outra maneira. Você não vê a bomba. Você não sente a bomba. Mas você acredita porque eles dizem, e são eles quem sabem.

— Vão me deixar ficar com você o dia inteiro? — ela começou a falar.

— Quase. A não ser depois do almoço e no horário de repouso. Mas o dr. Lynn vai me liberar mais vezes enquanto você estiver aqui. Você vai se hospedar na casa dele, então é tudo permitido pela lei.

— O que é permitido pela lei? — ela lhe lançou um olhar curioso.

— Não fale assim — ele disse, rindo. — As visitas que eu vou te fazer, só isso. A única condição é que eu volte para a cama até as nove da noite.

johnny panic e a bíblia de sonhos e outros textos em prosa 219

— Não consigo entender essas regras deles. Te fazem tomar remédios o dia todo e exigem que você vá dormir às nove, mas te deixam ir para a cidade e me deixam visitar. Não faz sentido.

— Bom, cada lugar tem seu sistema. Aqui eles deixam a gente ter uma pista de patinação no gelo, e são bem tranquilos com a maioria das coisas. Menos com os horários de passeio.

— O que eles dizem sobre os horários de passeio? — ela perguntou.

— Horários separados para homens e mulheres. Nunca podem coincidir.

— Mas por quê? Que bobagem.

— Eles já acham que aqui tem namorinhos demais com essas regras.

— É mesmo, é? — ela disse, rindo.

— Mas eu não me envolvo nesse tipo de coisa. Não faz sentido.

— Ah, é? — Ela o alfinetou com o tom de voz.

— Não — ele disse, sério. — Esse tipo de coisa não tem futuro. A situação fica muito complicada. Olha o que aconteceu com o Lenny, por exemplo.

— Você está falando do Lenny, o lutador sobre o qual você me contou na carta?

— Ele mesmo. Lenny se apaixonou por uma menina grega aqui. Bom, ele se casou com ela nas festas de fim de ano. Agora voltou pra cá com ela, ela com vinte e sete anos, ele com vinte.

— Meu bom Deus, por que ele se casou com ela?

— Ninguém sabe. Disse que a ama, só isso. Os pais dele estão fulos da vida.

— Ter um casinho é uma coisa — ela disse. — Mas se amarrar e perder sua vida porque você está solitário, porque tem medo de ficar solitário, isso é outra coisa bem diferente.

Ele me olhou de canto de olho.

— Engraçado ouvir você dizer isso.

— Pode ser — ela disse, defensiva. — Mas é assim que eu penso. É assim que eu penso hoje em dia, pelo menos.

Ele a observava com tamanha curiosidade que ela quebrou o gelo com uma risadinha e, erguendo sua mão com luva, lhe deu umas palmadinhas na bochecha. Palmadinhas distraídas e mecânicas, mas ele não percebeu a diferença, e ela viu que seu gesto espontâneo o alegrou. Em resposta, ele apertou seus ombros com mais força.

De algum lugar na frente do ônibus vinha uma corrente de ar frio. Soprava até o fundo, congelante, cortante. Três fileiras à frente, um homem tinha aberto a janela.

— Meu Deus, que frio — Isobel exclamou em voz alta, puxando o cachecol xadrez em verde e preto para mais perto do pescoço. O velho que estava do outro lado do último banco a ouviu e sorriu, dizendo:

— Sim, é a janela aberta. Queria que fechassem. Queria que alguém pedisse para fecharem.

— Fecha a janela para ele — ela sussurrou para Austin. — Para o velhinho.

Austin lhe lançou um olhar curioso.

— Você quer que eu feche a janela? — ele perguntou.

— Tanto faz, na verdade. Gosto de ar fresco. Mas o velhinho... ele quer que fechem.

— Eu fecho para você, mas não para ele. Você quer que eu feche a janela?

— Shhh, não fala tão alto — ela disse, temendo que o velho escutasse. Não era do feitio de Austin ficar tão nervoso. Ele estava nervoso; o maxilar estava retesado e a boca, bem fechada. Ele tinha perdido a paciência.

— Tá, então eu quero que você feche — ela disse, suspirando.

Ele se levantou, passou pelas três fileiras e pediu educadamente para o homem fechar a janela. Voltando, ele disse:

— Fiz aquilo para você. Para ninguém mais.

— Que bobagem — ela disse. — Por que você está falando tão mal do velhinho? O que está querendo provar?

— Você viu o velho? Você viu como ele estava me olhando? Ele era perfeitamente capaz de se levantar e fechar a janela sozinho. E queria que eu fechasse.

— Eu também queria que você fechasse.

— É diferente. É muito, muito diferente.

Então ela ficou quieta, sentindo pena do velho e torcendo para que ele não tivesse escutado a conversa. Graças aos solavancos rítmicos do ônibus e ao ambiente aquecido, ela começou a ficar sonolenta. Suas pálpebras se fecharam, se abriram, depois se fecharam de novo. As ondas do sono começaram a atingi-la, e Isobel teve vontade de se estirar e partir com elas.

Apoiando a cabeça no ombro de Austin, ela se deixou ninar pelos embalos do ônibus no círculo de seus braços. Intervalos de uma letargia morna e cega, e de repente ele estava dizendo "estamos quase chegando" com uma voz doce em seu ouvido.

— A senhora Lynn já vai estar te esperando, e eu estou livre até as nove.

Isobel abriu os olhos devagar, deixando as luzes e as pessoas e o velho voltarem. Ela se endireitou no banco com um longo bocejo. Sentiu a nunca tensa de tanto ficar apoiada no braço com que Austin a envolvia.

— Mas não estou vendo nada — ela disse, limpando uma mancha escura na janela embaçada e olhando para fora. — Não estou vendo nada, nada.

Do lado de fora, a escuridão só era interrompida pelos feixes de luz dos faróis nas altas ladeiras cobertas de neve que iam ficando para trás, perdendo-se no breu das árvores, no breu suspenso das montanhas.

— Só mais um minuto — ele prometeu. — Você vai ver. Estamos quase chegando. Vou lá avisar ao motorista quando for a hora de descer.

Nessa hora ele se levantou e começou a abrir caminho pelo corredor estreito. Os passageiros se viraram para olhar enquanto ele passava. Aonde quer que ele fosse, as pessoas sempre se viravam para olhar.

Ela olhou pela janela mais uma vez. Da escuridão confusa brotaram repentinos retângulos de luz. As janelas de uma casa de telhado baixo num bosque de pinheiros.

Austin estava fazendo um sinal para que ela fosse até a porta. Já tinha tirado sua mala do compartimento. Ela se levantou e foi ao seu encontro, sacudindo e oscilando pelo corredor com o movimento do ônibus, e rindo.

O ônibus parou de repente, e a porta dobrou-se sobre si mesma com um chiado de acordeão.

Austin desceu o degrau alto num salto, pisando na neve, e estendeu os braços para ajudá-la a descer. Em contraste com o ar quente e úmido do interior do ônibus, o frio a atingiu como a lâmina seca e afiada de uma faca.

— Nossa, quanta neve! Nunca tinha visto tanta neve! — ela exclamou, descendo do ônibus e parando ao lado dele.

O motorista do ônibus a ouviu e deu risada, fechando a porta por dentro e dando partida. Ela observou os quadrados iluminados das janelas se afastando, turvos de vapor, e o rosto do velho, olhando para eles, se destacou no fundo. Num impulso, ela ergueu o braço e acenou para ele. Ele retribuiu o gesto com uma espécie de continência.

— Por que você fez isso? — Austin perguntou, curioso.

— Sei lá — ela disse, olhando para ele e rindo. — Fiquei com vontade. Fiquei com vontade, só isso. — Sentindo-se anestesiada por ter ficado tanto tempo parada, ela se espreguiçou e bateu os pés no pó macio da neve. Ele a encarou com atenção por um instante, e só depois começou a falar.

— É logo ali — ele disse, apontando para as janelas resplandecentes da casa de telhado baixo. — A casa da senhora Lynn é ali, no fim da rua. E o sanatório fica só um pouco depois, é só seguir a estrada e fazer a curva.

Pegando sua mala, ele lhe estendeu o braço, e os dois começaram a andar por entre os altos montes de neve, indo em direção à casa sob as estrelas frias e distantes que cintilavam lá no alto. Quando chegaram cambaleando à entrada, a porta da casa se abriu e uma fresta de luz cortou a neve.

— Olá, olá. — Com olhos azuis lânguidos e cabelos loiros caindo em cachos ao redor do rosto liso, Emmy Lynn os recebeu na soleira da porta. Estava usando uma calça preta afunilada e uma blusa xadrez azul-clara.

— Eu estava esperando vocês dois, viu? — ela disse, revelando um sotaque forte e uma voz clara e vagarosa que parecia mel. — Deixa eu ajudar vocês com as coisas.

— Nossa, ela é um amor — Isobel sussurrou para Austin enquanto Emmy Lynn pendurava os casacos dos dois no armário do hall.

— Para você ver como são as esposas dos médicos... — Austin disse. E só quando notou que ele a olhava fixamente Isobel percebeu que não tinha sido uma piada.

Emmy Lynn voltou para perto deles com um sorriso sonolento.

— Por que vocês dois não vão para a sala e descansam um pouco? Eu vou subir e ler um pouquinho na cama. Se precisarem de alguma coisa, é só chamar.

— Meu quarto... — Isobel começou a falar.

— É só subir a escada. Eu levo sua mala lá para cima. Só tranque a porta da frente quando o Austin sair, tudo bem? — Emmy

Lynn se virou e foi andando em direção à escada com seus mocassins, delicada como um gato.

— Ah, quase esqueci... — ela voltou, sorrindo. — Tem café quente na cozinha, em cima do fogão. — E ela sumiu.

O papel de parede com estampa azul começava no corredor e se estendia até uma sala de estar ampla com uma lareira em que a lenha já quase se apagara. Indo em direção ao sofá, Isobel se deixou cair sobre o macio volume das almofadas, e Austin se sentou ao seu lado.

— Vai querer café? — Austin lhe perguntou. — Ela disse que tem café na cozinha.

— Vou — Isobel disse. — Acho que preciso beber alguma coisa quente.

Ele voltou trazendo duas xícaras fumegantes e as colocou sobre a mesa de centro.

— Também vai tomar? — ela disse, surpresa. — Você nunca gostou de café.

— Aprendi a gostar — ele contou, sorrindo. — Preto, do jeito que você gosta, sem creme nem açúcar.

Ela inclinou a cabeça rapidamente para que ele não visse seus olhos. Para ela foi chocante vê-lo dando o braço a torcer. Ele, que sempre tinha sido tão arrogante. Levando a xícara de café à boca, ela bebeu o líquido preto e escaldante sem dizer nada.

Estou lendo um livro, ele escrevera em uma de suas últimas cartas, em que o homem serve o exército e a garota que ele engravidou morre, e, ah, comecei a pensar que você era a garota e eu era o homem, e passei dias pensando sem parar em como isso seria horrível.

Ela tinha passado um bom tempo pensando nisso, e nele sozinho em seu quarto, lendo sem parar e se preocupando com o homem imaginário e a garota que morreu. Não era de seu feitio. Antes disso, ele teria sido o primeiro a dizer que ela era boba por sentir compaixão pelos personagens dos livros, porque eles não eram pessoas de verdade. Não era de seu feitio se preocupar com a garota que morria num livro.

Os dois terminaram juntos o café, inclinando as xícaras para sorver as últimas gotas quentes. Na lareira, uma fina chama azul fulgurou, mínima e clara, e se apagou. Debaixo das cinzas brancas da lenha esvaziada, ainda era possível ver as brasas vermelhas perdendo a força.

Austin tentou pegar sua mão. Ela o deixou entrelaçar os dedos nos dela, e sabia que sua própria mão estava fria e apática.

— Eu andei pensando... — Austin disse a ela nesse momento, muito devagar. — Passei todo esse tempo aqui pensando em nós dois. Enfrentamos muita coisa juntos, você sabe disso.

— Sei — ela disse, relutante. — Eu sei.

— Você se lembra — ele começou — daquela sexta à noite em que estávamos na cidade e ficou tão tarde que perdemos o último ônibus, e daqueles caras malucos que nos deram carona na estrada?

— Lembro — ela disse, lembrando de como tudo era tão lindo e tão doloroso naquela época. De como tudo que ele dizia a machucava.

— Aquele cara louco — ele insistiu — no banco de trás. Lembra dele? Aquele que ficou rasgando notas de um dólar e jogando pela janela, para ver tudo voar?

— Nunca vou me esquecer disso — ela disse.

— Foi naquela noite que vimos o bebê nascer — ele disse. — A primeira vez que você foi ao hospital, e você enfiou todo o cabelo numa touca branca, vestiu um jaleco branco, e pela máscara só dava para ver seus olhos muito escuros e empolgados.

— Eu estava com medo de que alguém descobrisse que eu não era estudante de medicina.

— Você enfiou a unha na minha mão quando tentaram fazer o bebê respirar — ele prosseguiu. — Você não disse nada, mas as suas unhas deixaram umas marquinhas vermelhas em forma de meia-lua na palma da minha mão.

— Isso foi há seis meses. Hoje eu não faria isso.

— Não é isso. Eu gostei das marcas. Foi uma dor boa, eu gostei.

— Na época você não disse isso.

— Na época eu não dizia um monte de coisas. Mas aqui eu tenho pensado em tudo que nunca te disse. Aqui eu passo o tempo todo deitado na cama, lembrando de como as coisas eram entre a gente.

— Você fica lembrando o tempo todo porque está longe há muito tempo — ela disse. — Quando você voltar para a faculdade e para aquela vida agitada de sempre, não vai mais ficar pensando tanto assim. Não vai te fazer bem ficar pensando muito.

— É aí que você se engana. Por muito tempo eu me recusei a admitir, mas acho que eu precisava disso. Precisava me afastar e pensar. Estou começando a descobrir quem eu sou.

Ela baixou a cabeça e olhou para a xícara de café vazia, fazendo círculos secos e inúteis com a colher.

— Então me diz — ela disse baixinho. — Quem você é?

— Você já sabe — ele disse. — Você sabe melhor do que ninguém.

— Você parece ter muita certeza. Eu não tenho.

— Ah, mas você sabe, sim. Você viu meu lado mais feio e voltou, por pior que eu tenha sido. Você sempre voltou.

— O que você está tentando me dizer?

— Você não percebe? — ele disse, simplesmente. — Estou querendo dizer que você sempre me aceitou como eu sou, seja como for. Como daquela vez em que te contei sobre a Doris, e você chorou e olhou para longe. Eu tive certeza de que era o nosso fim, com você ali chorando no carro, olhando para o rio, sem falar nada.

— Eu lembro — ela disse. — Era para ser nosso fim, mesmo.

— Mas aí você deixou que eu te beijasse. Depois de tudo aquilo você deixou, ainda chorando, e sua boca estava molhada e salgada de lágrimas. Você deixou que eu te beijasse e tudo voltou ao normal.

— Isso foi há muito tempo. Agora é diferente.

— Eu sei que agora é diferente porque nunca mais quero fazer você chorar. Você acredita? Entende o que eu estou tentando dizer?

— Acho que sim, mas não tenho certeza. Você nunca falou desse jeito comigo, sabia? Você sempre esperava que eu adivinhasse tudo.

— Isso nunca mais vai acontecer — ele disse. — E quando eu receber alta, não vai fazer nenhuma diferença. Eu vou sair daqui, e vamos começar de novo. Um ano não é tanto tempo. Não acho que vá levar mais de um ano, e aí eu vou voltar.

— Eu preciso saber uma coisa — ela disse. — Preciso perguntar palavra por palavra, para garantir.

— Você precisa de palavras agora? — ele disse.

— Eu preciso saber. Me diz, por que você quis que eu viesse?

Ele olhou para ela, e seu medo apareceu refletido nos olhos dele.

— Eu estava precisando muito de você — ele confessou, muito baixo. Ele hesitou, depois disse com uma voz suave: — Que pena que não posso te beijar.

Ele enterrou o rosto no espaço vazio entre seu pescoço e seu ombro, cegando a si mesmo com seus cabelos, e de repente ela sentiu a umidade morna das lágrimas dele.

Abalada, ela não se moveu. O papel de parede azul estampado da sala retangular se desfez, e a luz quente e geométrica se desfez, e lá fora as montanhas cobertas de neve se impuseram, imensas, na escuridão inabalável. Não havia vento nenhum, só o silêncio imóvel.

NOSSOS QUERIDOS FALECIDOS

— O Herbert pode falar o que quiser — declarou a sra. Nellie Meehan, despejando duas colheradas de açúcar em sua xícara de chá. — Eu já vi um anjo. Era a minha irmã Minnie, na noite em que o Lucas morreu.

Naquela noite de novembro, os quatro estavam sentados até mais tarde ao redor da fogueira de carvão na casa recém-comprada dos Meehan: Nellie Meehan e seu marido Clifford, o primo de Nellie, Herbert, inquilino dos Meehan desde que sua mulher ruiva o abandonara em pleno processo de produção de feno, mais ou menos vinte e sete anos antes, e Dora Suitcliffe, que tinha aparecido para tomar um chá no caminho de volta de Caxton Slack, onde foi visitar sua amiga Ellen, que acabara de sair do hospital e se recuperava de uma cirurgia de catarata.

O fogo enfraquecido ainda emanava brilho e calor, a velha chaleira de alumínio fumegava sobre a lareira, e, em homenagem à visita de Dora, Nellie Meehan tinha tirado do armário sua toalha de mesa bordada à mão, toda decorada com violetas e papoulas vermelhas. Uma avalanche de bolos de frutas secas e *scones* amanteigados enchiam a travessa de porcelana com padrão de salgueiro azul e uma tigelinha de vidro lapidado abarcava uma generosa porção da geleia caseira de groselha que Nellie Meehan fazia. Lá fora, na noite de céu limpo com um pouco de vento, a lua brilhava alta e cheia; uma névoa azul luminosa começava a subir do fundo do vale, onde o riacho da montanha corria, negro e profundo, sobre as cachoeiras espumosas nas quais o cunhado de Dora tinha decidido se afogar havia quase uma semana. A casa dos Meehan (comprada no início daquele outono da solteirona Katherine Edwards, depois que sua mãe, Maisie, morrera, com audaciosos oitenta e seis anos) se equilibrava na subida do morro íngreme e coberto de frutinhas vermelhas e samambaias, que no topo se nivelava e se transformava num terreno árido e estéril, coberto de urze e frequentado por carneiros de focinho preto com chifres em espiral e olhos amarelos arregalados.

Ao longo da noite já tinham conversado demoradamente sobre a época da Grande Guerra, e os vários destinos dos que tinham prosperado e dos que tinham morrido, e, no momento que julgou mais apropriado, como era de hábito, Clifford Meehan se levantou com dificuldade e tirou da última gaveta da cristaleira de mogno encerado a caixa de souvenirs — medalhas, condecorações e o providencial caderninho de pagamentos destruído que estava no bolso de sua camisa quando a bala o atingira (os estilhaços ainda estavam alojados nas páginas desbotadas) —, para mostrar a Dora Sutcliffe o daguerreótipo embaçado e ocre tirado no hospital, no Natal anterior ao Armistício, que mostrava os rostos sorridentes de cinco jovens rapazes, iluminados pelo sol pálido de inverno que tinha nascido e se posto cerca de quarenta anos antes.

— Este sou eu — Clifford tinha dito e, como se revelasse o destino dos personagens de uma peça famosa, apontou para os outros rostos, um por um: — Este perdeu uma perna. Este eles mataram. Este morreu, e este morreu.

230 sylvia plath

E assim eles continuaram fofocando com doçura, relembrando os nomes dos vivos e dos mortos, revivendo um a um os acontecimentos do passado como se não tivessem começo nem fim, mas como se existissem, vívidos e irrevogáveis, desde a origem do mundo, e fossem continuar existindo muito depois que suas próprias vozes se calassem.

— O que — Dora Sutcliffe perguntou a Nellie Meehan num tom discreto de carola — a Minnie estava vestindo?

Os olhos de Nellie Meehan ganharam uma expressão sonhadora.

— Um vestido branco — ela disse. — Bem acinturado, com centenas e centenas de pregas bem pequenas. Eu lembro direitinho. E asas, asas brancas bem grandes e cheias de plumas que chegavam à ponta dos pés. Eu e o Clifford só soubemos do Lucas na manhã do dia seguinte, mas foi naquela noite que eu senti aquela dor e ouvi as batidas. Na noite em que a Minnie veio visitar. Não foi, Clifford?

Clifford Meehan soprou a fumaça do cachimbo com ar meditativo, seu cabelo ganhando reflexos prateados à luz da lareira, e suas calças e suéter cinza-esverdeados; a não ser pelo nariz marcante, cheio de veias roxas, ele parecia estar prestes a ficar translúcido, como se a cornija da lareira, decorada com suas placas de bronze lustrosas, pudesse a qualquer momento ficar visível através de seu corpo magro e acinzentado.

— Foi mesmo — ele disse, enfim. — Foi naquela noite. — Ele sempre se sentira maravilhado e de certa forma diminuído pelos inegáveis lampejos de sexto sentido da esposa.

O primo Herbert continuou sentado, sisudo e cético, com as mãos imensas e desengonçadas, repletas de rugas, penduradas ao lado do corpo. Havia muito tempo que o pensamento de Herbert tinha ficado cravado naquele longínquo dia ensolarado, o primeiro com céu limpo depois de uma semana de chuva, em que os pais de sua esposa Rhoda, que tinham ido fazer uma visita para ajudar na produção do feno, saíram para passear em Manchester com Rhoda, deixando Herbert sozinho com o feno. Quando voltaram no fim da tarde, encontraram suas malas feitas, jogadas do outro lado do pasto; Rhoda o abandonou, partindo indignada com seus pais. Teimoso e orgulhoso, Herbert nunca lhe pedira para voltar; e ela, tão teimosa e orgulhosa quanto ele, nunca havia voltado.

— Eu acordei... — Os olhos de Nellie Meehan ficaram turvos, como se ela estivesse em uma espécie de transe divinatório, e sua voz ficou ritmada. Lá fora, o vento golpeava a casa, que rangia e tremia até a fundação a cada ataque violento do ar. — Acordei naquela noite com uma dor horrível no ombro esquerdo, ouvindo umas batidas muito altas que vinham de todos os lados, e lá estava a Minnie, parada ao pé da cama, pálida como era, com um rosto meigo... Eu tinha mais ou menos sete anos no inverno em que ela teve pneumonia; na época dormíamos na mesma cama. Bem, enquanto eu olhava, ela começou a se dissipar aos poucos, até que desapareceu por completo. Eu me levantei com muito cuidado para não acordar o Clifford e desci para fazer um chá. Estava com uma tremenda dor no ombro, e não parava de ouvir um toc-toc-toc...

— E o que era, *afinal*? — Dora Sutcliffe quis saber, arregalando os olhos azuis lacrimejantes. Ela tinha ouvido a história do enforcamento de Lucas inúmeras vezes, sempre por meio de outras pessoas, mas cada vez que voltavam a contá-la as versões anteriores ficavam turvas e se fundiam numa só, e toda vez, nesse mesmo momento, ela perguntava, afoita, curiosa, como se atuasse no coro de uma peça de teatro: — O que eram as batidas?

— Primeiro eu pensei que fosse o carpinteiro da casa ao lado — Nellie Meehan disse —, porque não era raro que ele ficasse até tarde martelando em sua oficina na garagem, mas quando olhei pela janela da cozinha estava o mais completo breu. Mas eu continuava ouvindo um toc-toc-toc, e continuava sentindo a

232 sylvia plath

dor latejando no ombro. Então eu me sentei na sala de estar, para tentar ler, e devo ter caído no sono, porque foi lá que o Clifford me encontrou quando desceu para trabalhar, já de manhã. Quando acordei, estava tudo num silêncio mortal. A dor no meu ombro tinha desaparecido, e o carteiro chegou para deixar a carta sobre o Lucas, num envelope com bordas pretas.

— Não era uma carta — Clifford Meehan a contradisse. Era inevitável que, a certa altura da história, Nellie se empolgasse e deixasse a precisão de lado, improvisando os detalhes que lhe fugissem à memória. — Era um telegrama. Uma carta nunca chegaria na mesma manhã em que foi enviada.

— Então foi um telegrama — Nellie Meehan concordou. — Que dizia: Venham, Lucas morreu.

— Eu disse para ela que devia ser algum dos tios dela — Clifford Meehan acrescentou. — Eu disse que não podia ser o Lucas, tão novo, um marceneiro tão competente.

— Mas era o Lucas — Nellie Meehan disse. — Ele tinha se enforcado naquela noite. A Daphne, filha dele, o encontrou no sótão. Imagine.

— Imaginem só — Dora Sutcliffe disse, suspirando. Sua mão, como se fosse independente de seu corpo imóvel e atento, se estendeu para pegar um *scone* amanteigado.

— Foi a guerra — o tio Herbert declarou subitamente num tom sepulcral — Ninguém conseguia madeira por nada desse mundo.

— Bem, seja como for, o Lucas estava lá... — Clifford Meehan bateu o cachimbo na lareira e pegou seu saquinho de tabaco. — Tinha acabado de ficar sócio da empresa de marcenaria. Poucos dias antes de resolver se enforcar, ele tinha parado na frente da construção dos novos apartamentos e dito para o ex-chefe, Dick Greenwood: "Será que esses prédios vão mesmo sair do papel?". Teve gente que falou com ele na noite em que ele fez aquilo, e ninguém percebeu nada de errado.

— Foi a mulher dele, a Agnes — Nellie Meehan afirmou, balançando a cabeça com ar triste enquanto relembrava o destino de seu falecido irmão, com os olhos castanhos doces como os de uma vaca. — Agnes o matou, foi como se tivesse dado veneno para ele; da boca daquela mulher não saía uma única gentileza. Ela o deixou tão nervoso, tão nervoso, tão nervoso que ele morreu. E ainda por cima vendeu as roupas dele num bazar na primeira oportunidade, e comprou uma loja de doces com o dinheiro que conseguiu, fora o que ele tinha deixado.

— Minha nossa! — Dora Sutcliffe disse, fungando. — Sempre achei que tinha um quê de maldade no jeito da Agnes. Ela sempre deixava um lenço em cima das balanças da loja, e tudo lá era muito mais caro que nos outros lugares. Comprei um bolo de Natal da Agnes dois anos atrás, e na semana seguinte perguntei o preço de um bolo idêntico em Halifax. Se querem saber, o bolo da Agnes custava meia coroa a mais.

Clifford Meehan enfiou o tabaco fresco no cachimbo.

— O Lucas tinha ido dar uma volta pelos pubs com a filha dele, a Daphne, naquela mesma noite — ele disse devagar: ele também tinha contado essa parte da história tantas vezes, e toda vez ele sentia que parava nesse mesmo lugar, cheio de expectativa, esperando algum clarão brotar de suas palavras para iluminar e explicar os fatos sombrios e gastos da partida de Lucas. — O Lucas subiu depois do jantar, e quando a Daphne o chamou para descer e sair de carro, demorou alguns minutos para ele responder... O rosto dele ficou inchado, estranho, a Daphne disse depois, e a boca, meio roxa. Bom, eles tinham parado para beber umas cervejas escuras no Black Bull, como Lucas sempre fazia nas quintas à noite, e, quando voltou para casa, ele ficou um tempo lá embaixo com a Daphne e a Agnes, e depois apoiou as mãos no braço da cadeira e se levantou... Eu me lembro de vê-lo se levantando daquele jeito umas mil vezes... E disse: "Acho que vou me aprontar". A Daphne subiu um pouco depois e chamou a Agnes: "O papai não está lá em cima". Então a Daphne começou a subir os degraus que davam no sótão; era o único lugar em que ele poderia estar. E foi lá que ela o encontrou, pendurado na viga do teto, mortinho da Silva.

— Tinha um buraco na viga do meio — Nellie Meehan disse. — O Lucas tinha feito um balanço para a Daphne quando ela era menininha, e ele prendeu a corda com que se enforcou nesse mesmo buraco.

— Encontraram arranhões no assoalho — Clifford Meehan revelou, tão friamente apegado aos fatos quanto a versão do jornal amarelado datado de nove anos antes que Nellie ainda guardava no álbum da família — onde o Lucas tinha tentado se enforcar da primeira vez, logo antes de ir para a guerra, mas a corda era muito comprida. Mas quando voltou ele fez questão de cortar mais curta.

— Me pergunto como o Lucas foi capaz — Dora Sutcliffe disse com um suspiro. — Como me pergunto a respeito do meu cunhado, Gerald.

— É, o Gerald era um homem muito bom — Nellie Meehan concordou. — Grande, corado, forte que só. O que a Myra vai fazer com a fazenda, agora que ele se foi?

— Iiih, só Deus sabe — Dora Sutcliffe disse. — Esse último inverno foi um entra-e-sai do hospital com o Gerald. Por causa do problema no rim. A Myra disse que o médico tinha acabado de avisar que ele ia precisar voltar, que ele não estava curado. E agora a Myra lá sozinha. E a filha, a Beatrice, casada com aquele tal que faz experiências com as vacas lá na África do Sul.

— Eu me pergunto como o seu irmão, o Jake, conseguiu seguir a vida com tanta alegria nesses trinta anos, Nellie — Clifford Meehan pensou em voz alta, juntando-se ao coro de fantasmas familiares, com a voz melancólica digna de um homem que foi abandonado na velhice pelos dois filhos saudáveis, um que tinha ido para Austrália criar ovelhas, e o outro que escolhera o Canadá e uma secretária frívola chamada Janeen. — Com aquela bruxa da mulher dele, a Esther, e a única filha viva, a Cora, que tem vinte e oito anos e não sabe fazer nada. Eu me lembro do Jake vindo à nossa casa, antes de se casar com a Esther...

— Era mesmo uma fase fantástica, tínhamos conversas tão interessantes e engraçadas... — Nellie Meehan interrompeu, com seu próprio sorriso pálido e tristonho, que já parecia paralisado em uma antiga foto de família.

— ... vindo à nossa casa, se jogando no sofá e dizendo assim: "Não sei se devo me casar com a Esther; ela tem a saúde fraca, vive falando de doença e de hospital". Dito e feito. Uma semana depois do casamento, a Esther foi para o hospital fazer uma cirurgia que custou cem libras ao Jake; ela tinha esperado o casamento para que ele precisasse pagar tudo.

— O meu irmão, o Jake, trabalhou feito um condenado a vida inteira para manter aquela fábrica de tecidos, isso sim. — Nellie Meehan remexeu o restinho de chá frio. — E agora que ele venceu na vida e pode conhecer o mundo, a Esther não quer pôr o pé pra fora de casa; só fica lá atazanando aquela pobre coitada da Cora; não quis nem mandar a menina para um lar em que ela ficasse com pessoas iguais a ela. Está sempre tomando alguma infusão de ervas, alguma poção, a Esther. Quando o Gabriel estava para nascer, o único que saiu bom, com a cabeça no lugar, depois daquele Albert todo esquisito, que nasceu com a língua virada, o Jake resolveu se abrir e falou para a Esther: "Se você estragar esse também, eu te mato". E depois a pneumonia levou os dois meninos, o bom e o ruim, nem sete anos depois.

Nellie Meehan voltou seus olhos ternos para as brasas vermelhas na lareira, como se ali brilhassem os corações de todos aqueles que já tinham partido.

236 sylvia plath

— Mas eles estão esperando. — Ela começou a falar mais baixo, num tom reconfortante de cantiga de ninar. — Eles voltam. — Clifford Meehan soprou lentamente a fumaça do cachimbo. O primo Herbert continuou parado feito uma pedra; o fogo enfraquecido esculpia sua expressão desconfiada com luz e sombra muito bruscas, como se esculpisse uma rocha. — Eu sei — Nellie Meehan sussurrou, quase falando sozinha. — Eu já vi.

— Você quer dizer — Dora Sutcliffe disse, estremecendo com a corrente de ar leve e fria que entrava pela janela para a qual ela estava de costas — que já viu *fantasmas*, Nellie? — Era uma pergunta retórica; ela nunca se cansava dos relatos de Nellie Meehan sobre seu contato esporádico com o plano dos espíritos.

— Não são exatamente fantasmas, Dora — Nellie Meehan disse baixinho, modesta e reservada, como sempre, a respeito de seu estranho dom —, são *presenças*. Entro num lugar e sinto que tem alguém ali, e não tenho dúvida. E muitas vezes já pensei comigo mesma: "Se você conseguisse ver só um *pouquinho* mais, Nellie Meehan, ia vê-los tão claros quanto a luz do dia".

— Sonhos! — disse o primo Herbert, com uma voz rouca e rude. — Besteira!

Como se o primo Herbert não estivesse na sala, como se suas palavras não lhe chegassem aos ouvidos, os outros três continuaram falando e gesticulando. Dora Sutcliffe se levantou para ir embora.

— O Clifford pode acompanhá-la a pé na direção do seu caminho — Nellie Meehan disse.

O primo Herbert se levantou, sem mais nenhuma palavra, os ombros curvados, como se tentasse suportar uma dor imensa, íntima, indizível. Ele deu as costas para o grupo reunido junto ao fogo e foi para o quarto com passos ocos e duros.

Nellie Meehan acompanhou seu marido e Dora Sutcliffe até a porta e se despediu, deixando que fossem em meio às rajadas de

johnny panic e a bíblia de sonhos e outros textos em prosa 237

vento e à bruma flutuante da lua. Por um instante ela permaneceu na soleira da porta, observando aqueles dois vultos que aos poucos desapareciam na escuridão, sentindo um frio mortal que chegava ao fundo dos ossos. Depois ela fechou a porta e andou em direção à sala para tirar a mesa do chá. Assim que entrou na sala, ela parou, atordoada. Bem ali, na frente do sofá de estofado florido, pairava, alguns centímetros acima do chão, uma coluna de luz exuberante — não era exatamente uma luz corporificada no ar, mas uma mancha sobreposta ao cenário familiar, uma névoa que cobria o sofá, a cristaleira de mogno logo atrás, e o papel de parede com estampa de rosas e miosótis. Diante do olhar de Nellie Meehan, a mancha começou a se moldar, a assumir uma forma vagamente familiar, de traços brancos, e foi se solidificando como gelo sobre o ar vaporoso, enfim ganhando um corpo tão real quanto a própria Nellie Meehan. Ela ficou em pé, sem piscar, e fitou com seu olhar firme a luminosa aparição.

— Eu te conheço, Maisie Edwards — ela disse, com uma voz suave e apaziguadora. — Você veio procurar a sua Katherine. Mas não vai mais encontrá-la aqui. É que agora ela mora longe, lá em Todmorden.

E então, quase se desculpando, Nellie Meehan deu as costas para a silhueta reluzente, que continuava pairando no ar, e foi recolher e lavar a louça do chá antes que Clifford voltasse. Sentindo uma nova e estranha vertigem, ela viu a mulherzinha minúscula e corpulenta sentada, imóvel, com a boca aberta e os olhos arregalados, na cadeira de balanço que ficava ao lado da mesa de chá. Boquiaberta, Nellie Meehan sentiu o frio insidioso dominar o último santuário de seu coração; com um suspiro que era uma respiração vagarosa e liberta, ela viu o delicado padrão de salgueiros do pires transparecer de forma nítida através de sua própria mão translúcida, e ouviu, como se ecoasse por um corredor de teto arqueado, preenchido pelos sibilos das sombras ansiosas e falantes, a voz às suas costas a cumprimentar como uma anfitriã contente que esperava havia muito tempo uma convidada que se atrasara:

— Bom — disse Maisie Edwards —, já passou da hora, Nellie.

DIA DE SUCESSO

ELLEN ESTAVA LEVANDO UM monte de fraldas recém-dobradas para o quarto quando o telefone tocou, estilhaçando o silêncio da manhã fresca de outono. Ela ficou paralisada na soleira da porta por um instante, assimilando aquele cenário tranquilo como se talvez nunca mais o visse — o delicado papel de parede cheio de rosas, as cortinas verde-floresta que ela costurara à mão enquanto esperava o bebê nascer, a antiquada cama com dossel que herdara de uma tia amorosa, mas pobre, e, no cantinho, o berço rosa-claro que amparava o sono profundo dos seis meses de vida de Jill, o centro daquilo tudo. *Por favor, não deixem que isso mude*, ela implorava a quaisquer que fossem as moiras que a escutavam. *Deixem nós três continuarmos felizes desse jeito para sempre.*

Em seguida o toque agudo e exigente a despertou, e ela colocou a pilha de fraldas limpas sobre a cama grande e foi em direção ao aparelho com muita relutância, como se fosse um instrumento da destruição muito pequeno e preto.

— O Jacob Ross está? — perguntou uma voz feminina calma e clara. — Aqui é a Denise Kay. — Ellen sentiu um aperto no coração ao imaginar a ruiva elegante e bem-vestida que estava do outro lado da linha. Ela e Jacob tinham ido almoçar com ela, a produtora de televisão jovem e genial, havia apenas um mês para discutir o andamento da peça em que Jacob estava trabalhando. Sua primeira peça. Já naquela ocasião, Ellen tinha desejado em segredo que Denise fosse atingida por um raio ou enviada para a Austrália, para que não ficasse tão perto de Jacob naquela fase apertada e íntima dos ensaios, em que o criador e a produtora trabalhariam juntos para dar à luz algo maravilhoso que seria só deles.

— Não, o Jacob não está em casa no momento. — Ellen pensou, com certa culpa, que seria muito fácil chamar Jacob no apartamento da sra. Frankfort para repassar a mensagem, que era obviamente importante. A versão final do roteiro que ele escrevera estava no escritório de Denise Kay havia quase duas semanas, e, pela forma como ele descia correndo os três lances de escadas para encontrar o carteiro toda manhã, ela sabia como ele estava ansioso para ouvir o veredito. Mas, ao mesmo tempo, ela também não tinha prometido se comportar como uma secretária-modelo e nunca interromper suas horas de escrita? — Aqui é a esposa dele, senhorita Kay — ela acrescentou, com o que talvez fosse uma ênfase desnecessária. — Quer deixar recado, ou peço para o Jacob ligar mais tarde?

— Boas notícias — Denise disse de repente. — Meu chefe está animado a respeito da peça. É um pouco excêntrica, segundo ele, mas tem uma originalidade incrível, então vamos comprá-la. Estou muito contente por ser a produtora.

Pronto, Ellen pensou com amargura, incapaz de ver qualquer coisa que não fosse aquela cabeça acobreada, lisa e brilhante debruçada ao lado da cabeça escura de Jacob sobre um grosso roteiro mimeografado. *É o começo do fim.*

— Que maravilha, senhorita Kay. Eu... eu tenho certeza de que o Jacob vai ficar muito feliz.

— Ótimo. Eu gostaria de encontrá-lo hoje no almoço, se possível, para conversar sobre o elenco. Acho que vamos precisar de atores conhecidos. Será que você poderia pedir para ele me buscar no meu escritório por volta do meio-dia?

— É claro...

— Certo. Até mais, então. — E o aparelho telefônico voltou ao gancho com um clique de profissionalismo.

Desorientada por uma emoção desconhecida e poderosa, Ellen parou em frente à janela, ainda ouvindo aquela voz confiante e musical que oferecia sucesso com a descontração de quem oferece um cacho de uvas. Enquanto seu olhar se demorava na praça verde lá embaixo, com seus plátanos de casca machucada que perfuravam o céu azul luminoso acima das fachadas precárias das casas, uma folha, dourada e desbotada como uma moedinha, se soltou e caiu numa valsa lenta até chegar ao asfalto. Mais tarde, naquele mesmo dia, a praça se encheria do chiado das motocicletas e dos gritos dos meninos. Numa tarde de verão, sentada num banco debaixo dos plátanos, Ellen tinha contado vinte e cinco crianças em seu campo de visão: desleixadas, barulhentas, risonhas — uma miniatura das Nações Unidas sem nada para fazer no gramado repleto de gerânios e nos becos cheios de gatos de rua.

Quantas vezes ela e Jacob tinham prometido a si mesmos o famigerado chalé à beira-mar, longe dos vapores de petróleo e da fumaça dos trens da cidade — um jardim, um morro, uma praia calma para Jill explorar, uma tranquilidade prolongada e merecida!

— Só uma peça vendida, meu bem — Jacob dissera, determinado. — Aí eu vou saber que sou capaz, e poderemos nos arriscar.

O risco, é claro, consistia em se afastar desse grande centro de empregos — bicos, empregos de meio período, empregos que Jacob conseguia manter com relativa facilidade enquanto aproveitava cada minuto livre para escrever — e passar a depender exclusivamente de seus ganhos incertos com contos, peças e poemas.

johnny panic e a bíblia de sonhos e outros textos em prosa 243

Poemas! Ellen não conseguiu conter o sorriso ao relembrar do dia sorumbático e marcado por angústias financeiras que fora a véspera do nascimento de Jill, quando tinham acabado de se mudar para o novo apartamento.

Na ocasião ela estava de joelhos, aplicando a cera cinza nas tábuas deprimentes e carcomidas do assoalho centenário, quando o carteiro tocou a campainha.

— Eu vou. — Jacob deixou de lado o serrote que estava usando para cortar as prateleiras da estante. — É melhor você não descer escada, amor. — Desde que Jacob havia começado a enviar seus originais para as revistas, o carteiro, com seu uniforme azul, tinha se tornado uma espécie de gênio da lâmpada da vida real. A qualquer momento, em vez dos gordos e desanimadores envelopes amarelos e os impessoais formulários de rejeição datilografados, ele poderia trazer uma carta elogiosa de um editor, ou quem sabe...

— Ellen! Ellen! — Jacob vinha subindo dois degraus por vez, sacudindo o envelope aberto do correio aéreo. — Eu consegui! Olha, que lindo! — E ele deixou cair no colo dela o cheque azul-claro com bordas amarelas e o incrível valor em dólares escrito em preto, com os centavos em vermelho. A glamourosa revista semanal americana para a qual ela havia enviado um envelope um mês antes estava encantada com a contribuição de Jacob. Pagavam uma libra por verso e o poema de Jacob era longo o suficiente para que pagassem (o quê?). Depois que gargalharam pensando na possibilidade de comprar ingressos de teatro, jantares no Soho, champanhe rosé, a nuvem do bom senso começou a pairar sobre eles.

— Decide você — Jacob se curvou, lhe entregando o cheque, frágil e exuberante como uma borboleta rara. — Qual é o seu maior desejo?

Ellen não precisou pensar duas vezes.

— Um carrinho — ela disse, com a voz suave. — Um carrinho bem grande e lindo com espaço para gêmeos!

244 **sylvia plath**

*

ELLEN FLERTOU COM A ideia de esconder a mensagem de Denise até que Jacob descesse a escada correndo para almoçar — tarde demais para encontrar a bela produtora em seu escritório —, mas na mesma hora sentiu uma vergonha profunda. Qualquer outra esposa teria chamado o marido num arroubo de empolgação, quebrando todas as regras da rotina de escrita em nome daquela notícia extraordinária, ou ao menos ido ao seu encontro logo depois de desligar o telefone, orgulhosa por ser a mensageira daquela maré de sorte. *Estou com ciúmes*, Ellen disse a si mesma, anestesiada. *Sou o perfeito protótipo da esposa ciumenta do século vinte, conservadora e maldosa. Igualzinha à Nancy Regan.* Esse pensamento a arrancou do transe, e ela se dirigiu à cozinha decidida a fazer uma xícara de café.

Estou só enrolando, ela percebeu com cinismo, levando a chaleira ao fogão. Ainda assim, contanto que Jacob continuasse alheio à notícia de Denise Kay, ela sentia, sob o risco de ceder à superstição, que estaria a salvo — a salvo de acabar tendo o mesmo destino que Nancy.

Jacob e Keith Regan tinham sido colegas de escola, servido o exército juntos na África e voltado à Londres pós-guerra determinados a evitar as sutis armadilhas dos empregos corporativos que exigiam dedicação integral e que apenas os afastariam da única coisa que importava: escrever. Agora, esperando a água ferver, Ellen relembrou aqueles meses precários e ao mesmo tempo desafiadores nos quais ela e Nancy Regan tinham compartilhado as receitas baratinhas e as desgraças secretas das esposas de homens idealistas sem salário fixo, que tentavam alimentar a alma e o corpo ao mesmo tempo fazendo bicos de guarda noturno, jardineiro e qualquer outra coisa que aparecesse.

Keith tinha estourado antes. Com uma peça encenada num teatro de fora do circuito que acabou catapultada pelas críticas positivas até chegar ao West End, e que depois continuou conquistando o público como um lindo míssil guiado por uma estrela cadente até aterrissar bem no meio da Broadway. Não precisou de mais nada. Então, como num passe de mágica, os radiantes Regan foram arrancados de um apartamento sem calefação e sem água quente e de uma dieta de macarrão e sopa de batata e transportados para os luxuriantes campos verdes de Kensington, com direito a um cenário de vinhos reservados, carros esportivos, casacos de pele e, por fim, à decoração um pouco mais melancólica das audiências do divórcio. Nancy não chegava aos pés — em matéria de beleza, dinheiro, talento, enfim, tudo que importava — da protagonista loira e cativante que emprestara seu brilho à peça de Keith em sua estreia no West End. Outrora esposa inocente e devotada dos anos de vacas magras, ela gradativamente tinha se deixado transformar numa mulher bem relacionada, ansiosa, ferina e cínica que tinha pensão alimentícia para dar e vender, e nada mais que isso. Keith, é claro, tinha vicejado fora do casamento. Ainda assim, por pena ou por uma espécie de afeto inquebrável, Ellen mantivera contato com Nancy, que parecia encontrar certo prazer em seus encontros, como se através do casamento feliz dos Ross, abençoado até mesmo pelo nascimento de uma criança, ela pudesse revisitar, de certa forma, os melhores dias de seu passado.

*

ELLEN COLOCOU UMA XÍCARA e um pires sobre o balcão e estava prestes a servir-se de uma generosa dose de café fumegante quando começou a rir, arrependida, e pegou uma segunda xícara. *Ainda não sou uma esposa abandonada!* Ela ajeitou a bandeja de metal barata com cuidado — guardanapo, açucareiro, tigela de creme, um ramo de folhas douradas de outono ao lado das xícaras — e começou a subir os degraus íngremes que levavam ao apartamento da sra. Frankfort, no último andar.

Comovida com a consideração de Jacob, que carregava seus baldes de carvão, esvaziava suas latas de lixo e aguava suas plantas quando ela ia visitar a irmã, a viúva de meia-idade tinha oferecido que ele usasse seu apartamento durante o dia, enquanto ela estivesse no trabalho.

— Um escritor, a esposa e uma bebê serelepe não cabem em dois cômodos! Permita que eu faça minha parte e contribua com o futuro da literatura universal. — Assim Ellen poderia deixar a pequena Jill engatinhar e gritar o mais alto que quisesse no andar de baixo, sem medo de atrapalhar Jacob.

A porta da sra. Frankfort se abriu ao toque de seus dedos, emoldurando as costas de Jacob, sua cabeça de cabelo preto e os ombros largos cobertos pelo blusão puído que ela já tinha remendado mais vezes do que gostaria de se lembrar, curvados sobre a mesa simplória e coberta de papéis rabiscados. Quando ela parou ali, prendendo o fôlego, Jacob passou os dedos pelo cabelo com ar distraído e se remexeu na cadeira que rangia. Quando ele a viu seu rosto se iluminou, e ela se aproximou sorrindo para dar a boa notícia.

*

Depois de ver Jacob indo embora tão bonito, com a barba feita e o cabelo penteado, vestindo seu terno — seu único terno —, Ellen se sentiu estranhamente decepcionada. Jill despertou de seu cochilo matutino, balbuciando sem parar, animada.

— Gugu-dadá — ela resmungou, enquanto Ellen trocava a fralda suja com destreza, pensando em outra coisa e preterindo a brincadeira de "cadê o bebê" que sempre faziam, e depois a colocou para brincar no cercadinho.

Ainda vai demorar um pouco, Ellen pensou, amassando cenouras cozidas para o almoço de Jill. *Separações raramente são rápidas. As coisas vão acontecer aos poucos, e um sinal de alerta vai aparecer aqui, outro ali, como uma flor demoníaca, horrível.*

Apoiando Jill nos travesseiros da cama grande para lhe dar seu almoço, Ellen avistou o minúsculo frasco de vidro entalhado do perfume francês sobre a cômoda, praticamente perdido em meio ao caos das latas de talco de bebê, garrafas de óleo de fígado de bacalhau e potes de algodão. As últimas gotas que restavam do líquido âmbar superfaturado pareciam lançar uma piscadela de escárnio — tinham sido a única extravagância de Jacob com o que sobrara do dinheiro do poema após a compra do carrinho. Por que ela tinha economizado tanto o perfume, usando-o uma gota de cada vez, como se fosse um elixir da vida perecível, em vez de esbanjá-lo quando sentisse vontade? Uma mulher como Denise Kay devia reservar uma parte considerável de seu salário para uma coisa só: aromas deliciosos.

Ellen estava dando colheradas de purê de cenoura na boca da filha com um ar consternado quando a campainha tocou. *Droga!* Ela botou Jill no berço com um movimento brusco e desceu a escada. *É sempre a mesma coisa.*

Um homem desconhecido e impecavelmente vestido estava diante da porta, ao lado do monte de garrafas de leite turvas que ainda não haviam sido recolhidas.

— O Jacob Ross está em casa? Meu nome é Karl Goodman, editor da *Impact*.

Ellen reconheceu, admirada, o nome da renomada revista mensal que havia selecionado três poemas de Jacob para publicação havia apenas poucos dias. Constrangida com a blusa suja de cenoura e o avental esfarrapado, Ellen murmurou que Jacob não estava.

— Vocês selecionaram os poemas dele! — disse então com muita timidez. — Ficamos muito felizes.

Karl Goodman sorriu.

— Talvez seja melhor contar por que vim. Moro aqui perto e estava almoçando, em casa, então pensei que poderia passar por aqui pessoalmente...

Denise Kay tinha telefonado para a *Impact* naquela manhã para sugerir que publicassem uma parte ou a íntegra da peça de Jacob a tempo de divulgar a estreia.

— Eu só queria saber antes se seu marido não está comprometido com alguma outra revista — Karl Goodman concluiu.

— Não, não acho que ele esteja — Ellen tentou parecer calma. — Na verdade, sei que ele não está. Tenho certeza de que será um prazer para ele se vocês avaliarem a peça. Tem uma cópia no andar de cima. Posso ir lá buscar...?

— Seria muito gentil.

Quando entrou no apartamento, Ellen foi recebida pelo choro sentido de Jill. *Só um minuto, meu amor*, ela prometeu. Depois de pegar o manuscrito extraordinariamente grosso que tinha datilografado enquanto Jacob ditava, ao longo de tantos chás esperançosos, ela voltou a descer a escada.

— Obrigado, senhora Ross. — Constrangida, Ellen sentiu os olhos espertos de Karl Goodman a avaliarem, da coroa de tranças de cabelo castanho às pontas gastas, mas engraxadas de seus sapatos sem salto. — Se publicarmos a peça, e estou quase certo de que vamos publicá-la, vou providenciar para que recebam o cheque adiantado.

Ellen ficou ruborizada, pensando: *não estamos tão desesperados assim. Pelo menos por enquanto.*

— Seria ótimo — ela disse.

Ela subiu a escada a passos lentos e pesados, indo ao encontro da música estridente do choro de Jill. *Já estou deslocada. Sou simplória, sou tão obsoleta quanto a moda do ano passado. Se eu fosse a Nancy, ia pegar aquele cheque no segundo em que caísse na caixa de correio e iria a um cabeleireiro chique, depois ia fechar o tratamento de beleza com chave de ouro pegando um táxi e cruzando a Regent Street cheia de sacolas. Mas não sou a Nancy,* ela lembrou a si mesma com firmeza e, forçando um sorriso maternal, entrou no quarto para terminar de dar o almoço a Jill.

*

FOLHEANDO AS MELHORES REVISTAS de moda no consultório médico naquela tarde, esperando Jill sair de seu check-up de rotina, Ellen, muito soturna, ficou pensando no abismo que havia entre ela e as modelos cobertas de joias e plumas que, estampadas nas páginas, a encaravam de volta com olhos límpidos e grandes demais. *Será que elas também começam o dia com o pé esquerdo?*, ela se perguntou. *Com dor de cabeça... ou com dor de cotovelo?* E ela tentou imaginar o mundo de fantasia no qual aquelas mulheres acordavam com bochechas rosadas e olhos inocentes, bocejando graciosamente como um gato boceja, com cabelos que, logo pela manhã, são uma torre milagrosa, intacta e dourada, castanha, preta--azulada ou talvez prateada com tons de lilás. Elas se levantavam, flexíveis como bailarinas, e iam preparar um café da manhã exótico para o homem-de-sua-vida — cogumelos e ovos mexidos cremosos, digamos, ou torradas com caranguejo —, sapateando por uma cozinha americana impecável com um robe de seda esvoaçante, laços de cetim tremulando como estandartes da vitória...

Não, Ellen corrigiu a cena. É claro que alguém lhes traria o café da manhã na cama, como verdadeiras princesas que eram, numa bandeja luxuosa: torrada crocante, o lustre leitoso das porcelanas mais frágeis, água recém-fervida para o chá de flor de laranjeira... E no meio desse fabuloso mundo de papel machê, a perturbadora imagem de Denise Kay se insinuou. Ela de fato parecia muitíssimo à vontade ali, com seus olhos castanho-escuros, quase pretos, tão profundos por baixo de uma encantadora cascata de cabelo acobreado.

Se ela ao menos fosse superficial, uma cabeça oca: por um momento Ellen se viu invadida por especulações que não eram adequadas a uma esposa jeitosa. *Se ao menos...*

— Senhora Ross? — A recepcionista encostou em seu ombro, e Ellen foi arrancada do devaneio. *Se ao menos Jacob estiver em casa quando eu voltar*, ela mudou de abordagem, enchendo-se de esperança, *com os pés no sofá, pronto para o chá, como ele sempre fez...* E, pegando Jill no colo, ela seguiu a eficiente mulher vestida de branco até o consultório do médico.

*

ELLEN DESTRANCOU A FECHADURA com um entusiasmo calculado. Mas, já ao passar pela porta, com Jill dormindo nos braços, ela sentiu uma decepção profunda. *Ele não está aqui...*

Com movimentos mecânicos, ela colocou Jill na cama para o cochilo da tarde e começou, com o coração apertado, a cortar o tecido para uma camisola de bebê que ela planejava finalizar na máquina de costura de uma vizinha naquela tarde. A manhã clara e azulada não tinha honrado sua promessa, ela percebeu. Nuvens avultantes se aproximavam com seus tecidos úmidos de paraquedas pendendo sobre a pracinha, fazendo as casas e as árvores franzinas parecerem mais tediosas do que nunca.

Adoro morar aqui: Ellen avançou contra a flanela vermelha morna com tesouradas provocadoras. *Que se dane Mayfair, que se dane Knightsbridge, que se dane Hampstead...* Ela soprava para longe as esferas prateadas da sofisticação, como se fossem as muitas pétalas brancas de um dente-de-leão, quando o telefone tocou.

Tecido vermelho, alfinetes, molde de costura e tesouras voaram em direção ao tapete num verdadeiro pandemônio enquanto ela se levantou com dificuldade. Jacob sempre telefonava quando acabava ficando preso em algum lugar, para que ela não se preocupasse. E, naquele exato momento, qualquer símbolo de sua consideração, por menor que fosse, seria mais celebrado do que água fresca no deserto.

— Alô, doçura! — a voz pretensiosa e teatral de Nancy Regan vibrou do outro lado da linha. — Como vão as coisas?

— Vão bem — Ellen mentiu. — Muito bem. — Para se equilibrar, ela se sentou na beira do baú coberto de chita que fazia as vezes de guarda-roupa e mesinha de telefone. Não tinha motivo para esconder a novidade. — O Jacob vendeu a primeira peça...
— Eu sei, eu sei.
— Mas como...? — *Como é que ela consegue farejar o mínimo sinal de fofoca? É um urubu profissional, uma ave de mau agouro...*
— Foi fácil, querida. Cruzei com o Jacob no Rainbow Room, batendo um papo a sós com a Denise Kay. Você sabe como eu sou. Não resisti e quis saber qual era o motivo da comemoração. Eu não sabia que o Jacob gostava de martíni, querida. E muito menos de ruivas...

Um formigamento de angústia rastejante, muito semelhante a um arrepio, fez Ellen sentir calor, depois frio. À luz do tom sugestivo de Nancy, até seus piores medos pareceram ingênuos.

— Ah, o Jacob precisa mudar de ares, depois de trabalhar tanto como tem trabalhado. — Ela tentou parecer calma. — A maioria dos homens tira folga no fim de semana, pelo menos, mas o Jacob...

A risada áspera de Nancy ecoou na linha.

— Nem me fale! Eu sou a especialista das especialistas em matéria de dramaturgos recém-descobertos. Vão dar uma festa?

— Festa? — Então Ellen se lembrou da vitela espetacular que os Regan tinham servido em comemoração ao primeiro cheque realmente generoso de suas vidas, numa festa em que amigos, vizinhos e desconhecidos se amontoaram nos pequenos cômodos cheios de fumaça, cantando, bebendo e dançando até a noite ficar azul e o céu da manhã surgir, pálido como um tecido de seda ondulada, sobre as chaminés tortas. Se as garrafas com rótulos imponentes, as dúzias de tortas de frango da Fortnum & Mason, os queijos importados e uma sopeira cheia de caviar eram algum indicativo de sucesso, os Regan tinham tirado a sorte grande. — Não, acho que não vai haver festa, Nancy. Já vamos ficar contentes em poder pagar as contas de gás e luz antes do vencimento, e o enxoval da bebê já está todo pequeno...

— Ellen! — Nancy resmungou. — Cadê a sua criatividade?

— Eu acho — Ellen confessou — que não tenho...

— Perdoe essa velha intrometida, mas você parece muito tristinha, Ellen! Por que você não me convida pra tomar um chá? Aí a gente conversa um pouco e você vai se animar rapidinho...

Ellen abriu um sorriso abatido. Nancy era incansável, isso ninguém podia negar. *Ela*, ninguém poderia acusar de ficar chorando pelos cantos, nem de se entregar à autocomiseração.

— Considere-se convidada.

— Me dê vinte minutos, querida.

*

— O QUE VOCÊ tinha que fazer, Ellen... — Bem-vestida, apesar de um pouco gorducha, de terninho e barrete de pele, Nancy começou a falar num sussurro conspiratório e estendeu a mão para pegar seu terceiro bolinho. — Hummm — ela murmurou —, melhor que os da Lyons. O que você tinha que fazer — ela repetiu —, se me perdoa a sinceridade, é se afirmar. — E ela se recostou na cadeira com uma expressão vitoriosa.

— Não sei se entendi o que você quer dizer. — Ellen se curvou sobre Jill, admirando os olhos cinzentos e límpidos da bebê enquanto bebericava o suco de laranja. Já eram quase cinco da tarde, e ainda nenhuma notícia de Jacob. — O que eu preciso afirmar?

— A mulher que você é no seu íntimo, é claro! — Nancy exclamou, impaciente. — Você tem que dar uma bela de uma olhada no espelho. Igual eu devia ter feito antes que fosse tarde demais — ela acrescentou num tom sombrio. — Os homens não admitem, mas no fundo querem que a mulher seja *bonita, femme fatale*, mesmo. O chapéu certo, a cor de cabelo certa... Agora é a sua chance, Ellen. Não deixa passar!

— Eu nunca tive dinheiro para ir ao cabeleireiro — Ellen disse, dando uma desculpa pouco convincente. *O Jacob gosta do meu cabelo comprido*, uma vozinha secreta protestou. *Ele que disse, quando foi, mesmo? Semana passada, mês passado...*

— Claro que não — Nancy se lamentou. — Você vem abrindo mão de todos os pequenos truques femininos que custam dinheiro em nome da carreira do Jacob. Mas agora ele conseguiu. Agora você pode fazer o que der na telha, querida. Tudo o que der na telha...

Ellen se permitiu uma breve visão de si mesma se debruçando de forma sedutora na janela de um Rolls-Royce Silver Wraith, envolta num casaco de pele e coberta de joias pesadas e valiosas, com os olhos pintados com uma sombra tão verde que até Cleópatra ficaria perplexa, um dos batons da nova coleção na boca, um corte de cabelo desfiado muito charmoso, com direito a pega--rapaz... Mas ela não se deixou levar — não por mais que alguns segundos, pelo menos.

— Não é meu estilo.

— Ah, que besteira! — Nancy sacudiu uma mão cheia de anéis brilhantes com pontas vermelhas que lembrava, Ellen pensou, a garra reluzente de um predador. — Esse é o seu problema, Ellen. Você não confia em si mesma.

— E aí que você se engana, Nancy — Ellen retrucou com certa sagacidade. — Eu tenho lá meu valor.

Nancy jogou uma colher cheia de açúcar em mais uma xícara de chá.

— Eu não devia dizer... — ela se repreendeu, mas depois desembuchou sem olhar para Ellen: — Não me admira se você estiver um pouquinho preocupada com a Denise. Ela é famosa por ser uma destruidora de lares profissional. É especializada em pais de família...

Ellen sentiu o estômago se revirar, como se estivesse andando de barco no meio do temporal.

— Ela é casada? — ela se ouviu dizer. Ela não queria saber. Tudo que ela queria era levar as mãos aos ouvidos e fugir para o quarto com papel de parede de rosas, onde poderia dar vazão às lágrimas que se acumulavam, formando um nó sólido na garganta.

— Casada? — Nancy deu uma risadinha seca. — Ela usa aliança, mas é só fachada. O caso atual dela, o terceiro, pelo que sei, tem mulher e três filhos. A mulher não quer saber de divórcio. Ah, a Denise é uma mulher de negócios, mesmo. Ela sempre dá um jeito de arranjar um homem que tenha rabo preso, porque assim ela nunca acaba lavando louça nem limpando nariz de bebê... — O falatório animado de Nancy foi ficando mais lento e começou a desaparecer, como uma música num disco, num abismo de silêncio. — Meu bem! — ela exclamou, vendo a cara de Ellen. — Você está branca feito papel! Eu não queria te deixar chateada... Sinceramente, Ellen. Só achei que você tinha que saber o que está enfrentando. Sabe, eu fui a última a saber sobre o Keith. Naquela época... — E o sorriso cínico de Nancy não deu conta de esconder o tremor em sua voz. — Eu pensava que todo mundo tinha um coração de ouro, que as coisas eram sempre feitas com honestidade, às claras...

— Ah, Nan! — Ellen apertou o braço da amiga com uma mão impulsiva. — A gente também teve fases muito boas, não teve? — Mas em seu coração um novo refrão começou a ressoar repetidamente: *o Jacob não é igual ao Keith, o Jacob não é igual ao Keith...*

— Ah, os velhos tempos... — Com um leve revirar de olhos, Nancy deixou o passado para trás e começou a colocar suas belíssimas e clássicas luvas lilás.

*

No INSTANTE EM QUE Nancy saiu pela porta, Ellen começou a se comportar de forma curiosa e completamente atípica. Em vez de pôr o avental e ir para a cozinha preparar o jantar, ela colocou Jill no cercadinho com uma torrada e seus brinquedos preferidos e se refugiou no quarto para revirar as gavetas da cômoda, de quando em quando soltando um resmungo, tal qual uma Sherlock Holmes do sexo feminino seguindo a trilha de uma pista crucial.

Por que não faço isso toda noite?, ela começou a se perguntar meia hora depois, quando, corada e de banho tomado, vestiu o casaco japonês de seda azul-real que recebera muitos Natais antes de uma amiga espevitada que viajava o mundo graças a uma herança gorda, mas nunca tinha usado — era uma coisinha requintada, uma peça tão elegante e brilhosa que parecia totalmente deslocada em seu mundo regido pelo bom senso. Depois ela desfez a coroa de tranças e, com a ajuda de alguns grampos, prendeu o cabelo num coque alto improvisado e bastante charmoso. Com alguns passinhos hesitantes, ela se acostumou aos sapatos de passeio, pretos e de salto alto, e, para dar o toque final, se encharcou das últimas gotas do perfume francês. Durante esse ritual, Ellen fez questão de não olhar para a cara de lua cheia do relógio, cuja mãozinha curta e preta já havia avançado para além das seis. *Agora é só esperar...*

Andando distraída em direção à sala de estar, ela sentiu um súbito terror. *Me esqueci da Jill!* A bebê estava estirada num sono profundo no canto do cercadinho, com o dedo na boca. Com muita delicadeza, Ellen pegou no colo o corpinho quente e o levou para o quarto.

A hora do banho foi uma maravilha. Jill riu e bateu as perninhas até espalhar água por todo o banheiro, mas Ellen não se importou, pensando em como o cabelo escuro e os olhos cinzentos e serenos da bebê refletiam os traços de Jacob. Nem quando Jill derrubou a xícara de mingau de sua mão, sujando sua melhor saia,

256 sylvia plath

ela não conseguiu ficar brava. Estava dando colheradas de ameixas cozidas na boca da filha quando ouviu o clique de uma chave na fechadura da porta da frente e ficou paralisada. Os medos e as frustrações daquele dia, temporariamente esquecidos, voltaram num só ímpeto.

— É isso que quero ver quando volto pra casa depois de um dia difícil! — Jacob se apoiou no batente, iluminado por um brilho misterioso que não parecia vindo do contato com martínis ou ruivas. — Esposa e filha esperando ao lado da lareira para receber o homem da casa... — Jill estava, aliás, presenteando o pai com um espetacular sorriso azul que ia de orelha a orelha e consistia principalmente de ameixa cozida. Ellen riu, e sua oração silenciosa e desesperada daquela manhã pareceu estar prestes a ser atendida quando Jacob atravessou a sala em duas passadas e a envolveu, com prato lambuzado de ameixa e tudo, num amoroso abraço de urso.

— Hummm, querida, como você está cheirosa! — Ellen, muito recatada, esperou que ele fizesse alguma menção ao perfume francês. — É uma mistura fabulosa de papinha de bebê com óleo de fígado de bacalhau. E está de pijama novo! — Ele a segurou com ternura, mas não se aproximou mais uma vez. — Parece que acabou de sair do banho com o cabelo preso assim.

— Ahhh! — Ellen se soltou com uma sacudida. — Homens! — Mas seu tom de voz a entregou. Era óbvio que Jacob a via como o tipo de mulher que é esposa e mãe, e ela não poderia estar mais satisfeita.

— Falando sério, amor, tenho uma surpresa.

— A peça não é o suficiente para um só dia? — Ellen perguntou, sonhadora, apoiando a cabeça no ombro de Jacob e se perguntando por que não tinha sentido a mínima vontade de dar um escândalo por conta do almoço com Denise, ou por sua inexplicável ausência por toda aquela tarde tediosa e cheia de preocupação...

johnny panic e a bíblia de sonhos e outros textos em prosa 257

— Falei com o corretor de imóveis por telefone.

— Corretor de imóveis?

— Lembra daquele imobiliária pequenininha e fora de mão em que paramos só para dar uma olhada nas nossas férias na Cornualha, logo antes de a Jill nascer...?

— L-lembro — Ellen se segurou para não tirar conclusões precipitadas...

— Bem, aquele lugar ainda está à venda... aquela casa de campo de frente para a praia que a gente alugou. Quer comprar?

— *Quero!* — Ellen quase gritou.

— Eu imaginei que você quisesse, depois que falou tão bem do lugar na última primavera — Jacob disse, modesto. — Porque combinei de pagar a entrada com o cheque que a Denise me entregou durante o almoço...

Por um segundo, Ellen sentiu o mínimo traço de mau pressentimento como um peso em seu coração.

— Você não vai precisar ficar em Londres por causa da peça...? Jacob deu risada.

— De jeito nenhum! Aquela Denise Kay é uma mulher de negócios que faz o que der na telha... É um verdadeiro trator. Não sou eu quem vai ficar no caminho dela! Olha, ela tem um motor tão potente que bebeu até o martíni que pediu para mim, depois que eu disse que não bebo nada de álcool nos dias de semana...

O telefone, curiosamente abafado, quase musical, o interrompeu. Ellen colocou Jill nos braços do marido, para que ele a botasse para dormir e cantasse para ela, e flutuou até a sala de estar para atender a chamada.

— Ellen, querida. — A voz de Nancy Reagan pareceu leviana e frágil como uma casca de ovo contra o burburinho de jazz e risadas. — Fiquei pensando em como eu poderia te animar um pouco, e marquei um horário com o meu Roderigo, no sábado, às onze. É fantástico o que um novo corte de cabelo pode fazer pelo humor...

258 sylvia plath

— Desculpe, Nan — Ellen disse, educada —, mas acho melhor você cancelar o horário. Tenho uma novidade pra você.

— Novidade?

— As tranças vão voltar com tudo nessa temporada, querida. São a última tendência de moda para as esposas do campo!

PARTE III

EXCERTOS DOS CADERNOS

ANOTAÇÕES DE CAMBRIDGE
(FEVEREIRO DE 1956)

19 DE FEVEREIRO, NOITE DE SÁBADO

A QUEM INTERESSAR POSSA: de tempos em tempos acontece de as forças neutras e impessoais do mundo mudarem de rumo e se condensarem num estrondo de punição divina. Não há motivo para o súbito terror, para a sensação de reprovação, a não ser pelo fato de as circunstâncias externas refletirem a dúvida interna, o medo interno. Ontem, andando muito tranquila pela ponte de Mill Lane, depois de deixar minha bicicleta na oficina (me sentindo perdida, pedestre, impotente), sorrindo aquele sorriso que serve de verniz benevolente contra o medo arrepiante do olhar dos estranhos, de repente virei alvo de uns menininhos que estavam fazendo bolas de neve na represa. Começaram a arremessá-las em mim, de forma explícita e sincera, tentando me acertar. Erravam toda vez, e, com aquele discernimento desconfiado que só a experiência traz, observei as bolas de neve suja vindo na minha direção, por trás e pela frente, e, chocada com a situação, continuei andando devagar, com firmeza, preparada para me esquivar de um tiro certeiro antes de me acertarem. Mas não me acertaram, e, com um sorriso tolerante que não passava de uma mentira deslavada, continuei andando.

Hoje meu dicionário analógico, o livro que eu levaria para uma ilha deserta no lugar da Bíblia, como tantas vezes alardeei, me achando muito esperta, ficou aberto depois que escrevi o rascunho de um poema muito ruim, muito sombrio, nos verbetes 545: Farsa; 546: Falsidade; 547: Engodo; 548: Impostor. O genial crítico e escritor que se alia às generosas forças opostas da criatividade grita com uma precisão mortal: "Fraude, fraude". Palavra que foi repetida com verdadeira consistência por seis meses durante aquele ano infernal.

Ontem à noite: chegando à festa no Emmanuel (sim, sim), estavam hipnotizando um cara chamado Morris numa sala escura e cheia de gente, iluminada só por velas em garrafas de vinho antigas, num estilo boêmio muito calculado. O rapaz, que era feio e gordo, mas forte, estava dizendo com autoridade absoluta: "Quando você tentar passar pela porta, haverá vidro no caminho. Você não pode passar pela porta, porque haverá vidro. Quando eu disser 'gramofone', você vai voltar a dormir". Então ele tirou o Morris do transe e o Morris tentou passar pela porta, mas parou de repente. Ele não conseguia passar pela porta, tinha vidro no caminho. O rapaz gordo disse "gramofone", e dois rapazes risonhos e nervosos seguraram o Morris quando ele caiu. Depois fizeram o Morris ficar duro como uma barra de ferro; parecia que ele sabia como era o ferro, porque ficou completamente rígido no chão.

E eu falei sem parar com o Win: todo corado, de olhos azuis, loiro, confiante, no começo de uma relação com uma garota que ele conheceu esquiando, e que está noiva e prestes a ir para casa tentar romper o noivado e depois voltar e talvez morar e viajar com ele. E descobri que não me enganei a respeito de L, e que nós dois amamos N, e falei de R. É joguinho que não acaba

264 sylvia plath

mais. Falei de R como se ele tivesse morrido. Com a nobreza que reservamos aos mortos. E o John, tão alto e bonito, apoiou a mão morna no meu ombro, e eu perguntei sobre a hipnose com muito interesse, e enquanto isso os cabelos cacheados e o rostinho de bebê corado, brilhante e afoito do Chris ficaram pairando pelos cantos, e eu, com uma compaixão mal administrada, disse que não queria ir com John à sala agitada que transbordava música dançante e fui conversar muito comportada com o Win, e beber, e dizer ao Rafe, que era o anfitrião e tinha um rosto iluminado e uma travessa sempre cheia de frutas e bebidas cada vez de uma cor diferente: "Você é um anfitrião maravilhoso".

Então o Chris foi para longe, e, em meio ao burburinho, se ajoelhou para abraçar a Sally Bowles minúscula, toda de preto, com calças pretas diminutas e um cabelo loiro curto estilo Joana D'arc e uma piteira comprida muito chique (combinando perfeitamente com seu par também muito baixinho, Roger, que estava todo de preto, parecendo um bailarino pálido e franzino, e que tinha acabado de publicar um artigo a respeito de Yeats numa revista chamada *Khayyam*, batizada em homenagem a Omar). Depois o Chris colocou uma garota vestida de vermelho no colo e os dois foram dançar. Nesse meio-tempo, eu e Win ficamos conversando, muito sábios, e só agora me ocorre que era tudo tão simples: eu poderia jogar tudo para o alto e dar em cima do John, que agora estava dando em cima da opção mais próxima e mais fácil. Mas todo mundo tem aquela mesma carinha sorridente e assustada, com aquela mesma expressão que diz: "Eu sou importante. É só me conhecer melhor que você vai saber como eu sou importante. Olhe nos meus olhos. Me beije, que você vai ver como eu sou importante".

Eu também quero ser importante. Sendo diferente. E essas garotas são todas iguais. Já distante, saio para pegar meu casaco com o Win; ele me traz meu cachecol enquanto espero na escada, e Chris chega, todo vermelho, dramático, ofegante, arrependido. Ele quer levar bronca, quer ser punido. Isso é fácil demais. É isso que todos nós queremos. Estou um pouco bêbada e aérea, e acho conveniente que me acompanhem pela neve até a minha casa. Está muito frio, e passo o caminho inteiro pensando: Richard, você está vivo neste momento. Você está vivo agora. Você está nas minhas entranhas, e eu faço o que faço porque você está vivo. E enquanto isso você provavelmente está dormindo, exausto e feliz, nos braços de alguma puta muito talentosa, ou talvez até da garota suíça que quer se casar com você. Eu estou te chamando. Eu quero escrever para você, quero escrever sobre o meu amor, sobre a fé absurda que me mantém casta, tão casta, que todo toque e toda palavra que eu já disse aos outros se tornam meros ensaios para chegar a você, e são preservados só por isso. Esses outros agora são um passatempo, e é só passarem um pouquinho do limite dos beijos e carinhos que eu peço pra parar e me esquivo, paralisada. Estou de preto, e agora uso preto cada vez mais. Perdi uma das minhas luvas vermelhas num coquetel. Agora só tenho luvas pretas, e são todas frias e desconfortáveis.

"Richard", eu digo, e falo para Nat, e falo para Win, e falo para Chris, assim como falei para Mallory e Iko e Brian e Martin e David: tem um Tal Rapaz na França. E hoje contei ao John, que é um excelente ouvinte, sempre disposto a sentar e me ouvir dizer que um dia fui feliz, que um dia fui minha melhor versão, e que me tornei a mulher que sou hoje, tudo por causa de um rapaz chamado Richard. E o John diz: "Eu poderia te amar de um jeito violento, se eu me permitir". Mas ele não se permitiu. Por quê? Porque eu nunca encostei nele, nunca olhei nos olhos dele com a imagem que ele quer ver nos meus. E eu poderia ter olhado. Mas estou cansada demais, e sou honrada demais, mas de um jeito perverso. Fico enojada. Eu não o desejaria, nem se ele se tornasse vítima. Então eu lhe digo muito descontraída que não vou deixar

266 sylvia plath

isso acontecer, em tom de brincadeira, porque nosso caso é um bebê natimorto. Já dei à luz muitos desses bebês.

E então, amarga, eu digo: será que amo o Richard? Ou será que o uso para justificar uma postura digna, solitária, de desamor, sob o perverso rótulo da fé? Usando-o dessa forma, será que eu iria querer tê-lo por perto, magro, ansioso, pequenino, ranzinza, sempre doente? Ou será que acharia melhor admirar apenas sua força mental e espiritual, sua potência explosiva, à parte dos detalhes corrosivos do mundo real? Covarde.

E, chegando à sala de jantar de repente durante o café da manhã, as três espertinhas olham com uma cara estranha e continuam falando, como sempre fazem quando a sra. Milne aparece, numa aparente continuidade, fingindo que falam de outra coisa: "Que estranho, só fica olhando o fogo". E elas já te deram por louca. Sem mais nem menos. Porque esse medo já existe, e existe há muito tempo. O medo de que todos os contornos e formas e cores do mundo real, reconstruídos com tanto esforço e com um amor tão verdadeiro, possam desaparecer num momento de fraqueza e "apagar-se de súbito", como aconteceria com a lua num poema de Blake.

Um medo mórbido: que se expressa com muita veemência. Para o médico. Vou ao psiquiatra esta semana, só para vê-lo, para saber que está à disposição. E, ironicamente, sinto que preciso dele. Preciso de um pai. Preciso de uma mãe. Preciso de um ser mais velho e mais sábio para quem eu possa chorar. Eu falo com Deus, mas o céu está vazio, e Órion passa e não diz nada. Me sinto um pouco Lázaro: aquela história me fascina. Morta, eu me reergui, e às vezes recorro à mera sensação de ser suicida, de ter chegado tão perto, de sair do túmulo com as cicatrizes, e a marca que me desfigura o rosto (é o que imagino) fica cada vez mais visível: mais branca, como um sinal da morte na pele corada e gelada de vento, e cada vez mais escura nas fotografias, contra

johnny panic e a bíblia de sonhos e outros textos em prosa   267

minha palidez solene de inverno. E me reconheço mais do que deveria em minhas leituras, em meus escritos. Eu *sou* a Nina de *Estranho interlúdio*; eu *também* quero ter marido, amante, pai e filho todos em um só. E me dedico com muito desespero a fazer com que meus poemas, meus poeminhas afetados, tão certinhos, tão curtos, sejam selecionados pela *New Yorker*. Para me vingar da loira, como se um simples dique de papel impresso pudesse segurar a enchente criativa que aniquila toda inveja, todo ciúme mesquinho e medroso. Tenho que ser generosa.

Sim. É isso que Stephen Spender gostaria de ver mais vezes na crítica de Cambridge. E o que eu gostaria de ver mais vezes nos comentários mordazes de quem debocha de tudo que é grotesco: e o que dizer de nós?: Jane, com seus gestos desengonçados segurando uma faca, derrubando torradeiras e talheres, agarrando e arrebentando o colar de Gordon com um riso estranho, aceitando a comida do Richard, e um lugar para dormir e uma chave que eu ofereci, mas sempre desligada, como se não fosse nada. Dá para sermos mais simbólicos do que isso? O rancor devora as pessoas matando seu próprio alimento. Ela é capaz de guardar rancor? Ela tem mais interesse nos rapazes grandes, conquistadores, os mais criativos. Nós temos os filhotinhos impetuosos. Será que posso encontrar outros? Tenho o meu Chris, o meu Nat. Mas será que tenho mesmo?

Generosa. Sim, hoje perdoei o Chris. Por ter me abandonado, e me machucado um pouco, assim como as duas garotas sem rosto que ele conheceu me machucaram, só porque como mulher eu enfrento todas as mulheres pelos meus homens. Meus homens. Meus homens. Eu sou mulher, e não existe lealdade nem entre mãe e filha. Ambas lutam pelo pai, pelo filho, pelo descanso da mente e do corpo. Também perdoei o John por ter um dente podre e uma palidez terrível, porque ele era humano, e eu senti que "precisava de humanidade". Até o John, lá sentado, alheado por culpa daquelas minhas palavras tão sábias, até ele poderia ser pai. E como eu quero que um homem me pegue nos braços; qualquer homem, que seja pai.

Então agora vou falar toda noite. Comigo mesma. Com a lua. Vou andar, como fiz hoje, com inveja da minha solidão, sob o brilho azulado da lua fria que cai cintilante sobre a neve nova, numa miríade de luzes. Falo comigo mesma e olho as árvores escuras, abençoadas em sua neutralidade. Tão mais fácil do que encarar as pessoas, do que precisar parecer feliz, indestrutível, inteligente. Sem qualquer máscara, eu ando, falando com a lua, com as forças impessoais e neutras que não escutam nada, e apenas aceitam o que eu sou. E não tentam me derrubar. Fui até o rapaz de bronze que tanto amo, em parte porque ninguém se importa com ele, e tirei um montinho de neve de seu rosto delicado e sorridente. Ele continuou imóvel sob o luar, escuro, com a neve esculpindo seus membros em brancura, no meio do semicírculo da sebe, segurando seu golfinho ondeante, ainda sorrindo, se equilibrando num só pé cheio de dobrinhas.

E ele se torna a criança de *Quando despertamos de entre os mortos*. E Richard não vai me dar um filho. E é o filho dele que talvez eu quisesse. Ter no ventre, ver crescer. O único com quem eu suportaria ter um filho. Até agora. Também tenho medo de gerar uma criança deformada, deficiente, que cresceria sombria e feia dentro da minha barriga, como aquela antiga podridão que sempre temi que saísse de trás dos globos dos meus olhos. Imagino o Richard aqui, comigo, e me imagino inchando com seu filho no ventre. Exijo cada vez menos. Eu o olharia nos olhos e só diria assim: me entristece que você não seja forte, e não saiba nadar, nem velejar, nem esquiar, mas você tem um espírito forte, e eu vou acreditar em você e tornar você invencível. Sim, eu tenho esse poder. A maioria das mulheres têm, em maior ou menor grau. Mas a vampira também está presente. Aquele ódio antigo, primitivo.

Aquela vontade de sair castrando os homens arrogantes que se tornam crianças diante da paixão. Como a escada circular da torre em espiral nos traz de volta a onde começamos! Tenho saudade da minha mãe, e até do Gordon, embora suas fraquezas... me deixem enojada. E ele logo terá uma situação financeira muito confortável. E ele é bonito e forte. Ele esquia, nada, mas nem todas as qualidades do mundo poderiam me fazer relevar sua mente fraca e sua fraqueza física. Meu Deus, eu quase seria capaz de ficar com ele só para comprovar que ele é fraco, mas minha dúvida não lhe daria a chance de ser forte. A não ser que eu tomasse muito cuidado. E eu também gostaria que ele fosse forte. Mas infelizmente há tão pouca esperança, já está tão tarde.

O único amor perfeito que tenho é pelo meu irmão. Já que não posso amá-lo fisicamente, vou amá-lo para sempre. E sentir ciúme da esposa dele, também, um pouquinho. É estranho que, depois de viver tanta paixão, ímpeto e lágrimas, uma alegria tão intensa, eu me sinta tão fria, tão repelida pelos casos supérfluos com os outros, aqueles encantos repentinos que agora parecem ser minha perdição, porque só me aproximam ainda mais do Richard. E ainda espero que haja algum homem na Europa que eu conheça e por quem me apaixone, e que possa me libertar desse ídolo tão poderoso. Um homem que eu aceite mesmo em sua mais profunda fraqueza, que eu possa fortalecer, porque ele já me oferece espírito e inteligência.

E agora vai ficando tarde, muito tarde. E começo a sentir meu velho pânico do início da semana, porque não consigo ler e pensar o suficiente para cumprir minhas humildes obrigações acadêmicas, e não escrevi nem uma linha desde o conto de Vence (que será rejeitado após a *New Yorker* rejeitar os meus poemas, e, ao mesmo tempo que tenho a coragem de dizer isso, espero estar mentindo, porque meu amor por Richard está nesse conto, e minha sagacidade, pelo menos um pouco dela, e quero congelar tudo isso na pá-

270 sylvia plath

gina impressa, e não enfrentar uma rejeição: viu, que perigo?, mais uma vez estou me projetando demais nas rejeições!) Mas como posso continuar vivendo em silêncio, sem uma única pessoa com quem possa de fato conversar e que não esteja de alguma maneira envolvida a fundo ou próxima o suficiente para no mínimo ficar contente com minha infelicidade? Quero chamar Richard, todos os meus amigos de casa, quero pedir que venham me resgatar. Da minha insegurança, que preciso enfrentar sozinha. Concluir o ano que vem aqui, encontrar prazer nas pressões da leitura, do estudo, enquanto às minhas costas nunca deixa de existir um tique-taque zombeteiro: uma vida está passando. A minha vida.

Que assim seja. E eu desperdiço minha juventude e meus dias de esplendor num terreno infértil. Como chorei naquela noite, pedindo para ir pra cama, e não tinha ninguém, só meus sonhos de Natal, e do último ano com Richard, que tanto amei. E bebi o resto do xerez horrível, abri algumas nozes, que estavam todas amargas e podres por dentro, e o mundo material e inerte debochou de mim. Amanhã o quê? Sempre criando disfarces, inventando desculpas para ter lido menos da metade do que tinha me proposto. E uma vida está passando!

Eu quero atravessar a matéria deste mundo: me ancorar na vida por meio dos lençóis sujos e dos lilases, do pão de cada dia e dos ovos fritos, e de um homem, o desconhecido de olhos escuros que coma minha comida e o meu corpo e o meu amor e dê a volta ao mundo durante o dia e volte para buscar refúgio comigo à noite. Que me dê um filho, que faça com que eu volte a fazer parte daquela raça que joga bolas de neve em mim, talvez intuindo a podridão que cada golpe atinge?

Enfim: Elly virá visitar nesse verão (e também minha mãe e a sra. Prouty) e Sue no próximo outono. Adoro as duas meninas, e com elas eu posso, pelo menos uma vez na vida, ser completamente mulher, e podemos falar sem parar. Eu tenho sorte. Não falta tanto tempo. Mas, agora, o que tenho a oferecer? Nada. Sou egoísta, assustada, choro demais para me guardar para a minha escrita fantasma. Mas de qualquer forma já está melhor do que no semestre passado, quando eu enlouquecia todas as noites e virava uma puta desesperada de vestido amarelo. Uma poeta louca. Como o Dick Gilling foi esperto; ele é mesmo muito intuitivo. Eu não tinha coração, nem coragem, nem estômago. Mas me recusei a continuar, sabendo que não podia ser grande, mas me recusava a ser pequena. Eu me refugiei no meu trabalho. E foi melhor *mesmo*: quinze peças por semana, em vez de duas. Números? Não apenas, mas também uma sensação real de proficiência, de inspiração ocasional. E é isso que eu busco, afinal.

Será que o Richard um dia vai voltar a precisar de mim? Parte da minha barganha é que vou continuar em silêncio até que ele volte. Por que será que tantas vezes é o homem quem toma a frente da situação? As mulheres fazem tudo o que podem, mas, longe como estou, não posso fazer nada, proibida de escrever para ele como estou, por conta de uma espécie de honra e de orgulho (me recuso a continuar tagarelando sobre meu amor por ele) e preciso esperar até que ele precise de mim. Se é que um dia vai precisar, nos próximos cinco anos. E tentar, com amor e fé, sem me tornar amarga, fria e dura, ajudar os outros. Essa é a salvação. Oferecer o amor que tenho dentro de mim. Manter o amor pela vida, aconteça o que acontecer, e oferecer aos outros. Com generosidade.

20 DE FEVEREIRO: SEGUNDA-FEIRA

CARO DOUTOR: TENHO ME sentido muito doente. Tem um coração no meu estômago, e ele pulsa e zomba de mim. De repente os rituais mais simples do dia tropeçam como um cavalo teimoso.

Torna-se impossível olhar as pessoas nos olhos: será que a podridão pode ressurgir? Quem vai saber? Qualquer conversa de elevador se torna uma agonia. A hostilidade também aumenta. Aquele veneno perigoso e mortal que brota de um coração doente. E da cabeça doente. A imagem da identidade com que tentamos deixar uma marca no mundo, seja ele neutro ou hostil, desmorona para dentro; eu me sinto esmagada. Na fila do salão, esperando uma refeição ingrata que consistia em ovo cozido com molho de queijo, purê de batata e nabos pálidos, ouvi uma garota dizendo para a outra: "A Betsy está deprimida hoje". É quase um alívio absurdo saber que há alguma outra pessoa no mundo, além de você, que não vive feliz o tempo todo. A pessoa só pode estar no fundo do poço quando se perdeu tanto assim na escuridão que chegou a um ponto em que qualquer outra pessoa, só por ser o "outro", é invencível. Essa é uma bela de uma mentira.

Mas estou me perdendo no relativismo mais uma vez. Incerta. E é um desconforto danado: com os homens (longe do Richard, sem ninguém para amar aqui), com a escrita (muito tensa com as rejeições, muito assustada e desesperada com os poemas ruins; mas tenho ideias para contos; só preciso tentar logo), com as garotas (a casa emana desconfiança e frigidez; quanto da paranoia é transferência?, a desgraça é que elas farejam insegurança e crueldade como os bichos farejam sangue), com a vida acadêmica (abandonei as aulas de francês e tenho estado inclinada a malcriações e a matar aula, preciso ficar atenta; fora isso, me sinto burra quando discutimos os temas das aulas; que diabos é uma tragédia? Eu sou).

Pronto. Com a bicicleta na oficina, bebi café com leite e devorei o bacon com repolho e batata, e torrada, li duas cartas da minha mãe, que até me animaram bastante: ela é tão corajosa, cuidando tanto da vovó quanto da casa e construindo uma nova vida, se preparando para a Europa. Eu quero oferecer dias felizes a ela

johnny panic e a bíblia de sonhos e outros textos em prosa 273

aqui. Ela também me encorajou a lecionar. Se eu começasse logo a *fazer* as coisas, não ia me sentir tão horrível. A inércia congelante é a minha pior inimiga; a insegurança me deixa doente de verdade. Eu preciso ultrapassar todos os obstáculos um a um: aprender a esquiar (com o Gordon e a Sue no ano que vem?) e talvez dar aulas numa base militar nesse verão. Ia me fazer um bem danado. Se eu fosse para a África ou para Istambul, poderia escrever artigos sobre os lugares nas horas vagas. Chega de sonhar. Vá correr atrás.

Graças a Deus o *Christian Science Monitor* comprou o artigo sobre Cambridge e o desenho. Eles também devem enviar uma carta a respeito da minha proposta de escrever mais vezes para eles. A rejeição dos poemas da *New Yorker* deve chegar como um soco no estômago a qualquer momento. Meu Deus, que tristeza é deixar que minha vida dependa de alvos tão fáceis quanto aqueles poemas, parece que só existem para levar o tiro do editor.

Hoje eu preciso *pensar* nas peças do O'Neill; às vezes o pânico é tanto que me dá um branco e o mundo se perde num vácuo, e sinto vontade de sair correndo ou andando pela noite, por quilômetros a fio até cair de exaustão. Tentando fugir? Ou tentando ficar sozinha o suficiente para decifrar o enigma da esfinge? Os homens esquecem. Disse Lázaro, risonho. E eu me esqueço dos momentos de esplendor. Preciso registrá-los na página. Inventá-los na página. Seja honesta.

Enfim, depois do café da manhã botei uma roupa e fui correndo pela neve para a aula do Redpath no Grove Lodge. Dia cinza, momento de alegria quando a neve ficou presa no meu cabelo esvoaçante, me senti corada e saudável. Quis ter tempo para poder ficar mais. Vi gralhas pretas paradas no brejo branco de neve, céu cinza, árvores negras, água do tom de verde dos patos selvagens. Impressionante.

Aglomeração de carros e caminhonetes na esquina do Royal Hotel. Corri para Grove Lodge, percebi o encanto cinza da pedra;

gostei do edifício. Entrei, tirei meu casaco e me sentei no meio dos rapazes, nenhum deles disse nada. Não aguentava mais ficar de cabeça baixa, olhando para a mesa, compenetrada como uma iogue. O rapaz loiro vem correndo avisar que o Redpath está com gripe. E ontem à noite ficamos até as duas da manhã lendo *Macbeth*. Mas tudo bem. Fiquei maravilhada com os velhos discursos: especialmente aquele do "conto de som e fúria". Que ironia: adoto a identidade poética das personagens que cometem suicídio ou adultério, ou que são assassinadas, e por um tempo acredito completamente nelas. O que elas dizem é Verdade.

Bem, depois a caminhada até a cidade, como sempre sem tirar os olhos da capela do King's College, momento de alegria no Market Hill, mas todas as lojas estavam fechadas, a não ser a Sayle's, onde comprei um par idêntico de luvas vermelhas para substituir as que tinha perdido. Não posso me entregar de vez ao luto. Será possível amar o mundo neutro e objetivo e ter medo das pessoas? Pode ser perigoso no longo prazo, mas possível. Amo as pessoas que eu não conheço. Sorri para uma mulher quando estava voltando pelo caminho do brejo, e ela disse, com uma cumplicidade irônica: "Que tempo ótimo". Adorei aquela mulher. Não vi loucura nem frivolidade na imagem refletida nos olhos dela. Pelo menos uma vez na vida.

É mais fácil amar os estranhos nesse momento difícil. Porque eles não exigem nada e não ficam olhando, olhando sem parar. Não aguento mais a Mallory, Iko, John, até o Chris. Eles não têm nada para me oferecer. Para eles eu morri, mesmo que antes já tenha florescido. É esse o terror latente, é um sintoma: de repente é tudo ou nada: ou você consegue romper a casca da superfície e atingir o vazio sibilante, ou não consegue. Quero voltar para o meu caminho mais normal e intermediário em que a *substância* do mundo é permeada pela minha existência: comer, ler, escrever, conversar, fazer compras: para que as coisas sejam boas pelo que são, e não uma tentativa frenética de disfarçar o medo que precisa encarar a si mesmo e duelar consigo mesmo, dizendo: uma vida está passando! O horror é o retraimento repentino do mundo dos fenômenos, que desaparece sem deixar rastros. Só farrapos. Gralhas humanas que dizem: fraude. Graças a Deus eu fico cansada e consigo dormir; se continuar assim, tudo é possível. E gosto de comer. E gosto de andar e adoro a paisagem do campo que tenho aqui. Só que essas questões eternas continuam batendo à porta da minha realidade cotidiana, a qual me agarro como uma amante louca, questões que trazem à tona o mundo sombrio e periclitante em que tudo é sempre igual, em que não há distinções, nem discriminações, nem espaço, nem tempo: o fôlego sibilante da eternidade, não de deus, mas do demônio da negação. Então vou me dedicar às ideias sobre O'Neill, me preparar para enfrentar as acusações sobre a aula de francês, a rejeição da *New Yorker* e a hostilidade ou, pior, a completa indiferença das pessoas com quem convivo.

Escrevi um Poema Bom: "Winter Landscape with Rooks" [Paisagem de inverno com gralhas]: tem movimento, é robusto: uma paisagem psíquica. Comecei outro dos grandes, mais abstrato, escrito enquanto estava banheira: tenho que tomar cuidado para não ficar muito genérico. Boa noite, princesinha. Você continua sozinha; seja estoica; não entre em pânico; enfrente esse inferno para chegar ao generoso e lindo e abundante e *imenso* amor da primavera.

P.S.: Ganhar ou perder uma discussão, ser aprovada ou rejeitada, nada disso é prova da validade ou do valor da identidade de alguém. Uma pessoa pode estar errada, enganada, pode ser ruim no que faz ou simplesmente ignorante — mas isso não determina o verdadeiro valor de sua identidade humana como um todo: no passado, presente ou futuro!

Pá! Sou sensitiva, só que não o suficiente. Meu bebê "The Matisse Chapel" [A capela de Matisse], cujo pagamento imaginário eu já vinha gastando, sempre comentando com modesto egocentrismo, foi rejeitado pela *New Yorker* hoje de manhã, sem sequer um rabisco de lápis na desgraça em preto e branco da rejeição datilografada. Escondi a carta debaixo de uma pilha de papéis, como se fosse um bebê bastardo e natimorto. O *pathos* no poema, a tentativa canhestra de alcançar o sublime, me deu arrepios. Ainda mais depois que li o recente e brilhante *Afternoon of a Faun* [Tarde de um fauno], de Pete de Vries. Há maneiras e maneiras de construir um caso de amor. Acima de tudo, não se pode levá-lo a sério.

Mesmo assim, a mente adaptável imagina que os poemas, enviados uma semana antes, devem estar passando por uma cuidadosa análise neste momento. Devo recebê-los de volta amanhã. Talvez até com um comentário.

25 DE FEVEREIRO: SÁBADO

ENTÃO ESTOU LIMPA, DE cabelo lavado, me sentindo esvaziada e trêmula; uma crise chegou ao fim. É hora de reunir as forças, convocar o pequeno esquadrão do otimismo e seguir adiante. Sempre em frente. No começo da semana comecei a pensar que fui muito idiota para precisar fazer todas aquelas declarações decisivas para todos aqueles rapazes no último semestre. É ridículo; não devia ser assim. Não que eu não possa escolher as pessoas com quem quero estar, mas deve ter havido algum motivo para que eu me enfiasse em situações em que a única opção era dar um ultimato e ser óbvia.

É provável que isso tenha acontecido porque fui muito intensa com todos os rapazes, um atrás do outro. Aquele mesmo horror veio à tona com eles, aquele que surge quando as ferramentas da

johnny panic e a bíblia de sonhos e outros textos em prosa 277

existência desaparecem e só restam luz e escuridão, noite e dia, sem todas as pequenas peculiaridades físicas e verrugas e juntas inchadas que são a estrutura da existência: ou eles eram tudo ou nada. Nenhum homem é tudo, então, *ipso facto*, eles eram nada. Não pode ser assim.

Também era evidente que nenhum deles jamais seria o Richard; no fim das contas comecei a dizer isso a eles, como se tivessem uma doença fatal e eu só pudesse lamentar muito, muito. Boba: seja mais didática: aceite rapazes chamados Iko e Hamish pelo que eles são, o que pode ser café ou rum e *Troilo e Créssida* ou um sanduíche no moinho. Essas coisinhas específicas são boas em si mesmas. Não preciso fazê-las com a Única Criatura no mundo no Único Corpo que é meu, meu amor verdadeiro. É preciso viver com certo maquiavelismo prático: uma descontração que deve ser cultivada. Eu era séria demais para o Peter, mas era mais porque ele não participava da seriedade com profundidade suficiente para descobrir que havia satisfação por trás. O Richard conhece essa alegria, essa alegria tão trágica. E ele se foi, e acho que eu deveria estar contente. De certa forma, seria mais constrangedor se ele quisesse se casar comigo agora. Acho que eu provavelmente diria não. Por quê? Porque ambos estamos nos encaminhando para uma vida estável, e, de certa forma, se eu o aceitasse, ele talvez se visse afogado, sufocado, pela vida de classe média simples de onde venho, com seus ideais direcionados aos grandes homens, homens convencionais: com ele eu nunca poderia ter uma casa. Talvez um dia ele queira uma casa, mas agora ele está muito longe disso tudo. Nossa vida ia ser tão discreta: talvez ele sentisse falta dos laços de sangue e da classe social a que eu não pertenço; eu sentiria falta da robustez física e da saúde. Que importância têm essas coisas? Não sei: isso sempre muda, como quando você olha pelo outro lado do telescópio.

Enfim, estou cansada, e hoje é sábado, e durante a tarde tenho que fazer todas as leituras e trabalhos acadêmicos que deve-

278 sylvia plath

ria ter feito há dois dias, não fosse meu estado deplorável. Uma sinusite horrível que embotou todos os meus sentidos, entupiu meu nariz, não conseguia sentir gosto nem cheiro de nada, nem enxergar, porque meus olhos estavam cheios de remela, também não conseguia ouvir nada, o que era ainda pior, ou quase. E, pra completar, em meio àquele inferno das noites sem dormir, me revirando na cama com febre e nariz escorrendo, apareceram minhas cólicas menstruais macabras (maldição,* de fato) e aquele jorro terrível de sangue. O dia amanheceu, e o preto-e-branco virou cinza num inferno congelado. Eu não conseguia relaxar, cochilar, nada. Isso foi sexta, o pior dia, o pior de todos. Não conseguia nem ler, cheia de remédios pulsando, latejando nas veias. Por todo lado eu ouvia campainhas, telefonemas que não eram para mim, entregas de flores para todas as outras garotas do mundo. Desespero absoluto. Nariz vermelho e horrível, sem forças. Quando fiquei muito mal psicologicamente, pá, o céu desaba e meu corpo me trai.

Agora, apesar da contração do final da gripe, estou purificada e voltei a ser estoica e bem-humorada. Analisei algumas atitudes e tive a oportunidade de comprovar algumas teorias esta semana. Observei a lista de homens que conheci aqui e fiquei chocada: de fato, aqueles que eu dispensei não valiam a pena (fazer o quê, é verdade), mas tão poucos valiam! E eu conhecia tão poucos. Então decidi, mais uma vez, que é hora de aceitar a festa, o chá. E o Derek me convidou para uma festa de vinhos na quarta-feira. Fiquei paralisada, como sempre, mas disse que talvez fosse e fui. Passado o primeiro susto (sempre sinto que viro uma gárgula quando passo muito tempo sozinha, e acho que os outros vão perceber), foi bom. Tinha uma fogueira, cinco violonistas, caras legais, moças bonitas, uma loira da Noruega chamada Gretta, que cantou "On top of old

---

* "The curse" ("a maldição") é um eufemismo para a menstruação. (N. T.)

Smoky" em norueguês, e um vinho quente divino e um ponche de gin com limão e noz-moscada que era ótimo de beber aos pouquinhos e que aliviou os calafrios que eu estava sentindo, antes de a gripe começar. Além disso, um rapaz chamado Hamish (que deve ser mais um Ira) me chamou para sair na semana que vem e disse, meio que por acaso, que me levaria à festa em St. Botolph (hoje à noite). Isso bastou. Eu tinha agido, e essa Coisa Boa tinha acontecido. E eu também sou uma vítima do status. Quer dizer, da ideia do status. E a frivolidade do que tenho escrito, a pequeneza arrogante e afetada, é evidente. Mas eu não sou isso. Não só isso. E me dói ver coisas tão esplendorosas. Não acho que seja porque tenho inveja, mas porque a loira está se dando cada vez melhor. O medo é o pior inimigo. E será que ela tem medo? Por ser humana, suponho que sim. Mas, como Hunter, a estrutura óssea e a cor aguentam o tranco. E escondem o medo. Se é que há.

E aprendi uma coisa com E. Lucas Myers, embora ele não me conheça e nunca vá descobrir que aprendi. A poesia dele é ótima e grandiosa, e construída a partir da técnica e da disciplina com as quais ele domina e molda os versos como bem entender. Também há uma alegria intensa no que ele escreve, quase a alegria de um atleta que corre e usa todas as flexões divinas de seus músculos nesse processo. O Luke escreve sozinho, e muito. Ele leva a coisa a sério; quase não fala a respeito. Esse é o caminho. Um dos caminhos, e eu sou contra quem vira putinha do dicionário e sai por aí ostentando palavras e botando banca para impressionar os outros.

E meu amigo C. também escreve, e herdei dele uma certa visão do público e da sociedade. Mas, como comentei com o próprio naquela noite congelante de inverno, o ego dele é um cachorrinho que não foi treinado: corre pra todo lado, faz festa pra tudo, ainda mais se esse "tudo" estiver disposto a admirá-lo. No quesito social ele voa, de garota em garota, de festa em festa, de chá a chá; só Deus sabe quando ele arranja tempo para escrever, mas é tudo acessível demais. Se bem que, para ser justa, alguns dos poemas dele são muito bons; ele não tem a força atlética do Lucas, no entanto, a não ser em um ou dois poemas, e não consegue manter a disciplina nos menos bons, em que se entrega a facilidades do discurso que acabam aparecendo como uma bainha frouxa num vestido muito bonito. Luke é todo preciso e certeiro e flexível e brilhante. Ele vai ser importante, mais importante do que qualquer outro dos poetas da minha geração que eu tenha lido.

Então será que sou eu que não sou o suficiente para os rapazes realmente interessantes; ou é impressão minha? Se os meus poemas fossem muito bons, talvez eu tivesse alguma chance; mas, enquanto eu não criar alguma coisa certeira, que extrapole os limites das sextinas e dos sonetos meigos, que vá além do meu reflexo nos olhos de Richard e daquela inevitável cama estreita, muito pequena para um ato de amor grandioso, enquanto isso não acontecer, eles podem me ignorar e fazer piadinhas sem graça. A única cura para a inveja, a meu ver, é a construção contínua, firme e positiva de uma identidade e dos valores pessoais em que acredito; em outras palavras, se eu acredito que é certo ir para a França, é absurdo ficar chateada porque Não Sei Quem foi para a Itália. Não tem comparação.

O medo de ter uma sensibilidade estagnada e inferior deve tem algum fundamento; mas eu não sou idiota, apesar de ser ignorante em muitos aspectos. Vou enxugar o meu programa aqui, sabendo como sei que, para mim, é mais importante fazer poucas coisas muito bem do que fazer muitas de qualquer jeito. Esse lado perfeccionista continua em mim. Nesse jogo diário de escolha e sacrifício, é preciso ter um olhar firme para detectar o que é supérfluo. E isso também muda todos os dias, é claro. Há dias em que a lua é supérflua, e há dias em que é absolutamente necessária.

Ontem à noite, embotada como estava de tanta agonia, enojada com a comida e ouvindo o ruído distante e confuso de conversa e risadas, saí correndo do refeitório e voltei andando sozinha para a casa. Que palavra azul seria capaz de abarcar aquela umidade deslumbrante do luar azul sobre o campo reto e luminoso de neve branca, com as árvores negras contra o céu, cada uma com sua configuração única de galhos? Eu me senti confinada, aprisionada, ciente de que aquilo era ótimo, e arrepiante de tão lindo, mas muito perdida na dor e agonia para reagir e fazer parte daquilo.

O diálogo entre a minha Escrita e a minha Vida sempre corre o risco de se tornar uma fuga pela tangente, uma racionalização evasiva: em outras palavras: virei minha vida de ponta-cabeça sob o pretexto de que lhe concederia ordem, forma e beleza escrevendo sobre ela; me dediquei à minha escrita sob o pretexto de que seria publicada e me daria vida (e prestígio à vida). É claro, todo mundo tem que começar de algum lugar, e esse lugar pode muito bem ser a vida; acreditando em mim mesma, com as minhas limitações, e uma determinação forte e vigorosa para lutar e superar uma a uma: nas línguas, por exemplo, aprender francês, ignorar italiano (saber três idiomas porcamente é diletantismo) e voltar ao alemão, para me dedicar de forma sólida a cada uma. A todas.

Fui ao psiquiatra hoje de manhã, e gosto dele: bem-apessoado, calmo e atencioso, com aquele ar agradável da idade e da experiência acumulada; pensei: pai, por que não? Tive vontade de começar a chorar e dizer pai, pai, me consola. Contei a ele sobre a minha crise e me vi reclamando principalmente de não conhecer pessoas maduras aqui: essa também é uma das questões! Não há sequer uma pessoa que eu conheça e admire aqui que seja mais velha do que eu! Num lugar como Cambridge, isso é absurdo. Isso quer dizer que há muitas pessoas ótimas que não conheci; é provável que vários professores jovens e homens sejam maduros. Não sei (e sempre me pergunto: será que iam querer me conhecer?).

282 sylvia plath

Mas no Newnham College não há um só professor que eu admire *como pessoa*. Os homens devem ser melhores, mas não há nenhuma chance de tê-los como supervisores, e eles são geniais demais para se dedicar à troca de ideias, algo que o sr. Fisher, o sr. Kazin e o sr. Gibian tanto valorizavam.

Bem, devo procurar o amigo de Beuscher, e pretendo visitar os Clarabut na Páscoa. Posso lhes oferecer juventude, entusiasmo e amor para compensar a ignorância. Às vezes me sinto tão burra; mas, se fosse mesmo, não teria ficado satisfeita com alguns dos homens que conheci? Ou será que por ser burra não me satisfaço? Pouco provável. Anseio tanto por alguém que destrua o Richard; eu mereço, não mereço?, um desses amores violentos com o qual eu me satisfaça. Meu Deus, eu adoraria cozinhar e construir uma casa, e estimular os sonhos de um homem, e escrever, se ele soubesse conversar e caminhar e trabalhar e construir sua própria carreira com paixão. Não suporto pensar nesse potencial de amor e doação secando e murchando dentro de mim. Mas a decisão é tão importante que me assusta um pouco. Me assusta muito.

Hoje comprei rum e fui ao mercado procurar cravo, limão e nozes e peguei a receita de rum amanteigado, que eu deveria ter feito para enfrentar o começo da gripe; mas logo vou fazer. O Hamish está tão entediado que bebe sem parar. Que horror. E eu bebo xerez e vinho sozinha porque gosto e porque tenho a mesma sensação de hedonismo de quando como nozes salgadas ou queijo: luxo, prazer, uma coisa meio erótica. Acho que se me permitisse eu poderia virar alcoólatra.

O que mais temo, acho, é a morte da imaginação. Quando o céu lá fora é apenas cor-de-rosa, e os telhados apenas pretos: a mente fotográfica que paradoxalmente diz a verdade sobre o mundo, mas só a verdade que não tem valor. O que eu desejo é o espírito da síntese, aquela força "modeladora" que brota abundante e cria seus próprios mundos com mais inventividade que Deus.

Se fico quieta, sem fazer nada, o mundo continua pulsando como um tambor gasto, sem sentido. É preciso continuar em movimento, trabalhando, criando sonhos para correr atrás; só imaginar a miséria da vida sem sonhos já é horrível demais: é o pior tipo de loucura: a loucura das fantasias e alucinações seria um alívio digno de Bosch. Sempre presto atenção aos passos que vêm subindo a escada, e os odeio quando não são para mim. Por que, por que não consigo ser ascética por um tempo, em vez de ficar sempre oscilando entre o desejo pela completa solidão para trabalhar e ler e a vontade tão grande, tão grande, de ter os gestos das mãos e as palavras de outros seres humanos? Bem, depois desse trabalho sobre Racine, do purgatório de Ronsard, do Sófocles, eu vou escrever: cartas e prosa e poesia, mais para o fim da semana; até lá preciso ser estoica.

VIÚVA MANGADA (VERÃO DE 1956)

BENIDORM: 15 DE JULHO

A CASA DA VIÚVA Mangada: estuque desbotado cor de pêssego, quase marrom, na avenida principal que corre paralela ao mar, de frente para a praia de areia amarelo-avermelhada em que as choupanas pintadas de cores alegres formam um labirinto de estacas de madeira azul brilhante com pequenos pedaços quadrados de sombra. O movimento contínuo da rebentação das ondas traça uma linha branca e desigual, e para além dela o mar matinal arde sob o sol, já alto e quente às dez e meia; o oceano segue cerúleo rumo ao horizonte, e ganha um tom de índigo vívido mais perto da praia, de um azul brilhoso como as plumas de um pavão. No meio da baía se projeta uma ilha de rocha, saindo da linha do horizonte para formar um triângulo inclinado de pedra alaranjada que pela manhã recebe todo o brilho do sol em seus penhascos, e no fim da tarde se dissipa em sombra roxa.

O sol bate na varanda do segundo andar em linhas e faixas tremeluzentes, atravessando os leques oscilantes das folhas de palmeira e as ripas do toldo de bambu. Logo embaixo fica o jardim da viúva, com sua terra seca e poeirenta de onde brotam gerânios vermelhos, margaridas brancas e rosas; cactos espinhosos em vasos de barro avermelhados ladeiam os caminhos de pedra. No quintal há duas cadeiras pintadas de azul e uma mesa azul à sombra da figueira; atrás da casa se ergue a cordilheira irregular e arroxeada de enormes montes, com sua terra seca e arenosa coberta de moitas disformes de grama.

De manhã bem cedo, quando o sol ainda está fresco e a brisa do mar chega úmida e salgada, as mulheres nativas da região, vestidas de preto e de meias pretas, vão ao mercado ao ar livre no centro da cidade com suas cestas de vime pechinchar e comprar frutas e vegetais frescos nas bancas: ameixas amarelas, pimentões verdes, tomates maduros bem grandes, réstias de alho, cachos de bananas maduras e verdes, batatas, feijão-verde, abóboras e melões. Toalhas de praia listradas berrantes, aventais e alpargatas ficam pendurados à venda, apoiados nas casinhas de parede branca dos *pueblos*. Dentro das cavernas escuras das lojas há grandes jarras de vinho, óleo e vinagre em invólucros de palha trançada. Durante toda a noite as luzes dos barcos de pesca de sardinha balançam na baía, e logo pela manhã o mercado de peixes fica lotado de peixes frescos: as sardinhas prateadas custam só oito pesetas por quilo, e ficam amontoadas nas mesas, espalhadas com alguns caranguejos, estrelas-do-mar e lulas perdidas.

As portas são cortinas flutuantes feitas de tiras bem compridas de contas que se abrem e chocalham com a chegada de cada cliente e deixam a brisa entrar, mas não o sol. A loja de pães sempre cheira a pão fresco e, na parte interna, uma sala escura sem janela, homens sem camisa cuidam dos fornos luminosos. O leiteiro entrega o leite no primeiro horário da manhã, usando sua medida de litro para tirar o leite do grande jarro que leva na bicicleta e colocá-lo na vasilha de cada dona de casa, que depois é deixada na frente da porta. Junto das motocicletas, bicicletas e dos luxuosos carros dos turistas, as carroças de burro dos moradores locais circulam carregadas de vegetais, palha ou jarros de vinho. Os trabalhadores usam *sombreros* e fazem a *siesta* das duas às quatro da tarde, à sombra de uma parede, ou árvore, ou das próprias carroças.

A casa da viúva não tem água quente nem geladeira; o armário escuro e fresco da cozinha está cheio de formigas. Uma reluzente variedade de tigelas, panelas e utensílios de cozinha pendem das paredes; aqui se lava a louça e os legumes em grandes bacias de mármore, esfregando tudo com montinhos de palha emaranhada. Toda a comida — sardinhas frescas fritas no óleo, *tortillas* de batata e cebola, *café con leche* — é feita na chama azul de um antiquado fogareiro a petróleo.

BENIDORM: 15 DE JULHO

CONHECEMOS A VIÚVA MANGADA numa quarta-feira de manhã, no ônibus quente e lotado que sacolejava pelas estradas poeirentas com jeito de deserto que separavam Alicante de Benidorm. Ela, que estava no banco à nossa frente, nos ouviu comentando sobre o mar tão azul e se virou para perguntar se falávamos francês. Um pouco, respondemos, ao que ela reagiu com uma descrição explosiva de sua casa maravilhosa à beira-mar, com direito a jardim, varanda-terraço e cozinha. Era uma mulher pequena, de meia-idade, elegantemente vestida com uma peça de tricô rendado branco por cima de uma combinação de cetim preta, sandálias brancas de salto alto, tudo nos conformes; o cabelo preto-carvão modelado com muitas ondas e cachos, os enormes olhos pretos realçados pela sombra azul e por duas sobrancelhas pretas desenhadas a lápis e muito dramáticas, que subiam da ponte do nariz até as têmporas.

Ela saiu chamando os meninos nativos para colocarem suas malas em carrinhos de mão e nos guiou pela estrada principal, trotando um pouco à frente e tagarelando em seu francês peculiar sobre sua casa, contando que andava muito solitária e queria alugar apartamentos, e que soube na hora que nos viu que éramos "boa gente". Quando contamos que éramos escritores e queríamos um lugar tranquilo à beira-mar para trabalhar, ela logo afirmou que sabia muito bem como era: "Eu também sou escritora; escrevo histórias de amor e poemas".

Sua casa, voltada para o brilho fresco e azul da baía, era muito melhor do que tínhamos imaginado; nos apaixonamos na hora pelo menor dos quartos, cujas portas francesas se abriam para uma varanda-terraço perfeita para escrever: as trepadeiras entrelaçavam folhas verdes no corrimão; em um dos lados havia uma palmeira e um pinheiro que faziam sombra, e o toldo de ripas de bambu podia ser aberto, criando um telhadinho para nos abrigar do sol da tarde. Pedimos para ela baixar o preço inicial até chegar a cem pesetas por noite, pensando que poderíamos economizar muito fazendo nossas próprias compras e nossa própria comida. De seu veloz falatório, num francês desfigurado por um forte sotaque espanhol, conseguimos entender que ela trocaria aulas de espanhol por aulas de inglês, e que tinha sido professora e morado na França por três anos.

Assim que nos mudamos para a casa, tornou-se evidente que a madame não estava habituada a administrar uma *maison* para hóspedes. Havia três outros quartos vazios no segundo andar que ela deixou claro que queria alugar, pois falava sem parar que devíamos nos acostumar com "*les autres*" quando chegassem. Ela tinha reunido uma grande quantidade de pratos, xícaras e pires de porcelana branca na sala de jantar formal, e uma quantidade igualmente grande de tigelas e panelas de alumínio penduradas em

288 sylvia plath

ganchos que contornavam as paredes da cozinha, mas não havia nem sinal de talheres. A *señora* pareceu chocada por não viajarmos levando facas, garfos e colheres por aí, mas no fim das contas trouxe três conjuntos decorados de seu melhor faqueiro e os colocou sobre a mesa, dizendo que eram só para nós três, e que logo iria a Alicante comprar talheres mais simples para nós e voltaria a guardar os melhores. Mas o problema do banheiro pequeno, que era perfeito para nós dois, mas inadequado para oito pessoas, e a dificuldade de organizar os horários e o preparo das refeições com apenas uma boca do fogão a petróleo não pareceram lhe passar pela cabeça.

Respiramos fundo e ficamos torcendo para que ela não recebesse nenhum hóspede quando pendurou a placa "Alugam-se apartamentos" na nossa varanda-terraço. Conseguimos, ao menos, garantir que ela não usasse nossa varanda, que era compartilhada com um quarto maior, como chamariz de vendas, explicando que aquele era o único lugar em que podíamos escrever em paz, já que nosso quarto era pequeno demais para uma mesa, e a praia e o jardim eram ótimos para turistas de férias, mas não serviam de local de trabalho para escritores. De quando em quando, conseguíamos ouvir da varanda (onde logo passamos a fazer as refeições: canecas fumegantes de *café com lèche* pela manhã, um piquenique frio de pão, queijo, tomate, cebola, frutas e leite ao meio-dia, e à noite carne ou peixe com vegetais cozidos e vinho, sob a luz da lua e das estrelas) a *señora* guiando as pessoas pela casa e falando seu francês em *stacatto*. Mas, durante a primeira semana, embora ela tivesse mostrado a casa a vários hóspedes em potencial, ninguém apareceu. Nos divertíamos tentando adivinhar as queixas que poderiam ter feito: ausência de água quente, um banheiro pequeno, um fogão a petróleo muito velho — com hotéis tão modernos na cidade, o preço que ela praticava talvez estivesse muito alto: será que os ricos estariam dispostos a fazer compras e cozinhar? Ou só estudantes pobres e escritores como nós? Talvez os hóspedes decidissem comer fora, nos restaurantes caros da região; era uma possibilidade. Também tínhamos descoberto que, embora ela tivesse nos mostrado a casa com gestos grandiosos e extravagantes — apontando para uma geladeira vazia e sem gelo, mostrando uma máquina elétrica imaginária que aqueceria a água congelante do chuveiro —, muitos dos confortos prometidos não estavam disponíveis. Descobrimos que a água da torneira era intragável e tinha um gosto estranho; quando a *señora* providenciou, como que por milagre, uma jarra de vidro cheia de água fresca e deliciosa para o nosso primeiro jantar na casa, perguntamos, incrédulos, se aquela água era da torneira. Ela nos despistou gaguejando qualquer coisa sobre os benefícios da água para a saúde, e levou um dia inteiro para que eu a flagrasse tirando um balde daquela água de uma cisterna que ficava na cozinha, coberta por uma tábua azul. Revelou-se que a água da torneira *não era potável*.

A *señora* tinha verdadeira obsessão pela ideia de deixar a casa *propre* para seus possíveis hóspedes: tínhamos que lavar e guardar a louça depois de cada refeição e manter o banheiro limpo. Ela nos deu dois panos de prato para pendurar atrás da porta, e pendurou várias toalhas limpas pelas paredes para *les autres*, mas era tudo enganação. Também pediu que arranjássemos um pequeno fogareiro a petróleo só para nós dois, para o qual devíamos comprar gás e fósforos, mais um rombo em nosso desolador orçamento de 40 pesetas por dia para as refeições de duas pessoas. Apesar de sua preocupação em manter a casa *propre*, a *señora* lavava seus pratos gordurosos com maços esfiapados de palha e água parada, fria e muitas vezes mais suja que os próprios pratos.

Nossa primeira manhã foi um pesadelo. Acordei cedo, ainda exausta de tanto viajar, desconfortável na cama desconhecida, e descobri que não saía água das torneiras. Desci os degraus de pedra nas pontas dos pés para ligar a curiosa máquina com estranhos

290 sylvia plath

plugues e cabos salientes, pintados de azul, que no dia anterior a *señora* dissera que "fazia água", na ocasião ligando o interruptor e acionando um ronco convincente de mecanismo elaborado começando a funcionar. Liguei o interruptor; houve um lampejo azul, e uma fumaça acre começou a sair da caixa. Desliguei o interruptor bem rápido e fui bater à porta do quarto da *señora*. Nada. Subi a escada e acordei o Ted, que estava vermelho de tanto tomar sol no dia anterior. Ainda sonolento, o Ted desceu de bermuda de banho para ligar o interruptor. Houve outro lampejo azul; nenhum ruído. Ele tentou ligar o interruptor de luz. Não tinha eletricidade. Quase derrubamos a porta da *señora*. Nada. "Ou ela saiu, ou morreu", eu disse, querendo água para fazer café; o leite ainda não tinha sido entregue. "Não, ela teria ligado a água se tivesse saído. Deve estar deitada ali dentro e não quer se levantar." No fim voltamos pra cama, mal-humorados. Por volta das nove da manhã ouvimos a porta da frente se abrir. "Ela deve ter dado a volta pelos fundos escondida, para chegar como se estivesse fora a manhã inteira." Desci a escada descalça e cheguei ao térreo, onde a *señora*, toda arrumada com seu vestido de tricô branco e as sobrancelhas pretas recém-desenhadas, me cumprimentou com muita alegria: "Dormiu bem, madame?". Eu continuava furiosa: "Não tem água", eu disse, sem fazer rodeio. "Não tem água pra tomar banho, nem pra fazer café." Ela soltou a risada grave e excêntrica a que recorria sempre que alguma coisa dava errado, como se eu ou a distribuidora de água fosse muito infantil e idiota, e como se ela tivesse resposta para tudo. Tentou ligar o interruptor de luz. "Não tem luz", ela exclamou com ar triunfal, como se estivesse tudo resolvido. "Está assim no vilarejo todo." "É normal isso acontecer pela manhã?", eu perguntei friamente. "*Pas du tout, du tout, du tout*", ela papagueou com as sobrancelhas arqueadas, e pelo visto só nesse momento percebeu meu ar de fina ironia. "Não leve tudo tão a ferro e fogo, madame."

Ela se lançou em direção à cozinha, ergueu a tampa pintada de azul ao lado da pia, jogou um balde numa corda e o içou, agora cheio de água transparente. "Água é o que não falta aqui", ela gorgolejou. Então era ali que ela escondia seu estoque daquela água cheia de benefícios; eu acenei com melancolia e comecei a fazer café enquanto ela correu para o cômodo ao lado para avaliar a situação. Eu estava quase certa de que, com minha característica inaptidão para operar máquinas, tinha queimado alguma coisa e mandado para as cucuias o abastecimento de água e eletricidade da cidade inteira. É claro que era só um problema restrito à casa, porque a *señora* escarafunchou a máquina, gritou que já tinha água em todas as torneiras e disse para nunca mais mexermos na máquina, e para a chamarmos se houvesse algum problema com a água. Ela resolveria tudo.

Também tivemos problemas com o fogão a petróleo. Para o nosso primeiro jantar, decidi fazer um dos pratos preferidos do Ted: uma travessa de vagem e sardinhas frescas fritas, porque tínhamos comprado sardinhas por oito pesetas o quilo no mercado de peixe naquele dia e as conservado num reservatório improvisado que consistia em várias panelas cobertas com um pano molhado e um prato. Coloquei as vagens no fogo, mas depois de vinte minutos ainda estavam duras como nunca, e percebi que a água ainda não tinha nem começado a ferver; o Ted achou que a chama não estava quente e disse que talvez o petróleo tivesse acabado; ele aumentou o fogo e a chama ficou esverdeada e começou a soltar fumaça. "*Señora*", nós chamamos. Ela veio correndo da sala de estar, cacarejando, e afastou a panela de vagens, o suporte e o queimador, revelando a prova cabal: mais de dois centímetros de pavio desgastado e queimado. O fogo estava muito alto e, na ausência de petróleo, o próprio pavio estava queimando. Depois de encher o tanque de petróleo e mexericar com o pavio, puxando a parte que ainda estava boa, a *señora* acendeu o fogareiro novamente e verificou as vagens. Ela não ficou de todo satisfeita; saiu do quarto correndo, depois voltou e jogou na panela uma mão cheia de um pó que efervesceu e espumou. Perguntei o que era, mas ela só deu risada e disse que cozinhava havia muito mais tempo que eu e que sabia umas *"petites choses"*. Pó mágico, eu pensei. Veneno. "Bicarbonato de sódio", Ted me acalmou.

A *señora*, como começamos a perceber, havia se acostumado com um estilo de vida muito mais luxuoso do que sua situação atual. Toda noite ela ia à cidade procurar uma *bonne* para limpar a casa; a mocinha que estava esfregando o piso no dia em que chegamos nunca mais tinha aparecido. "São os hotéis", a *señora* nos disse. "Todas as empregadas vão para os hotéis, porque eles pagam muito bem. Se você tem uma empregada hoje em dia, você tem que ser muito boa, ter muito tato para não magoá-la; se ela quebrar a sua melhor travessa de porcelana, você tem que sorrir e dizer: não se preocupe com isso, *mademoiselle.*" Na manhã do segundo dia, desci para fazer café e encontrei a *señora* de roupão de banho sujo, ainda sem desenhar as sobrancelhas, limpando o piso de pedra com um esfregão molhado. "Não estou acostumada com isso", ela explicou. "Estou acostumada a ter três empregadas: uma cozinheira, uma faxineira... três empregadas. Não trabalho com a porta da frente aberta, com todo mundo vendo. Só com a porta fechada." Ela deu de ombros e fez um gesto amplo com as mãos. "Eu faço tudo, tudo."

Um dia, na loja do leiteiro, estávamos tentando explicar onde queríamos que entregassem nossos dois litros diários. As casas da avenida não eram numeradas, e era impossível fazer o entregador entender o que dizíamos em nosso espanhol básico; enfim chamaram uma vizinha que falava francês. "Ah, sim", ela disse sorrindo, "vocês estão na casa da Viúva Mangada. Aqui todo mundo conhece ela. Ela anda sempre elegante, capricha na maquiagem". A mulher sorriu como se a Viúva Mangada fosse figurinha carimbada na cidade. "É ela quem cozinha para vocês?", ela perguntou, curiosa. Uma espécie de lealdade instintiva à *señora* e sua situação difícil brotou em mim. "Não, claro que não", eu exclamei. "Nós fazemos nossa comida." A mulher concordou com a cabeça e sorriu como um gato bem-alimentado.

ROSE E PERCY B. (1961/62)

Londrinos aposentados, nossos vizinhos mais próximos moram no declive íngreme e rochoso da entrada da nossa casa, de frente para a cerca viva alta que contorna as pequenas janelas da frente. A casa de campo divide o muro com a casa dos Watkins, na esquina, que, por sua vez, divide muro com a minúscula casinha branca da Elsie, nossa vizinha corcunda, que fica de frente para a rua. Estava uma calamidade quando a compraram: ninguém morava nela havia dois anos, era pura imundície e reboco caindo aos pedaços. Fizeram de tudo para deixar a casa confortável. Uma televisão (comprada a parcelas, agora quase quitada), um jardim pequenino nos fundos, abaixo da nossa casa de telhado de palha, com um pequeno canteiro de morangos, protegido por uma densa tela de azevinho e arbustos e uma cerca de vime na garagem improvisada ao lado da estrada. Cômodos muito pequenos, iluminados, até que modernos. O típico papel de parede inglês — de um bege-claro decorado com rosas brancas levemente brilhantes em alto-relevo, dando um efeito de espuma de leite nas bordas de uma xícara de chá fraco. Cortinas brancas engomadas, ótimas para quem quer espiar pela janela.

Uma sala de estar aconchegante com mobília combinando. Uma lareira cheia de carvão e lenha. Fotografias das três filhas vestidas de noiva — um álbum da filha que virou modelo. Na escola de modelos, alguém tinha roubado uma blusa cara que sua mãe lhe comprara. Dois netos, um de cada uma das outras filhas. Todas as filhas moram em Londres. Uma sala menor, onde na minha primeira visita à casa vi tecidos berrantes e a máquina de costura em que a Rose faz capas de colchão brilhantes em cereja e fúcsia para uma empresa de Okehampton. O Percy "trabalha" como zelador de uma empresa um dia por mês. No andar de cima, um banheiro cor-de-rosa, com os pisos todos revestidos de linóleo novo, enfeites e espelhos e acessórios cromados. Um fogão novo na cozinha (o segundo item comprado a parcelas), uma gaiola com dois periquitos verde-pistache e azul-claro que chiam e assoviam um degrau acima da sala de estar.

Primeira visita: a Rose trouxe uma bandeja de chá para nós e para os ajudantes no dia em que nos mudamos. Uma mulher animada de aparência até que jovem, propensa à tagarelice, e que parece não ouvir você, mas sim outra pessoa invisível que está parada de um lado contando alguma coisa interessante e bastante parecida, mas muito mais fascinante. Cabelo castanho-claro, rosto liso, corpo quase rechonchudo. Cinquenta e poucos anos, talvez? O Percy parece vinte anos mais velho, muito alto, magro, quase cadavérico. Nunca tira o casaco azul-marinho. Rosto enrugado, expressão bem-humorada e cínica. Administrava um pub em Londres. Zona sul de Londres. Estranhamente emotivo a respeito da Frieda e do bebê. Faz perguntas muito acertadas. Canta para a Frieda. Olhos com coriza, vem perdendo peso, está sem apetite, ficou deprimido depois do Natal. A sra. B. encontrou o dr. Webb saindo da minha casa um dia desses. Marcou um check-up para o Percy. Uma radiografia. Ele saiu do consultório com as outras pessoas, mas, ao contrário delas, não trazia o exame em mãos.

"Cadê seu exame, Perce?" Ah, a enfermeira disse que ele tem que voltar para fazer outro depois do almoço. Agora ele está internado há duas semanas no Hospital Hawksmoor, nas colinas em Bovey Tracy. A ignorância da Rose — por que um check-up de duas semanas? É check-up ou tratamento? Ela disse que vai perguntar amanhã, quando os G. a levarem de carro para fazer uma visita. Fico embasbacada: essas pessoas não perguntam nada, só vão "se tratar" feito umas vacas mansas.

Já fui à igreja com a Rose e o Percy — o pastor os escolheu para cuidarem de mim. Quem frequenta a igreja é o Percy. A Rose nem tanto. Vão algumas poucas vezes por mês, ficam sempre no mesmo banco, no meio do corredor, à esquerda. A Rose tem uma variedade de chapéus da moda. Passaria por uma mulher de quase quarenta. Outras visitas — para tomar chá com eles, com o Ted e a Frieda. Um chá chique — arenques grelhados na torrada, um prato de bolinhos caros, cheios de açúcar e cobertura. A Frieda corada por causa da lareira, tímida demais para ser malcriada. Todo mundo gritando para ela não chegar perto do imenso olho azul brilhoso e dos botões dourados da TV no canto da sala, a grande companheira silenciosa e extravagante, e ela aos prantos enfiando a cabeça na almofada da poltrona ao ouvir as vozes ríspidas, mas por quê? Olhamos os álbuns das três filhas — alegres, animadas, bonitas, com maridos morenos e até charmosos. A filha que era modelo aparecia fazendo uma pose elegante na frente de um bolo de casamento bem tradicional. O aparador, a TV e o conjunto de móveis ocupam cada milímetro da sala de estar. Cada milímetro abarrotado, aquecido e aconchegante. Depois eles vieram tomar chá conosco. O Percy muito depois. A Rose toda arrumada, mas autodepreciativa: "Ai, olha essas meias, Sylvia", erguendo a saia para mostrar as meias grossas um pouco puídas. "O Percy disse que meu vestido estava com a costura toda aberta nas costas quando voltou da lavanderia, mas não tem problema."

johnny panic e a bíblia de sonhos e outros textos em prosa   297

Da última vez que a Rose veio tomar chá, eu tinha feito um pão de ló, uma receita grande e trabalhosa que levava seis ovos, pensando nos S., que viriam no sábado, mas não vieram porque o George não saiu da cama. Eu o reaproveitei com a Rose. Ela fez um comentário elogioso. Comeu tudo. Parecia muito nervosa, aérea. Ficou falando sobre a aposentadoria por invalidez — o Percy já estava doente havia um ano e não havia pagado, agora o valor seria reduzido para sempre (ela estava recebendo 29 por semana, em vez dos 30 integrais) e eles não iam conseguir pagar as despesas do ano ("É que", disse o funcionário mal-encarado do governo, "todo mundo ia fazer isso se a gente deixasse". E por que não?). Chocante. Como alguém vive só com a aposentadoria? Eles alugam a casa em Londres para uma das filhas. Não podem comprar muita coisa — não a prestações, pelo menos. Quando você é jovem, tudo bem viver assim. Pouco mais de meia hora depois, Rose se levantou num pulo ao ouvir alguém batendo na porta dos fundos. "É o Perce." Uma história mal contada sobre ter ido com os G. para algum lugar. Os G. (pais do William), muito chiques, pelo que dizem têm muito dinheiro, uma casa na montanha, um carro novinho que a empresa deu. Eu ressentida. "Não se incomodou comigo aparecendo assim?" Os olhos traiçoeiros dela. Ela repassa aos G. tudo o que eu falo. Eu, inocente, repeti a frase do pastor — "A gente sabe tudo o que acontece na sua casa" — e soube pela Mary G. que virei motivo de chacota.

Encontrei o Percy na rua, na frente do açougue, com seu rosto magro e os olhos lacrimejantes perdidos em algum lugar distante. Disse que ia precisar ir ao hospital fazer uns exames. Fui até a casa da Rose com um prato de cupcakes "com sabor de nozes negras", intragáveis, feitos com uma mistura pronta Betty Crocker que a sra. S. tinha desenterrado do armário da cozinha ("Eu e o George não comemos bolo") e que parecia estar lá havia muito tempo, mas pensei que todo aquele açúcar agradaria ao Percy, que comia meio quilo de jujubas por semana. Apertei a campainha uma vez, duas vezes. Desconfiei da demora. A Rose atendeu a porta ainda trêmula de tanto chorar. A Frieda saiu correndo pelo nosso portão e foi ficar do meu lado. Me vi dizendo "calma, querida", frases encorajadoras que não dizem nada. "Estou tão sozinha", Rose disse aos prantos. O Percy tinha sido internado no domingo. Isso foi na última terça. "Eu sei que tenho a tevê e muita coisa pra fazer, olha, acabei de lavar um monte de roupa, mas a gente se acostuma a ter a pessoa em casa." Ela caiu no choro mais uma vez. Eu me aproximei e a abracei. "Não comi quase nada hoje, olha, estou escrevendo uma carta para o Perce…" Ela fungou, mostrou uma mensagem rabiscada a lápis sobre a mesa da cozinha. Insisti que ela fizesse um chá, falei para vir tomar um chá comigo quando quisesse. Ela enxugou o rosto, e, curiosamente, suas tristezas tão expostas tinham apagado sua expressão. A Frieda ficou mexendo nos enfeites pequenos, subiu o degrau da cozinha e ficou louca pelos pássaros. Fui embora correndo, a tempo de receber a Marjorie S., que estava vindo tomar chá depois de passar o fim de semana em Londres.

Quinta-feira, 15 de fevereiro

Passei para ver a Rose e perguntar se ela podia vir jantar no próximo fim de semana. Levei um pernil de cordeiro. Quis ser gentil e retribuir o favor que ela fez quando trouxe o rosbife com molho e a roupinha branca de tricô quando tive o bebê, um mês atrás. Ela estava tão avoada. Ela repetiu a história do médico e do olho do Percy. E não parou mais: contou que o Percy tinha telefonado e pedido uma blusa de frio — ele gostava de ficar sentado na varanda, tinha um quarto confortável que dividia com um só homem. Ela ia comprar a blusa em Exeter na sexta, e os G. iam levá-la para visitá-lo no sábado. Eu a convidei para jantar no domingo. Ela fez uma pausa, ficou meio distraída, não sabia se ia ("tinha prometido ir") jantar na casa dos G. no domingo, não podia correr o risco de deixá-los chateados, ela dependia deles para ir visitar o Percy de carro (ela dirige, mas não o carro que eles têm hoje em dia, que é muito grande). Eu lhe disse, um pouco seca, para ela me avisar quando decidisse. Bem sei que não sirvo para fazer caridade — aceite logo o convite e demonstre gratidão. Ela disse que Ted ia levá-la para ver o Percy na terça. Fui um pouco vaga — o que ele tinha dito? O hospital ficava muito longe de Exeter? Ela pareceu magoada — eu disse que o Ted tinha uma consulta no dentista; perguntei quais eram os horários de visita do hospital. Das duas às quatro. Será que ia dar tempo de ele comprar as coisas, fazer o que precisava e ir ao dentista? Eu sabia muito bem que o Ted estava planejando ir pescar de manhã bem cedo, e com certeza ele pensou que poderia deixá-la perto do hospital para que passasse o dia lá. Ela disse que não tinha como ir (porque era um caminho complicado). Sempre tão caprichosa. O Ted tinha dito que a deixaria em Newton Abbot, onde ele havia entendido que ela poderia pegar um ônibus até o hospital. E ela tinha tirado as próprias conclusões, pensando que ele ia passar o dia a levando aos lugares e esperando que ela fizesse suas coisas. Eu lhe disse para avisar se poderia jantar conosco, pensando que ela também não poderia correr o risco de nos decepcionar. A Rose era uma senhora fofoqueira e cheia de caprichos, mas tinha um coração bom.

SEXTA-FEIRA, 16 DE FEVEREIRO

A ROSE VEIO FAZER uma visita rápida. O Ted a recebeu na porta e ela veio ao quarto de brinquedos, onde estávamos de frente um para o outro escrevendo à máquina com pilhas de papéis espalhadas e uma chaleira de estanho com chá fumegante. "Mas como está agradável aqui dentro, tão quentinho." Insistimos que ela tomasse uma xícara de chá. Ela se sentou na cadeira de quintal alaranjada. "Nossa, como está quente!" Estava esperando a ligação "das meninas" (suas filhas?). Novidades: tinham lhe pedido permissão para operar o Percy — sua voz ficou entrecortada enquanto ela falava. Ela não entendia por que, ele não estava com dor, essas cirurgias sempre desequilibram o organismo de uma forma ou de outra, mas "se é pra prolongar a vida dele...". O Ted, desanimado, se debruçou sobre os mapas de Exeter e Bovey Tracy, sabendo que seu dia de pescaria tinha evaporado porque era impossível chegar a um acordo com Rose. Só de pensar em Percy passando seis semanas no hospital e nos obrigando a sacrificar metade de um dia... as gentilezas dela, nossa lentidão. Então ele vai levá-la e trazê-la e deixar a pescaria para outra hora. O que é essa tal de "sombra" ou "mancha"? Ela vai visitar o Percy no sábado e prometeu que ia descobrir tudo. São cicatrizes antigas, cicatrizes novas? Ele tem sessenta e oito anos. Ela disse que ia à casa dos G. no domingo, mas disse que virá almoçar conosco na segunda. Esqueci completamente de descrever o que ela estava vestindo: tenho que praticar mais, preciso descrever tudo dos pés à cabeça.

21 DE FEVEREIRO

DEI UM PULO NA casa da Rose com a Frieda para pedir que ela fosse a testemunha da minha candidatura ao programa de benefício familiar do governo. Ela e a filha tinham voltado do almoço em Londres à uma da tarde. Uma garota bonita e magra, de cabelo preto e curto, corpo forte e musculoso, nariz e queixo bem dese-

johnny panic e a bíblia de sonhos e outros textos em prosa 301

nhados. Veio mandar na mãe, explicar como assinar o formulário. Rose Emma B., sra. entre parênteses. Sombra azul nos olhos que tinha usado na viagem de trem. Percy operado, ou sendo operado naquela noite. Passei lá na noite seguinte, dia 22 de fevereiro, para saber alguma notícia — tinham retirado uma parte de seu pulmão e ele estava descansando confortavelmente. O que ele tinha? Elas não sabiam (!), iam descobrir no sábado quando fossem visitá--lo. Não queriam que Rose o visitasse no primeiro dia. O que ele tinha? Betty: "Com licença, estou com furúnculo no nariz". A TV no último volume. A Frieda levou um susto e começou a chorar. Depois ficou fascinada. Um *close-up* de um caminhão de entulho descarregando pedras. "Ahhh."

17 DE ABRIL

BATIDAS TERRÍVEIS NA NOSSA porta às duas da tarde. Eu, o Ted e a Frieda estávamos almoçando na cozinha. Será que é o carteiro?, perguntei, pensando que o Ted pudesse ter ganhado algum prêmio fabuloso. Minhas palavras foram interrompidas pela voz histérica da Rose dizendo "Ted, Ted, vem logo, acho que o Percy teve um derrame". Abrimos a porta correndo e lá estava a Rose B. de olhos arregalados, agarrando a blusa aberta que deixava à mostra sua anágua e tagarelando. "Chamei o médico", ela gritou, virando-se e voltando às pressas para sua casa. O Ted foi logo atrás. Pensei em ficar e esperar, e aí alguma coisa dentro de mim disse: não, você precisa ver isso, você nunca viu alguém tendo um derrame nem uma pessoa morta. Então eu fui. O Percy estava em sua poltrona na frente da televisão, se contorcendo de um jeito assustador, já totalmente inconsciente, balbuciando com dificuldade por conta do que pensei ser a dentadura, entor-

302 sylvia plath

tando os olhos e estremecendo como se atravessado por leves choques elétricos. A Rose se agarrou ao Ted. Eu fiquei olhando da soleira da porta. O carro do médico chegou na mesma hora, subindo rente à cerca viva do final da rua. Ele se aproximou da porta muito devagar, com um ar cerimonioso e sério, a cabeça baixa. Preparado para encontrar a morte, eu suponho. Ele disse "obrigado", e nós voltamos para casa. Eu imaginava que isso fosse acontecer, eu disse. E o Ted disse que ele também. Tive ânsia de vômito quando pensei naqueles horríveis murmúrios entre os dentes falsos. Uma repugnância. Eu e o Ted nos abraçamos. A Frieda parou de olhar para o almoço com ar tranquilo, com seus grandes olhos azuis despreocupados e límpidos. Depois, fomos bater à porta. A sra. G., já muito idosa, estava lá, e também o William loiro e trôpego. A Rose disse que o Percy estava dormindo, e estava mesmo, de costas para nós no sofá. Tinha sofrido cinco derrames naquele dia. Mais um e ele teria morrido, segundo o médico. O Ted chegou mais tarde. O Percy disse "oi, Ted" e perguntou pelas crianças.

Ele tinha caminhado entre os nossos narcisos com seu casaco poucos dias antes, quando ventava muito. Tinha sofrido uma dupla ruptura de tanto tossir. A sensação de que seu ânimo e seu espírito tinham ido embora. De que ele tinha se rendido. Pelo visto, todo mundo está indo embora ou morrendo nessa primavera fria e cruel.

22 DE ABRIL: DOMINGO DE PÁSCOA

EU E O TED estávamos colhendo narcisos no fim da tarde. A Rose estava dando uma bronca no Percy, e eu discretamente deixei que as flores me guiassem até a cerca viva que dava para a entrada da

johnny panic e a bíblia de sonhos e outros textos em prosa 303

frente da casa deles. Ouvi a Rose dizendo "você precisa ir com calma, Perce" com uma voz irritada. Aí ela começou a falar mais baixo. Saiu pela porta e ficou lá parada. O Ted tinha colocado nós três, eu e a Frieda e o bebê, sentados entre os narcisos para tirar fotos. "Sylvia, psiu", ela chamou do outro lado. Não respondi de imediato porque o Ted estava tirando a fotografia. "Sylvia!" "Só um minuto, Rose." Então ela perguntou se podia comprar alguns ramos de narcisos. Eu e o Ted sabíamos que ela sabia que nunca pediríamos dinheiro. Não gosto quando ela joga verde para conseguir o que quer da gente. Levamos os narcisos para ela. O Percy estava sentado na cama improvisada que tinham feito na sala de estar depois do derrame, e parecia um pássaro desdentado, exibindo um sorriso torto com as bochechas de um cor-de-rosa muito claro como as de um bebê. Quando entramos, surgiu um casal vestido para a Páscoa, ela com um chapéu rosa-choque e um arranjo de anêmonas vermelhas, roxas e cor-de-rosa, ele de bigode, muito sério. Ela chegou fazendo festa, de peito inflado. Já tinham sido donos do pub Fountains. Agora moravam no The Nest (estávamos pagando nossos pecados!), aquela casinha branca e linda de frente para o Ring o' Bells. Ela me contou quase imediatamente que era católica e que era responsável pelo altar da prefeitura depois dos bailes das noites de sábado. Ou seja, ia dormir muito tarde. Certa vez uma garota muito jovem que estava esperando que a buscassem chegou e disse: "Desculpe a intromissão, mas não consigo deixar de pensar na transformação que acontece aqui, porque antes é um salão de bailes, e depois fica tudo ajeitado e vira uma igreja", ou alguma coisa assim. "O maridão não é católico, mas fica esperando e me ajuda." Que ótimo, eu disse, ver um maridão tão mente aberta. O Percy ficava tentando falar as coisas num dialeto cheio de vogais, que a Rose traduzia para nós. "Não é possível alimentar uma nação só com peixe" era um dos ditados.

25 DE ABRIL

PAREI PARA FALAR COM a Rose por um segundo quando saí para levar um ramalhete de narcisos para Elsie, para o enterro da sogra da Nancy, que será hoje à tarde. Compartilhamos relatos sobre nossos bebês: o Nicholas não parava de chorar havia dois dias, talvez os dentinhos estivessem nascendo ("Hoje em dia os bebês estão tão adiantados", segundo a Rose), e o Percy conseguiu se vestir sozinho e deu uma volta no quintal. Não era uma ótima notícia? É a medicina moderna, eu disse.

15 DE MAIO

QUANDO ENTREI EM CASA com um cesto de roupa lavada, ouvi um chiado do lado de fora do portão e corri para o janelão da cozinha para ver quem estava invadindo a propriedade. O velho Percy, com os olhos azuis vidrados e loucos e uma foice enferrujada nas mãos, estava golpeando a "hera-japonesa", uma planta que parecia um bambu e vinha se espalhando pelo beco ao lado do caminho que dava acesso às casas. Fiquei horrorizada e assustada. Alguns dias antes ele tinha vindo à nossa casa, acenando daquele jeito senil e macabro e trazendo para a Frieda um saco de jujubas que imediatamente joguei no lixo, e me avisado que a tal hera-japonesa estava tomando conta do nosso jardim, que era melhor podarmos a planta. Falei para o Ted que o Percy estava cortando os caules e fomos correndo até lá. Ei, Percy, deixa disso, o Ted disse. Eu fiquei atrás dele com cara de reprovação, limpando as mãos numa toalha. O Percy deu um sorriso bobo e resmungou alguma coisa. Pensei que estava fazendo um favor pra vocês, ele disse. A foice escapou de suas mãos trêmulas e caiu no cascalho com um baque. Depois daquela poda malfeita, ele deixou uma massa verde de caules que eram quase impossíveis de separar das raízes. Nem sinal da Rose. Intuí que tinha se escondido. Ela tinha vindo alguns dias antes comprar alguns narcisos para aquela católica louca pelo "maridão" que a vinha ajudando a cuidar da casa. Pensei em realmente deixá-la pagar pelas flores, já que seriam um presente. Por que eu deveria oferecer presentes de graça para as pessoas darem às outras? Eu disse que era um xelim a dúzia. Ela ficou de queixo caído. Achou muito caro?, perguntei secamente. Era óbvio que tinha achado. Pelo jeito estava esperando mais gestos de generosidade. Eu disse que era o preço que cobrávamos de todo mundo e colhi as três dúzias por dois xelins enquanto ela se sentou para beber uma xícara de chá e vigiou a Frieda. Tinha chovido o dia inteiro e eu estava com as minhas galochas. Ela me convidou para tomar chá hoje (17 de maio), mas não estou com vontade de ir porque o Percy me embrulha o estômago. Acho que não vou levar a Frieda. Ontem a Rose contou ao Ted que o Percy às vezes fica meio "estranho", que não consegue controlar o braço esquerdo e o lado esquerdo do corpo. Disse que está torcendo para o médico dizer alguma coisa sobre isso durante o exame pós-operatório do Percy.

17 DE MAIO

A ROSE TINHA APARECIDO no dia anterior e me chamado para tomar chá. Cuidei do jardim o máximo que consegui até o relógio da igreja bater as quatro. Saí com as minhas calças utilitárias marrons. Ela estava toda elegante, com um conjunto azul e o cabelo recém-penteado e marrom-escuro (pintado?), além de meias decoradas. Olhou para os meus joelhos úmidos e arqueou as sobrancelhas. O

Percy não estava tão mal, até mais animado, mas às vezes a mão esquerda dorme e parece que tem passado mal toda hora. Vi que ela já estava com quatro xícaras preparadas e torradas com arenque, então corri para chamar o Ted. A presença dele foi um alívio. A Rose não parava de falar sobre o estado do Percy, que era muito grave, ela tinha que vesti-lo, ele ocupava todo seu tempo. Senti asco dos arenques frios nas torradas frias, tive a impressão de que Percy os tinha contaminado. Comentando o preço da calefação e admirando o novo atiçador da lareira, vimos a sra. G. vindo, luminosa com seu chapéu de pele preto estilo cossaco, arrastando a emburrada Miriam, que vai fazer três anos em julho e acabara de ter o cabelo cortado, exibindo um anel de prata e comendo, como sempre e para sempre, doces coloridos num pacote cilíndrico de celofane. Aproveitei o ensejo para sair e dar uma olhada no Nicholas (que estava gritando de barriga para cima no carrinho) e na Frieda (chorando no andar de cima). Os G. tinham vindo ver o Nicholas, ou pelo menos foi o que disseram. O Herbert sempre esquisito, olhando de canto de olho, eclipsado. A sra. G. disse que me achava parecida com a Joyce, filhinha da Mary G. Fiquei lisonjeada. Ela acha o Ted idêntico a seu filho William. Dizer que alguém parece uma pessoa que você ama é o mais nobre dos elogios. Falamos sobre a nova vaca leiteira do William (que custou mais ou menos 75 libras) e o futuro das maçãs.

7 DE JUNHO

O PERCY B. ESTÁ morrendo. Esse é o veredito. Coitado do Perce, todo mundo diz. Rose vem à nossa casa quase todo dia. "Te-ed", ela grita com sua voz histérica e latejante. E o Ted vai, sai do escritório, passa pela quadra de tênis, pelo pomar, por onde for, para transferir o homem moribundo da poltrona para a cama. Depois ele fica muito quieto. Ele está um saco de ossos, pelo que o Ted diz. Eu o vi tendo uma de suas "crises" ou "ataques", deitado na cama, sem dentadura, puro queixo e nariz adunco, os olhos fundos como se tivessem sumido, estremecendo e piscando de um jeito assustador. E o mundo ao redor está dourado e verde, transbordando árvores e flores e o odor do mês de junho. Dentro da casa a lareira fica acesa na densa penumbra. A parteira disse que o Percy entraria em coma nesse fim de semana e depois "tudo pode acontecer". A Rose disse que os remédios para dormir que o médico prescreve para ele não funcionam. Ele fica chamando a noite inteira: Rose, Rose, Rose. Foi tudo tão rápido. Primeiro a Rose parou o médico em janeiro, quando tive o bebê, para dar uma olhada na coriza e na perda de peso do Percy. Depois ele foi para o hospital fazer radiografia do pulmão. Depois voltou para fazer uma grande cirurgia para tratar "alguma coisa no pulmão". Será que tinham descoberto um câncer tão avançado que só o costuraram e pronto? Depois ele voltou para casa, estava andando, se recuperando, mas estranhamente desanimado, sem cantar suas músicas. Ontem encontrei um saco de papel amassado cheio de jujubas que eram da Rose. Depois os cinco derrames. Agora o encolhimento do Percy.

Todo mundo desistiu dele com tanta facilidade. A Rose parece cada vez mais nova. Ontem a Mary G. fez o cabelo dela. Ela ficou incomodada e deixou a Joyce, a bebê, comigo, e vinha vê-la entre uma lavagem e outra, vestindo seu avental cheio de babados, de cabelo escuro e pele branca, a voz aguda e meiga de criança. Ela disse que o Percy estava com a cara muito pior do que da última vez que o vira. Para ela, o câncer se espalhava quando entrava em contato com o ar. A opinião geral dos moradores da cidade: no hospital os médicos só usam você para fazer as experiências deles. Se você é velho e vai para o hospital, já era.

9 DE JUNHO

ENCONTREI O PASTOR SAINDO do terreno em que está construindo uma casa, do outro lado da estrada. Ele virou e subiu a ruela comigo. Senti que ele adotou uma austeridade profissional. Leu o aviso pregado na porta da Rose enquanto eu ainda estava subindo, depois deu a volta pelos fundos. "Sylvia!", ouvi a Rose sibilar atrás de mim e me virei. Ela estava recebendo o pastor com gestos afetados e ao mesmo tempo fazendo bico e sacudindo uma das mãos como quem dizia "não", muito vivaz.

2 DE JULHO

O PERCY B. MORREU. Faleceu à meia-noite em ponto, na segunda--feira, 25 de junho, e foi enterrado na sexta-feira, 29 de junho, às duas e meia. Acho difícil de acreditar. Tudo começou com o olho lacrimejando e Rose chamando o médico, logo depois do nascimento do Nicholas. Escrevi um longo poema, "Berck-Plage", sobre isso. Muito comovida. Tantas lembranças terríveis.

Havia alguns dias que o Ted tinha deixado de ajudar o Percy a se deitar e sair da cama. Ele não conseguia tomar os remédios para dormir, nem engolir os comprimidos. O médico estava começando a lhe dar injeções. Morfina? Ele sentia dor quando ficava consciente. A enfermeira contou 45 segundos entre uma respiração e outra. Eu decidi que ia vê-lo, que precisava vê-lo, então fui com o Ted e a Frieda. A Rose e a mulher católica sorridente estavam estiradas nas cadeiras do quintal. O rosto branco da Rose se enrugou no segundo em que ela tentou falar. "A enfermeira disse para ficarmos aqui fora. Não tem mais nada que a gente possa fazer. Não é horrível vê-lo desse jeito?" Ela me disse para vê-lo se tivesse vontade. Entrei pela

johnny panic e a bíblia de sonhos e outros textos em prosa 309

cozinha silenciosa com o Ted. A sala de estar ainda estava tomada, aquecida por aquela espécie de transição horrível que seguia seu curso. O Percy estava deitado sobre uma pilha de travesseiros brancos, com seu pijama listrado, já sem quase nada de humano no rosto, o nariz transformado num bico retorcido e descarnado que pairava no ar, o queixo que caía pontudo, como se fosse o polo oposto do nariz, e a boca parecendo um coração preto invertido estampado na carne amarela que separava um do outro, um fôlego rouco e longo indo e vindo com muito esforço como um pássaro medonho capturado, mas pronto para partir. As pálpebras parcialmente abertas revelavam seus olhos de sabonete dissolvido ou pus endurecido. Fiquei muito impressionada com aquilo e passei o resto do dia com uma forte enxaqueca bem acima do olho esquerdo. O fim, mesmo de um homem tão desimportante, é um horror.

Quando eu e o Ted fomos de carro a Exeter pegar o trem para Londres na manhã seguinte, a casa de pedra estava imóvel, úmida e tranquila, e as cortinas balançavam ao vento matinal. Ele morreu, eu disse. Ou terá morrido quando voltarmos. Ele tinha morrido aquela noite, minha mãe disse pelo telefone quando lhe telefonei na noite do dia seguinte.

Fui até lá depois de sua morte, no dia seguinte, 27 de junho. O Ted tinha ido de manhã e dissera que o Percy ainda estava na cama, muito amarelado, com o maxilar atado e um livro, um livro marrom grosso, apoiado em seu queixo até que ficasse rígido o suficiente. Quando fui até lá, tinham acabado de trazer o caixão e de colocá-lo dentro dele. A sala de estar onde ele estivera deitado estava toda revirada — cama afastada da parede, colchões no gramado, lençóis e travesseiros lavados e tomando ar. Ele havia sido colocado na sala de costura, ou na salinha menor, num caixão comprido de carvalho meio alaranjado, cor de sabão, com alças de prata, e a tampa apoiada na parede, perto de sua cabeça, com uma placa prateada: Percy B., falecido em 25 de junho de 1962. A data tão clara era um choque. Um

310 sylvia plath

lençol cobria o caixão. A Rose o retirou. Um rosto pálido, branco e pontudo que parecia de papel se revelou debaixo do véu que cobria o buraco que tinham aberto na capa branca de tecido engomado. A boca parecia fechada com cola, o rosto, maquiado. Ela logo voltou a cobri-lo com o lençol. Eu a abracei. Ela me beijou e caiu no choro. A irmã morena e parruda que mora em Londres e estava com olheiras roxas reclamou: eles não têm carro fúnebre, só têm uma carroça. Sexta-feira, data do enterro, um dia quente e azul com nuvens que pareciam de mentira. Eu e o Ted, de roupas pretas e abafadas, passamos pela igreja e vimos os homens de chapéu coco saindo pelo portão com uma carroça alta, preta, de rodas aranha. Estão indo buscar o corpo, dissemos; deixamos uma compra pela metade na mercearia. A terrível sensação de ter um enorme sorriso se abrindo no rosto, irrefreável. Um alívio; esse é o refém que entregamos à morte, por ora estamos a salvo. Ficamos andando ao redor da igreja naquele calor luminoso, as limeiras podadas parecendo bolas verdes, os montes vermelhos ao longe, arados havia pouco tempo, um deles coberto de trigo novo e brilhante. Debatemos se deveríamos esperar do lado de fora ou entrar. A Elsie estava entrando com sua perna manca. Depois a Grace, esposa do Jim. Também entramos. Ouvimos o padre recebendo o corpo no portão, entoando uma oração, se aproximando. Fiquei arrepiada. Nós nos levantamos. O caixão florido, exibindo suas pétalas, avançou pelo corredor. As belas pessoas de luto, de preto da cabeça aos pés, com direito a luvas e bolsas de mão, a Rose, as três filhas, incluindo a modelo, tão bonita que era quase de mármore, um marido, a sra. G. e a Católica, sorrindo, só que sem sorrir, um sorriso adiado, suspenso. Não consegui entender praticamente nenhuma palavra do serviço, e pelo menos uma vez o sr. Lane pareceu saciado pela pompa da cerimônia, um receptáculo, como era para ser.

Depois seguimos o cortejo fúnebre, que acompanhou o caixão pela porta lateral e continuou pela rua, subindo a ladeira que levava ao cemitério. Atrás da carroça preta, que tinha começado a andar num ritmo decoroso com o padre se sacudindo, vestido de preto e branco, os carros do funeral — um carro, um táxi, depois o Herbert G., com uma cara ingênua e medrosa, em seu novo carrão vermelho. Pegamos carona com ele. "Bem, o velho Perce sempre quis ser enterrado em Devon." Dava para notar que ele achava que seria o próximo. Senti vontade de chorar. O Ted me mostrou as carinhas erguidas das crianças no pátio da escola primária, todas sentadas em seus tapetes de descanso, absolutamente desprovidas de mágoa, só com uma leve curiosidade, se virando para nos observar. Descemos no portão do cemitério, sob o sol forte. Seguimos as costas pretas das mulheres. Os seis chapéus-coco dos homens que carregavam o caixão tinham sido abandonados nos primeiros arbustos. O caixão nas tábuas, palavras, das cinzas às cinzas — é isso que restou, nem glória, nem paraíso. O caixão tão estreito sendo levado à abertura estreita de terra vermelha, depois deixado lá. As mulheres andando ao redor, numa espécie de círculo de despedida, a Rose arrebatada e linda e paralisada, a Católica jogando uma mão cheia de terra que bateu no caixão. Fui invadida por um forte impulso de também jogar terra, mas me ocorreu que poderia ser inadequado contribuir para que o Percy chegasse mais rápido ao esquecimento. Nos afastamos da cova. Uma sensação de algo inacabado. A ideia é que ele fique lá exposto, sozinho? Andamos para casa pela ladeira do fundo do cemitério, colhendo mudas imensas de dedaleiras cor-de-rosa e sacudindo nossos casacos no sol quente.

4 DE JULHO

Vi a Rose entrando na casa com um chapéu de veludo emprestado. Ela vai para Londres, mas volta em uma semana. Tinha ido arrumar o cabelo e feito um penteado de cachinhos bem pequenos,

312 sylvia plath

e parecia constrangida. "Eu estava com uma cara péssima." Tinha trazido dois livros velhos (um deles certamente havia sido usado para apoiar o queixo do Percy), um monte de botões, milhares, que vinham planejando colar em cartões e vender, um selo de cartas, também para o pequeno negócio, e alguns cadernos, relíquias de dar pena. Eu tinha passado por ali uma vez e visto duas mulheres com lenços protegendo os cabelos, separando objetos sortidos ajoelhadas na sala e cercadas por colchões e estrados de cama com vistosas estampas florais.

A Rose disse que ouvira um casal na frente da nossa casa, dizendo: "Ah, mas tem telhado de colmo e é muito grande pra gente". Ela tinha saído no quintal. Estavam procurando uma casa? Sim, iam se aposentar e se mudar de Londres, queriam uma casa de campo. Que estranho, dissera a Rose, eu quero vender esta casa. Nossa, é exatamente o que estamos procurando, disseram as pessoas. Agora eu me pergunto: será que eles virão?

CHARLIE POLLARD E OS APICULTORES
(JUNHO DE 1962)

7 DE JUNHO

A PARTEIRA PASSOU POR aqui ao meio-dia para lembrar ao Ted que os apicultores de Devon se reuniriam às seis horas na casa de Charlie Pollard. Estávamos pensando em começar uma colmeia, então botamos as crianças na cama, entramos no carro e descemos a ladeira da antiga fábrica para chegar a Mill Lane, numa fileira de casinhas de estuque alaranjado rentes ao Taw que inundam toda vez que a água do rio sobe. Entramos no estacionamento pavimentado empoeirado e feio sob os picos cinzentos dos prédios das fábricas, que não eram utilizados desde 1928 e hoje só serviam como depósito de tecido. Nós nos sentimos muito novos e tímidos, e eu, de braços à mostra, estava sentindo o friozinho do fim de tarde porque não tinha pensado em levar um suéter. Atravessamos uma pequena ponte para chegar ao pátio onde havia um grupo de moradores variados de Devon — um sortimento de homens disformes que vestiam grossos casacos de *tweed* com manchinhas marrons, o sr. Pollard só de camisa branca, com seus olhos castanhos gentis e sua cabeça de formato estranhamente judeu, bronzeado, um pouco calvo, de cabelo escuro. Vi duas mulheres, uma muito grande, alta, corpulenta, com um casaco impermeável brilhoso azul-piscina, a outra, cadavérica como uma bibliotecária e de casaco pardo. O sr. Pollard deslizou em nossa direção e parou por um momento na extremidade da ponte, falando. Ele apontou para um monte de colmeias empilhadas que pareciam blocos brancos e verdes de madeira com umas pontinhas, e disse que podíamos ficar com uma, se quiséssemos consertá-la. Um pequeno carro azul-claro estacionou no pátio: a parteira. O feixe de luar dos faróis nos atingiu. Depois o pastor chegou, andando pela ponte e já oferecendo um sermão pomposo, e ao redor dele tudo ficou em silêncio. Ele trazia uma geringonça curiosa — um chapéu de feltro escuro com um visor de tela em formato de caixa acoplado na parte de baixo e, embaixo do visor, havia um tecido para a gola. Deduzi que aquele era um chapéu de apicultor especial para trabalhadores religiosos e que ele mesmo devia ter criado o modelo. Então notei que, sobre a grama ou nas mãos, todos ali tinham chapéus de apicultor, alguns com telas de nylon, a maioria com visores de tela em formato de caixa, alguns com modelos redondos em cáqui. Me senti cada vez mais nua. As pessoas começaram a ficar preocupadas. Você não trouxe chapéu? Não trouxe casaco? Então uma mulher baixinha e ressecada, a sra. P., secretária da associação, com um cabelo loiro curto e desarrumado, se aproximou. "Tenho um macacão." Ela foi até seu carro e voltou com um jaleco pequeno e branco, de seda com botões, do tipo que os assistentes dos farmacêuticos usam. Eu o vesti e o abotoei e me senti mais protegida. A parteira disse que no ano anterior as abelhas do Charlie Pollard estavam mal-humoradas e botaram todo mundo para correr. Parecia que todos estavam esperando alguém. Mas depois todos nós nos enfileiramos e seguimos o Charlie Pollard até suas colmeias.

Atravessamos com cuidado os canteiros bem-cuidados e capinados, um deles com pedaços de papel-alumínio e um leque de penas brancas e pretas pendurados numa corda, muito bonitos, para afugentar os pássaros, e delicadas estruturas de madeira sobre as plantas. Flores de miolo preto, semelhantes à ervilha-de-cheiro: favas, pelo que alguém disse. As costas feias e cinzas da fábrica. Aí chegamos a uma clareira de vegetação ceifada em que havia uma colmeia, uma colmeia dupla, com dois andares. Com essa colmeia o Charlie Pollard queria fazer três colmeias. Não entendi quase nada. Os homens se reuniram ao redor da colmeia. O Charlie Pollard começou a jogar fumaça pela entrada da parte de baixo com um tubinho conectado a um fole manual. "É fumaça demais", chiou a mulher grandalhona de casaco impermeável, que estava do meu lado. "O que a pessoa faz se elas picarem?", eu perguntei sussurrando, porque as abelhas, agora que o Charlie tinha levantado a tampa da colmeia, tinham começado a zumbir e dançar em círculos, como se estivessem presas por elásticos bem compridos. (O Charlie tinha me arranjado um chapéu de palha branco da Itália, muito elegante, com um véu de nylon preto que caía no meu rosto ao menor sinal de vento, um perigo. O pastor tinha prendido o véu à gola da minha blusa, o que muito me surpreendeu. "As abelhas sempre sobem, nunca descem", ele disse. Eu tinha puxado o véu e o deixado solto sobre os ombros.) A mulher disse: "Fica atrás de mim, que eu te protejo". Eu fiquei. (Eu tinha falado com o marido dela mais cedo, um homem bonito e bastante sarcástico que estava um pouco longe do grupo, de cabelo grisalho e olhos azul-cobalto. Gravata xadrez, camisa quadriculada, colete xadrez, tudo misturado. Terno que parecia tweed, boina azul-marinho. Ele tinha dito que sua esposa tinha doze colmeias e era a especialista. As abelhas sempre o picavam. No nariz e na boca, a esposa disse depois.)

johnny panic e a bíblia de sonhos e outros textos em prosa   317

Os homens estavam erguendo placas amarelas retangulares cobertas de abelhas que rastejavam e se amontoavam. Senti arrepios e coceira pelo corpo inteiro. Eu tinha um bolso e me aconselharam a manter as mãos dentro desse bolso e não me mexer. "Olha o tanto de abelha que tem na calça preta do pastor!", cochichou a mulher. "Parece que elas não gostam de branco." Agradeci por estar de roupa branca. De certa forma o pastor era um estranho no ninho, e de vez em quando o Charlie puxava assunto com ar brincalhão: "E aí, pastor?". "De repente eles querem entrar pra igreja", palpitou um homem, ganhando coragem graças ao anonimato dos chapéus.

O momento em que todos colocaram o chapéu tinha sido uma espécie de ritual. A feiura e o anonimato que ofereciam eram muito impactantes, como se fôssemos todos participar de uma cerimônia. Eram em sua maior parte feitos em feltro marrom ou cinza ou verde-claro, mas havia um de modelo velejador branco, de palha, com um laço. Cobertos, todos os rostos ficavam iguais. Passava a ser possível interagir com completos desconhecidos.

Os homens continuaram erguendo os quadros, e o Charlie começou a jogar fumaça em outra caixa. Estavam procurando as células da rainha — células cor de mel, compridas e suspensas das quais sairiam as novas abelhas-rainhas. A mulher de casaco azul mostrou quais eram. Ela era da Guiana Inglesa, tinha vivido sozinha na floresta por dezoito anos e havia perdido 25 libras com as primeiras abelhas que criou lá — não havia mel para comerem. Percebi que algumas abelhas estavam pairando na frente do meu rosto, zunindo. O véu parecia uma alucinação. Às vezes eu não conseguia vê-lo por segundos a fio. Então percebi que tinha entrado numa espécie de transe e estava dura como pedra, terrivelmente retesada, e mudei de posição para conseguir enxergar melhor. "Espírito do meu falecido pai, me proteja!", rezei com

318 **sylvia plath**

arrogância. Um homem moreno com uma cara "insolente" e até que bem-apessoado apareceu, saindo da vegetação cortada. Todo mundo se virou e murmurou: "Ah, sr. Jenner, pensamos que você não viria".

Então esse era o aguardado especialista, o "agente oficial" de Exeter. Uma hora atrasado. Trajava um macacão branco e um chapéu de apicultor profissional — com uma cúpula em verde berrante, uma caixa de tela preta para a cabeça, conectada a um tecido amarelo nos cantos e com uma gola branca. Os homens resmungaram, contaram o que tinham feito. Começaram a procurar a antiga abelha-rainha. Levantaram quadro por quadro, examinaram dos dois lados. Sem sucesso. Uma miríade de abelhas rastejantes, fervilhantes. Pelo que eu soube pela minha senhora das abelhas vestida de azul, a primeira nova rainha a sair matava as anteriores, então as novas células reais eram transferidas para colmeias diferentes. A antiga rainha ficava em sua colmeia. Mas não conseguiam encontrá-la. Normalmente a antiga rainha se movia com o enxame antes de a nova rainha nascer. Faziam isso para evitar que a colmeia fique muito populosa. Ouvi palavras como "suplantar", "tela excluidora de rainha" (uma tela de metal vazada que só as operárias conseguem atravessar). O pastor foi embora sem ninguém perceber, depois a parteira fez o mesmo. "Ele usou fumaça demais" foi a crítica que todos fizeram a Charlie Pollard. A rainha odeia fumaça. Talvez tivesse enxameado antes do previsto. Talvez estivesse escondida. Não estava marcada. Foi ficando tarde. Oito. Oito e meia. As colmeias foram divididas e as telas excluidoras, instaladas. Um senhorzinho negro simpático apontou o dedo com ar sábio quando estávamos indo embora: "Ela está naquela colmeia ali". Os apicultores se aglomeraram ao redor do sr. Jenner para fazer perguntas. A secretária começou a vender rifas que dariam ingressos para um festival de apicultura.

Sexta-feira, 8 de junho

Hoje eu e o Ted fomos de carro à casa do Charlie Pollard por volta das nove da noite para buscar nossa colmeia. Ele estava em pé na porta de sua casa na Mill Lane, a casa da esquina, de camisa branca de gola aberta, deixando à mostra os pelos escuros do peito e a camiseta de malha branca que usava por baixo. Sua esposa loira e bonita sorriu e acenou. Passamos pela ponte para chegar ao barracão e vimos o motocultivador alaranjado parado num canto. Conversamos sobre enchentes, peixes, Ash Ridge: o rio vivia inundando a casa dele. Andava pensando em se mudar para um lugar mais alto, estava de olho no chalé de Ash Ridge, tinha colmeias lá perto. Antigamente seu sogro era chefe dos jardineiros quando tinham seis contratados. Contou sobre as grandes máquinas que secavam o feno e o transformavam em alimento para os animais: cada uma custava duas mil, quatro mil, e agora estavam todas lá paradas, quase sem uso. Ele nunca tinha conseguido aumentar o valor do seguro contra alagamento. Tinha mandado limpar os tapetes, mas estavam achatados: tinha dito ao inspetor que ele até poderia achar que estava tudo bem, mas que ele não achava. Teve que mandar refazer a estrutura do sofá e das poltronas estofadas. Um dia estava descendo do segundo andar e, quando pisou no degrau, sentiu a água no pé. Tinha um salmão imenso morando no rio, bem na frente da casa. "Para ser sincero com vocês", ele repetia sem parar. "Para ser sincero com vocês." Nos mostrou suas oficinas escuras com jeito de barracão. Um recipiente de maturação com uma poça dourada e grudenta de mel com um cheiro tão doce no fundo. Nos emprestou um livro de apicultura. Fomos embora com a nossa velha colmeia de madeira carcomida. Disse que se a limpássemos e pintássemos até o Pentecostes, nos daria um enxame de abelhas dóceis. No dia anterior tinha nos mostrado sua linda abelha-rainha de um dourado avermelhado que viera da

Itália, com uma marca verde cintilante no que penso ser o tórax. Ele tinha feito a marca. Para encontrá-la com mais facilidade. Mas as abelhas eram agressivas. Ela daria à luz muitas abelhas dóceis. Nós dissemos "têm que ser dóceis, mesmo" e voltamos para casa.

Estas poucas linhas foram datilografadas na margem superior do manuscrito original:

Notei: uma aglomeração de cicuta branca e alta ao nosso redor, carqueja abarrotada de flores amarelas, uma árvore de Natal velha, um espinheiro branco de cheiro forte.

PARTE IV

CONTOS DA LILLY LIBRARY

UM DIA DE JUNHO

HÁ UM DIA DE que você nunca vai se esquecer, por mais que tente. Você sempre se lembra dele quando o verão começa mais uma vez e faz calor suficiente para andar de canoa. Quando chega o primeiro dia de céu claro em junho, surge a lembrança vívida, cristalina, como se você a visse por entre lágrimas…

Você e Linda vão ao lago andar de canoa pela primeira vez nesse verão. Andam até o galpão dos barcos… Até o cais de tábuas apodrecidas que se inclina em direção à água… Até as canoas vazias que ficam rentes à doca, esperando como vagens verdes e flutuantes. Você sobe em uma das canoas, pisando na proa, oscilando um pouco, enquanto Linda se instala na popa, e em nenhum momento o barco, tão leve, deixa de empinar e balançar sob seu peso, apressado para seguir viagem. É um daqueles dias perfeitos de junho que você tenta descrever, mas nunca consegue. Tem algo de cheiro de roupa lavada; de grama secando depois da chuva; tem algo do brilho quadriculado da luz do sol no pasto; do gosto fresco das folhas de hortelã na língua; da claridade afiada das tulipas num jardim; das sombras verdes, quase ficando amarelas, quase ficando azuis... do deslumbramento... do toque morno do sol na pele... das flechas ofuscantes de luz refletidas no azul vítreo e profundo da água... da euforia... das bolhas subindo, estourando... do deslizar... do canto líquido da água atravessada pelo barco... dos ciscos inconstantes de cores dançantes: tudo isso à disposição para amar, para admirar. Nunca mais haverá um dia como aquele!!

Vocês remam e chegam a uma enseada... deixam a canoa seguir... vocês se deitam e fecham os olhos sob a luz do sol que queima as pálpebras... apertam os olhos e veem teias de arco-íris nos cílios. Deixam-se ninar pelar ondinhas que batem na proa, pelo movimento... pela flutuação... vocês se aproximam da praia.

De repente você ouve vozes... inconfundíveis... vozes de meninos. Sente um tremor de empolgação nas veias, um repentino enrijecimento. De repente você e Linda ficam atentas. Aventura à vista. Você ajeita o cabelo e lança um olhar sorrateiro. Dito e feito... outra canoa vem chegando pela margem, atrás de vocês... dois garotos... Como ir mais devagar? Como parar sem querer? O declive do qual se aproximam está coberto de azaleias... montes tentadores de flores vermelhas e brancas que ficam suspensas sobre o lago, projetando reflexos escuros na água. Linda diz com uma voz trêmula: "Vamos colher umas flores". E isso basta... quatro palavras... e vocês duas se entendem. Vocês ficam em pé na canoa, oscilando perigosamente, e dão risada quando estendem a mão para arrancar as flores... partindo os caules sem nenhum cuidado... rindo sem parar... talvez com uma empolgação um pouco exagerada, mas rindo, colhendo as flores, loucas para olhar por cima do ombro, mas ainda sem coragem. Você sente uma excitação deliciosa formigando por dentro. As vozes ficam mais altas. Você ouve um deles dizer: "Vamos lá ver as meninas...". Agora começam a colher as azaleias com mais cuidado, numa tentativa consciente de demonstrar delicadeza e indiferença. "Olá, meninas!", exclama uma simpática voz masculina atrás de vocês. As duas se viram de forma abrupta, dissimulando surpresa. "Ah, oi...", vocês dizem quase sem fôlego, sentando-se e quase virando a canoa. E o que mais? Você se pergunta com nervosismo: e agora, o que acontece? Mas as coisas vão acontecendo por conta própria. Você olha para Linda, que ri com uma alegria nervosa e tira o cabelo loiro dos olhos. Você olha para os dois garotos... não tão bonitos de perto... mas simpáticos. As duas canoas balançam lado a lado, e a conversa fiada flui com facilidade. Quando pensa nisso depois, você mal consegue se lembrar do que disse. Mas você ri... sabendo que eles acham você bonita... sabendo que acham você legal. Vocês provocam os garotos... Qual dos dois consegue remar mais rápido? Eles se entreolham, rindo. Vamos apostar corrida, vocês sugerem. Ah, não, não seria justo. Um deles vai remar para você. Você reclama com ar alegre. Eles insistem. Você torce em segredo para que o de cabelo escuro venha com você... Ele entra na canoa com facilidade e se senta na parte de trás. É Buck, o nome dele. O outro garoto, Don, solta um grunhido de brincadeira. "Não posso remar sozinho." Ele olha para Linda. Lisonjeada, ela finge que hesita e depois diz: "Mas será?". Mas ela também vai, e tudo fica perfeito. Vocês se reclinam nas almofadas, de frente para os garotos, e você e Linda trocam olhares secretos de orgulho satisfeito. Nunca havia acontecido nada parecido. Nunca nenhum dos garotos da escola tinha sido simpático desse jeito. Você se concentra no Buck. Ele é magro e pálido, tem olhos escuros e cabelo preto ressecado, mas você não presta atenção no cabelo despenteado nem na palidez; você olha nos olhos dele o tempo todo. Eis um garoto... remando com você na sua canoa... ele gosta de você. Na mesma hora Buck ganha uma aura de fantasia. Ele vai ficando mais atraente a cada minuto que passa. Você afasta um pensamento inconveniente: "O que as

johnny panic e a bíblia de sonhos e outros textos em prosa 327

pessoas iriam dizer?". Você ri o tempo todo e faz ar de mistério, tudo de um jeito coquete, ou pelo menos é o que você acha. Os raios de sol começam a ficar mais frios. O cair da noite é inevitável. O barracão onde ficam os barcos se avulta a distância. A pergunta não dita se impõe a todos os quatro ao mesmo tempo... como pagar? Você se sente constrangida, mas sabe que deveriam destrocar as canoas e ir sozinhas, mas uma parte perversa e absurda de você se rebela. Por que não provar seu poder? Por que não? "Quanto custa a canoa de vocês?", Buck pergunta, lacônico. Mais uma vez você e Linda trocam olhares de entendimento mútuo. "Quanto custa?", você gagueja com ar inocente. "Tem que pagar?" Vocês levam um tempo para convencer os garotos de que não têm dinheiro, mas escondem as carteiras no bolso e levam o jogo adiante. Buck rema adiante e pergunta, com um olhar áspero e flamejante: "E o que vocês iam fazer se a gente não aparecesse?". Você olha para ele, se contorcendo por dentro, com um calor pulsando nas têmporas. A situação está ficando um pouco constrangedora demais. Lágrimas de uma raiva envergonhada embaçam seus olhos, mornas e úmidas, e o sal arde. Por milagre, a expressão dele se suaviza. "Ah, puxa vida, não chora. Eu pago pra gente. Só não quero que eles saibam que eu tenho dinheiro." Você sente uma coisa estranha por dentro, se sente muito pequena e malvada diante de uma generosidade tão grande. Você tem vontade de dizer: "Desculpa, é tudo mentira", mas as palavras não vêm. Agora ele confia em você. Está com uma cara amistosa e você não pode... você não vai... mudar isso contando a verdade. "Ah, Buck", você diz, gaguejando, sufocada pela emoção. "Me ajuda a sair da canoa quando a gente chegar lá, como se fosse meu amigo há muito tempo, assim o homem vai pensar que a gente já se conhecia."

"Claro, claro", ele diz. A canoa vai entrando no cais, e o homem está lá esperando. Você não consegue encará-lo. Evitando seus olhos, você sai da canoa, quase sem perceber que Buck a ajudou a sair e pagou o homem. Você se afasta, envergonhada, se odiando. Ele chama você. Linda e Don acabaram de sair juntos da canoa. Você anda ao lado dela e os garotos andam atrás, seguindo a passarela de madeira por entre o verde e as sombras longas e frescas. Você fala em voz baixa. Você se pergunta o que poderia fazer agora. Como reparar a maldade que fez? Você anda mais rápido. "Não tenta fugir", Buck diz baixinho atrás de você. Suas pernas bambeiam com um pânico irracional. "Eu vou contar para eles", Linda sussurra para você.

"Não", você responde com um sibilo veemente. Como você pode explicar a ela como as coisas são... como Buck confia em você? Estará tudo estragado... arruinado. Mas Linda se virou para encará-los. Todos vocês param de andar. A tarde ficou carregada de expectativa. Você quer gritar, quer abafar a voz arrependida de Linda, que diz para Buck e Don: "A gente só estava brincando. Tínhamos o dinheiro, mas, só pra mostrar que não somos tão ruins assim, vamos devolvê-lo". O silêncio é agonizante. É impossível olhar para o Buck, é impossível explicar para Linda o que ela acabou de fazer. Como ela é capaz de continuar? Mas ela continua. "Se a gente der o dinheiro, vocês deixam a gente em paz?" Buck fala com uma voz tão normal que é assustadora. Ele diz para você, e só para você: "Então o que aconteceu na canoa foi tudo fingimento?". Seus olhos fitam o chão. Um coro agudo e estranho ressoa em seu ouvido. Você faz que sim, sem nenhuma palavra. À sua volta, a tarde se estilhaça em um milhão de cacos de vidro. Lascas dançantes e cruéis de luz verde e azul e amarela se elevam e rodopiam ao seu redor... flocos de cor sufocantes, asfixiantes. Você se dá conta de que os garotos pegaram o dinheiro, deram as costas e vão ficando cada vez menores ao longo do caminho. Você e Linda ficam ali por um tempo, observando. Há algo tão definitivo no processo de ver alguém desaparecendo por uma estrada, sem

johnny panic e a bíblia de sonhos e outros textos em prosa 329

se virar, sem olhar para trás. Linda solta um suspiro satisfeito. Ela fez o que era necessário, e agora vai deixar tudo aquilo para trás. Mas você, você anda ao lado dela muito devagar, sem dizer nada. Como você poderia explicar o que aconteceu? Como poderia explicar que sua traição foi muito além do dinheiro? Há algo tão triste, tão definitivo numa estrada vazia. Você continua andando, mas não diz nada.

A PEDRA VERDE

O ÔNIBUS AMARELO SACOLEJAVA pelas ruas de paralelepípedos, e a mala batia nas pernas de David.

— Tem certeza que sabe qual é a parada? — ele perguntou a Susan, ansioso.

— Claro — Susan respondeu e depois, deixando de lado a fria superioridade que reservava ao irmão mais novo, deixou escapar: — Já estou conseguindo sentir o cheiro de água salgada. Olha lá, no meio das casas! — Ela apontou para a janela com respingos de lama, e os olhos de David seguiram os dela.

De fato! Havia um feixe de azul entre os cortiços apinhados da cidade. Os prédios precários com fachadas idênticas pareciam um cenário de teatro, mas atrás deles o oceano cintilava sob o sol morno de junho, e aquele breve lampejo era uma promessa — uma antecipação do que estava por vir. Porque David e Susan estavam voltando à sua infância. Essa seria a primeira vez que ambos visitariam sua cidade natal depois de terem se mudado cinco anos antes.

David enrugou o nariz queimado de sol e pareceu animado. Junto da brisa fresca do mar, as memórias também começavam a voltar.

Ele riu.

— Lembra da vez que a gente resolveu cavar até chegar na China?

Os olhos de Susan ficaram marejados. Se ela se lembrava? Claro que sim.

*

Nos fundos havia um quintal com gramado e um canteiro de flores em que sempre brincavam juntos quando eram crianças. E havia as longas manhãs que tinham passado cavando a terra num canto do jardim com suas pás pequeninas. Ela se lembrou da sensação de ter a terra úmida nas mãos, secando e grudando na pele.

Na ocasião, um adulto tinha aparecido de repente e dito:

— Estão cavando pra chegar aonde? China? — E tinha dado risada e ido embora.

— Poderíamos ter conseguido se continuássemos cavando, você sabe — David tinha comentado com ar sábio.

— Não, a não ser que a gente ficasse um tempão cavando — respondera Susan.

— Então vamos ver até onde a gente chega antes do almoço.

— Lá todo mundo ia estar de cabeça pra baixo — Susan pensara em voz alta. A ideia de cavar até chegar a outro país a deixava intrigada.

— Vai ter *alguma coisa* lá se a gente cavar — David dissera com muita confiança, despejando uma pá cheia de terra. — Viu, a terra está ficando amarela.

Depois que Susan tinha cavado uma boa quantidade de areia, ele exclamou:

— Peraí, bati em alguma coisa! — Ela afastara a terra com os dedos, revelando com gestos triunfantes um azulejo branco e hexagonal.

— Deixa *eu* ver — David tinha gritado. — Ué, mas é igualzinho ao piso do nosso banheiro. É de alguma casa velha.

— Se a gente cavar mais, pode acabar encontrando o porão. Mas não demorou muito para as pás começarem a ficar mais lentas. Susan se agachou e ficou com um olhar sonhador. David ouviu o que ela falava com a reverência que reservaria a um oráculo.

— Talvez... — ela começou a falar devagar. — Talvez se a gente encontrasse uma toca do coelho branco, não íamos mais precisar cavar, seria só cair... e cair... e cair.

David entendeu. Seria como em *Alice no País das Maravilhas*, só que a Susan seria a Alice e ele... bem, ele ainda seria o David.

Susan soltou um suspiro repentino.

— A gente não ia conseguir cavar até lá, mesmo — ela disse, se levantando e limpando as mãos encardidas na jardineira amarela.

— Acho que não — David concordou, resignado, vendo seu sonho destruído. Ele também se levantou. — Vamos lá pra frente — ele disse.

As duas crianças correram pelo gramado da lateral da casa e chegaram ao quintal da frente. A rua se movia preguiçosa com o silêncio anestesiado das tardes de verão, e o calor subia do asfalto em ondas.

— Aposto que eu consigo andar só nas linhas — Susan desafiou o irmão. Ela começou a andar com cuidado, só pisando nas ranhuras da calçada.

— Eu também consigo. — David tentou imitá-la, mas suas pernas não eram compridas o suficiente para atravessar os grandes quadrados de cimento, então ele desistiu e começou a prestar atenção em outra coisa. Um inseto corria pelas pedras.

— Esmaguei uma formiga — David cantarolou cheio de orgulho, tirando o pé e revelando o minúsculo inseto mutilado na calçada.

Susan não o aplaudiu.

— Que maldade — ela o censurou. — E por acaso *você* ia gostar de ser pisoteado? Coitadinha da formiga — ela murmurou, olhando a mancha na calçada.

David não disse nada.

— Coitadinha da formiga — Susan sussurrou com tristeza.

O lábio inferior de David começou a tremer.

— Desculpa — ele disse, arrependido. — Nunca mais vou fazer isso.

Susan sentiu o coração amolecer.

— Não tem problema — ela disse, com ar magnânimo. Então seu rosto se iluminou. — Já sei! Vamos pra praia!

Havia uma enseada solitária no final da rua, pequena demais para receber banhistas. Era lá que as crianças gostavam de brincar no verão. Susan saiu correndo e David foi atrás. Seus pés descalços golpeavam a calçada, e suas pernas finas e compridas se moviam com uma ágil elegância. A rua descia em direção à praia, e a areia tinha subido e cobria a superfície do asfalto.

Era bom enterrar os dedos na areia morna e chegar à camada mais fresca que ficava embaixo, Susan pensou. Alguma coisa dentro dela vicejava diante da visão do céu sem nuvens e das ondas que traziam franjas recortadas de espuma. A terra que ela deixava para trás era uma borda, uma tábua estreita da qual ela se arremessava naquela imensidão azul.

As crianças continuaram andando pela praia em silêncio, procurando conchas nos contornos da última maré cheia. O som da água chegando e depois se recolhendo com um suspiro encheu seus ouvidos.

— Ai! — David exclamou de repente.

— O que foi?

— Alguma coisa me mordeu. — Ele pegou um dos pés com as duas mãos para examinar o dedão. Um pedaço de alga seca e frágil ainda estava preso à pele.

— Era só isso! Alga! — Ela tirou a alga com desdém.

— Acho que *poderia ter sido* um caranguejo — David rebateu, querendo que tivesse sido.

334 sylvia plath

Pegando um caco de vidro liso e transparente, Susan semi-cerrou os olhos para ver o sol através dele.

— Olha — ela o mostrou para David. — Em azul tudo fica tão melhor.

— Eu queria morar dentro de uma garrafa de vidro, igual à velhinha da história — ele disse. — A gente podia colocar uma escadinha do lado.

Susan deu risada.

O sol iluminava as duas figuras que perambulavam pela beira do mar. Susan, pensativa, mordia a ponta de uma das tranças; estava olhando para o outro lado da praia rochosa, onde a maré começava a baixar e revelava o lodo pegajoso das planícies lama-centas. Perto da praia, as ondas recuavam e levavam sua espuma para uma pedra grande e lisa. Enquanto olhava as águas ruidosas e vazantes, uma ideia fabulosa lhe veio à mente.

— Vamos andar até a pedra verde — ela disse.

David a seguiu, as ondas frias e violentas chegando aos tornozelos. Sentia a lama mole e fria entre os dedos do pé, mas andava com muito cuidado, torcendo para que não houvesse conchas pontiagudas logo abaixo da superfície. Susan subiu na pedra escorregadia e ficou em pé, vitoriosa, com a jardineira batendo nas pernas nuas e o cabelo voando com o vento que atravessava a baía com um assobio.

— Vem cá! — ela gritou mais alto que o rugido da maré. David agarrou a mão firme que a irmã estendia e subiu, posicionando-se ao lado dela. Os dois ficaram imóveis, como duas carrancas robustas, até a maré vazante deixar a pedra completamente seca.

Era uma rocha redonda muito grande, incrustada na areia de forma tão profunda que só se via a parte superior. Acima das pedras pretas e cobertas de lodo, revelava uma superfície verde e lisa que parecia o casco de uma tartaruga gigante. Havia uma parte plana em que era possível se sentar, e alguns trechos nivelados que formavam uma série de degraus rasos de um dos lados. A pedra de fato parecia um animal dócil entregue a um sono profundo.

As crianças adoravam subir na superfície acolhedora e irregular para fazer toda sorte de brincadeiras mágicas. Em algumas a pedra era um veleiro no mar bravio, noutras se transformava numa montanha imponente. Mas hoje era um castelo.

— Cava um fosso pra ninguém conseguir passar — ordenou Susan. — E eu vou varrer os quartos. — Ela começou a afastar toda a areia enquanto David cavava uma pequena trincheira ao redor da própria pedra.

Havia cacos de vidro coloridos que seriam as janelas, e as plantas que ficavam grudadas na lateral úmida da pedra tinham que ser arrancadas de seu habitat e arrastadas pelas pedras afiadas.

David e Susan eram gigantes num mundo de milagres diminutos. Faziam de conta que as conchas quebradas eram pratos e gostavam de se considerar parte daquele universo em miniatura. Nem a menor das sacudidelas de um caranguejo com manchas ou de uma larva marinha cor de lama lhes escapava aos olhos. Mas eles viam ainda mais, pois acima de suas cabeças contemplavam os torreões dourados do castelo.

O sol já mergulhava no horizonte quando pararam de brincar. Susan estava descansando sobre a pedra enquanto David procurava mais cacos de vidro colorido. Ela estava com os pés frios e doloridos, mas os protegia debaixo do tecido da jardineira, que era como uma carícia suave na pele. Olhando fixamente o oceano, ela se perguntou se um dia seria capaz de explicar o que o mar a fazia sentir. O mar fazia parte dela, e ela tinha vontade de estender os braços cada vez mais até envolver o horizonte nos braços.

Quando David voltou, Susan se levantou para recebê-lo. Ela sentiu a lama molhada e pegajosa sob os pés, e, aborrecida, percebeu que já estavam atrasados. Ajeitando o cabelo grudento e cheio de sal, ela disse:

— Vamos, Davy. Hora do jantar.

— Ah, só mais um pouquinho — seu irmão implorou. Mas ele sabia que não adiantava, então seguiu a irmã em seu caminho de volta para a praia, mancando um pouco porque tinha machucado os pés sensíveis nas pedras pontiagudas.

*

EM SUA IMAGINAÇÃO, SUSAN viu as duas figuras pequeninas se perderem de vista pela praia. David a cutucou e a imagem desvaneceu. Aos poucos, ela voltou ao presente.

— Estamos quase chegando — ela disse, sentindo a empolgação formigar nas veias como bolhas de refrigerante. David se sentou ao seu lado, ereto e orgulhoso, muito contente com seus novos sapatos, engraxados e marrons. Seus olhos brilhavam.

— Vamos à praia quando chegarmos lá — ele sugeriu. — De repente vemos a nossa antiga casa.

Susan sentiu uma ponta de tristeza. Seria difícil passar pelos gramados tão conhecidos e não parar para brincar como faziam antigamente. Seria difícil se lembrar dos lugares em que tinham se divertido tanto... e deixá-los para trás. Mas havia a praia. Isso ninguém podia mudar. Lá eles poderiam fingir que eram crianças mais uma vez, e ninguém os veria.

Ela sorriu para seu reflexo na janela e ajeitou seu chapéu de palha de aba larga. Desde que vinha usando o cabelo curto, ela parecia mais adulta. Talvez até lhe dessem quatorze anos... ou quase isso.

David apontou o dedo.

— Olha o telhado da nossa escola! Está vendo, no meio das árvores? — Susan via. As casas iam ficando mais familiares, e ela sentiu um calor no coração. Agora as ruas vinham mais rápido, e as crianças conseguiam se lembrar dos antigos pontos de referência.

— O parque de diversões ficava ali.

johnny panic e a bíblia de sonhos e outros textos em prosa **337**

— A gente sempre descia escorregando aquela rua.

— Lembra de quando a gente subia naquela árvore?

Era como se estivessem seguindo uma maré de recordações, flutuando rapidamente e indo ao encontro do passado, ao encontro dos primeiros anos da infância. Não seria de se espantar se os dois se vissem encolhidos e transformados no David e na Susan que eram antes.

— Vai logo! — sibilou Susan. — Puxa a campainha!

David obedeceu, e, com um solavanco, o ônibus parou. De mala em mãos, Susan desceu os degraus com passos afoitos, esquecendo que estava determinada a se comportar como uma boa moça. David a seguiu pela calçada. Ficaram por um instante sentindo o cheiro salgado do ar. A sensação familiar da rua lhes causou dor no coração. Começaram a andar. Lá longe, o mar cintilava azul.

— Olha a casa dos Johnsons, e a dos Andersons — Susan anunciou enquanto andavam.

— Estou vendo a casa da tia Jane — David exclamou.

Quando subiram os frágeis degraus de madeira da varanda escura, Susan se lembrou das inúmeras tardes chuvosas que ela e David tinham passado brincando naquela mesma varanda enquanto a mãe fazia suas visitas à tia idosa.

A porta se abriu de repente, e o rosto radiante da tia Jane os encarou. Quando os cumprimentos introdutórios chegaram ao fim e as malas foram guardadas no antiquado quarto de hóspedes, que cheirava a lavanda, a tia Jane propôs:

— Por que vocês dois não dão uma voltinha antes do jantar? Talvez possam gostar de visitar a casa onde moravam. Está tão linda com a pintura nova.

Aceitando a sugestão, Susan e David foram correndo para o final da rua e viraram a esquina, e lá, cintilando com a pintura renovada, estava a casa. Susan parou de repente, e David apertou sua mão com mais força. Um ressentimento dolorido os invadiu. As novas cortinas nas janelas, a pintura, o carro chique e estranho na garagem — tudo isso era um insulto.

— Eu gostava muito mais antes dessa pintura — disse Susan com ar amargo.

— Eu também — concordou David.

Andaram em direção à praia a passos firmes. Ao menos lá as coisas continuariam iguais — o mar, a areia e a pedra verde.

— Vai logo! — Susan o provocou.

Ela apostou corrida com David até a praia. O vento bagunçou seus cabelos e o sal tinha um gosto bom. A maré estava baixa, ainda havia sol e um cheiro forte de alga se espalhava pelo ar. As duas crianças hesitaram por um momento, embasbacadas.

A praia parecia menor do que eles se lembravam, e havia alguma coisa estranha e antinatural escondida logo abaixo da areia macia e da superfície tranquila e imperturbável da água. Havia um vazio que se elevou para recebê-los e um silêncio peculiar que pairava acima das ondas. Era como chegar a um cômodo conhecido depois de uma longa ausência e encontrá-lo inabitado, desolado.

Susan arriscou uma última tentativa.

— Vamos até a pedra verde — ela disse a David. Tinha que funcionar, ela pensou. A pedra verde não podia ter perdido a magia.

A pedra também parecia ter diminuído. Estava lá entre as pedrinhas, uma forma pesada e inerte; uma pedra verde… nada mais. Onde estavam os castelos, os veleiros, as montanhas que outrora houvera? Só restava a pedra, hirta e nua.

As duas crianças ficaram ali por um tempo, mudas, incapazes de compreender o que viam. Por fim Susan disse, já sem forças:

— Vamos, David, vamos voltar.

Eles se viraram, melancólicos, e seguiram lentamente pela praia, perdendo-se de vista.

johnny panic e a bíblia de sonhos e outros textos em prosa 339

A maré começou a encher pouco a pouco, subindo pelas pedras pretas e cheias de lodo; o vento minguou e continuou sibilando à toa pela areia. As ondas avançaram, voltando-se para dentro, sempre para dentro, até que cobriram o topo da pedra verde. Só restou uma linha fina de espuma sobre o ponto em que a pedra ficava, silenciosa, escura, adormecida sob a maré enchente.

EM MEIO ÀS MAMANGAVAS

No início havia o pai de Alice Denway a arremessando no ar até que ela ficasse sem fôlego, e depois a pegando no colo e lhe dando um abraço apertado. Com o ouvido encostado no peito dele, a pequena Alice ouvia o estrondo de seu coração e o sangue que pulsava em suas veias, e era como o galope de cavalos selvagens. Pois o pai de Alice Denway tinha sido um verdadeiro gigante. A aura azul de seus olhos concentrava a cor de toda a cúpula do céu lá de cima, e quando ria era como se todas as ondas ruidosas do mar chegassem juntas à praia. Alice idolatrava seu pai porque ele era poderoso, e todo mundo obedecia às suas ordens porque ele sabia o que dizia e nunca se enganava.

Alice Denway era o xodó do pai. Desde muito pequena as pessoas diziam que ela tinha puxado a ele, e que ele tinha muito orgulho dela. Seu irmãozinho caçula, Warren, tinha puxado mais ao lado da família materna, e era loiro e delicado e sempre ficava doente. Alice gostava de atazanar Warren, porque se sentia forte, superior, quando ele começava a fazer manha e chorava. Warren chorava muito, mas nunca a dedurava para os pais.

Houvera aquela noite de primavera em que Alice estava sentada à mesa do jantar de frente para o irmão, que comia seu flan de chocolate. Flan de chocolate era a sobremesa preferida de Warren, e ele comia muito silencioso, manejando cuidadosamente sua colherzinha de prata. Alice não estava gostando de Warren naquela noite porque o irmão tinha sido um menino de ouro o dia todo e sua mãe havia dito isso a seu pai quando ele chegou da cidade. Warren também tinha cabelos louros e macios, da cor dos dentes-de-leão, e sua pele era da mesma cor do copo de leite que ele bebia.

Alice olhou para a ponta da mesa para ver se seu pai a observava, mas ele estava debruçado sobre o flan, enfiando na boca as colheradas que escorriam creme. Alice escorregou um pouquinho na cadeira, fitando o prato com um olhar inocente, e esticou a perna debaixo da mesa. Flexionando a perna, ela a projetou num chute ágil e agudo. A ponta de seu sapato atingiu uma das frágeis canelinhas de Warren.

Alice o observou com muita atenção através dos cílios baixos, escondendo seu deslumbramento. A colher cheia de flan a meio caminho da boca escapou da mão do menino, caindo no chão e deixando um rastro no babador, e uma expressão de surpresa brotou em seus olhos. Seu rosto se contraiu e se transformou numa máscara de aflição, e ele começou a choramingar. Não disse nada, ficou no mesmo lugar, obediente, com as lágrimas vazando pelos cantos dos olhos fechados, e balbuciou alguma coisa misturada ao flan de chocolate molhado.

— Meu bom senhor, será que ele só sabe chorar? — disse o pai de Alice, fazendo uma careta, erguendo a cabeça e contorcendo a boca com desdém. Protegida, Alice encarou Warren com desprezo.

— Ele está cansado — a mãe de Alice disse, lançando um olhar de mágoa e reprovação à filha. Debruçando-se sobre a mesa, ela fez carinho no cabelo amarelo de Warren. — Ele não anda bem, coitadinho. Você sabe.

O rosto de sua mãe era meigo e liso como o das imagens da Nossa Senhora que ela via na catequese, e ela se levantou e envolveu Warren nos braços, e ali ele ficou enrolado, aquecido e protegido, fungando, evitando olhar para Alice e o pai. A luz transformou o cabelo macio do irmão em uma auréola luminosa. Sua mãe cantarolou para acalmá-lo e disse:

— Calma, calma, meu anjo, já passou. Já passou.

Alice sentiu o flan fazendo um nó no fundo da garganta logo quando ia engolir, e quase engasgou. Mexendo a boca com muito esforço, ela enfim conseguiu fazer o doce descer. Então ela sentiu o olhar firme e encorajador do pai e voltou a se animar. Buscando seus olhos azuis e afiados, ela soltou uma gargalhada límpida e triunfante.

— Quem é a menina do papai? — ele perguntou, carinhoso, puxando uma de suas trancinhas.

— É a Alice! — ela gritou, se sacudindo na cadeira.

Sua mãe tinha subido para botar Warren na cama. Alice percebeu o toque de retirada, as batidas cadenciadas dos sapatos de salto da mãe subindo a escada e se dissipando no primeiro andar. De lá veio o ruído da água corrente. Warren ia tomar banho, e sua mãe lhe contaria uma história feita sob encomenda. Todas as noites sua mãe contava uma história a Warren antes de colocá-lo para dormir, porque ele sempre tinha sido um amor de menino o dia todo.

— Posso ver você fazer as correções hoje? — Alice pediu ao pai.

— Faltou o "por favor" — disse seu pai. — Pode, sim, se ficar bem quietinha. — Ele limpou a boca no guardanapo e o dobrou, depois o jogou na mesa, arrastando a cadeira para trás.

Alice seguiu o pai até o escritório e sentou-se em uma das cadeiras de couro grandes e escorregadias que ficavam perto da escrivaninha em que ele trabalhava. Ela gostava de vê-lo corrigindo os trabalhos que trazia para casa em sua pasta, arrumando todos

johnny panic e a bíblia de sonhos e outros textos em prosa 343

os erros que as pessoas tinham cometido durante o dia. Ele começava a ler os textos e depois parava de repente, pegava um de seus lápis coloridos e fazia marquinhas vermelhas aqui e ali sempre que encontrava palavras erradas.

— Quer saber — o pai lhe dissera uma vez, tirando de repente os olhos do trabalho — o que vai acontecer amanhã quando eu devolver esses trabalhos para os alunos?

— Não — respondeu Alice, com um leve tremor. — O quê?

— Vai ter gente chorando e gritando e rangendo os dentes — o pai declarou, fingindo seriedade e fazendo uma careta.

Naquele momento Alice havia imaginado o grande salão da universidade em que seu pai se posicionava, no alto de um tablado. Ela tinha visitado o lugar uma vez com sua mãe, e havia centenas de pessoas que iam até lá ouvir seu pai falar e contar coisas estranhas e fabulosas sobre o funcionamento do mundo.

Ela tinha visualizado seu pai lá em cima, entregando folhas de papel às pessoas, chamando-as pelo nome, uma a uma. Ele faria a mesma cara que às vezes fazia quando dava bronca em sua mãe, e estaria forte e orgulhoso, e falaria com uma voz dura e ríspida. Lá de cima, como um rei no alto de seu trono, ele declamaria os nomes com sua voz estrondosa e as pessoas, trêmulas, assustadas, iriam até ele pegar os trabalhos. E depois se elevaria o som lamentoso do choro, dos gritos e dos dentes rangendo. Alice torceu para um dia ter a chance de estar lá quando as pessoas começassem a ranger os dentes; tinha certeza de que o barulho seria terrível, assombroso.

Nessa noite ela ficou observando o pai corrigir os trabalhos até chegar a hora de dormir. O brilho da luminária lhe envolvia a cabeça numa coroa ofuscante, e as perversas marquinhas vermelhas que ele fazia nas folhas tinham a cor do sangue que havia brotado numa linha fina no dia em que ela cortara o dedo com a faca de pão.

Todos os dias daquele ano, quando seu pai chegava em casa, logo antes do jantar, ele trazia surpresas da cidade para Alice em sua pasta. Ele entrava pela porta da frente, tirava o chapéu e seu casaco pesado com forro de seda e apoiava a pasta numa cadeira. Primeiro ele abria as presilhas, depois tirava de dentro o jornal, todo dobrado e cheirando a tinta. Depois vinham as folhas que ele tinha que corrigir para o dia seguinte. E bem lá no fundo sempre havia algo especialmente para ela, Alice.

Talvez fossem maçãs, amarelas e vermelhas, ou nozes embrulhadas em celofane colorido. Às vezes eram tangerinas, e ele descascava a casca alaranjada e esburacada e os fios brancos e elásticos que se entrelaçavam sobre a fruta. Ela comia os gomos um por um, e sentia o suco esguichar, doce e marcante, na boca.

No verão, quando os dias ficavam muito agradáveis, seu pai nunca ia à cidade. Ele a levava à praia quando sua mãe tinha que ficar em casa com Warren, que vivia tossindo e resmungando porque tinha asma e não conseguia respirar sem uma chaleira com vapor ao lado da cama.

Primeiro o pai dela ia dar um mergulho sozinho, deixando-a na praia, com as ondinhas caindo a seus pés e a areia molhada e fria escorrendo entre os dedos. Alice ficava em pé, a água batendo nos tornozelos, observando o pai com admiração, um pouco antes das ondas maiores, protegendo os olhos do brilho ofuscante do sol de verão que incidia, silencioso e esplêndido, sobre a superfície da água.

Depois de um tempo ela o chamava, e ele se virava e começava a nadar em direção à praia, esculpindo uma linha de espuma com as pernas e abrindo caminho pela água com as poderosas hélices dos braços. Ele vinha ao seu encontro e a colocava sobre os ombros, onde ela se agarrava ao seu pescoço, e depois voltava para a água. Num êxtase de terror, ela se segurava ao pai, sentindo a bochecha macia formigar onde tinha encostado o rosto em sua nuca, e suas pernas e seu corpo magro deixavam um rastro, flutuando e avançando com facilidade graças aos movimentos enérgicos do pai.

E pouco a pouco, nas costas do pai, Alice deixava de sentir medo, e a água lá embaixo, negra e profunda, começava a parecer calma e amigável, obedecendo ao comando habilidoso das braçadas rítmicas do pai e amparando os dois nas ondas uniformes. A luz do sol também caía morna e cordial em seus braços finos, e sua pele ficava toda arrepiada. O sol de verão não deixava sua pele vermelha e dolorida como fazia com Warren, mas a tingia de um lindo tom de marrom, da cor de torrada de canela.

Depois do mergulho, ele a levava para correr pela orla da praia até que ela se secasse, e, apostando corrida pela faixa de areia lisa, dura e densa, rindo de cara para o vento, ela tentava acompanhar o ritmo potente dos passos do pai. Nesses momentos, sentindo crescerem a força e a segurança de seus membros jovens, Alice pensava que um dia ela também seria capaz de cavalgar as ondas com total segurança, e que a luz do sol sempre se curvaria em deferência a ela, dócil e generosa em seu ardor criativo.

O pai de Alice não tinha medo de nada. O poder era bom porque era poder, e quando as chuvas de verão chegavam, trazendo o crepitar dos relâmpagos azulados e o estrondo ensurdecedor dos trovões, o som de uma cidade ruindo um quarteirão por vez, o pai de Alice urrava de tanto rir enquanto Warren corria para se esconder no armário de vassouras, com as mãos coladas aos ouvidos e o rosto pálido tomado pelo terror. Alice aprendeu a cantar a música do trovão com o pai: "Thor ficou bravo. Thor ficou bravo. Bum, bum, bum! Bum, bum, bum! A gente nem liga. A gente nem liga. Bum, bum, bum!". E, por cima da voz de barítono de seu pai, sempre ressoante, ecoante, o trovão ribombava inofensivo como um leão domado.

Sentada no colo do pai no escritório, observando as ondas do fim da rua, agora reduzidas a uma grosseira borbulha de espuma,

346 sylvia plath

a um rastro de esguicho no paredão, Alice aprendeu a rir da grandeza destrutiva dos fenômenos naturais. As nuvens inchadas, pintadas de roxo e preto, abriam-se ao meio com lampejos ofuscantes de luz, e os trovões faziam a casa tremer do telhado à fundação. Mas, protegida pelos braços fortes e ouvindo as batidas reconfortantes do coração do pai, Alice acreditava que de alguma forma ele estava conectado ao milagre da fúria que se manifestava para além das janelas, e que, através dele, ela seria capaz de enfrentar o fim do mundo em perfeita segurança.

Quando chegava a época certa, seu pai a levava ao jardim e lhe ensinava a caçar mamangavas. Era uma coisa que nenhum outro pai sabia fazer. Seu pai apanhava um tipo especial de mamangava que sabia identificar pelo formato. Ele prendia a abelha com a mão fechada, aproximando-a do ouvido de Alice. Ela gostava de ouvir o zumbido feroz e abafado do inseto capturado na armadilha escura da mão do pai, mas incapaz de picar, de ousar picar. Depois, rindo, o pai esticava bem os dedos e a abelha saía voando, livre, perdendo-se pelo ar.

Depois houve um verão em que o pai de Alice não a levou para caçar abelhas. Ele ficou dentro de casa, deitado no sofá, e sua mãe lhe levava bandejas com suco de laranja em copos altos, e uvas, e ameixas. Ele bebia muita água, porque sentia sede o tempo todo. Alice ia muitas vezes à cozinha e buscava jarras de água com cubos de gelo, depois levava para o pai um copo com gotas d'água congeladas.

Tudo continuou assim por um bom tempo, e seu pai quase não falava com as pessoas que vinham à casa. De noite, depois de se deitar, Alice ouvia a mãe falando com o pai no quarto ao lado, e sua voz começava muito delicada e muito baixa, até que de repente o pai perdia a paciência e erguia a voz de trovão, e às vezes ele até acordava Warren, que começava a chorar.

Um dia, depois de uma noite dessas, o médico veio examinar seu pai. Trouxe uma maleta preta e ferramentas de prata, e, depois que foi embora, seu pai passou a ficar de cama. Eram as ordens do médico. Agora sempre havia sussurros no andar de cima, e nunca conversas, e o médico queria que as persianas do quarto de seu pai ficassem sempre fechadas, porque a luz do sol era muito clara e machucava seus olhos.

Agora Alice só podia ir ao quarto ver o pai de vez em quando, porque deixavam a porta fechada a maior parte do tempo. Uma vez, quando ela estava sentada numa cadeira ao lado da cama, contando para ele, em voz baixa, que as sementes de violeta estavam prontas para serem colhidas nas vagens secas e marrons do jardim, o médico chegou. Alice conseguiu ouvir a porta da frente se abrindo e sua mãe o convidando a entrar. Sua mãe e o médico ficaram um pouco no hall de entrada da casa, e o leve murmúrio das vozes era solene e indistinguível.

Depois o médico subiu com sua mãe, trazendo sua maleta preta e exibindo um sorriso brilhante e bobo. Ele puxou a trancinha de Alice de brincadeira, mas ela se afastou fazendo bico e sacudindo a cabeça. Seu pai lhe deu uma piscadela, mas sua mãe balançou a cabeça.

— Fique boazinha, Alice — ela implorou. — O médico veio ajudar o papai.

Não era verdade. Seu pai não precisava de ajuda nenhuma. O médico o obrigava a ficar de cama; tinha proibido o sol e isso estava deixando seu pai triste. Seu pai podia expulsar aquele médico tonto e balofo se quisesse. Seu pai podia bater a porta na cara dele e dizer que nunca mais voltasse. Mas, em vez disso, seu pai deixou o médico tirar uma agulha prateada enorme da sacola preta e esterilizar um pedaço da pele de seu braço e enfiar a agulha.

— Você não devia olhar — a mãe disse a Alice com doçura.

Mas Alice se obrigou a olhar. Seu pai nem estremeceu. Ele deixou a agulha entrar e a encarou com seus olhos azuis e fortes, dizendo-lhe em silêncio que na verdade ele não se importava, que na verdade ele só estava agradando a sua mãe e aquele médico pequeno, gordo, ridículo, aqueles dois conspiradores inofensivos. Alice sentiu os olhos se encherem de lágrimas de orgulho, mas espantou as lágrimas e segurou o choro. Seu pai não gostava de ver ninguém chorando.

No dia seguinte, Alice foi visitar o pai mais uma vez. Do corredor ela o entreviu deitado na cama do quarto escuro com a cabeça no travesseiro e a luz pálida, de um alaranjado poeirento, entrando pelas persianas abertas.

Andando nas pontas dos pés, ela entrou no quarto, que exalava um cheiro doce e estranho de álcool. Seu pai estava dormindo na cama, imóvel, a não ser pelo movimento ritmado do peito sob os cobertores e pelo som de sua respiração. À meia-luz, seu rosto tinha uma cor amarelada de cera, e a carne ao redor da boca era magra e esticada.

Alice ficou olhando de cima para o rosto esquelético do pai, ouvindo aquela respiração vagarosa e abrindo e fechando as próprias mãozinhas magras ao lado do corpo. Então ela se debruçou sobre a cama e encostou a cabeça nos cobertores que lhe cobriam o peito. Vinda de algum lugar, muito débil e distante, ela ouviu a pulsação fraca de seu coração, e lhe pareceu o ruído de um tambor tardio que se dissipava.

— Pai — ela disse com uma voz minúscula, implorando. — Pai. — Mas ele não ouviu, retraído como estava no próprio interior, isolado do som de sua voz suplicante. Perdida e traída, ela lentamente lhe deu as costas e saiu do quarto.

Essa foi a última vez que Alice Denway viu seu pai. Ela ainda não sabia que, pelo resto de sua vida, não teria mais ninguém que andasse ao seu lado como ele, vaidoso e arrogante em meio às mamangavas.

LÍNGUAS DE PEDRA

O SIMPLES SOL DA manhã incidia sobre o pequeno jardim de inverno entre as folhas verdes das plantas, clareando tudo, e as flores estampadas do sofá com acabamento de chita ficavam ingênuas e rosadas sob a luz da manhã. A menina estava sentada no sofá com o quadrado irregular de tricô nas mãos e começou a chorar, porque o tricô estava todo errado. Tinha buracos, e a mulher loira e baixinha de uniforme de seda branca que tinha dito que todo mundo podia aprender a tricotar estava na sala de costura ajudando Debby a fazer uma blusa preta com uma estampa de peixes cor de lavanda.

A sra. Sneider era a única pessoa no jardim de inverno além da menina sentada no sofá com lágrimas que rastejavam bochecha abaixo como insetos vagarosos e caíam úmidas e escaldantes nas mãos. A sra. Sneider estava sentada à mesa de madeira de frente para a janela, moldando uma mulher gorda com o barro. Estava debruçada sobre o barro, corcunda, de vez em quando lançando olhares irritados à menina. Por fim a menina se levantou e foi até a sra. Sneider para ver a inchada mulher de barro.

— Você faz coisas muito bonitas com o barro — a menina disse.

A sra. Sneider fez uma cara cínica e começou a destruir a mulher, arrancando seus braços e sua cabeça e escondendo as partes debaixo do jornal sobre o qual estava trabalhando.

— Você não precisava ter feito isso, viu? — a menina disse.

— Era uma mulher ótima.

— Eu sei como você é — a sra. Sneider sibilou, esmagando o corpo da mulher gorda até que voltasse a ser uma massa disforme de barro. — Eu sei como você é, sempre se intrometendo em tudo, sempre espiando!

— Mas eu só queria olhar — a menina estava tentando se explicar quando a mulher de roupa branca de seda voltou e se sentou no sofá barulhento, perguntando:

— Me deixa ver seu tricô.

— Está cheio de buracos — disse a menina, desinteressada.

— Não consigo me lembrar do que você ensinou. Meus dedos não conseguem.

— Ora, mas está muito bom — a mulher rebateu com bom humor, levantando-se para sair do cômodo. — Gostaria de ver você trabalhando mais um pouco.

A menina pegou o quadrado vermelho de tricô e lentamente enrolou o fio no dedo, perfurando um dos pontos com a agulha azul e escorregadia. Ela puxou o ponto, mas o dedo estava retesado e afastado e ela não conseguia fazer o fio passar por cima da agulha. Suas mãos pareciam feitas de barro, e ela deixou o tricô cair no colo e começou a chorar de novo. Quando ela começava a chorar, não havia nada que a fizesse parar.

Ela tinha passado dois meses sem chorar nem dormir, e agora continuava sem dormir, mas o choro vinha cada vez mais, o dia todo. Através das lágrimas ela olhava pela janela e via o efeito embaçado que a luz do sol criava nas folhas, que aos poucos ganhavam uma cor vermelha. Eram meados de outubro, e havia muito ela perdera a noção do tempo, e na verdade não fazia diferença, porque todos os dias eram iguais aos anteriores e não havia noites para separá-los porque ela já não dormia mais.

A única coisa que lhe restava agora era o corpo, uma marionete apática de carne e osso que precisava ser lavada e alimentada dia após dia após dia. E seu corpo viveria por uns sessenta anos ou até mais. Com o tempo eles iam se cansar de esperar e torcer e lhe dizer que Deus existia ou que um dia ela olharia para trás como se tudo aquilo tivesse sido um sonho ruim.

Depois ela levaria suas noites e dias acorrentada à parede de uma solitária escura cheia de pó e aranhas. Eles estavam a salvo fora do sonho, então podiam tagarelar como bem entendessem naquele jargão deles. Mas ela estava presa no pesadelo do corpo, sem mente, sem nada, só com a carne sem alma que ia ficando cada vez mais gorda por culpa da insulina e cada vez mais amarela à medida que o bronzeado desbotava.

Naquela tarde, como sempre fazia, ela foi sozinha até o pátio murado que ficava nos fundos da ala, levando um livro de contos que não leu porque as palavras não passavam de hieróglifos pretos e mortos que ela não conseguia mais traduzir e transformar em gravuras coloridas.

Ela levou consigo a manta de lã branca e quente com que gostava de se embrulhar, sabe-se lá por que, e foi se deitar numa saliência rochosa embaixo dos pinheiros. Quase ninguém ia ao pátio. Só as velhinhas de roupas pretas da ala do terceiro andar saíam de vez em quando para andar sob o sol e se sentavam muito retesadas, apoiadas na cerca de madeira, encarando a luz com os olhos fechados, parecendo besouros secos, até que as enfermeiras aprendizes as chamassem para o jantar.

Enquanto estava deitada na grama, moscas pretas voaram ao seu redor, zumbindo monótonas ao sol, e ela as encarou, como se com muita concentração pudesse encolher até ficar do tamanho de uma mosca e assim se tornar parte orgânica do mundo natural. Ela invejava até os gafanhotos que pulavam de um lado para o outro aos seus pés, na grama comprida onde certa vez ela tinha encontrado um grilo preto brilhante e, segurando-o na mão, passado a odiar o inseto, porque ele parecia ter um lugar criativo ao sol, enquanto ela não tinha lugar nenhum e só ficava lá deitada feito uma erva daninha sobre a face da terra.

Ela também odiava o sol, porque o sol era traiçoeiro. Mas o sol era o único que ainda falava com ela, porque agora todas as pessoas tinham línguas de pedra. Só o sol a animava um pouquinho, e as maçãs que ela colhia no pomar. Ela escondia as maçãs debaixo do travesseiro, para que, quando as enfermeiras viessem trancar seu armário e gavetas durante a sessão de tratamento com insulina, ela ainda pudesse ir ao banheiro com uma maçã no bolso, trancar a porta e comê-la com grandes mordidas vorazes.

Se ao menos o sol pudesse parar no auge de sua força e crucificar o mundo, devorar o mundo de uma vez por todas, com ela ali deitada de barriga para cima. Mas o sol se inclinava, enfraquecia, e a traía e caía pelo céu, e então ela sentia mais uma vez a perpétua ascensão da noite.

Agora que ela estava recebendo o tratamento com insulina, as enfermeiras a faziam chegar mais cedo, porque assim podiam lhe perguntar como se sentia e colocar as mãos frias em sua testa a cada quinze minutos. Era tudo uma farsa, então toda vez ela dizia apenas o que queriam ouvir: "Estou igual. Igual". E era verdade.

Um dia ela perguntou a uma enfermeira por que não podia ficar lá fora até o sol se pôr, já que ela nem se mexia e só ficava deitada, e a enfermeira respondeu que era perigoso, que ela poderia ter uma reação. Só que ela nunca teve uma reação. Ela só ficava sentada, ou às vezes se dedicava à galinha marrom que estava bordando num avental, e se recusava a falar.

Não havia motivo para trocar de roupa, porque todos os dias ela suava debaixo do sol e molhava a blusa de algodão xadrez, e todos os dias seu cabelo preto e comprido ficava mais oleoso. A cada dia ela se sentia mais oprimida pela consciência sufocante do envelhecimento gradativo de seu corpo.

Ela sentia a deterioração leve, lenta e inevitável de sua carne, que a cada hora ficava mais pálida, mais flácida. Imaginava os detritos que se acumulavam por dentro, dilatando-a com os venenos que se revelavam na escuridão vazia de seus olhos quando olhava no espelho, sentindo ódio daquele rosto morto que a cumprimentava, o rosto sem cérebro, com a cicatriz roxa na bochecha esquerda que a marcava como uma letra escarlate.

Uma crosta começou a se formar em ambos os cantos da boca. Ela teve certeza de que aquilo era um sinal de seu ressecamento iminente e que as crostas nunca iriam cicatrizar, mas se espalhariam pelo corpo todo, e que a água parada de seu pensamento se espalharia pelo seu corpo numa lepra lenta e destrutiva.

Antes do jantar, a enfermeira aprendiz, muito sorridente, chegou trazendo uma bandeja com um copo de suco de laranja cheio de açúcar para a menina beber e concluir o tratamento. Então tocaram o sino do jantar, e, sem dizer nenhuma palavra, ela entrou na pequena sala de jantar em que havia cinco mesas redondas com toalhas brancas. Com o corpo rígido, ela se sentou de frente para uma mulher grande e corpulenta que tinha estudado em Vassar e vivia fazendo palavras cruzadas. A mulher tentou fazer a menina falar, mas ela só respondeu com monossílabos e continuou comendo.

Debby chegou para o jantar atrasada, rosada e ofegante da caminhada, porque tinha mais privilégios que as outras. Debby parecia amigável, mas sorria de um jeito ardiloso, e estava de conchavo com todas as outras, e não queria dizer à menina: você é uma imbecil, você nunca vai melhorar.

Se alguém lhe dissesse isso pelo menos uma vez, a menina acreditaria, porque sabia que isso era verdade havia meses. Ela tinha se atrevido a andar em círculos à beira do redemoinho, fingindo ser inteligente e alegre, e enquanto isso aqueles venenos foram se acumulando em seu corpo, prontos para explodir a qualquer momento por trás das bolhas brilhantes e falsas de seus olhos, gritando: idiota! Impostora!

Depois veio a crise, e agora ela estaria presa por sessenta anos dentro de um corpo em decadência, sentindo seu cérebro morto se encolher como um morcego cinzento e paralisado na caverna escura de um crânio vivo.

Essa noite uma mulher desconhecida de vestido roxo estava na ala. Era pálida como um rato e ria sozinha em segredo enquanto atravessava com ar determinado o corredor que levava à sala de jantar, pisando pé ante pé em uma rachadura que havia entre as tábuas do assoalho. Quando chegou à porta, ela se virou de lado com um ar recatado, sem tirar os olhos do chão, e ergueu primeiro o pé direito e depois o esquerdo por cima da rachadura, como se passasse por um degrauzinho invisível.

Ellen, a faxineira irlandesa gorda e risonha, não parava de trazer pratos da cozinha. Quando Debby pediu para comer fruta de sobremesa, em vez da torta de abóbora, Ellen lhe trouxe uma maçã e duas laranjas, e ali mesmo, à mesa, Debby começou a descascar e fatiar as frutas, colocando-as numa tigela de cereal. Clara, a garota do Maine que tinha o cabelo loiro estilo melindrosa, estava brigando com Amanda, que era alta e grandalhona e falava com a língua presa como se fosse uma criancinha, e vivia reclamando que seu quarto cheirava a gás.

As outras estavam todas juntas, simpáticas, vivazes e barulhentas. Só a menina estava sentada, imóvel, retraída em si mesma como uma semente dura e murcha que nada poderia despertar. Ela segurou firme o copo de leite e pediu mais uma fatia de torta, porque assim adiava um pouco mais o início da noite insone que se estenderia no mesmo ritmo acelerado, sem parar, até chegar ao dia seguinte. O sol corria cada vez mais rápido ao redor da Terra, e ela sabia que seus avós logo morreriam, e que sua mãe morreria, e que por fim não restaria mais nenhum nome conhecido que ela pudesse invocar diante da escuridão.

Naquelas últimas noites antes do colapso, a menina se acostumara a ficar acordada ouvindo o fio finíssimo da respiração da mãe, sentindo vontade de se levantar e arrancar a vida daquela garganta frágil, de dar logo um fim àquele processo de lenta desintegração que lhe sorria como uma caveira aonde quer que fosse. Ela entrara na cama com a mãe e sentira, com um terror crescente, a fragilidade da silhueta adormecida. Não havia mais refúgios no mundo. Então, voltando para sua cama, ela tinha levantado o colchão e se enfiado na fenda entre o colchão e o estrado, na intenção de ser esmagada pelo peso daquela placa.

Ela tinha lutado contra a escuridão e perdido. Eles a devolveram ao inferno de seu corpo morto. Eles a ergueram, como Lázaro, afastando-a dos mortos, dos inconscientes, já pútrida, com o hálito do túmulo, de pele amarelada e hematomas roxos inchando nos braços e coxas, com uma cicatriz aberta em carne viva que lhe desfigurou o lado esquerdo do rosto, transformando-o numa massa de cascas marrons e líquido amarelo e impedindo-a de abrir o olho esquerdo.

A princípio pensaram que ela ficaria cega daquele olho. Ela passara a noite de seu segundo nascimento para o mundo físico acordada, falando com uma enfermeira que estava sentada ao lado da cama, virando o rosto sem visão em direção à voz delicada e repetindo sem parar:

— Mas eu não enxergo nada, não enxergo nada.

A enfermeira, que também achava que ela tinha ficado cega, tentou tranquilizá-la:

— Tem muitas outras pessoas cegas no mundo. Um dia você vai conhecer um homem cego e bom e vai se casar com ele.

E então a plena consciência de sua tragédia invadiu novamente a menina, chegando à escuridão definitiva em que ela tentara se perder. Não havia motivo para se preocupar com os olhos se ela não conseguia pensar nem ler. Não faria diferença se agora seus olhos fossem janelas ocas, vazias, porque ela não conseguia nem ler, nem pensar.

Nada no mundo a alcançava. Até o sol brilhava muito longe, numa concha de silêncio. O céu e as folhas e as pessoas recuavam, e ela não tinha nenhum vínculo com eles, porque estava morta por dentro, e agora nem toda a risada, nem todo o amor que tinham poderia chegar até ela. Como se estivesse em uma lua distante, extinta e fria, ela via seus rostos suplicantes, sôfregos, as mãos estendidas, paralisadas em gestos de amor.

Não havia mais nenhum lugar onde ela pudesse se esconder. Ficava cada vez mais atenta aos cantos escuros e à promessa de um lugar secreto. Pensava com nostalgia em cômodas e armários e nas goelas pretas e abertas das privadas e dos ralos de banheira. Nas caminhadas que fazia com a terapeuta ocupacional, uma mulher gorda e sardenta, ela se pegava ansiando por poças de água parada, pela sombra sedutora que havia sob as rodas dos carros que passavam.

À noite ela ficava sentada na cama, enrolada no cobertor, passando os olhos pelas palavras dos contos das revistas carcomidas que levava consigo, até que a enfermeira da noite entrava no quarto com sua lanterna e desligava a luminária. Depois a menina ficava deitada, rígida, encolhida debaixo do cobertor, e esperava, de olhos abertos, a manhã chegar.

Uma noite, quando a enfermeira passou para trancar as gavetas e armários antes de todas dormirem, ela escondeu na fronha o lenço de algodão cor-de-rosa que usava com sua capa de chuva.

No escuro, fez um nó apertado ao redor do pescoço e tentou puxar o lenço. Mas sempre que o ar lhe faltava e ela sentia o zunido dos ouvidos crescer, as mãos ficavam frouxas e soltavam o tecido, e ela ficava deitada tentando recuperar o fôlego, xingando aquele instinto burro que lutava para viver.

No jantar dessa noite, quando as outras meninas não estavam, a menina levou o copo de leite para o quarto enquanto Ellen estava ocupada empilhando pratos na cozinha. Não havia ninguém no corredor. Uma lascívia lenta a invadiu como uma maré enchente. Ela se aproximou de sua cômoda e, com uma toalha que pegou na última gaveta, envolveu o copo vazio e o colocou no fundo de seu armário. Então, com uma paixão estranha, pesada, como se impelida pela compulsão de um sonho, ela pisou várias vezes na toalha.

Não houve som nenhum, mas ela sentiu a volúpia do vidro se quebrando por baixo da camada grossa da toalha. Agachando-se, ela desembrulhou os cacos de vidro. Em meio ao brilho dos estilhaços, havia vários pedaços compridos. Ela escolheu os dois fragmentos mais afiados e os escondeu debaixo da palmilha do tênis, dobrando a toalha sobre o resto dos cacos.

No banheiro, ela sacudiu a toalha sobre a privada e viu o vidro atingir a água, afundando lentamente, girando, rebatendo a luz, caindo no buraco escuro e afunilado. O brilho letal dos cacos se refletiu na escuridão de sua mente, traçando uma curva de centelhas que se desfaziam sozinhas na própria queda.

Às sete a enfermeira chegou para aplicar a injeção de insulina da noite.

— De que lado? — ela perguntou, enquanto a menina se curvava mecanicamente na cama e erguia a blusa.

— Tanto faz — a menina disse. — Não sinto mais as injeções.

A enfermeira aplicou a injeção com um movimento de profissional.

— Nossa, você está mesmo toda roxa.

Deitada na cama, embrulhada no cobertor de lã muito grosso, a menina se deixou levar por uma onda de languidez. No breu que era letargia que era sono, uma voz falou com ela, brotando como uma folha verde na escuridão.

— Senhora Patterson, senhora Patterson, senhora Patterson! — a voz disse cada vez mais alto, clamando, gritando. A luz irrompeu nos mares da cegueira. O ar ficou rarefeito.

A enfermeira, sra. Patterson, saiu correndo de trás dos olhos da menina.

— Ótimo — ela estava dizendo —, ótimo. Só me deixe tirar seu relógio para você não batê-lo na cama.

— Senhora Patterson — a menina se ouviu dizer.

— Bebe mais um copo de suco. — A sra. Patterson levou aos lábios da menina um copo branco de celulose cheio de suco de laranja.

— Mais um?

— Você já bebeu um.

A menina não se lembrava do primeiro copo de suco. O ar escuro ficara rarefeito, mas agora se enchia de vida. Houvera uma batida no portão e um estalo na cama, e agora ela dizia à sra. Patterson palavras que podiam ser o início de um mundo:

— Estou me sentindo diferente. Estou me sentindo bem diferente.

— Estávamos esperando esse momento há muito tempo — a sra. Patterson disse, debruçando-se sobre a cama para pegar o copo, e suas palavras eram mornas e redondas, como maçãs ao sol. — Quer um pouco de leite quente? Acho que hoje você vai dormir.

E no escuro a menina ficou deitada ouvindo a voz do amanhecer, e sentiu em cada fibra de sua mente e de seu corpo a chama do eterno nascer do sol.

A TAL DA VIÚVA MANGADA

FOI NUMA MANHÃ ESPANHOLA escaldante que eles a conheceram. O ônibus que ia de Alicante a Villaviento, lotado de espanhóis tagarelas, andava sacolejando pela estrada estreita e levantava uma nuvem de poeira vermelha. Sentada ao lado de seu marido, Mark, Sally tentava não derrubar a melancia verde e pesada que levava no colo. A mochila de Mark e a antiga máquina de escrever portátil com estojo preto pulavam no compartimento acima de suas cabeças. Estavam procurando casa mais uma vez.

— Esse sim seria um bom lugar. — Mark apontou pela janela para um *Pueblo* quadrado e branco que ficava na encosta desmatada. — Tranquilo. Simples. Sem ninguém passar empurrando latas de óleo pela rua no meio da noite, igual faziam em Alicante.

— Vá com calma — Sally rebateu. Com a experiência, até ela tinha começado a ser mais prevenida. — Fica tão longe que nem deve ter luz elétrica. Nem água potável. Além do mais, como é que eu iria ao mercado?

O ônibus continuou se arrastando pelos morros áridos, avermelhados e cobertos por bosques de oliveiras, e as árvores tinham folhas escuras embranquecidas pela poeira. Estavam viajando havia quase uma hora quando, quicando numa curva, o ônibus começou a se precipitar em direção a um pequeno vilarejo que fazia fronteira com uma baía azul-pavão. Seus *pueblos* brancos brilhavam como cristais de sal ao sol.

Sally estava se debruçando sobre o banco à sua frente, comentando o brilho do mar, quando, sem mais nem menos, a mulher pequenina de cabelos pretos sentada ali se virou. Estava muito maquiada e usava óculos de sol de lentes muito escuras.

— Você entende espanhol? — ela perguntou a Sally. Levemente desconcertada, Sally respondeu:

— Um pouco. — Ela entendia espanhol o suficiente, mas na hora de falar ainda ficava insegura. Mark era fluente; naquele verão estava traduzindo poesia espanhola contemporânea para uma antologia.

— Aqui é lindo, né? — Rápida, a mulher usou as últimas frases de Sally como ponto de partida para puxar assunto. Ela apontou para a baía com a cabeça. — Eu tenho uma casa em Villaviento, aliás — ela desembestou a falar. — Uma beleza de casa, com jardim e cozinha. Bem de frente para o mar...

— Que ótimo — Sally disse. Ela se perguntou vagamente se aquela seria enfim a fada madrinha disfarçada que logo em seguida lhes ofereceria sua luxuosa casa na praia para que passassem o verão. Sally nunca tinha superado de fato sua crença infantil na existência de excêntricos seres mágicos capazes de intervir nos assuntos do dia a dia.

— Eu alugo quartos no verão — a mulher insistiu no assunto, sacudindo a mão com o esmalte recém-aplicado e os vários anéis cintilantes, tremeluzentes. — Lindos. Confortáveis. Com acesso à cozinha. Acesso ao jardim. Acesso à varanda...

Sally desistiu de seu sonho de ter um castelo espanhol de graça.

— Fica mesmo perto do mar? — ela perguntou com verdadeiro interesse. Já cansada da paisagem árida da Espanha, não conseguia mais conter a saudade que sentia do imenso e simples mar azul que golpeava Nauset Beach, lá em sua terra natal.

— Claro! Vou mostrar tudo pra vocês. Tudo! — a mulher baixinha e morena lhes prometeu. Deixando-se levar pela energia da própria fala acelerada, ela parecia incapaz de parar, e continuou tagarelando em frases em *stacatto*, pontuadas por gestos bruscos e dramáticos. — Sou a *Señora* Mangada. Aqui todo mundo me conhece. É só perguntar a qualquer um: quem é a Viúva Mangada? Eles vão responder. Mas é claro — ela deu de ombros com muita eloquência, como se Mark e Sally talvez não fossem, no fim das contas, sábios o bastante para valorizar o privilégio que ela estava oferecendo —, é claro que a decisão é de vocês. Vocês escolhem...

O ônibus estava parando bem no meio de Villaviento. Uma palmeira enorme e empoeirada brotava bem no centro da pracinha rodeada de lojas simples e brancas e casas residenciais com persianas de madeira bem fechadas.

— Villaviento! — a Viúva Mangada anunciou, sacudindo a mão com unhas vermelhas como se fosse dona do lugar. Então ela se levantou num solavanco e foi abrindo caminho pelo corredor, baixinha e redonda como um pudim de ameixas. Seu vestido de renda branca, muito elegante, deixava à mostra a combinação preta que ela vestia por baixo; seu cabelo preto-azulado estava modelado com ondas e cachos pequeninos.

Mark, pensativo, a seguiu com os olhos enquanto ela descia os degraus do ônibus com movimentos exagerados e chegava à rua com um ar pomposo.

— Quem vê pensa — ele refletiu em voz alta — que tem uma fila de fotógrafos esperando ela chegar.

Num grupo heterogêneo, alguns garotos nativos competiram entre si para decidir quem ia carregar a bagagem da Viúva. Ela an-

johnny panic e a bíblia de sonhos e outros textos em prosa 363

dou ao redor deles e enfim elegeu um rapaz jovem, que tinha um carrinho, para levar sua mala de lona muito cheia e uma imensa sacola de estopa.

Então ela voltou, com o menino e o carrinho lotado, matraqueando e gesticulando como se nunca tivesse ido. Mark colocou a mochila no ombro e Sally equilibrou a máquina de escrever e a melancia.

— Por aqui — a Viúva disse, estendendo o braço para Sally, num gesto íntimo e amistoso, e trotando ao lado deles com seus escarpins pesados e cheios de recortes.

Hotéis modernos ladeavam a avenida principal com suas sacadas vermelhas, amarelas e verdes, tão berrantes que pareciam pintadas com os lápis de uma criança.

— Hotéis! — a viúva cacarejou com ar de reprovação, insistindo para que andassem mais rápido. — Terríveis! Tão caros! Cem *pesetas* por noite, e isso só para uma pessoa. Isso sem falar em todos os outros custos extras. Cigarros. Telefone. — Ela sacudiu seus cachos pretos frisados.

Por cima da cabeça da Viúva Mangada, Mark lançou a Sally um olhar de desconfiança. A Viúva já estava entregue a um animado discurso de vendedora.

— Olhem! — Ela estendeu o braço num gesto grandioso quando viraram a esquina e começaram a andar pelo calçadão em frente ao mar. A baía se avultava diante deles, vívida, azul e rodeada por uma crista de montes alaranjados. — E aqui estamos. — A Viúva Mangada estava abrindo o portão de uma casa de praia de estuque bege.

Sally ficou parada, de queixo caído.

— Isso é que é casa dos sonhos — ela disse a Mark. A casa tinha uma varanda coberta de trepadeiras no segundo andar e ficava no fundo de um bosque de palmeiras. Canteiros de gerânios vermelhos e margaridas brancas brilhavam feito fogueiras no jardim; cactos contornavam o caminho de pedras.

Falando sem parar sobre as belezas naturais, a Viúva os guiou até os fundos da casa para mostrar suas parreiras no pergolado, sua figueira apinhada de figos verdes e a vista esplêndida das montanhas arroxeadas ao fundo, suspensas atrás de uma cortina de névoa. Por dentro, a casa revestida em pedra era fresca e também muito escura. A Viúva foi andando, abrindo as persianas e mostrando as brilhantes fileiras de panelas de alumínio penduradas na cozinha, em que também se via um fogão a petróleo com uma só boca, e os pratos e taças de vinho ficavam empilhados na sala de jantar. Ela abria as gavetas, revirava os armários. Sally, já encantada com o potencial da casa, se deu por convencida quando viu o quartinho minúsculo do andar de cima. Junto a um dos quartos maiores, o cômodo se abria para a varanda e uma vista do Mediterrâneo tão azul emoldurado pelas folhas das palmeiras.

— Ah, Mark — Sally pediu. — Vamos ficar.

Os olhinhos pretos e atentos da Viúva se revezaram entre os dois.

— É mesmo sem igual. Perfeito. — Suas palavras ondulavam sobre os dois, escorregadias como óleo. — Eu mostro a cidade pra vocês. O mercado. Tudo. Vamos ficar amigos. Não vai ser um atendimento impessoal como é nos hotéis…

— Quanto — Mark perguntou sem fazer rodeio — custa o quarto?

A Viúva fez uma pausa, titubeando, como se ele tivesse tocado num assunto só um pouco delicado.

— Cem *pesetas* por noite — ela disse, enfim. Então se apressou para completar: — Para os dois. Mais o serviço. Terão todo o conforto…

— Serviço? — Mark a interrompeu. — Quanto dá, então?

— Cento e dez.

Mark e Sally se entreolharam.

— Esse valor está um pouco além do nosso orçamento para os dois meses — ele disse, direto.

Melancólica, Sally pensou nos batedores de arame e conchas de sopa que cercavam a cozinha.

— Mas eu cozinho — ela se ofereceu, embora ainda estivesse bastante desconcertada com o estranho fogão a petróleo. — Vamos à feira da cidade, porque assim vamos economizar muito.

— Somos escritores. — Mark se virou para encarar a Viúva. — Só queremos um lugar tranquilo onde possamos passar o verão escrevendo. Não podemos pagar cento e dez *pesetas* por noite.

— Ah! Vocês são escritores! — A Viúva Mangada ficou efusiva. — Eu também sou escritora. Contos. Poemas. Muitos poemas. — Então A Viúva se acalmou, baixando as pálpebras cobertas de sombra azul. — De vocês — ela disse, pronunciando as palavras com muita ênfase — eu não vou cobrar o serviço. Mas vocês têm que entender — ela ergueu os olhos de repente — que não podem contar para ninguém. Os Outros vão pagar pelo serviço. É exigência do governo. Mas eu e vocês... vamos ficar amigos. — Ela lhes lançou um sorriso ofuscante, exibindo uma fileira de dentes amarelados, muito grandes e projetados para fora da boca. — Vou tratar vocês como se fossem meus filhos.

Mark se remexeu, inquieto, vendo a expressão pidona de Sally. Ele suspirou.

— Tudo bem, então — ele disse, enfim. — Vamos ficar com o quarto.

*

POUCO DEPOIS DAS TRÊS da tarde, naquele mesmo dia, Mark e Sally estavam deitados na praia deserta na frente da casa da Viúva, se secando depois de um mergulho nas ondas verdes e suaves. Tinham passado o restante da manhã na feira livre, comprando comida.

Sally olhou para a varanda do outro lado da rua e deu uma risadinha.

— A viúva deve estar sapateando pelo nosso quarto, botando aqueles lençóis bordados e colchas caras na cama. "Especialmente para nós."

Mark, estirado de bruços na toalha de praia, soltou um grunhido descrente.

— Ainda acho um pouco estranho que ela alugue quartos depois de todo aquele discurso que fez na hora do almoço sobre o berço de ouro, os diplomas universitários, o falecido marido que era um médico genial.

— Eu me pergunto como são os poemas dela — Sally pensou em voz alta, observando a ilha seca que ficava no meio da baía. Uma escuna branca ornamentada cruzava a linha do horizonte como a fabulosa relíquia de uma antiga lenda. — Ela me disse que escreveu uma descrição primorosa do luar sobre a água de Villaviento. O título era "Resplendor de pérola", pelo que ela disse.

— Não se deixe levar por essas palavras bonitas — Mark a alertou. — Ela deve é escrever umas histórias de amor tórridas para as revistas *pulp* espanholas.

Naquela noite, Sally teve dificuldade para acender o fogão a petróleo, que soltava muita fumaça, enquanto Mark estava deitado no andar de cima com a pele em carne viva graças ao sol da tarde, irradiando calor como o assado do almoço de domingo. Ela tinha acabado de pôr a frigideira com azeite de oliva para esquentar quando a Viúva Mangada se materializou na soleira da porta. Num piscar de olhos a Viúva estava ao seu lado, abaixando o fogo.

— Não tão alto — ela repreendeu Sally. — Senão vai queimar todo o pavio. Vai fazer o quê? — Olhou com curiosidade para as batatas e cebolas fatiadas que Sally planejava fritar. — Ah! — a Viúva exclamou. — Vou te mostrar como é que a gente faz por aqui!

Sally, muito paciente, ficou encostada no fogão grande e preto enquanto a Viúva esquentou a panela com azeite e jogou lá dentro as batatas e cebolas, desembestando a falar que Sally precisava encomendar entregas diárias de leite e ir ao mercado de manhã para achar peixe fresco, e sempre prestar atenção nas balanças para que não lhe passassem a perna; os caipiras da feira eram cheios de truques e não pensariam duas vezes antes de botar uma pedra na balança.

Quando as batatas e cebolas começaram a dourar, a Viúva bateu dois ovos numa xícara e os despejou na panela.

— Uma pessoa veio olhar o quarto da frente enquanto você e seu marido estavam na praia hoje à tarde — ela disse alegremente, cutucando a comida na panela, como se só pensasse no bem das cebolas e batatas. — Perguntaram sobre a varanda que dá no quarto maior e eu disse, é claro, que a varanda é de uso de todos.

Sally sentiu uma estranha pontada na barriga, como se tivesse sido apunhalada pelas costas de surpresa. Pensou rápido. A única janela do quarto minúsculo onde estavam hospedados, em que não cabia sequer uma mesa, era a porta francesa que se abria para a varanda. Se outras pessoas ficassem sentadas lá fora, ela e Mark perderiam toda a privacidade.

— Puxa — Sally disfarçou sua perplexidade com um tom de voz calmo e racional —, mas isso não seria possível. — A Viúva pareceu muito concentrada em transferir a *tortilla* para um prato. Enquanto Sally falava, ela virou o prato de cabeça para baixo com movimentos experientes, devolvendo a *tortilla* à panela para dourá-la do outro lado.

— Os outros turistas podem tomar sol na praia ou no jardim — Sally prosseguiu —, mas nós não podemos escrever ao ar livre. Só podemos escrever em silêncio, na nossa varanda. Sendo escritora, como a senhora é — Sally reproduziu as palavras da Viúva, surpresa por ter recorrido tão rapidamente à bajulação —, tenho

368 sylvia plath

certeza que entende que a tranquilidade absoluta é essencial para o nosso trabalho.

A Viúva lançou a Sally um sorriso que ocultava um significativo olhar de soslaio. Depois, quase de imediato, soltou uma gargalhada profunda e profusa, como se risse de uma pegadinha da qual as duas eram as vítimas.

— Mas é claro. Claro que eu entendo — ela disse, num tom conciliador. — Para a próxima pessoa que perguntar da varanda eu vou dizer assim: é que aluguei a varanda para dois escritores americanos. É só deles.

Triunfante, Sally levou a *tortilla* apetitosa para o andar de cima, junto de uma garrafa de vinho. Sentiu que, de certa forma, tinha vencido com muita elegância um jogo que a Viúva dominava, mas que ela ainda começava a compreender.

Assim que ela fechou a porta atrás de si, Mark grunhiu:

— Escuta!

— O que aconteceu? — Sally perguntou, preocupada. Ela foi à varanda colocar a bandeja na mesa. Já estava escuro, e uma lua branca e brilhante se elevava do mar. Do calçadão em frente à praia, que ficava embaixo da varanda, vinha um murmúrio muito alto que parecia o de uma multidão se juntando ao redor de algum tumulto.

Sally ficou olhando. Grupos de turistas vestidos de forma luxuosa vinham caminhando lá embaixo, olhando com curiosidade para a varanda. Ao longo do muro baixo que fazia fronteira com a praia, empregadas espanholas de uniforme branco cuidavam de crianças chorosas. Um burro de carga passou levando um realejo. Vendedores ambulantes empurravam carrinhos de coco e sorvete.

— É o programa noturno da cidade — Mark se lamentou. — Dos ricos que não têm nada pra fazer. Falar da vida dos outros. Passam a tarde toda fazendo a *siesta*. Não era à toa que a praia estava aquela maravilha hoje, tão vazia.

— Bom, se for só no início da noite — Sally o consolou —, podemos nos levantar e começar a trabalhar logo de manhã. — Mas ela também ficou um pouco constrangida enquanto servia o vinho e tentava ignorar os olhares indiscretos que vinham lá de baixo. Naquela tarde a Viúva tinha pendurado uma placa de "Alugam-se quartos" na varanda.

— Estou me sentindo um anúncio vivo da campanha publicitária "Moradores de varanda em Villaviento" — Mark resmungou.

— Ah, é só por uma hora, uma hora e meia — Sally disse, observando Mark levar à boca a primeira garfada da *tortilla*. Ele soltou um resmungo de aprovação. — Espera só até eu te contar do *coup d'état* que dei agora há pouco — ela prosseguiu, orgulhosa, e lhe contou que agora a varanda era de uso exclusivo dos dois.

— Eu estava começando a ficar preocupado com a varanda — Mark disse. — De boba aquela senhora não tem nada.

Na manhã seguinte Sally acordou cedo, ouvindo o movimento das ondas que quebravam na praia. Saindo da cama com muito cuidado para não acordar Mark, que ainda estava dormindo, vermelho como um camarão entre os lençóis embolados, ela atravessou o corredor para ir se lavar no banheiro. Não saiu água da única torneira de água fria do banheiro. Ela lembrou vagamente que no dia anterior, numa avalanche de instruções e informações úteis, a Viúva havia acionado a alavanca de uma caixa azul muito estranha que ficava na cozinha, alegando que o motor produzia água.

Sally desceu a escada nas pontas dos pés. A casa estava imóvel e a cozinha, escura. Abrindo as persianas, Sally encarou com desconfiança a caixa azul, com seus estranhos plugues azuis e fios desgastados. Ela nutria um respeito cego pela eletricidade. Preparando-se para o pior, ela puxou a alavanca. A caixa soltou um lampejo de faíscas azuis, e um fio de fumaça acre saiu rodopiando do coração da máquina.

Sentindo-se culpada, Sally devolveu a alavanca à posição inicial. A fumaça parou de brotar. Ela bateu à porta da Viúva, que ficava ao lado da cozinha. Ninguém respondeu. Ela chamou baixinho, depois mais alto. Ainda assim ninguém respondeu. Que situação absurda, Sally pensou, alternando o peso do corpo entre um pé frio e outro: sem água, sem Viúva... E sem café, também, ela pensou, completando a lista de aborrecimentos. Por um instante ela teve uma absurda certeza de que a Viúva tinha saído escondida durante a noite, deixando-os com aquele elefante branco que era a casa. Ela subiu a escada para acordar Mark.

— Não temos água — Sally comunicou num tom trágico. Mark a encarou, apertando os olhos entre as pálpebras inchadas e rosadas. — E a Viúva desapareceu.

Ainda sonolento, Mark vestiu o calção de banho e acompanhou Sally até a cozinha. Ele puxou a alavanca da máquina de fazer água. Nada. Mark tentou ligar o interruptor de luz. Nada de energia elétrica.

— Tem alguma coisa queimada — ele disse. — A casa inteira deve ser uma teia de cabos elétricos estragados.

— Vá você chamar a Viúva no quarto dela — Sally disse. — Sua voz é mais alta. Ela está alugando a casa para nós, água nas torneiras é o mínimo que ela precisa garantir.

Mark bateu à porta. Chamou a Viúva. Um silêncio mortal imperava na casa, exceto por um antigo relógio de coluna que ficava no corredor, fazendo tique-taque como um coração enclausurado num caixão.

— De repente ela está morta ali dentro — Sally disse. — Tenho uma estranha impressão de que não há ninguém respirando atrás dessa porta.

— De repente ela saiu de casa bem cedo. — Mark bocejou.

— Como eu queria um café.

No fim os dois decidiram voltar para a cama e esperar a Viúva. No exato instante em que estava fechando os olhos, Sally ouviu

johnny panic e a bíblia de sonhos e outros textos em prosa 371

as dobradiças do portão da frente da casa rangerem, e passinhos rápidos tropeçando em *stacatto* pelo caminho de pedra. Vestindo o robe às pressas, ela desceu e foi atrás da Viúva, que estava de banho tomado, toda arrumada com seu vestido branco, entrando pela porta com um monte de sacolas.

— Ah! — a Viúva exclamou bem-humorada ao ver Sally. — Dormiram bem? — Sally, encarando a Viúva com um olhar mais desconfiado do que no dia anterior, se perguntou se não havia uma leve entonação irônica escondida em seu jeito doce de falar.

— Não tem água — Sally disse, indo direto ao ponto. — Não tem água para nos lavarmos, nem para o café.

A Viúva riu muito contente, como se Sally fosse uma criança fofa, mas um pouco estabanada.

— Ora, é claro que tem água — ela disse, deixando as sacolas numa cadeira e dando um pique para chegar à cozinha. — É tão simples!

Indo atrás dela, Sally teve a convicção sombria de que a máquina havia sido instalada de forma que só a Viúva conseguisse fazê-la funcionar. Com certa satisfação, ela observou a Viúva puxar a alavanca. Nada aconteceu.

— Eu também tentei fazer isso — Sally lhe disse, apoiando-se no batente da porta com um ar descontraído. — E não aconteceu nada.

A Viúva tentou ligar o interruptor de luz.

— Não tem luz! — ela exclamou vitoriosa e soltou mais uma de suas gargalhadas cúmplices que lá no fundo guardavam um longo olhar de julgamento dirigido a Sally. — Está assim no vilarejo todo — a Viúva disse, então. — Se não tem luz, não tem máquina.

— Então isso sempre acontece de manhã? — Sally questionou com certa indiferença.

A Viúva pareceu notar pela primeira vez que Sally estava irritada.

— Ah, você não devia levar tudo tão a ferro e fogo. — Ela sacudiu a cabeça negra com ar de reprovação. — Aqui sempre tem água. Água é o que não falta.

Sally ficou esperando com o que julgou ser uma expressão cética e desafiadora.

Com os gestos altivos de uma mulher que está muito acima das meras emergências da rotina, a Viúva foi até a pia com movimentos leves, ergueu uma tampa de madeira que ficava no balcão, e que Sally usara na noite anterior como tábua de cortar legumes, e revelou um compartimento escuro e sem fundo. Tirando um balde e uma corda comprida de um de seus inúmeros armários, a Viúva jogou o balde no buraco. Ouviu-se um esguicho e um eco. A Viúva puxou a corda várias vezes, com muita energia, e tirou do buraco um balde que transbordava água límpida.

— Viu só? — ela disse, em tom de lição de moral. — Água é o que não falta. Aqui tem, sempre tem. — Ela começou a encher três jarras de tamanhos diferentes. — Uma água maravilhosa. Que traz muitos benefícios para a saúde do estômago. — Ela fez um gesto em direção à torneira de água gelada da pia, enrugando o nariz numa careta de nojo e balançando a cabeça. — Aquela água ali é ruim — ela disse a Sally. — *No es potable*.

Sally levou um susto. Por sorte ela e Mark tinham bebido vinho na noite anterior. A água daquela torneira devia ser um veneno mortal. Será que a Viúva tinha esquecido de mencionar esse detalhe antes? Ou será que tinha decidido não revelar nenhum dos defeitos da casa até que os dois estivessem acomodados? Nesse momento Sally se perguntou, uma inquietação crescente, se a Viúva *algum dia* teria lhes contado sobre sua reserva secreta de água potável e cheia de benefícios caso a máquina não tivesse parado de funcionar naquela manhã.

Com uma sensação de descrença renovada, Sally pegou uma jarra de água das mãos da Viúva volúvel e alegre e subiu a escada para se lavar. Poucos minutos depois a Viúva berrou que a luz havia voltado e que havia água em todas as torneiras.

— Acho que ela estava saltitando no quintal com uma varinha mágica — Mark disse, mal-humorado. Ele desceu para botar uma chaleira no fogo e esquentar água para se barbear.

Enquanto estavam sentados na varanda, à sombra de um toldo feito de bambu, bebericando suas canecas fumegantes de café, Sally divagou demoradamente sobre os peculiares hábitos domésticos dos espanhóis.

— Imagina — ela disse a Mark. — A Viúva não usa sabão, ela lava a louça na água fria com uns montinhos de palha. Ela estava me dando um sermão, dizendo que preciso ser muito asseada quando os Outros chegarem. Bem, você devia ver o armário dela... Uma porqueira, cheio de restos de feijão e peixe velho e um monte de formigas levando embora o açúcar, de grão em grão. Amanhã não vai ter mais nada.

Mark caiu na gargalhada.

— Eu daria tudo pra saber o que os moradores de Villaviento pensam sobre ela. Pelo jeito, acabamos virando hóspedes da bruxa do vilarejo.

Naquela manhã, Sally datilografou algumas cartas que pretendia enviar aos Estados Unidos enquanto Mark se ajeitou nos travesseiros e ficou no quarto, cuidando das queimaduras e escrevendo uma fábula com animais. Da rua se ouviu o grito da vendedora de pão, que passava sem pressa com uma cesta de bolinhos fritos; o menino do leite também passou de bicicleta com um galão. Enquanto Sally protelava a escrita, com os dedos pairando sobre as teclas, o som das vozes subiu e a encontrou.

A Viúva Mangada estava mostrando o jardim para um casal de jovens espanhóis, exibindo com gestos grandiloquentes os gerânios, a vista para o mar. Sally os observou por entre as folhas da trepadeira. De certa forma, torcia para que a Viúva não recebesse

374 sylvia plath

outros hóspedes; a casa ficava tão tranquila e agradável só com ela e Mark.

Fazendo a comida do almoço, ao meio-dia, Sally botou uma panela de vagens para ferver e começou a fatiar algumas linguiças. Depois de dez minutos, verificou as vagens. Estavam duras como nunca, e a água não estava nem morna. Sally aumentou o fogo na esperança de fazer o fogão esquentar um pouco mais. Uma chama fraca, feia e verde se levantou.

Nesse instante, como se invocada por algum sinal oculto, a Viúva Mangada apareceu na soleira da porta, bateu o olho na fumaça e correu para perto do fogão, balindo de horror. Ao arrancar a panela de vagens e a chaminé do fogão a petróleo, ela revelou, com um meneio empolado, a prova do crime: quase três centímetros de pavio desgastado e carbonizado.

— Está sem petróleo! — ela declarou com o tom dramático de um médico diagnosticando um câncer. Foi correndo até o armário, pegou uma garrafa de líquido transparente e o despejou no tanque do fogão. Depois ficou mexendo no pavio, tirando as pontas chamuscadas com os dedos e puxando o pavio para deixá-lo mais longo. Ela acendeu o pavio novamente e devolveu a panela ao lugar. Não satisfeita, experimentou uma vagem e balançou a cabeça, olhando para Sally com uma cara triste.

— Espere só um minuto — ela disse, e saiu da cozinha correndo. Voltou com a mão cheia de um pó e o jogou nas vagens, que tinham acabado de começar a ferver. A água começou a efervescer e espumar.

— O que é isso? — Sally perguntou, ressabiada.

A Viúva ofereceu a Sally um olharzinho de falsa modéstia e balançou os dedos como quem fala com uma criança sapeca.

— É só uma coisinha — ela disse com um sorriso evasivo. — Eu cozinho há muito mais tempo que você e conheço uns truques aqui e ali.

johnny panic e a bíblia de sonhos e outros textos em prosa 375

Depois, como se isso lhe ocorresse só agora, por acaso, a Viúva mudou de assunto:

— Ah, aliás, um médico alugou o quarto lá de cima por uns dias. — Ela ficou empertigada na soleira da porta como uma gaivota branca prestes a levantar voo. — Ele chega daqui a uma hora, mais ou menos.

— Ah, um homem sozinho... — Sally comentou num tom prosaico. Estava começando a gostar de se fazer de difícil e de obrigar a Viúva a expor suas táticas em mais detalhes.

— Não — a Viúva disse, deixando transparecer uma leve irritação. — Ele tem esposa, e dois amigos. — Ela hesitou. — E o outro casal tem um bebê.

— Ah... — Sally disse de forma eloquente, debruçada sobre as vaporosas vagens.

A Viúva, já quase indo embora, pensou melhor e voltou a se aproximar do fogão.

— Acho que você entende que — o tom descontraído que usava com Sally havia mudado; agora vinha armado de uma peculiar intensidade emocional — pouco me importa quantas pessoas estão hospedadas aqui, contanto que a casa fique sempre cheia. Vocês têm que aprender a dividir. Os armários, o fogão... não são só de vocês. Também são dos Outros. — Então ela escancarou seu brilhoso sorriso amarelo, como se com ele pudesse ofuscar a própria aspereza.

— Ora, mas é claro! — Sally disse à Viúva com uma perplexidade apática. Mas era evidente que alguma outra coisa pesava na consciência da Viúva.

— Os espanhóis, *señora* — ela explicou a Sally, muito séria —, são muito diferentes dos americanos. — Sua entonação nem tentava esconder para que lado sua preferência pendia. — Eles cantam sem parar. Ligam o rádio bem alto. Deixam as coisas meio esparramadas. — Empolgando-se com o próprio discurso, a Viúva

376 sylvia plath

começou a remexer seu corpinho gorducho com muita energia, dramatizando as palavras como se fizesse mímica. — Eles ficam na rua até tarde. E os filhos choram. É a coisa mais natural.

Sally não conseguiu conter um sorriso ao imaginar um bando de espanhóis cantando ópera a plenos pulmões durante o banho frio, demonstrando passos de flamenco ao redor do fogão a petróleo.

— Eu entendo perfeitamente — ela garantiu à Viúva.

— Olha, talvez — a Viúva se animou, como se de repente lhe viesse à cabeça uma estratégia nova e muito vantajosa para propor a Sally — você prefira tirar seus ingredientes do armário e guardá--los aqui. Assim você não se incomoda com o armário, com esse fuzuê de comida espanhola. — O olhar de Sally acompanhou o gesto desdenhoso da Viúva. Estava apontando para uma prateleira que ficava logo acima do cesto de lixo.

Então era isso. A intuição de Sally ia ficando cada vez mais aguçada; ela se sentia pronta para atacar.

— Ora, estou bastante satisfeita do jeito que está — ela disse à Viúva com um tom educado, mas firme. — Estou longe de ficar incomodada.

A Viúva se mandou da cozinha com um sorriso encantador e falso, cuja imagem acompanhou Sally até o fim do preparo da comida, desconcertante como o sorriso do gato de Alice.

Enquanto Mark e Sally almoçavam na varanda, um carro parou em frente à casa. O casal espanhol que Sally tinha visto naquela manhã saiu do carro, com outro casal e uma menininha que parecia uma peônia com sua anágua cheia de babados.

A Viúva correu para recebê-los e escancarou o portão como se fosse feito de ouro e decorado com pedras preciosas, quase fazendo reverência aos quatro espanhóis que entraram trazendo a criança.

Às três da tarde Mark e Sally saíram do quarto para tomar um banho de mar. Mark não gostava da aglomeração de mulheres gordas e morenas e dândis besuntados de óleo que se amontoavam na praia ao meio-dia, e durante a *siesta*, das três às cinco, tinham a praia inteira só para eles. No corredor do andar de cima todas as janelas estavam fechadas, e os outros cômodos estavam silenciosos e escuros como os de um hospital. Sally fechou a porta. Ouviu-se um eco sepulcral.

— Shhh! — Com um sibilo peçonhento, a Viúva Mangada surgiu ao pé da escada. Num arroubo de acenos e sussurros exagerados, ela comunicou que os espanhóis estavam todos dormindo e pediu que Mark e Sally tivessem mais consideração.

— Caramba! — Mark exclamou na praia, assim que se viram a salvo. — Que mudança de comportamento.

Depois se revelou que os espanhóis fariam suas refeições em um dos hotéis da cidade. Naquela noite, Sally se colocou diante do fogão, misturando atum com um espesso molho à base de leite e prestando atenção ao andar leve e quase inaudível da Viúva. Agora ela tinha verdadeiro pavor daqueles passos. Fora do quarto do casal, ela se sentia tão vulnerável quanto o alvo de um atirador em território inimigo.

Depois de desligar o fogão, ela ouviu o ruído da chama ainda queimando dentro da chaminé. Inclinando o corpo, a apagou. Com um sopro muito alto, uma longa língua de fogo saltou em sua direção. Assustada, Sally deu um pulo para trás. Queria acertar meu olho, ela pensou, desconcertada, enquanto limpava as lágrimas provocadas pela ardência da fumaça.

Enquanto ela deixava a água correr sobre os pratos na pia, a Viúva entrou na cozinha de repente, correu para a pia e tapou o ralo com a rolha.

— Aqui você não pode desperdiçar água — ela repreendeu Sally. — É um bem precioso.

Sally esperou a Viúva sair da cozinha, tirou a rolha do ralo e abriu a torneira até o fim, deliciando-se com aquela extravagância proibida.

*

Na manhã seguinte, Sally acordou ouvindo a voz da Viúva no corredor. Pelo tom afobado e salpicado de justificativas, Sally deduziu que havia algum problema. Curiosa, foi até a porta nas pontas dos pés. Como se as artimanhas da Viúva fossem uma doença contagiosa cujos sintomas ela começava a manifestar, Sally se inclinou para espiar pela fechadura. Então, dando uma risadinha, cutucou Mark para acordá-lo.

— Adivinha só — ela lhe contou a novidade. — Os cinco estão enfileirados em volta do banheiro, e a Viúva está de roupão carregando bacias imensas de água. O médico está fazendo a barba lá dentro neste instante.

A máquina da água tinha parado de funcionar.

— Por excesso de uso — Mark conjecturou. — Esta mansão inteira deve estar em cima de um poço de areia movediça, prestes a desabar.

Quando Sally desceu ao térreo para tirar água do poço para fazer o café, se deparou com a Viúva no corredor, enrolada num robe de cetim amarelo todo encardido, passando um pano molhado no piso de pedra. À luz direta da manhã, seu rosto pareceu sofrido e levemente esverdeado; as sobrancelhas ainda não tinham sido desenhadas, e sem batom ela parecia ter uma boca flácida de sapo.

— Ah! — a Viúva gaguejou, apoiando-se no rodo e falando com uma voz áspera e irascível. — Hoje de manhã vou à cidade ver se acho uma empregada. Não estou acostumada com isso. Lá na minha cidade, em Alicante, eu tinha três empregadas…

Sally reagiu com um murmúrio compreensivo. A Viúva endireitou a postura com um ar honrado, mas seu queixo não alcançou a ponta do cabo do rodo.

— Quando vou à cidade — seu olhar se embaçou, fixado a algo que estava além de Sally, capturado por alguma visão distante

johnny panic e a bíblia de sonhos e outros textos em prosa **379**

e luminosa — sou uma *grande dame*. Não trabalho de porta aberta, pra todo mundo ver. Compreende? Mas — a Viúva encarou Sally com um olhar austero e orgulhoso — quando a porta está fechada — ela deu de ombros e abriu bem os braços —, eu faço tudo. Tudo.

Naquela manhã a Viúva voltou para casa com uma empregada vestida de preto em sua companhia. Passou uma hora inspecionando com modos autoritários a empregada, que varria, esfregava e espanava. Depois a empregada voltou para a cidade.

— É tão difícil — a Viúva confidenciou a Sally, com ares de duquesa que enfrentava um período de vacas magras — encontrar uma empregada em Villaviento. Cobram tão caro no verão. Ganham demais trabalhando nos hotéis. Hoje em dia, quem contrata uma empregada precisa ter muito cuidado para não deixá-la magoada.

A Viúva se esforçou para ilustrar o tratamento cuidadoso que as empregadas exigiam. Sacudiu a cabeça, andou desfilando, abriu um sorriso meigo.

— Se ela quebrar seu vaso de cristal caríssimo, você tem que dar risada e dizer assim: "Ah, não se preocupe com isso, *mademoiselle*".

Sally sorriu. A Viúva vivia reclamando das muitas despesas que tinha com a casa; quanto daquele dramalhão era fingimento, Sally não sabia.

Naquela manhã, da varanda, Sally e Mark observaram a Viúva Mangada infernizando um jardineiro e três homens da cidade que tinham chegado com uma carroça para remover as pedras e a bagunça que atolava o caminho que dava acesso à casa.

— Suponho que aqui isso seja um comportamento aristocrático — Mark disse. — Isso de ter uma equipe de homens para te servir dia e noite. E um ou dois burros de carga.

— Ela faz tanta questão de manter essa fachada, de mostrar que é nobre aqui em Villaviento — Sally disse.

— Mostrar que é nobre. — Mark revirou os olhos. — É a maior enganação, isso sim. Ela pode até ter ensinado espanhol para a esposa do governador de Gibraltar, mas ainda não consegui cobrar aquela tão prometida aula que ela ia nos dar.

— Espere até ela arrumar a casa — Sally justificou. — Acho que ela ainda não achou inquilino para o quarto da frente, e já deve estar incomodada.

— Tenho certeza de que ela não consegue alugar porque não podem usar a varanda. Sem dúvida está perdidamente arrependida por ter nos entregue o grande ponto alto da casa.

— Ela sabia que iríamos embora se não desse o braço a torcer — Sally relembrou.

Mark balançou a cabeça.

— Ela ainda vai tentar engambelar a gente.

— Acho improvável — Sally disse. — É só não darmos abertura.

*

ENQUANTO SALLY ESTAVA DISTRAÍDA descascando as batatas para o almoço, a Viúva Mangada entrou na cozinha. Tirou a batata da mão de Sally e pegou a faca.

— É *assim* que se descasca a batata! — ela disse a Sally com um tom condescendente, fazendo a casca bege sair voando numa espiral contínua. Sally suspirou. A cada dia ficava mais indignada com as incursões indiscretas da Viúva na cozinha. Ela tinha até reorganizado o armário de Sally em segredo, misturando as cebolas com os ovos para liberar uma tigela para seus próprios restos empapados de uma sopa fria e malcheirosa que estava na prateleira havia dias.

Enquanto a Viúva descascava outra batata, Sally notou que sua oratória estava ainda mais floreada do que o habitual.

— ... em quase todos os verões, é evidente — a Viúva dizia —, eu alugo a casa para uma única família. A casa inteira. Por vinte, trinta mil *pesetas*. Mas — a faca voava, despindo a batata —

neste verão fiquei aqui pela primeira vez, para alugar os quartos. E isso se mostrou impossível.

Sally sentiu o arrepio de um mau pressentimento. Ficou quieta.

— O governo... — A Viúva Mangada ergueu os olhos e ofereceu a Sally um sorriso bajulador, depois deu de ombros como se não houvesse solução, tudo enquanto ainda descascava a batata com mãos muito ágeis. — O governo nos obriga a ter todos os quartos ocupados. E hoje o *alcade*, o prefeito de Villaviento, disse que preciso alugar a casa inteira, já que não consigo preencher todos os quartos.

Sally segurou a respiração e, pela primeira vez, olhou bem na cara da Viúva. A extravagante máscara pintada se rachou num esgar feroz. Os olhos revelaram um negro poço sem fundo no qual uma pedra se perdera, deixando anéis e mais anéis de ondulações na superfície.

Deixando a Viúva com a batata branca descascada na mão, boquiaberta, ainda no meio de uma frase, Sally se virou e correu. Com um imenso peso no peito, foi até Mark.

— Faça ela parar — ela gritou, se jogando na cama. Ouviu-se passos rápidos e tamborilantes que a seguiam pela escada. — Faça essa mulher parar — Sally implorou, agora quase histérica. — Ela vai despejar a gente.

— *Señora* — a Viúva chamou à porta, com a voz melosa. Sally ouviu o farfalhar das baratas no armário da cozinha, as aranhas tricotando feitiços no fundo do poço.

Mark entreabriu a porta e olhou a Viúva Mangada de cima.

— Sim? — perguntou.

A Viúva Mangada lançou mão de seus encantos. Encarou Mark com olhos pidões e se lamentou:

— Ai, *señor*. A *señora* é tão sensível. Ela nem quis escutar o que eu ia dizer. Homens são... — ela fez charme — ... muito mais tranquilos que as mocinhas quando se trata desses assuntos.

Mark fez um gesto para que Sally, que os observava da cama, emburrada, se aproximasse.

— Vamos voltar para a cozinha e terminar de fazer o almoço — ele disse. — Continuamos a conversa lá.

Na cozinha a Viúva conversou com Mark, tentando manipulá-lo, enquanto Sally cuidava das batatas fritas, ainda abalada, envergonhada por ter se descontrolado daquele jeito na frente da Viúva.

— Mas é claro — a Viúva garantia a Mark, num tom melífluo —, é claro que não quero que você e a *señora* vão embora. Não estou procurando ninguém para alugar a casa inteira. Mas — ela deu de ombros e continuou a destilar sua filosofia persuasiva — e se o *alcade* mandar alguém vir aqui, o que é que eu faço?

— Pergunte a ela quantos dias teremos para sair — Sally, amuada, disse a Mark em inglês. Agora ela se recusava a falar espanhol com a Viúva, voltando, como se buscasse refúgio, ao idioma que a Viúva não compreendia, e obrigando Mark a ficar entre as duas como intérprete.

— Quantos dias teremos para sair? — Mark perguntou à Viúva. Ela pareceu surpresa ao ver Mark se atendo a preocupações tão mesquinhas.

— Ah, dois dias, três dias… — ela enfim disse, com uma voz mole, como se lhes fizesse um imenso favor.

Sally estava horrorizada.

— E pra onde a gente vai? — ela voltou sua ira contra Mark.

— Pra rua? — Ela não suportava nem pensar em fazer as malas e se mudar mais uma vez, e estava furiosa com as maquinações e a instabilidade da Viúva.

— Falamos disso depois — Mark encerrou o assunto. Silenciada, pelo menos por enquanto, a Viúva se retirou.

— Se ela está pensando — Sally vociferou durante o almoço — que vamos morar aqui enquanto for conveniente para ela, pagando até ela encontrar outra pessoa, para ela não perder nem uma *peseta*... E usando o governo como desculpa para fazer o que bem entende...

— Calma, calma — Mark a tranquilizou. — Ela é uma bela de uma vigarista, só isso. Vamos precisar lidar com isso.

Decidiram andar por Villaviento procurando casas no início daquela tarde, e só pretendiam contar à Viúva no dia da mudança.

*

NAQUELA NOITE, ENQUANTO JANTAVAM na varanda, Sally comemorava:

— Encontramos uma casa. Uma casa inteira. Vou ter uma cozinha só pra mim. E o meu montinho de palha para lavar a louça.

— Ah, a nossa nova senhoria deve estar dando uma *fiesta* neste exato momento, contente por termos deixado que ela subisse o preço do aluguel. — Mark era naturalmente reservado, mas nem ele conseguia disfarçar a felicidade. Por uma casa silenciosa no bairro dos nativos, iam pagar quase mil *pesetas* a menos do que pagavam pelo quarto apertado e barulhento da Viúva Mangada. E iam se mudar na manhã seguinte.

Mark e Sally beberam o vinho sem pressa, brindando ao próprio sucesso e relaxando por completo pela primeira vez desde que tinham chegado à casa da Viúva Mangada.

Sally riu com alegria quando terminaram a garrafa.

— Parece até que quebramos uma maldição — ela disse.

Enquanto Mark ajudava Sally com a louça, a Viúva entrou descontraidamente na cozinha.

— Ah... — ela gorjeou, mostrando o sorriso renovado. — Fizeram um bom passeio? Eu certamente espero — ela emendou uma fala na outra — que vocês não se preocupem com o que o *alcade* disse. — Ela os olhou com uma expressão aduladora. — O verão será tão bom. É provável que ninguém mais pergunte sobre a casa. Mas se vocês fossem espanhóis... — ela lançou a Mark um olhar sarcástico — jamais levariam tão a sério uma picuinha daquelas...

— Acho que a gente precisa dizer à senhora — Mark disse, sem fazer rodeios, ignorando os gestos que Sally fazia para que ele ficasse quieto — que encontramos uma nova casa. Com um contrato para o verão inteiro. E vamos nos mudar amanhã.

Sally perdoou Mark por ter revelado a surpresa um dia antes. A Viúva Mangada ficou boquiaberta. Seu rosto ganhou uma coloração roxa.

— O quê? — ela perguntou incrédula, e sua voz subiu uma oitava, ficando aguda. Ela começou a tremer, como se uma ventania a golpeasse. — Depois de tudo que fiz por vocês! Depois que eu dei a varanda pra vocês... — Sua voz falhou, reduzindo-se a um grasnido rouco.

— É impossível para duas pessoas morarem naquele quarto sem a varanda, e você sabe disso — Sally acrescentou, e dizia a verdade.

A Viúva Mangada avançou contra Sally como uma vespa tresloucada, apontando-lhe um dedo furioso na cara.

— É você, você! — a Viúva acusou, vingativa, despindo-se de todo aquele falso decoro. — Sempre reclamando. O quarto é muito pequeno! É isso, é aquilo! Seu marido nunca reclama...

A Viúva se virou, numa última tentativa desesperada de bajular Mark.

— Eu peço para minha esposa cuidar das questões da casa — ele interrompeu a Viúva com firmeza. — E apoio todas as decisões dela.

— Muito bem! — a Viúva esbravejou, escandalizada. — Depois de toda a consideração que tive, tanta generosidade, tanta franqueza... — Ela fez uma pausa, sem fôlego.

Então, recobrando o dom da retórica, ela começou a juntar os farrapos da formalidade.

— Como queiram — enfim ela disse com um sorriso bambo; os dentes amarelos brilhavam. — Disseram que se mudam amanhã? — ela perguntou, e a luz metálica da calculadora já brilhava novamente em seus olhos. Deu meia-volta. Saiu batendo a porta da frente.

Mais tarde, naquela noite, o portão se abriu com um guincho. Mark e Sally ouviram a Viúva resmungando no corredor do térreo. Começou a subir a escada, e o tempo todo grunhia alguma coisa incompreensível em voz alta. Sally cobriu a cabeça com o lençol, convicta de que uma espécie de castigo divino adiantado estava prestes a se manifestar. A Viúva cruzou o corredor do primeiro andar a passos pesados, violentos, passou pelo imenso quarto vazio e chegou à varanda, cuspindo xingamentos e insultos ininteligíveis. Sally conseguiu ver sua silhueta corpulenta e atarracada contra a luz da lua, ocupando-se com alguma coisa junto ao corrimão da varanda.

— Ela está rasgando a placa de "Alugam-se quartos" — Mark cochichou.

Carregando a placa como se fosse uma cabeça humana decepada, a Viúva desceu a escada com movimentos bruscos.

*

NA MANHÃ SEGUINTE, ENQUANTO Sally fervia montes de batatas e ovos para que levassem um piquenique de almoço para a nova casa, satisfeita em saber que estava usando boa parte do petróleo da Viúva, a própria Viúva Mangada apareceu na cozinha. Não havia nem sinal do humor da noite anterior. Ela estava um docinho de coco.

— Ontem à noite encontrei a dona do lugar para onde vocês vão se mudar — ela informou a Sally. — Ela me contou exatamente quanto vão pagar o verão inteiro. — A Viúva enunciou o valor com algo próximo à reverência. — É isso mesmo?

— É — Sally disse, talvez um pouco rápido demais. Não lhe agradava que a Viúva Mangada tivesse descoberto esses detalhes.

Mas, ao mesmo tempo, sabia que a Viúva não podia acusá-los de terem-na enganado: ela mesma lhes cobrava muito mais por muito menos. — É uma casa linda, espaçosa — Sally não resistiu e acrescentou, retirando os ovos cozidos da chaleira fumegante. A Viúva fez uma carinha irônica.

— Nem tenho como saber. Nunca vou àquela parte da cidade. É tão longe da praia, e tudo mais... — A casa ficava a meros dez minutos do mar.

— Eu e Mark adoramos caminhar — Sally respondeu com doçura.

— Eu disse à mulher — a Viúva prosseguiu, cutucando a gola de renda de seu vestido — que você e seu marido são pessoas muito boas. Disse que é claro que teriam continuado aqui o resto do verão se o prefeito não tivesse me obrigado a alugar a casa inteira para uma família só.

Sally ficou em silêncio e deixou que aquela mentira inofensiva pairasse no ar.

— Vamos continuar sendo bons amigos — a Viúva declarou em seguida, com um sorriso magnânimo. — Se precisarem de qualquer coisa, é só vir e falar comigo. Não te ensinei todos os segredos da culinária espanhola? — Equilibrou-se na ponta dos pés e encarou Sally com um olhar que era quase uma súplica.

Antes de irem embora, a Viúva, muito animada, marcou um horário para que Mark lhe desse uma aula de inglês em sua casa na tarde do dia seguinte.

— Quero saber de tudo. Tudo! — ela repetiu, acompanhando-os até a porta com os olhinhos pretos transbordando vontade de aprender.

*

MARK E SALLY ACORDARAM na manhã seguinte em sua nova e ampla casa e ouviram um fraco badalar de sinos que anunciava que um rebanho de cabras pretas passava pisando delicadamente pela rua, a caminho do pasto. Um vento forte e incomum vinha dos montes mais baixos. No mercado, o velho vendedor de bananas disse que Villaviento não via um vento daqueles havia oitenta anos. O céu ficou feio, talhado de nuvens. Sally tentou ler sob a luz amarela insalubre, esperando Mark voltar da aula de inglês vespertina que ofereceria à Viúva Mangada.

O vento uivava ao redor da casa, levantando redemoinhos de poeira e chacoalhando as esquadrias das janelas. Pedaços de papel e folhas de uva rasgadas golpeavam as vidraças. Uma tempestade se anunciava.

Mark voltou vinte minutos depois de ter saído.

— Ela sumiu — ele disse, entrando na casa com movimentos pesados e tirando o pó do casaco. — Agora tem uma família de alemães morando lá. Ontem ela deve ter zarpado para Alicante no mesmo segundo em que saímos da casa.

Lá fora, a chuva começou a cair em pingos grossos na calçada empoeirada.

— Você acha mesmo verdade que ela tinha todos aqueles diplomas universitários? — Sally perguntou. — E um marido médico genial?

— Talvez — Mark disse. — Ou talvez ela seja só uma charlatã muito esperta.

— Ou uma das estranhas irmãs que fazem bruxaria.

— Vai saber.

O vento passava guinchando pelos cantos da casa, rodopiando para lá e para cá, cegando as janelas com a chuva que chegava do labirinto daquelas montanhas escuras, malignas.

MENINO DE PEDRA COM GOLFINHO

Já que Bamber tinha trombado com sua bicicleta em Market Hill, derrubando laranjas, figos e um pacote de papel cheio de bolinhos com cobertura cor-de-rosa, e para se desculpar por tudo isso lhe entregara o convite, Dody Ventura resolveu ir à festa. Debaixo do toldo de lona listrada da banca de frutas, ela se equilibrou em sua bicicleta enferrujada e deixou Bamber recolher as laranjas do chão. Sua barba ruiva de monge estava áspera e rala. Ele usava sandálias com meias de algodão, embora fosse um mês de fevereiro azul e frio.

— Você vai, não vai? — Olhos albinos se fixaram aos dela. Mãos brancas e ossudas deslizaram as laranjas brilhantes e cheirosas na cesta de vime da bicicleta. — Infelizmente — Bamber lhe devolveu o pacote de bolinhos — ficaram um pouco amassados.

Dody lançou um olhar evasivo em direção à Great St. Mary's Passage e às bicicletas que a contornavam, rodas sobre rodas. A fachada de pedra do King's College e os pináculos da igreja se avultavam, ornamentados e nevados, contra um frágil céu azul de aquarela. Eram esses os mecanismos que podiam mudar o destino de alguém.

— Quem vai estar na festa? — Dody desconversou. Sentiu os próprios dedos duros e vazios por conta do frio. Quando caio em desuso, em dessuetude, fico congelada.

Bamber abriu as mãos enormes, criando uma teia de contatos imaginária que abarcava todo o universo.

— Todo mundo. Todos os caras da literatura. Conhece eles?

— Não. — Mas Dody lia todos. Mick. Leonard. Principalmente Leonard. Não o conhecia, mas o sabia de cor. Adele havia almoçado com o próprio quando ele viera de Londres com Larson e os rapazes. Só duas garotas americanas de Cambridge e Adele tiveram a chance de cortar o mal pela raiz. Mas Leonard estava muito além da raiz: ele já dava flor, e sua carreira dava frutos. Não há espaço para nós duas, Dody disse a Adele no dia em que Adele lhe devolveu os livros que tinha emprestado, todos com novos grifos e anotações nas margens. "Mas *você* também faz grifos", Adele justificou com voz doce, sem maldade no rosto escoltado pelo cabelo loiro e lustroso. "Deixa que das minhas coisas cuido eu", Dody disse, "pode apagar as suas anotações". Por algum motivo, na competição de quem era a mais terrível das duas, Adele ganhava: sempre adorável, com ar de surpresa inocente. Com um gosto amargo na boca, Dody se refugiou em seu santuário verde em Arden, com seu fac-símile de pedra do menino de Verrocchio. Para limpá-lo, para venerá-lo: não lhe faltava vocação.

— Irei à festa — Dody disse de repente.

— Com quem?

— Fale para o Hamish ir me buscar.

Bamber suspirou.

— Ele estará lá.

Dody saiu pedalando em direção à Benet Street, com o cachecol xadrez vermelho e a beca preta voando ao vento. Hamish: inofensivo, lento. Como andar de mula, mas sem levar coice. Dody escolhia com cuidado, com cuidado e certa obediência à figura de pedra que havia em seu jardim. Contanto que fosse alguém sem importância, não tinha importância. Desde o início do semestre de inverno, ela se habituara a tirar a neve que se acumulava no rosto do menino alado que segurava um golfinho no centro do jardim coberto de neve. Afastando-se das mesas cheias de garotas vestidas de preto que tagarelavam e tamborilavam em seus copos de água, diante dos pratos empapados de espaguete, nabo e ovos fritos engordurados, além das framboesas com creme da sobremesa, Dody arrastava sua cadeira para trás, saindo sem ninguém notar, com olhos baixos, obsequiosos, e uma cara de falso recato, e passava pela mesa mais alta, onde os professores da Era Vitoriana se refestelavam com maçãs, generosos pedaços de queijo e biscoitos dietéticos. Para longe do salão pintado de branco e coberto de placas, com os retratos dourados em que os diretores apareciam em trajes de gola alta, debruçando-se nas paredes com expressões altruístas e radiantes, para muito além das cortinas drapeadas em azul e dourado, sempre fechadas, ela andava. Os corredores vazios ecoavam em contato com os saltos de seus sapatos.

No jardim inabitado da faculdade, os pinheiros de agulhas negras invadiam suas narinas com odores pungentes, e o menino de pedra se apoiava em um só pé, com asas de pedra que se equilibravam ao vento como leques de plumas, segurando seu golfinho sem água em meio às rudes e turbulentas condições de um clima estrangeiro. Todas as noites, depois que a neve caía, Dody, com as mãos nuas, retirava a neve acumulada em suas pálpebras de pedra e em seus pés de pedra, gordinhos como os de um querubim. Se não eu, quem?

Atravessando a quadra de tênis coberta de neve para voltar a Arden, lar das alunas estrangeiras, com seu pequeno e seleto grupo de sul-africanas, indianas e americanas, ela implorou, sem palavras, ao brilho alaranjado da fogueira que era a cidade sobre

johnny panic e a bíblia de sonhos e outros textos em prosa 391

as copas das árvores nuas e aos distantes alfinetes luminosos das estrelas: permitam que alguma coisa aconteça. Permitam que alguma coisa aconteça. Alguma coisa terrível, alguma coisa sanguinolenta. Alguma coisa que dê fim a essa eterna nevasca de cartas enviadas pelo correio aéreo, a essa leitura de páginas em branco na biblioteca. Como nos deixamos desperdiçar, como nos esbanjamos à toa. Permitam que eu faça parte de *Fedra* e vista o manto vermelho da ruína. Permitam que eu deixe minha marca.

Mas os dias nasciam e morriam, corretos, razoáveis, rumo a um bacharelado com honras, e a sra. Guinea aparecia, pontual como o relógio, toda noite de sábado, carregada de lençóis e fronhas recém-lavados, um testemunho da implacável e eternamente renovável brancura do mundo. Sra. Guinea, a governanta escocesa, para quem "cerveja" e "homens" eram palavrões. Quando o sr. Guinea tinha morrido, a memória dele acabara dobrada para sempre, como um recorte de jornal etiquetado e guardado, e a sra. Guinea tinha florescido sem perfume, novamente virgem depois de tantos anos, de certa forma ressuscitada e devolvida a uma milagrosa condição de donzela.

*

NESSA NOITE DE SEXTA-FEIRA, esperando Hamish chegar, Dody vestiu uma malha preta e uma saia de lã xadrez preto e branco, presa à cintura por um cinto vermelho largo. Estou disposta a suportar a dor, ela declarou ao ar, pintando as unhas de Vermelho Macieira. Um artigo sobre a linguagem figurativa em *Fedra*, ainda pela metade, empacado na sétima folha em branco na máquina de escrever. Sabedoria através do sofrimento. Em seu quarto no sótão do terceiro andar, ela ouvia tudo, reconhecendo o timbre dos últimos gritos; ouvia: as bruxas na roda de tortura, Joana D'Arc crepitando na fogueira, mulheres anônimas fulgurando como tochas no metal contorcido dos conversíveis da Riviera, Zelda, iluminada, queimando atrás das grades de sua própria loucura. Quaisquer que fossem as visões, só vinham às custas dos parafusos de tortura, e nunca no aconchego mortal de uma cama quente. Sem titubear, em pensamento, ela expôs a própria garganta. Ei-la, venham com a lâmina.

Ouviu-se uma batida na porta branca e branda. Dody terminou de pintar a unha do mindinho esquerdo e fechou o frasco de esmalte vermelho-sangue, deixando Hamish esperar. E então, sacudindo a mão para secar o esmalte, um pouco tímida, ela abriu a porta.

Com o rosto rosado e calmo e os lábios finos prestes a abrir um sorriso convencido, Hamish estava usando o impecável blazer azul-marinho com botões de metal que o fazia parecer um aluno de escola particular ou um iatista de folga.

— Oi — Dody disse.

— Como — Hamish entrou sem ser convidado — vai?

— Estou com sinusite. — Ela fungou, sentindo que a secreção se acumulava. A garganta, por sua vez, se obstruiu e emitiu uma espécie de coaxo horroroso.

— Olha — Hamish a cobriu com seus olhos azuis da cor d'água —, acho que devíamos parar de dificultar as coisas um para o outro.

— Claro. — Dody lhe entregou seu casaco de lã vermelha e fez um embrulho preto e funéreo com a beca acadêmica. — Com certeza. — Ela enfiou os braços nas mangas do casaco vermelho enquanto Hamish o segurava aberto. — Será que você pode levar a minha beca?

Ela apagou a luz e fechou a porta quando saíram do quarto. À frente de Hamish, degrau a degrau, ela desceu os dois lances de escadas. O salão do térreo estava vazio, e era contornado por portas numeradas e lambris escuros. Nenhum som, a não ser o tique-taque oco do relógio de coluna que ficava no recuo da escada.

johnny panic e a bíblia de sonhos e outros textos em prosa 393

— Vou assinar o livro e já volto.

— Não vai, não — disse Hamish. — Hoje você vai voltar muito tarde. E você tem a chave.

— Como você sabe?

— Todas as garotas daqui têm.

— Mas — Dody sussurrou, se opondo, enquanto ele abria a porta da frente — a senhorita Minchell tem ouvidos tão sensíveis.

— Minchell?

— Nossa secretária. Ela dorme aqui, cuida de nós. — A srta. Minchell, sempre calada e austera, tomava conta da mesa de café da manhã de Arden. As más-línguas diziam que tinha parado de falar quando as alunas americanas começaram a comparecer ao café da manhã vestindo pijama por baixo do roupão. Todas as garotas britânicas da faculdade desciam impecáveis e engomadas para tomar seu chá com arenque defumado e pão branco. As americanas de Arden eram sortudas além da conta, como a senhorita Minchell gostava de deixar bem claro, por terem uma torradeira. Generosas porções de manteiga eram distribuídas a cada garota nas manhãs de domingo, e esperava-se que durassem a semana toda. Só as mais gulosas compravam porções extra de manteiga nas lojas da cidade e passavam camadas grossas nas torradas, enquanto a srta. Minchell, com ar de reprovação, molhava sua torrada seca em sua segunda xícara de chá, tentando acalmar os nervos.

Um táxi preto se avultava sob o anel de luz da lâmpada da varanda, em torno da qual as mariposas voavam até gastar as asas nas noites de primavera. Agora não havia mariposas, só o ar de inverno lançando arrepios pelo corpo de Dody como as grandes asas de uma ave ártica. A porta traseira do táxi, aberta sobre suas dobradiças pretas, revelava o interior vazio e um banco espaçoso de couro craquelado. Hamish a ajudou a entrar e se acomodou em seguida. Ele fechou a porta e, obedecendo ao seu sinal, o táxi deu partida e saiu pela entrada do prédio, espalhando o cascalho com o movimento das rodas.

As lâmpadas de vapor de sódio da Fen Causeway teciam seu estranho fulgor alaranjado entre os álamos desfolhados do parque Sheep's Green, e as casas e vitrines das lojas de Newnham Village refletiam o brilho lívido enquanto o táxi avançava aos solavancos pela estrada estreita e esburacada, fazendo uma curva brusca para subir a Silver Street.

Hamish não dissera nem uma palavra ao motorista. Dody riu.

— Você deixou tudo arranjado, não é mesmo?

— Eu sempre deixo. — Sob as lâmpadas de enxofre dos postes da rua, os traços de Hamish ganharam contornos estranhamente orientais, e seus olhos claros ficaram parecendo ranhuras vazias posicionadas sobre as maçãs do rosto altas. Dody já tinha decifrado quem ele era, um canadense bêbado de cerveja, e hoje sua máscara mortuária a acompanharia, de modo conveniente, à festa da panelinha dos poetas e dos aspirantes a D. H. Lawrence da universidade. Só as palavras de Leonard conseguiam se destacar em meio àquele lixo pretensioso. Ela não o conhecia, mas o pouco que conhecia influenciava seu trabalho e afiava seu punhal. Que aconteça o que tiver de acontecer.

— Eu sempre me planejo com antecedência — Hamish disse. — Por isso decidi que vamos beber por uma hora. E depois vamos à festa. Ninguém terá chegado tão cedo. Mais tarde, pode ser até que apareçam alguns professores.

— O Mick e o Leonard estarão lá?

— Você conhece os dois?

— Não. Só leio o que escrevem.

—Ah, eles estarão lá. Eles nunca faltam. Mas é melhor você não se misturar com eles.

— Por quê? Por que eu não poderia? — Se dizem para manter distância, é melhor se aproximar. Será que ela tinha causado

johnny panic e a bíblia de sonhos e outros textos em prosa   395

esses encontros com a força do pensamento, ou será que os astros ditavam o rumo de sua vida, e Órion a arrastava, acorrentada, em sua cavalgada?

— Porque eles são uns pedantes. Também são os maiores mulherengos de Cambridge.

— Eu sei me cuidar. — Porque quando eu me entrego, nunca me entrego de fato. Sempre há uma Dody sagaz e mesquinha que não se apressa, que fica agarrada à última e mais valiosa das joias da coroa. Sempre protegida, sempre devota à sua estátua. Sua estátua alada de pedra que não tem o rosto de ninguém.

— Claro — disse Hamish. — Claro.

O táxi estacionou em frente à fachada de pedra do King's College, cujas lâmpadas estavam cobertas, disfarçadas de pedra. Rapazes de trajes pretos andavam em duplas ou trios, saindo pelo portão que ficava ao lado da cabine do porteiro.

— Não se preocupe. — Hamish a ajudou a sair do carro e parou para despejar as moedinhas na mão do motorista indistinguível. — Já providenciei tudo.

Do balcão de madeira polida do Miller's, Dody olhou para o outro lado do salão entapetado e observou os casais que subiam e desciam a escada suntuosa que levava à sala de jantar: os famintos subiam, os empanturrados desciam. Marcas de lábios oleosos nas bordas das taças, gordura de perdiz solidificada feito um rubi, encrustada com pedaços semipreciosos de geleia de groselha. O calor do uísque começava a mandar sua sinusite embora, mas sua voz ia junto, como sempre acontecia. Estava muito grave e rouca.

— Hamish — ela se arriscou.

— Onde você se enfiou? — Sentir a mão morna de Hamish em seu cotovelo era tão prazeroso quanto sentir qualquer outra mão. As pessoas passavam por eles flutuando, ondulantes, sem pé nem cabeça. Do lado de fora da janela, contornada por plantas falsas de folhas muito verdes, brotavam formas de rostos que se aproximavam do vidro naquele mar de escuridão e depois se afastavam novamente, à deriva, pálidas parreiras subaquáticas no limite do campo de visão.

— Pronta?

— Pronta. Trouxe minha beca? — Hamish lhe mostrou o tecido preto que trazia no braço e começou a abrir caminho à força pela multidão que rodeava o balcão, indo em direção à porta vai--e-vem de vidro. Dody o seguiu com extremo cuidado, mantendo os olhos fixos em suas costas largas cobertas de azul-marinho, e, quando ele abriu a porta, convidando-a a sair antes, ela aceitou se apoiar em seu braço. Vendo sua firmeza, ela se sentiu protegida, amarrada como um balão, eufórica, perigosamente flutuante, mas ainda assim protegida naquela atmosfera tempestuosa. Qualquer tropeção poderia ser fatal. Com cuidado, ela andava a passos retos.

— É melhor você vestir sua beca — Hamish disse, depois de andarem um pouco. — Não quero que os inspetores peguem a gente no flagra. Ainda mais hoje.

— Por que "ainda mais"?

— Estarão me procurando hoje. Com buldogues e tudo.

Então, quando chegaram a Peas Hill, sob a marquise de luz verde do teatro das Artes, Hamish a ajudou a enfiar os braços nos dois buracos da beca preta.

— Tem um rasgo aqui no ombro.

— Eu sei. Parece até que estou usando uma camisa de força. A beca sempre acaba caindo e puxando meus braços para os lados.

— Agora eles começaram a jogar as becas fora, se te pegam com ela rasgada. Eles vêm, pedem a sua beca e a rasgam ali mesmo.

— Eu poderia costurá-la — Dody disse. Remendar. Remendar o rasgo, o farrapo. Reformar a manga desfeita. — Com linha preta de bordado. Aí não daria para ver.

— Eles iam preferir.

johnny panic e a bíblia de sonhos e outros textos em prosa 397

Atravessaram de mãos dadas a praça coberta de paralelepípedos de Market Hill. As estrelas brilhavam muito fracas acima da ala escurecida da igreja de Great St. Mary, que, na semana anterior, acolhera aglomerações de crentes para ouvir Billy Graham. Passaram pelas estacas de madeira das barracas de feira vazias. Depois subiram a Petty Cury, passaram pelo vendedor de vinhos, com suas vitrines recheadas de vinhos chilenos e xerez sul-africano, depois pelos açougues fechados e pelos painéis de chumbo da Heffer's, onde os livros expostos repetiam as mesmas palavras milhares de vezes, numa litania silenciosa que o ar não tinha olhos para ver. A rua se alongava, vazia, até as torres barrocas da Lloyd's, que estaria deserta não fossem por alguns poucos alunos que corriam para chegar a jantares ou festas do teatro, com suas becas pretas sacudindo atrás deles como as asas das gralhas contra o vento gélido.

Dody engoliu o ar frio. Uma última bênção. Na travessa escura e torta da Falcon Yard, as janelas dos andares altos derramavam luz, e ouvia-se gargalhadas mescladas ao ritmo sincopado de um piano grave. Uma porta lhes abriu uma fresta de luz. Já na metade da escada íngreme e ofuscante, Dody sentiu o prédio oscilar, balançar sob o corrimão que seus dedos agarravam, e a mão se besuntar de suor frio. Rastros de lesma, rastros de febre. Mas a febre faria com que tudo fluísse perfeitamente, marcando a fogo suas bochechas, inchando a cicatriz marrom na bochecha esquerda até transformá-la numa rosa vermelha. Como daquela vez em que ela tinha ido ao circo com febre aos nove anos, depois de ter colocado um cubo de gelo debaixo da língua para que o termômetro não registrasse sua temperatura, e sua febre desaparecera quando o engolidor de espadas entrou saltitando no palco, porque ela tinha acabado de se apaixonar por ele.

Leonard só poderia estar no andar de cima. No cômodo ao qual a escada que ela e Hamish agora subiam levava, de acordo com as posições cronometradas pelos astros.

— Você está indo bem — Hamish, quase colado ao seu ombro, com a mão firme em seu cotovelo, a impelia para cima. Um degrau. Depois outro.

— Não estou bêbada.

— Claro que não.

A soleira da porta surgiu suspensa num labirinto de escadas e paredes que desciam e subiam, isolando todos os outros cômodos, todas as outras saídas, exceto essa. Anjos obedientes em trajes cor-de-rosa esvoaçantes afastaram com fios invisíveis os detalhes supérfluos do cenário. Dody se posicionou bem na passagem da porta. A vida é uma árvore cheia de galhos. Escolhendo esse galho, chego às minhas maçãs. Vou colhendo minhas maçãs, Gala, Fuji, verdes, Red. Conforme minha escolha. Mas será que escolho mesmo?

— A Dody chegou.

— Cadê ela? — Larson, radiante, com seu rosto americano honesto e caloroso, ligeiramente brilhoso, como sempre, com sua infinita e simples vaidade, se aproximou, de copo em punho. Hamish deu um jeito no casaco e na beca, e ela apoiou sua carteira de couro marrom desgastado no peitoril da janela mais próxima. Lembre-se disso. — Bebi muito — Larson comentou, amigável, brilhando com aquela vaidade ridícula, como se tivesse acabado de fazer um parto de quadrigêmeos numa maternidade não muito longe dali. — Então não liguem para o que eu disser. — Ele, esperando Adele, tinha acumulado o mel pródigo da simpatia transbordante, tendo a imaculada Adele em mente. Dody só o conhecia por cumprimentos, sempre com Adele por perto. — O Mick já foi. — Larson apontou o dedo em direção à aglomeração de dançarinos, com seus odores de suor e o guisado de perfumes pungentes e antagônicos da noite de sexta-feira.

Em meio aos ritmos soltos e entrelaçados do piano, entre o voo de garça azul da fumaça, Dody conseguiu reconhecer o rapaz

johnny panic e a bíblia de sonhos e outros textos em prosa 399

que era Mick, com as costeletas escuras e o cabelo bagunçado, dançando uma variação britânica e mais lenta do *jive* com uma garota que vestia uma blusa e uma saia verde-bandeira tão justas quanto a pele de um sapo.

— O cabelo dele está em pé, parece o chifre do capeta — Dody disse. A essa altura já deviam estar todos acompanhados, Larson, Leonard. Leonard tinha vindo de Londres para comemorar o lançamento da nova revista. Ela tinha digerido as fofocas de Adele sem mudar de expressão, fazendo perguntas, descontraída, à espreita em sua fortaleza, até que Leonard se avultasse como o único que ela considerava capaz de demolir estátuas, já que não conhecia nenhuma estátua como a dele. — Aquela é a artista do Mick?

Larson abriu um sorriso largo.

— Aquela é a bailarina. Agora a gente faz balé. — O dobrar dos joelhos derramou metade do copo dele. — Você sabe que o Mick é demoníaco. Como você mesma disse. Sabe o que ele fazia quando éramos pequenos, lá no Tennessee?

— Não. — Os olhos de Dody percorreram a sala cheia, pulando de rosto em rosto, contabilizando os desconhecidos. — O que ele fazia?

Ali. Do outro lado da sala, perto da mesa de madeira, agora sem nenhum copo, com a tigela de ponche reduzida a uma gosma de raspas de limão e cascas de laranja, um cara alto. De costas para ela, com os ombros curvados na blusa preta e grossa de gola alta e os cotovelos da camisa verde aparecendo através dos buracos da blusa. As mãos subindo, se abrindo, recortando o ar para dar forma a suas falas inaudíveis. A garota. Claro, a garota. Branca, sardenta, sem boca, a não ser um botão de rosa riscado e distante, um varapau de tão magra, arregalando os olhos para o fluxo das palavras dele. Devia ser a qual-era-o-nome-dela-mesmo. Dolores. Ou Cheryl. Ou Iris. A muda e pálida companheira das horas que Dody dedicava à tragédia clássica. Ela. Quieta, olhos

400 sylvia plath

de corça. Esperta. Enviava seu próprio cadáver como substituto nas atividades acadêmicas. Para fazer a leitura sobre o problema de Prometeu com uma voz sussurrada, carregada. Enquanto, enclausurada a muitos quilômetros, protegida num santuário, ela se ajoelhava diante do mármore do pedestal. Uma adoradora de estátuas. Ela também. Igualmente.

— Quem — Dody perguntou, já convicta — é aquele? Mas ninguém respondeu.

— Com os vira-latas da rua — Larson disse. — E o Mick era o líder dos vira-latas e nos fazia correr atrás das bolinhas...

— Quer beber? — Hamish veio à tona, surgindo ao seu lado com dois copos nas mãos. A música parou. Os aplausos esguicharam. Escombros deixados pelas ondas das vozes. Mick se aproximou, nadando, abrindo caminho pela multidão com os cotovelos.

— Quer dançar?

— Claro.

Mick tinha em suas mãos de marinheiro o acesso a Leonard. Dody ergueu o copo e a bebida subiu ao encontro de seus lábios. O teto oscilou e as paredes fraquejaram. As janelas derreteram, caindo para dentro.

— Ah, Dody — Larson disse, sorrindo. — Você derrubou tudo.

As gotas molharam as costas das mãos de Dody, e uma mancha escura se ampliava, espalhando-se por sua saia. Já marcada.

— Quero conhecer alguns desses escritores.

Larson inclinou o pescoço grosso.

— Aquele é o Brian. Ninguém menos que o editor. Serve ele?

— Oi. — Dody encarou Brian, que também a encarou, com seu cabelo escuro, impecável, uma gracinha de homem, pequenino e elegante. Ela sentiu seus membros se agigantarem, os braços alcançando a chaminé, a perna atravessando a janela. Tudo por causa daqueles bolinhos asquerosos que tinha comido. Assim ela cresceu, preenchendo a sala. — Você escreveu aquele que falava das joias. A luz verde-alface da esmeralda. O olho do diamante. Eu achei...

Ao lado da urna preta e brilhante do piano, Milton Chubb ergueu o saxofone, com o imenso corpo emanando crescentes escuros de suor nas axilas. Dilys, uma coisinha tão tímida e fofa, aninhada debaixo de seu braço, piscava as pálpebras sem cílios. Ele ia acabar esmagando a menina. Devia ter quatro vezes seu tamanho. A essa altura as garotas da faculdade já tinham aberto uma conta para juntar dinheiro e mandar Dilys para Londres, onde se livraria daquilo que crescia cada vez mais em sua barriguinha redonda: o herdeiro indesejado de Milton. Um ganido. Um coração fazendo tum-tum.

Os dedos de Mick agarraram os de Dody. Sua mão magra, dura como uma corda, de palma calejada, a arrancava do anzol de seus próprios pensamentos, e ela se soltava toda vez, afastando-se das garras da gravidade. Os planetas cintilavam nos confins de sua mente. Minha vó tem muitas joias... como era? Mercúrio. Vênus. Terra. Marte. Já vou lembrar. Júpiter. Saturno. Muito taciturno. Urano? Netuno, com seu tridente, cabelos verdes. Distante. Depois Plutão, e suas pálpebras de mongoloide. E incontáveis asteroides, um zumbido de abelhas douradas. Muito, muito longe. Trombando com alguém, ricocheteando de leve, voltando a Mick mais uma vez. Voltando ao aqui, ao agora.

— Eu danço muito mal.

Mas Mick fez que não ouviu, com os ouvidos cheios de cera imunes ao canto da sereia. Sorrindo para ela de longe, cada vez mais longe, ele recuava. Ia pelo rio, rumo ao bosque. Sem perder aquele luminoso sorriso de gato de Alice. De seu paraíso repleto de plumas de ave, não ouvia uma palavra sequer.

— Você escreveu aqueles poemas — Dody gritou por cima do bramido da música, que inchava e ficava mais alto, cada vez mais alto, como o chiado contínuo dos aviões que levantavam voo de frente para o porto de Boston. Ela taxiou para olhar mais de perto, e a sala tremeluzia, vista pelo lado errado de um telescópio. Um garoto ruivo debruçado sobre o piano, os dedos se mexendo na maior moleza, invisíveis. Chubb, suado e vermelho, erguia o saxofone e soltava um lamento, e Bamber, que também estava lá, dedilhava sem parar as cordas do violão com a mão ossuda e branca.

— Aquelas palavras. Você escreveu. — Mas Mick, enrugado e perdido nas calças xadrez muito largas, a rodopiou de um lado para o outro e a segurou de novo, nem sinal de Leonard. Nem sinal. Todas aquelas horas perdidas à toa. Ela, desperdiçando as horas como se jogasse os grãos de sal de um saleiro no mar salgado, tudo em nome daquela busca. Aquela única busca.

O rosto de Hamish se iluminou ao vê-la, como uma vela viva se destacando no círculo de rostos que girava para longe, com os traços embaçados e borrados feito cera quente. Hamish, muito atento, um anjo da guarda, continuava presente e esperava, e não se aproximava. Mas o homem de blusa preta se aproximara. Seus ombros curvados fizeram o resto da sala sumir pouco a pouco a pouco. Rosado, brilhante e ineficaz, o rosto de Hamish se apagou atrás do breu daquela blusa corroída, puída.

— Oi. — Seu queixo quadrado era esverdeado e áspero. — Minha roupa está toda rasgada. — Era uma barba de musgo que ele tinha no queixo. A sala e as vozes se calaram ao primeiro leve rodopio do vento ascendente. O ar perdeu a cor, a tempestade se anunciou. De repente tudo ficou quente, úmido. As folhas se viraram de barriga para cima sob a estranha luz de enxofre. Bandeiras da ruína. Era o que o poema dele dizia.

— É preciso remendar a ruína. — Mas os quatro ventos, desatados, vinham da caverna de pedra do mundo que tanto girava. Vinde, Norte. Vinde, Sul, Leste. Oeste. E soprai.

— Nem com toda a cerimônia podem remendar a ruína.

— Gostou dessa parte?

johnny panic e a bíblia de sonhos e outros textos em prosa 403

O vento estalava e rugia entre as vigas de aço da casa do mundo. Cadafalso arriscado. Se ela andasse com muito cuidado. Joelhos moles feito gelatina. A sala da festa ficou gravada em seu olho como uma fotografia tirada no leito de morte; Mick voltando a dançar com a garota de verde, o sorriso de Larson tão largo quanto o de Humpty Dumpty. Costurando o tecido do acaso. Ela seguiu em frente. E chegou à nova sala pequenina.

Uma porta se fechou com um baque. Os casacos dos convidados se amontoavam sobre as mesas, cascas e conchas descartadas. Os fantasmas tinham caído na farra. Eu escolhi este galho, esta sala.

— Leonard.

— Conhaque? — Leonard pegou um copo turvo na pia cada vez mais amarela. O líquido vermelho-vivo esguichou da garrafa e caiu no copo. Dody se aproximou. Suas mãos voltaram encharcadas. Cheias de nada.

— Tenta de novo.

De novo. O copo se ergueu e voou, primeiro executando um arco perfeito, um fenomenal salto mortal, encontrando a parede plana e feia. Uma flor de centelhas tremeluzentes soltou súbita música, depois se despetalou num *glissade* cristalino. Leonard empurrou a parede com o braço esquerdo e posicionou Dody no espaço entre o braço esquerdo e o rosto. Ela ergueu a voz para além do mais alto dos ventos, mas eles se elevaram ainda mais em seus ouvidos. Depois, para compensar a diferença, ela bateu o pé com toda força. Para calar aqueles quatro ventos e os guardar numa bolsa de pele de cabra. Pá. E o piso reverberou.

— Será que — Leonard disse — você está bem, mesmo?

— Escuta. Eu tenho uma estátua. — Olhos com pálpebras de pedra se crisparam logo acima de um sorriso. O sorriso se tornou um peso ao redor do pescoço de Dody. — Tenho uma estátua que preciso destruir.

404 sylvia plath

— E daí?

— E daí que ele é um anjo de pedra. Só que eu não sei se é um anjo mesmo. Talvez seja uma gárgula de pedra. Uma coisa medonha com a língua de fora. — Debaixo das tábuas do assoalho, tornados ressoavam e murmuravam. — Talvez eu tenha ficado louca. — Deixaram de alvoroço para ouvir melhor. — Você faria esse favor? Como resposta, Leonard bateu o pé. Bateu o pé no chão. Bateu, e a parede se perdeu. Bateu, e o teto saiu voando. Ele arrancou a fita vermelha que ela tinha no cabelo e a guardou no bolso. Uma sombra verde, uma sombra de musgo, lhe remexeu a boca. E no centro do labirinto, no santuário do jardim, um menino de pedra se quebrou, estilhaçado em um milhão de pedaços.

— Quando posso te ver de novo? — Curada da febre, ela se levantou, firme e vitoriosa, apoiada por um forte braço de pedra. Lembre-se disso, meu monstro caído, meu príncipe de pedregulhos.

— Eu trabalho em Londres.

— Quando?

— Tenho um compromisso. — As paredes voltaram, texturas de madeira, texturas de vidro, tudo em seu devido lugar. — Na sala ao lado. — Os quatro ventos bateram em retirada, vencidos, uivando pelo túnel da circunferência da terra, cingida de mar. Ó vazio, vazio. O vazio da pedra oca.

Leonard se inclinou para sua última ceia. Ela esperou. Esperou, avistando a brancura de sua bochecha e aquela mancha de verdete aproximando-se de sua boca.

Dentes escavaram. E se firmaram. O sal, um sal morno, lhe banhou as papilas da língua. Os dentes cavaram até encontrar. Uma dor surgiu muito distante, bem na raiz-osso. Lembre-se, lembre-se. Mas ele estremeceu. Fez com que ela estremecesse contra a substância sólida-granulada da parede. Dentes morderam o ar. Sem nenhuma palavra, só as costas curvadas, diminuídas,

johnny panic e a bíblia de sonhos e outros textos em prosa 405

diminuindo pela súbita porta escancarada. As texturas da madeira ganhando forma, as texturas do assoalho, endireitaram o mundo. O mundo errado. O ar circulou, preenchendo o vazio que a silhueta dele deixara. Mas nada seria capaz de preencher o vazio no olho dela.

A porta entreaberta pulsava com risos, com sussurros. Em meio ao ar carregado de fumaça que vazava pela fresta surgiu Hamish, com uma expressão decidida por trás da lustrosa máscara de plástico cor-de-rosa.

— Você está bem?

— Claro que estou bem.

— Vou buscar seu casaco. Vamos embora. — Hamish se afastou mais uma vez. Um garoto baixinho que usava óculos e um terno cor de mostarda muito feio saiu correndo de um buraco na parede e foi até o banheiro. Não tirou os olhos dela, ali encostada na parede, e ela sentiu a própria mão, encostada na boca, se sacudir de repente como a mão de uma epilética.

— Precisa de alguma coisa? — Uma luz peculiar se insinuou nos olhos dele, a luz que as pessoas têm quando o sangue de um acidente de carro se acumula e forma uma poça na calçada. Como se juntavam para olhar! Uma curiosa arena de olhos.

— Minha carteira — Dody disse com firmeza. — Deixei-a atrás da cortina no peitoril da primeira janela.

O menino se afastou. Hamish apareceu com seu casaco vermelho, e a beca preta deixava cair seu farrapo de crepe. Ela enfiou os braços, obediente. Mas seu rosto queimava, esfolado, desfeito.

— Tem algum espelho por aqui?

Hamish apontou com o dedo. Um pedaço de vidro retangular, turvo e rachado se equilibrava sobre a pia outrora branca e agora amarelada por cem anos de vômito e manchas de bebida. Ela se debruçou diante do espelho, e um rosto cansado e conhecido, com olhos castanhos vazios e uma cicatriz marrom costurada na bochecha esquerda, veio nadando ao seu encontro através da névoa. Não havia boca no rosto; o lugar da boca era da mesma cor lívida do resto da pele, definindo a própria forma como uma escultura malfeita define sua forma: por meio das sombras que sobram debaixo das partes protuberantes e inchadas.

O menino ficou parado ao lado dela, segurando uma carteira de couro marrom. Dody a pegou. Com um batom vermelho ela seguiu os contornos da boca e fez a cor voltar. Obrigada, ela sorriu para o menino com sua nova boca viva e vermelha.

— Agora pode cuidar de mim — ela disse a Hamish. — Fui tão malcriada.

— Você não fez nada de mais. — Mas não era isso que os outros diriam.

Hamish abriu a porta. Saíram e voltaram à sala. Ninguém ficou olhando: um círculo de costas viradas, rostos distantes. As notas do piano ainda saltitavam por baixo do falatório. Agora as pessoas riam muito. Ao lado do piano estava Leonard, encurvado, segurando um lenço branco contra a bochecha esquerda. Alta, branca, Dolores-Cheryl-Iris, com suas sardas de lírio tigrino e corpo esguio, se levantou para ajudá-lo a estancar o sangue. Eu que fiz, Dody revelou ao ar surdo. Mas o compromisso apareceu com um sorriso no rosto. Compromissos. Água e sabão não seriam capazes de desfazer aquele círculo de buracos, pelo menos por uma semana. Dody Ventura. Lembre-se de mim, lembre-se disso.

Graças a Hamish, tão protetor, nem um pouco bravo, ela chegou à porta da sala sem que ninguém a apedrejasse, sem querer ir embora, mas indo embora. Descendo a escada estreita e íngreme, vendo o rosto de Adele se aproximar, envolto em seu brilhante cabelo loiro, aberto e honesto e inviolável como um nenúfar, aquela brancura loira, tão pura, tão drapeada na própria pureza. Apesar dos muitos homens com quem estivera, ela continuava virginal, e sua mera aparição evocava uma espécie de censura, como a presença silenciosa de uma freira. Oswald vinha atrás dela, e atrás dele marchava o alto, desengonçado e deprimido Atherton. Oswald, com sua cabeça achatada de neandertal bem penteada, o cabelo alisado com gel para esconder a curva do crânio, encarou Dody através dos óculos de casco de tartaruga.

— Conta pra gente tudo o que você sabe sobre estrutura óssea, Dody. — Ela os viu com clareza, à luz ainda intocada dos próximos minutos, os três, juntos, entrando na sala com a notícia transbordante do que ela tinha feito, com as versões e variações de seu ato, o ato que a partir de amanhã a deixaria marcada, como a cicatriz acastanhada em sua bochecha, em todas as faculdades e em toda a cidade. As mães iam parar em Market Hill, mostrando aos filhos: "Aquela é a moça que mordeu o rapaz. Ele morreu no dia seguinte". Há cães que ladram e também mordem.

— Isso aconteceu semana passada. — A voz de Dody soou áspera e oca, como se saísse de um poço cheio de ervas daninhas. Adele não tirou do rosto seu sorriso sublime e altruísta. Porque ela já sabia o que encontraria na sala; nada de prêmio-surpresa, nem de artimanhas dos astros, mas sim seus amigos eleitos, e Larson, seu amigo especial. Que lhe contaria tudo e faria a história cair na boca do povo, onde se transformaria, mudaria de cor, como um camaleão num território cheio de manchas e possibilidades.

De costas para a parede, Dody deixou Adele, Oswald e Atherton passarem à frente na escada, indo em direção à sala da qual ela saía, e ao círculo vermelho da mordida, e ao compromisso de Leonard. Um vento frio soprou, ceifando seus tornozelos. Mas nenhum rosto reconheceu Dody, nem dedos censuradores surgiram apontando para ela. As vitrines cegas e os muros sem olhos dos becos diziam: calma, calma. O céu preto e vasto era um testemunho da imensidão, da indiferença do universo. Os pontinhos verdes das estrelas lhe diziam que pouco se importavam.

Toda vez que Dody queria dizer Leonard a um poste de iluminação, ela dizia Hamish, porque era Hamish quem a guiava pela rua, levando-a para longe, em segurança, apesar de machucada, com lesões internas, mas protegida, agora, em meio às ruas sem nome. De algum lugar, do ventre escuro e santo da igreja, ou de um lugar mais profundo, bem no fundo da cidade, um sino soou. Blém.

Ruas negras, a não ser pelos finos fios de luz das esquinas principais. Os moradores da cidade todos em suas camas. Uma brincadeira começou, uma brincadeira de esconde-esconde com ninguém. Ninguém. Hamish pediu que ela ficasse atrás de um carro e avançou sozinho, olhando em volta, e depois voltou para buscá-la. Então, antes da esquina seguinte, Dody se escondeu atrás de um carro mais uma vez, sentindo o para-choque de metal frio como gelo, grudando na pele como ímã. Hamish a deixou, de novo, e andou para olhar de novo, e depois voltou e disse que até ali estava tudo limpo.

— Os inspetores — ele disse — estão por aí me procurando.

Uma névoa úmida subia rodopiando pelos joelhos dos dois, cobrindo partes dos prédios e das árvores secas com uma névoa tingida de azul fosforescente pela lua alta e clara, que aqui e ali derramava sobre uma árvore de bordo ou uma barraca de ferramentas sua cortina teatral de bruma azul. Depois de passarem pelos becos, depois de virarem a esquina da Trumpington Street por entre os muros escurecidos e escabrosos do Pembroke College, com um cemitério à direita, coberto de pedras irregulares e de neve branca acumulada em alguns pontos, além de outros pontos em que a terra escura aparecia, eles chegaram à Silver Street. Agora mais ousados, passaram pela estrutura de madeira do açougue, com suas venezianas brancas fechadas que escondiam os porcos pendurados em ganchos e os balcões repletos de linguiças sardentas e rins vermelho-arroxeados. Diante do portão do Queens'

johnny panic e a bíblia de sonhos e outros textos em prosa **409**

College, trancado até o dia seguinte, cinco garotos de beca preta andavam de um lado para o outro sob a lua. Um começou a cantar:

Pobre de mim, meu bem, pois me fazes mal

— Espera. — Hamish deixou Dody numa esquina, perto dos portões pontiagudos. — Espera, que eu encontro um bom lugar para você passar.

Com tão cruel rejeição*

Os cinco meninos cercaram Dody. Não tinham feições, só luas pálidas e translúcidas no lugar do rosto, de forma que ela nunca mais os reconheceria. E sentiu que seu próprio rosto também parecia uma lua sem feições. Eles nunca seriam capazes de reconhecê-la à luz do dia.

— O que você veio fazer aqui?

— Tudo bem com vocês?

As vozes passavam sussurrando, como morcegos, por seu rosto, por suas mãos.

— Nossa, como você é cheirosa!

— Que perfume...

— A gente pode te dar um beijo?

As vozes, suaves e leves como serpentina, caíram, suaves, tocando sua pele como folhas, como asas. Vozes de teias aladas.

— O que você veio fazer aqui?

Apoiada na cerca de arame farpado, olhando para o campo de neve branca para lá do crescente de escuridão dos prédios do Queens' College e para a névoa azulada do pântano que cobria a neve, Dody não cedeu. E os garotos recuaram, porque Hamish tinha voltado. Os meninos começaram a subir, um a um, a cerca de arame. Dody contou. Três. Quatro. Cinco. Contando carneirinhos para dormir. Agarrando-se à grade de metal, eles pularam os fincos

---

* "Alas my love you do me wrong/ To cast me off dis-courteously". Trecho de "Greensleeves", canção folclórica inglesa https://pt.wikipedia.org/wiki/Greensleeves. (N.T.)

negros e voltaram para o pátio do Queens' College, muito bêbados, pisando com cuidado na neve endurecida.

— Quem são esses?

— Só uns caras atrasados voltando para o pátio. — Agora os garotos tinham desaparecido, e os dois seguiram pela ponte de madeira em arco sobre o rio verde e estreito, a ponte que Newton construíra sem parafusos.

— Vamos pular o muro — Hamish disse. — Eles descobriram um bom lugar. Só que você não pode falar nada até entrarmos.

— Não posso pular. Com essa saia apertada não dá. O arame vai machucar a minha mão.

— Eu te ajudo.

— Mas eu vou cair. — Mesmo assim, Dody ergueu a saia de *tweed* até as coxas, até a parte de cima da meia-calça de nylon, e encostou um pé no muro. Que perigo, ai, que perigo. Ela passou a perna por cima dos fincos, na parte mais baixa, mas as pontas escuras engataram no tecido e perfuraram sua saia. Hamish tentava ajudá-la, mas ela ficou presa, com uma perna para cima, oscilando. Será que ia doer? Será que chegaria a sangrar? Porque os fincos agora arranhavam suas mãos, mas estavam tão frias que ela não as sentia. E então Hamish surgiu de repente do outro lado da cerca, fazendo um degrau com as mãos para que ela se apoiasse, e, sem questionar nem pensar, ela simplesmente se apoiou, girando o próprio corpo sobre as mãos, e pareceu que os fincos a atravessavam.

— Minhas mãos — ela disse — vão acabar sangrando…

— Shhh! — Hamish cobriu sua boca com a mão. Ali dentro, olhava ao redor, em direção a uma porta entreaberta e escura. A noite continuava silenciosa, e a lua, distante e fria em sua capa de luz emprestada, abriu a boca num "O" redondo ao vê-la, Dody Ventura, entrando no pátio do Queens' College às três da manhã porque não havia outro lugar aonde ir, porque estava no caminho. Um lugar onde poderia se aquecer um pouco, porque ela sen-

johnny panic e a bíblia de sonhos e outros textos em prosa   411

tia muito frio. Desperdiçada, desperdiçando-se, depois de doar o próprio sangue para tingir de vermelho o círculo da mordida na bochecha de Leonard, enquanto ela, uma casca exangue, ficava à deriva no limbo. Aqui com Hamish.

Dody seguiu Hamish pela lateral do prédio, contornando com o dedo os tijolos de textura grosseira até chegarem à porta, e Hamish começou a andar com movimentos furtivos e silenciosos sem necessidade, porque não havia nenhum ruído, só o grande silêncio da neve e o silêncio da lua e as centenas de homens do Queens' College respirando em silêncio em seu profundo sono do início da madrugada, antes do amanhecer. O primeiro degrau da escada rangeu, embora tivessem tirado os sapatos. O próximo degrau não fez nenhum ruído. Nem o seguinte.

Um cômodo completamente vazio. Hamish fechou a pesada porta de carvalho atrás de si, e depois a frágil porta interna, e acendeu um fósforo. O imenso cômodo saltou aos olhos de Dody, com seu sofá de couro craquelado escuro e brilhante, os grossos tapetes, a parede coberta de livros.

— Conseguimos. Começamos bem.

Atrás do painel de madeira, uma cama rangeu. Ouviu-se um suspiro abafado.

— O que é isso? Um rato?

— Rato, não. Meu colega de quarto. É boa pessoa... — Hamish desapareceu, e com ele o quarto. Outro fósforo chiou, e o cômodo ressurgiu. Hamish, agachado, abriu o gás da lareira. O assobio se acendeu com um sopro suave, um lampejo azul, e as chamas do gás, em sua perfeita fileira protegida pela grade branca de amianto, lançaram sombras tremeluzentes atrás do enorme sofá e das cadeiras pesadas.

— Estou com tanto frio. — Dody sentou-se no tapete, diante do fogo que deixava o rosto de Hamish amarelado, em vez de cor-de-rosa, e escurecia seus olhos claros. Ela esfregou os pés, tirando

412 **sylvia plath**

os sapatos vermelhos, que agora pareciam pretos, e apoiando-os na grade que ficava diante do fogo. Os sapatos estavam molhados por dentro, ela sentia a umidade na pele, mas não conseguia sentir o frio, só a dor anestesiada nos dedos do pé, que ela esfregava uns nos outros para fazer com que o sangue voltasse a circular.

Então Hamish a puxou para que se deitasse no tapete, de forma que seu cabelo se afastou do rosto e se enrolou entre os tufos do tapete, que era muito volumoso, grosso, e tinha algo do cheiro do couro dos sapatos e de um tabaco muito antigo. O que faço, eu nunca faço. No limbo, não ardemos de fato. Hamish começou a beijá-la na boca, e ela sentiu que ele a beijava. Nenhuma comoção. Inerte, ela ficou deitada, olhando para o teto alto atravessado pelas vigas de madeira escura, ouvindo os vermes de outras eras que se moviam dentro delas, cavando inúmeros túneis e minúsculos labirintos de verme, e Hamish deixou todo seu peso cair sobre ela, de forma que o frio diminuiu. Cair em desuso, em dessuetude, não pode ser meu destino. (É simples, se não heroico, resistir.)

E depois, finalmente, Hamish se deitou, com o rosto apoiado no pescoço dela, e ela sentiu que a respiração dele se apaziguava.

— Me dá uma bronca, por favor. — Dody ouviu a própria voz dizer, estranha e comprimida em seu peito, porque estava deitada no chão, por causa da sinusite, do uísque. Não aguento mais as estátuas com suas placas. Num mundo cinza não há chama que brilhe. Os rostos não têm nome. Não há Leonard, porque Leonard não existe: Leonard é ninguém.

— Mas por quê? — A boca de Hamish se movia encostada em seu pescoço, e ela mais uma vez sentiu que seu pescoço era anormalmente comprido, de forma que a cabeça ficava muito afastada do corpo, apoiada numa longa haste, como na imagem de Alice logo depois de ter comigo o cogumelo, com a cabeça presa a um pescoço de serpente, acima das copas das árvores. Uma pom-

johnny panic e a bíblia de sonhos e outros textos em prosa   413

ba levantou voo, xingando. Serpentes, serpentes. Como proteger os ovos?

— Eu sou uma vaca. — Dody ouviu sua voz fazer essa declaração, saindo da casa de bonecas de seu peito, e ela a ouviu, perguntando-se que coisa absurda diria em seguida. — Sou uma puta — a voz disse sem convicção.

— Não é, não. — Hamish fez um gesto de beijo com a boca em seu pescoço. — Mas você sabia onde estava se metendo. Eu te disse como eles eram, e você devia ter aprendido a lição.

— Agora eu aprendi — a voz minúscula mentiu. Mas Dody não tinha aprendido a lição, a não ser que fosse a lição sobre esse limbo em que ninguém se machucava porque ninguém escolhia um nome ao qual amarrar a dor como uma lata amassada. Sem nome eu me levanto. Sem nome e imaculada.

Mais uma etapa de sua jornada se mostrava no horizonte: entrar em segurança pela porta de Arden, e depois subir até seu quarto sem que as escadas rangessem. Sem que a srta. Minchell espumasse pela boca, saindo de seu quarto e parando entre o primeiro e o segundo degrau, esbravejando com seu roupão de flanela vermelha, com o cabelo liberto do coque e preso numa única trança preta lhe caindo pelas costas, com os fios grisalhos presos à trança, chegando às nádegas, e ninguém para ver a cena. Ninguém para descobrir que, quando solto, o cabelo da srta. Minchell chegava às nádegas. Um dia, dentro de alguns anos, seria uma trança de um cinza metálico, e a essa altura provavelmente chegaria aos joelhos. E quando alcançasse o chão, teria ficado toda branca. Branca, e desperdiçando a brancura no ar vazio.

— Vou embora.

Hamish se levantou com dificuldade, e Dody ficou deitada, indiferente, sentindo o calor que emanava do lugar onde ele estivera, e o suor morno que secava e esfriava no ar fresco que atravessava sua blusa.

414 sylvia plath

— Faça exatamente o que eu disser — Hamish disse. — Ou nunca vamos conseguir sair.

Dody calçou seus sapatos de fita, agora tão aquecidos pelo fogo que lhe queimaram as solas dos pés.

— Você quer pular a grade de novo? Ou quer tentar passar pelo riacho?

— Pelo riacho? — Dody ergueu os olhos e encarou Hamish, que estava em pé acima dela, sólido e vivaz, como um cavalo aspirando feno no estábulo. — É muito fundo? — Poderia ser Larson, ou Oswald, ou até Atherton em pé ali, em pé com a agradável vivacidade tão comum aos cavalos. Um cavalo imortal, pois um substituía o outro. E assim tudo corria bem numa eternidade de cavalos.

— Fundo? Está congelado. Eu olharia antes, de qualquer forma.

— Então vamos pelo riacho.

Hamish colocou Dody ao lado da porta. Primeiro ele abriu a porta interna, e depois, espiando pela fresta, a porta externa.

— Espera aqui. — Ele a apertou contra o batente. — Quando eu fizer um sinal, você vem.

Os degraus rangeram um pouco quando ele deu o primeiro passo, e então, depois de uma pausa, um fósforo se acendeu, iluminando a entrada, mostrando as texturas da madeira desgastada numa pátina suave feita pelas mãos dos fantasmas. Dody começou a descer. Como passamos por nós mesmos tantas vezes, sem nunca nos fundirmos, nunca nos solidificarmos nas posturas dos nossos sonhos. Descendo nas pontas dos pés, com a mão direita deslizando pelo corrimão, Dody sentiu todo o edifício do Queens' College tombar e voltar ao lugar, e tombar de novo, um navio girando no mar bravio. Em seguida uma farpa entrou em seu dedo indicador, mas ela continuou deslizando os dedos pelo corrimão, acertando o mesmo ponto. Inabalável. Ei-lo. Venham com a lâmina. A farpa se partiu ao meio e ficou incrustada em seu dedo, lan-

johnny panic e a bíblia de sonhos e outros textos em prosa   415

çando uma pontada de aflição. Hamish a colocou no recuo escuro que havia na parede, junto à entrada, como se fosse um manequim de costureira.

— Espera — ele sussurrou, e o sussurro subiu as escadas, enroscando-se nos corrimãos, e poderia haver alguém no andar de cima, à espreita, prestando atenção, com uma lanterna e um distintivo. — Faço um sinal se estiver tudo bem, e aí você corre sem olhar para trás. Mesmo se alguém for atrás de você, corre, e vamos atravessar o riacho e chegar à estrada antes que nos peguem.

— Mas e se prenderem você?

— O máximo que podem fazer é me expulsar. — Hamish jogou o fósforo no chão. Esmagou-o com o pé. O mundinho amarelo se apagou e o pátio floresceu, grande, luminoso, azul sob a luz da lua. Hamish andou até o pátio, e sua silhueta escura sobreposta à neve ganhou contornos claros, um recorte de papel-cartão, se movendo, diminuindo, se misturando à escuridão dos arbustos que rodeavam a margem do riacho.

Dody observou, ouvindo o próprio fôlego, o fôlego de uma desconhecida de papelão, até que um vulto escuro se afastou dos arbustos. O vulto acenou. Ela saiu correndo. Seus sapatos faziam um barulho alto, esmagando a crosta de neve, cada passo estalando, como se alguém amassasse folhas de jornal, uma após a outra. Seu coração batia forte, e o sangue começou a pulsar no rosto, e a neve continuava a se despedaçar debaixo de seus pés. Ela sentia a neve macia caindo como talco em seus sapatos, no espaço entre o arco do pé e a parte de cima do sapato, seca, e depois se derretendo. Nem súbita lanterna, nem gritos.

Hamish lhe estendeu a mão quando ela chegou, tropeçando, e os dois ficaram em pé ao lado da cerca-viva por um instante. Então Hamish começou a atravessar os arbustos grossos, empurrando-os com o cotovelo e abrindo caminho para ela, e ela o seguiu, pisando firme, pisoteando os arbustos rasteiros, arranhando as pernas nos gravetos pontiagudos. Conseguiram atravessar e chegaram à margem do riacho, e atrás deles a cerca viva fechou seu portão de urzes escuras, intactas.

Hamish desceu a ribanceira, a neve chegando às canelas, e estendeu a mão para que Dody não caísse na descida. Coberto de neve, o gelo suportou o peso dos dois, mas, antes que chegassem à outra margem, o gelo começou a ressoar e se quebrar. Eles pularam em direção à outra margem e começaram a escalar o aclive íngreme e escorregadio, tropeçando, tentando alcançar o topo com as mãos, as mãos cheias de neve, os dedos que ardiam.

Atravessando o campo de neve em direção à Queen's Road, agora vazia e imóvel, muda e liberta do estrondo diário dos caminhões e furgões de mercadorias, eles andaram de mãos dadas, sem dizer uma palavra. As badaladas de um relógio ressoaram, muito claras, em meio ao silêncio absoluto. Blém. Blém. E blém. Newnham Village dormia por trás das janelas turvas, uma cidade de brinquedo construída com balas alaranjadas. Não encontraram ninguém.

Com as luzes da varanda e da casa inteira apagadas, Arden se destacava, escura, no frágil véu azul das últimas horas da lua. Sem dizer nada, Dody enfiou a chave na fechadura e a virou, depois empurrou a maçaneta da porta. A porta se abriu com um clique, revelando o corredor escurecido, dominado pelo tique-taque do relógio em forma de caixão e abafado pela respiração inaudível das garotas adormecidas. Hamish se inclinou e encostou a boca em sua boca. Um beijo que infiltrou o tecido imperfeito do rosto de ambos com um sabor de feno rançoso.

A porta se fechou, deixando-o do lado de fora. Uma mula que não dava coice. Ela foi até o armário da copa, logo em frente aos aposentos da sra. Guinea, e abriu a porta. O perfume de pão e bacon frio subiu às narinas, mas ela não tinha fome. Agachou-se até as mãos tocarem a forma vítrea e fria de uma garrafa de leite. Tirando os sapatos novamente, e a beca preta e o casaco, ela começou a

johnny panic e a bíblia de sonhos e outros textos em prosa   417

subir as escadas dos fundos com a garrafa de leite, exausta, mas já preparando as mentiras que contaria, se necessário, já pensando que diria que estivera no quarto de Adele, conversando com Adele até mais tarde, e acabara de subir. Mas ela lembrou, com uma tranquilidade lúcida, que não havia verificado o livro para ver se havia assinatura que indicasse que Adele já tinha voltado. Provavelmente Adele também não tinha assinado o livro quando saiu, de forma que não havia como descobrir, a menos que ela batesse à porta de Adele, se é que Adele havia mesmo voltado. Mas o quarto de Adele ficava no primeiro andar, e agora era tarde demais. E então ela lembrou por que não queria ver Adele em primeiro lugar.

Quando Dody apertou o interruptor de luz, seu quarto saltou ao seu encontro, claro, convidativo, com seu carpete verde-grama e as duas grandes estantes cheias de livros que ela havia comprado com a ajuda de custo da faculdade e talvez nunca chegasse a ler, a não ser que tivesse um ano inteiro sem nada para fazer, e que pudesse ficar sentada de porta fechada, e lhe entregassem comida por um elevador, aí sim talvez ela os lesse. Nada, o quarto afirmou, aconteceu hoje. Eu, Dody Ventura, continuo sendo a mesma pessoa que era quando saí deste quarto. Dody deixou o casaco e a beca rasgada caírem no chão. A beca se esparramou numa mancha preta, como um buraco, uma passagem para lugar nenhum.

Dody colocou os sapatos sobre a poltrona com movimentos cuidadosos, para não acordar a srta. Minchell, que dormia bem no quarto de baixo, enrolada em sua trança. O anel de gás da lareira, preta e engordurada, estava coberto de fios de cabelo e salpicado de pó de arroz que ela derrubara enquanto se maquiava em frente ao espelho que ficava na cornija. Pegando um Kleenex, ela limpou o anel de gás e jogou o lenço na lixeira de vime. O quarto sempre ficava com cheiro de mofo durante os fins de semana, e só voltava de fato ao normal às terças, quando a srta. Guinea passava com o aspirador de pó e seu buquê de escovas e espanadores.

Dody pegou um fósforo na caixa decorada com um cisne que ela sempre deixava no chão, ao lado do medidor de gás cinza, com sua miríade de mostradores redondos e números escritos em preto sobre o fundo branco. Ela acendeu a chama e depois o anel de gás, e seu círculo de fogo irrompeu em azul e saltou para queimar sua mão, que se afastou a tempo. Por um instante ela ficou agachada, absorta, para tirar a farpa da mão direita, onde havia se alojado num montinho de carne e se mostrava, escura, debaixo da camada transparente de pele. Com o polegar e o indicador da mão esquerda, ela beliscou a pele e a ponta da farpa se expôs, preta, e ela agarrou a lasca fina entre as unhas, puxando devagar até que saiu inteira. Em seguida ela levou a panelinha de alumínio desgastada ao fogareiro e despejou nela o conteúdo da garrafa de leite, e sentou-se no chão de pernas cruzadas. Mas as meias-calças apertaram suas coxas, então ela se levantou e rasgou a cinta-liga como se fosse a casca de uma fruta, e tirou também as meias, ainda presa à cinta, porque o estrago que os gravetos dos arbustos do Queens' College tinham feito era irrecuperável. E ela se sentou novamente, só de combinação, sacudindo-se um pouco para frente e para trás, com a mente vazia e quieta, abraçando os joelhos e encostando os joelhos no peito, até que o leite começou a borbulhar na borda da panela. Então ela se sentou na poltrona de estofado verde, bebericando o leite na xícara de porcelana holandesa que havia comprado na New Compton Street em sua primeira semana em Londres.

O leite lhe queimou a língua, mas ela bebeu tudo. E sabia que no dia seguinte o leite não teria sido eliminado de seu organismo, não por completo, pelo menos, porque não era algo dissociável como uma farpa, era algo que se tornaria parte dela mesma, indissociável, Dody. Dody Ventura. E então, devagar, diante desse pensamento, todas as causas e consequências de suas palavras e de seus atos, conectados, lhe vieram à cabeça, acumulando-se lentamente, como feridas que levam tempo para cicatrizar. A marca circular da mordida estendeu seu anel de rosas ensanguentadas para que Dody o reivindicasse. E os invariáveis minutos com Hamish não seriam cuspidos como espinhos, e ficavam presos, cada vez mais presos à pele. Não era nenhum cordeiro sem nome do limbo, ela. Era marcada, profundamente moldada por todas as palavras e atos de todas as Dodys, do primeiro choro em diante. Dody Ventura. Ela via. A quem contaria? Dody Ventura eu sou.

O último andar do edifício não respondeu; continuou imóvel na aurora negra. Nada que houvesse lá fora doía o suficiente para se equiparar à marca de dentro, uma marca de mordida gêmea siamesa, um emblema muito adequado para a perda. Eu vivi: só por um momento. E devo suportar o fardo, o fardo dos meus eus que morreram até que eu mais uma vez possa viver.

Descalça, Dody tirou a combinação de nylon, o sutiã e a calcinha. Quando a seda morna se desprendeu da pele, houve uma crepitação de eletricidade. Ela apagou a luz e se afastou da parede de fogo, e do anel de fogo, indo em direção ao retângulo negro da janela. Esfregando a vidraça enevoada para criar um espaço transparente, ela espiou a madrugada, agora banhada por uma luz de terra-de-ninguém muito peculiar, algo entre o cair da lua e o nascer do sol. Lugar nenhum. Lugar nenhum, por ora. Mas em algum lugar, algum lugar da Falcon Yard, as vidraças das janelas decoradas caíam na rua em mil estilhaços, refletindo a luz do único poste em sua queda. Pam. Plaft. Tlim. Pés calçados com botas quebravam as respeitáveis janelas aos chutes antes do amanhecer.

Dody destrancou a janela e a escancarou. As dobradiças rangeram, e a vidraça subiu e bateu na empena do telhado. Nua e ajoelhada no sofá de dois lugares que ficava no vão da janela, ela se debruçou o máximo que pôde sobre o jardim seco e morto. Sobre as hastes sem medula que demarcavam as raízes de íris e bulbos de narcisos. Sobre os galhos nodosos da cerejeira e a trama complexa dos ramos da chuva-dourada. Sobre o grande desperdício do telhado verde sob o desperdício ainda maior do céu. Órion se postava acima dos picos, e de Arden, com suas articulações imperecíveis de ouro polidas pelo ar frio, repetindo, como sempre repetia, suas sábias palavras em meio ao vasto desperdício de espaço: espaço em que, garantia ele, espaço em que as senhoritas Minchells, os Hamishes, todos os Athertons a mais e os indesejados Oswalds do mundo andavam em círculos, como foguetes, gastando à toa o estopim de suas vidas no limbo do desamor. Tapando o enorme buraco do cosmos com chás da tarde, e pães doces, e creme puxa-puxa de limão siciliano, e marzipã. O frio invadiu seu corpo como a chegada da morte. Sem punho atravessando o vidro, sem cabelos arrancados, sem cinzas no chão nem dedos com sangue. Só o gesto isolado e imperfeito que restava ao inquebrável menino de pedra no jardim, irônico, com a cara do Leonard, equilibrado sobre aquele pé esculpido, segurando firme seu golfinho, os olhos com pálpebras de pedra fixados num mundo para além da cerca viva aparada, para além daqueles caminhos estreitos e convencionais do jardim, com suas bordas quadradas e seu cascalho riscado com rastelo. Um mundo não de desperdício, mas de proteção e zelo: um mundo em que o amor é chama e guardião. Assim que Órion seguiu seu trajeto fixo rumo à fronteira daquela terra nunca vista, perdendo seu brilho na luz azul subaquática, o primeiro galo cantou.

As estrelas apagaram seus pavios flamejantes ante a chegada do sol.

Dody dormiu o sono dos afogados.

E tampouco viu, nem seria capaz de conceber, que, lá embaixo, na cozinha dos fundos, a srta. Guinea começava um dia novo. Protetora, zelosa. Jamais dada ao desperdício. Abrindo ao meio os arenques defumados e levando-os à frigideira de ferro fundido, torrando no forno o pão encharcado de gordura, ela cantarolava esganiçada. A gordura esguichava. O sol desabrochava virginal nos aros de aço de seus óculos e a luz límpida emanava de seu peito enviuvado, devolvendo ao dia sua pureza. A seus vasos de jacintos, que brotavam no peitoril da janela num raro e etéreo solo de conchas de madrepérola, a srta. Guinea declarava, e declararia para sempre, a despeito do inverno, que o dia estava mesmo lindo, maravilhoso.

SOBRE A CURVA DO RIO

Naquele dia quente de agosto, Luke Jenness não tinha visto nem sinal de movimento na montanha. Passavam poucos carros às segundas. No cume, a ruína do velho hotel, metade da qual havia sido levada pelo furacão de 38, parecia estranhamente silenciosa depois de receber as filas de carros de turistas que tinham subido as íngremes curvas fechadas, forçando o motor na primeira marcha durante todo o fim de semana, as crianças amontoadas no estacionamento, correndo sem parar pela varanda que dava a volta pela construção, comprando refrigerante e picolé e fuçando no telescópio voltado para o norte. O telescópio virava seu olho de lente de aumento em direção à curva do rio, aos prados verdes das fazendas Hadley na outra margem e às cordilheiras ao norte, em direção a Sugarloaf. Nos dias de céu limpo era possível ver até New Hampshire e Vermont. Mas hoje o calor turvava a visão, o suor não secava.

Luke se debruçou, de braços cruzados, sobre o corrimão pintado de branco, olhando o rio lá embaixo. A cicatriz saliente que traçava uma diagonal em seu rosto, indo da sobrancelha direita até a base da bochecha esquerda, passando pelo nariz, se destacava, branca, sobre a pele bronzeada. Pálido, quase sujo, o tecido da cicatriz tinha uma textura diferente do resto da pele; era mais liso, mais novo, como um plástico que sela uma rachadura. Sob seus pés, estendendo-se até a casa que ficava embaixo dele, as tábuas acinzentadas e despedaçadas do sistema funicular perdiam a cor ao sol, numa zona de acesso proibido protegida por uma cerca, a escada retorcida ainda intacta, mas ameaçando ruir a qualquer momento. Abraham Lincoln pisara onde Luke agora pisava, e também Jenny Lind, a cantora famosa. Ela tinha chamado a vista do vale de visão do Paraíso. Os visitantes queriam saber desse tipo de coisa. Em que data o hotel foi construído? Em que data caiu aos pedaços? A montanha era mais alta ou mais baixa que, digamos, Mount Tom ou Monadnock? Luke sabia todas as informações: fazia parte do trabalho. Algumas pessoas queriam conversar. Outras lhe pagavam a taxa de cinquenta centavos de dólar para o estacionamento, ou um dólar aos domingos; era como uma gorjeta, porque assim ele se afastava e elas podiam apreciar a vista sozinhas. Outras pessoas sequer pareciam vê-lo depois que pagavam a taxa; ele poderia muito bem ser uma árvore.

Agora, junto à clareira da casa, Luke viu dois vultos se movendo. Um menino de cabelo escuro e calças cáqui e uma menina de blusa azul e bermuda branca estavam subindo a estrada de asfalto muito devagar. De onde ele os via, pareciam menores que seu polegar. Provavelmente tinham estacionado o carro um pouco mais para baixo, na moita na encosta da estrada, e seguido o caminho a pé. Ele não recebia caroneiros havia três semanas ou mais. As pessoas iam de carro até o topo, saíam do carro e olhavam a vista por alguns minutos, às vezes compravam um refrigerante gelado — a água da torneira era morna e cheia de bolhas de ar, e saía tão fraca da velha fonte cromada que era difícil beber um bom gole. Depois desciam de carro. Às vezes faziam piqueniques durante

424 sylvia plath

o almoço, e comiam nas mesas de madeira marrom no meio das árvores. Hoje em dia quase ninguém subia a pé. Aqueles garotos iam levar uma boa meia hora para chegar ao topo. Tinham acabado de virar à direita e sair de seu campo de visão, e logo estariam subindo a estrada que contornava o lado sul da montanha. Luke se sentou numa cadeira de balanço de vime muito desgastada e apoiou os pés no corrimão da varanda.

Quando ouviu vozes vindo da rampa que desembocava na ladeira de pedra que ficava embaixo da varanda do hotel, ele se levantou e voltou a se debruçar sobre o corrimão. Lá embaixo, muito longe, as lanchas deixavam rastros de espuma branca em forma de V na superfície fosca e cinzenta do rio. Um rio estranho, porque todo seu dorso liso era cheio de recifes rochosos que ficavam logo abaixo da superfície e bancos de areia. Os garotos não tinham chegado à varanda. Pelo menos por enquanto. Tinham estendido uma capa de chuva cáqui no degrau de xisto alaranjado que ficava logo abaixo de onde Luke estava, e estavam descansando.

— Estou melhor — ele ouviu a garota dizer. — Estou bem melhor. Vamos fazer isso todo dia. Vamos trazer livros e fazer piquenique.

— Talvez ajude — o garoto disse. — Talvez te ajude a esquecer daquele lugar.

— Quem sabe — a garota disse. — Quem sabe dê certo.

Eles ficaram em silêncio por um instante.

— Até o ar está imóvel. — O garoto apontou para alguns pássaros pretos que voavam sobre a copa das árvores. — Olha os andorinhões.

Nesse momento Luke notou que garota ergueu os olhos em sua direção. Ele mudou de posição e olhou para a frente, não querendo parecer um curioso. Se eles não subissem até a varanda como todos faziam, se apenas descessem, ele precisaria ir atrás deles para cobrar a taxa do estacionamento. Talvez subissem até a varanda e quisessem alguma coisa para beber.

johnny panic e a bíblia de sonhos e outros textos em prosa 425

As vozes cessaram. O garoto estava se levantando. Ele ajudou a garota a se equilibrar, agachou, recolheu a capa de chuva e a dobrou debaixo do braço. Os dois começaram a subir os degraus que levavam à varanda. No último degrau, fizeram uma pausa ao lado do corrimão, não muito longe de Luke.

— Tem certeza de que está bem?

— Tenho. — A garota jogou para o lado o cabelo castanho liso, que chegava aos ombros, com um ar quase impaciente. — Estou bem. É claro que estou bem. — Houve uma pequena pausa. — Qual é a altitude lá em cima? — ela perguntou, nesse momento levantando a voz como se quisesse que Luke respondesse, não o garoto.

Luke olhou na direção da garota e viu que ela estava de fato olhando para ele e esperando.

— Cerca de dois mil e quatrocentos metros — ele disse.

— Desse lado dá pra ver o quê?

— Três estados, quando o tempo está bom.

Não disseram nada sobre pagar a taxa.

— Aqui tem água? — o garoto perguntou. Não tinha feito a barba, e os pelos incipientes criavam uma sombra esverdeada em seu queixo quadrado.

Luke sacudiu o polegar por cima do ombro.

— Ali. Tem refrigerante gelado e gengibirra, também — ele acrescentou. — Se quiserem.

— Não — o garoto disse. — Pode ser só água.

As tábuas do assoalho pareciam ocas sob seus pés, rangendo e ecoando à medida que eles entravam para ir à fonte. Cedo ou tarde ele teria que cobrar a taxa dos garotos. A placa do lado de dentro dizia que visitantes sem carro pagavam quinze centavos por pessoa. Era uma nova lei estadual; até o ano passado, não cobravam dos caroneiros. Talvez, quando notassem a placa, os garotos tentassem se livrar da taxa de cinquenta centavos, pagando só trinta.

426 sylvia plath

— Vocês dois subiram a pé? — Luke perguntou quando voltaram, sem perder o tom descontraído. A garota enxugou o queixo molhado com as costas da mão, deixando uma manchinha triangular de sujeira. Não parecia estar maquiada, e sua pele tinha a estranha palidez das pessoas que ficam muito dentro de casa. Gotículas de suor se acumulavam em sua testa e lábio superior.

— Claro que subimos a pé — ela disse. — E é uma subida difícil. Exige muito.

O garoto não disse nada. Tinha pendurado a capa de chuva no corrimão e estava olhando através do telescópio.

— Onde deixaram o carro de vocês?

— Ah, lá embaixo. — A garota fez um movimento vago em direção ao sopé da montanha, onde a estrada do Parque Estadual começava, subindo pouco a pouco por um campo de feno e uma granja antes de começar a ficar íngreme. — Lá no começo. Bem na frente do portão.

— Vocês vão precisar pagar o estacionamento — Luke disse.

A garota olhou para ele.

— Mas nós subimos andando. — Pareceu não entender o que ele queria dizer. — Fizemos todo o trajeto a pé.

Luke tentou mais uma vez.

— Vocês não viram a placa lá embaixo?

— Ao lado do portão? Claro que vimos. A placa diz que são cinquenta centavos para estacionar aqui. Mas deixamos o carro e subimos a pé.

— Vão ter que pagar mesmo assim — Luke disse. Ele teria que pedir para a equipe incluir aquela nova informação sobre os quinze centavos também lá embaixo, na placa antiga do portão, para que ficasse bem explicado. — Mesmo que tenham estacionado logo depois de entrar pelo portão.

O garoto se afastou do telescópio.

— Bom, mas então *onde* as pessoas podem estacionar de graça? — Ele parecia muito mais tranquilo que a garota. — Para subir a pé?

A garota mordeu o lábio. Com um movimento súbito e rápido da cabeça, desviou os olhos de Luke e do garoto e passou a prestar atenção nas copas verdes das árvores que seguiam a encosta até o rio.

— Em lugar nenhum. — Luke não deu o braço a torcer. Não conseguia ver o rosto da garota. O que as pessoas não eram capazes de fazer para economizar vinte centavos? Tinham coragem até de deixar o carro escondido nos arbustos e andar um pouquinho a pé. — No perímetro do parque, em lugar nenhum.

— Mas e quando a pessoa sobe *andando*? — A voz da garota ficou estranhamente aguda quando ela se virou para ele. — E se a gente só tivesse vindo *andando*, sem carro nenhum?

— Olha, moça — Luke disse, num tom firme e razoável —, você mesma acabou de me dizer que vocês estacionaram o carro do lado de dentro do portão, e aquela placa lá na cabine diz que o estacionamento custa cinquenta centavos, seja onde for, e um dólar aos domingos...

— Mas eu *não estou falando* do estacionamento. Estou falando de subir *andando*.

Luke soltou um suspiro.

— Pedestres também pagam, moça. Aquela placa diz que pedestres pagam quinze centavos *por pessoa*. — Ele sentiu que ela ia conseguir tirá-lo do sério. — Será que você não viu a placa? Quer ir lá ver?

— Vai você — ela disse ao garoto.

Teimoso, sentindo a nuca queimando, Luke levou o garoto até o lobby do hotel. A garota continuou na varanda.

*

— Realmente diz que são quinze centavos — o garoto disse a ela quando voltou. — Quinze centavos para pedestres, por pessoa. — Eu *não quero saber* o que a placa diz. — A garota se agarrou ao corrimão e ficou de costas para ele. — Que coisa *asquerosa*. Só pensam em ganhar dinheiro. Sei lá, eles deviam *pagar* às pessoas que se dão ao trabalho de andar até aqui.

Luke ficou esperando perto da porta. Ela parecia estar prestes a perder a compostura; sua voz ficava cada vez mais aguda. Ele tinha feito seu trabalho. Quase todo. Tinha explicado tudo direitinho. Agora ele só precisava receber o dinheiro. Ele se aproximou devagar dos garotos.

— Eu entendo a taxa de *estacionamento*. — A garota se virou na direção de Luke tão de repente que ele se perguntou se ela tinha olhos na nuca. — Mesmo para quem estaciona lá embaixo, perto do portão. — Um montinho de saliva se acumulou no canto da boca da garota. Por um segundo Luke pensou que ela de fato fosse cuspir nele. — Mas pagar taxa para *andar*?

Luke deu de ombros.

— É lei estadual, moça. — Fitando com os olhos apertados o horizonte verde, os montes distantes que se mesclavam uns aos outros na névoa de agosto, ele sacudiu sua bolsinha de moedas prateadas. Por que ela estava botando a culpa nele? O que eram trinta centavos, cinquenta centavos? — Além do mais — ele acrescentou, pronunciando devagar as palavras, como se explicasse um problema para uma criança birrenta —, hoje você está pagando pelo estacionamento, não por andar. Então por que você quer esquentar a cabeça com a taxa para pedestres, moça?

— Mas a gente ia *andar*... — A garota não terminou a frase. Afastando-se dele com uma agilidade surpreendente, ela virou na lateral do hotel e foi ao lado oeste da varanda, perdendo-se de vista, e o garoto a seguiu.

johnny panic e a bíblia de sonhos e outros textos em prosa 429

Luke cortou caminho pelo interior do hotel e saiu pelos fundos, onde conseguiria ver se eles tentassem fugir descendo pelo lado sul da montanha. Era impossível prever o que garotos como aqueles seriam capazes de fazer. Se não queriam pagar, como todo mundo pagava, era bem possível que quisessem fugir.

A garota estava em pé no alto da escadaria do lado oeste, que levava para o estacionamento, de frente para o garoto, que estava de costas para Luke. Ela estava chorando, chorando e enxugando o rosto com um lenço branco. Luke tinha imaginado tudo, menos isso. Então ela ergueu os olhos e viu Luke. Ela inclinou a cabeça; parecia estar procurando alguma coisa que tinha perdido entre as frestas das tábuas do assoalho. O garoto estendeu a mão em direção ao seu ombro, mas ela se afastou, daquele jeito rápido dela, e começou a descer os degraus.

O garoto deixou-a ir e voltou para falar com Luke, com uma carteira de couro carcomida nas mãos.

— Quanto é, mesmo? — Ele pareceu cansado. Fosse lá o que estava pensando, devia estar chateado. Por causa da garota, daquele escarcéu que ela tinha feito. Por uma coisa que, para começo de conversa, não era culpa de ninguém.

— Cinquenta centavos — Luke disse — se o carro de vocês estiver dentro dos limites do parque.

O garoto contou uma moeda de vinte e cinco centavos, duas de dez e uma de cinco e as colocou na palma aberta de Luke, depois deu a volta para pegar a capa de chuva que tinha deixado no corrimão do lado norte.

Guardando as moedas na bolsinha, Luke acompanhou o garoto.

— Obrigado — ele disse.

O garoto não respondeu, não se desculpou pelo comportamento da garota, nem nada desse tipo, só desceu os degraus, apertando o passo, com a capa de chuva sacolejando atrás dele como um pássaro machucado.

— Bom — Luke disse em voz alta, num devaneio, para si mesmo e mais ninguém. — Bom, quem vê pensa que eu sou um baita de um *criminoso*. — Lá embaixo, na superfície comum do rio, as lanchas do tamanho de brinquedos ainda ziguezagueavam, beirando os recifes invisíveis.

Luke os observou distraidamente por um tempo, depois foi até o lado sul da varanda. Os dois vultos ficavam cada vez menores na estrada lá embaixo — a garota um pouco à frente, e o garoto quase a alcançando; mas, antes que o garoto conseguisse ultrapassá-la, os dois se perderam de vista no ponto em que a estrada se dissipava na encosta de vegetação densa.

— Um baita de um criminoso *daqueles* — Luke disse.

E então ele lavou as mãos, deixou esse assunto pra lá, depois entrou no mirante castigado pelo sol para pegar um refrigerante.

O SOMBRA

No INVERNO EM QUE a guerra começou, calhou de eu cair em desgraça na vizinhança por ter mordido a perna de Leroy Kelly. Até a sra. Abrams, que morava do outro lado da rua e não tinha filhos da nossa idade, só um filho único que fazia curso técnico, e o sr. Greenbloom, da mercearia da esquina, tomaram partido: todos estavam do lado dos Kelly. O correto seria que me absolvessem por legítima defesa na mesma hora, mas daquela vez, sabe-se lá por que, os velhos ideais de justiça e cavalheirismo da Washington Street se tornaram irrelevantes.

Apesar da pressão dos vizinhos, eu só cogitava pedir desculpas se Leroy e sua irmã Maureen também se desculpassem, já que tinham começado tudo. Meu pai se opunha completamente à ideia do pedido de desculpa, e minha mãe ficou furiosa com ele.

Do meu posto de escuta no corredor, tentei captar pelo menos parte do conteúdo, mas eles discutiam coisas que não vinham ao caso, em afirmações acaloradas sobre agressão, honra e resistência não violenta. Esperei uns bons quinze minutos, até que percebi que o problema do meu pedido de desculpa era a última das preocupações dos meus pais. Depois nenhum dos dois falou comigo sobre esse assunto, então deduzi que meu pai tinha ganhado, como ganhara na questão da igreja.

Todos os domingos, eu e minha mãe saíamos para ir à Igreja Metodista, e na maioria das vezes nos encontrávamos com os Kelly ou os Sullivan, ou ambas as famílias, a caminho do culto das onze da manhã na igreja de Santa Brígida. Toda a nossa vizinhança se reunia em uma igreja ou em outra; se não fosse uma igreja, era uma sinagoga. Mas minha mãe nunca conseguiu convencer meu pai a ir conosco. Ele ficava em casa com suas distrações; no jardim se o tempo estivesse bom, se não, em seu escritório, fumando e corrigindo os exercícios de seus alunos de alemão. Eu imaginava que ele já tinha toda a fé de que precisava e não demandava reforços semanais, ao contrário da minha mãe.

Sermões nunca eram demais para minha mãe, tanto dando quanto recebendo. Ela vivia repetindo que eu precisava ser obediente, clemente, pura de coração: uma verdadeira missionária da paz. Em meu íntimo, concluí que seu sermão sobre "vencer" sem devolver a agressão só funcionava se você conseguisse correr muito rápido. Se sentassem em cima de você para te bater, era mais inútil que uma auréola de papel, como minha briga com Maureen e Leroy comprovou.

*

Os KELLY MORAVAM AO nosso lado, numa casa de madeira amarela com uma varanda caindo aos pedaços, uma pequena torre e vidraças roxas e alaranjadas na janela que dava para o patamar da escada. Por uma questão de comodidade, minha mãe decidiu que Maureen era minha melhor amiga, embora ela fosse mais de um ano mais nova que eu e estivesse um ano atrás de mim na escola. Leroy, que era da minha idade, era muito mais interessante. Tinha construído uma maquete de cidade com ferrorama em cima de

434 sylvia plath

uma imensa mesa de madeira em seu quarto, e mal sobrava espaço para sua cama e para o rádio de galena que ele estava construindo. Recortes dos livros *Acredite se quiser!* e desenhos de homens verdes com antenas de gafanhoto e pistolas de raio laser, recortados das várias revistas de ficção científica das quais ele era assinante, cobriam as paredes. Ele sabia tudo sobre foguetes espaciais. Se Leroy era capaz de fazer um rádio de fones de ouvido sintonizar programas normais como *O Sombra* e *Lights Out*, ele poderia muito bem construir foguetes espaciais quando chegasse à faculdade, e foguetes me interessavam muito mais do que bonecas que tinham olhos de vidro que abriam e fechavam e que choramingavam quando as virávamos de ponta-cabeça.

Maureen Kelly tinha verdadeira loucura por bonecas. Todo mundo dizia que ela era uma graça de menina. Pequenina, mesmo para uma menina de sete anos, Maureen tinha olhos castanhos expressivos e cabelos com cachos naturais que a sra. Kelly enrolava em seus dedos rechonchudos com uma escova úmida todas as manhãs. Maureen também tinha um truque que consistia em ficar com os olhos lacrimosos e ingênuos de repente, sem dúvida uma imitação estratégica da imagem de Santa Teresinha do Menino Jesus que havia no alto de sua cama. Quando não conseguia o que queria, ela só erguia aos céus aqueles olhos castanhos e abria o berreiro. "Sadie Shafer, o que você fez com a *coitadinha* da Maureen?" — quando a mãe de alguém, secando com um pano de prato as mãos brancas de farinha ou molhadas de louça da pia, aparecia numa porta ou janela, nem as escoteiras mais certinhas da vizinhança seriam capazes de testemunhar a meu favor e convencê-la de que eu não estava transformando a vida de Maureen num suplício. Só porque eu era grande para minha idade, todas as broncas sobravam para mim. Eu não achava que as merecesse, assim como não merecia levar sozinha a culpa por ter mordido Leroy.

Não havia dúvidas em relação ao que acontecera no dia da briga. A sra. Kelly tinha ido à loja do sr. Greenbloom comprar gelatina para fazer uma daquelas saladas transparentes e balançantes que ela vivia fazendo, e eu e Maureen ficamos sozinhas, sentadas no sofá na sala de estar dos Kelly, recortando as últimas peças do guarda-roupa das bonecas de papel dos gêmeos Bobbsey da Maureen.

— Me deixa usar a tesoura grande agora. — Maureen soltou um suspiro delicado, se fazendo de vítima. — Cansei da minha, ela corta uns pedacinhos muito pequenos.

Não tirei os olhos do traje de marinheiro que estava recortando para o irmão Bobbsey.

— Ah, você sabe que a sua mãe não deixa você usar esta — eu disse, muito responsável. — É a melhor tesoura de costura que ela tem, e ela disse que você só vai poder usar quando estiver mais velha.

Foi aí que Maureen largou sua tesourinha cega e começou a fazer cócegas em mim. Cócegas me deixavam histérica, e Maureen sabia.

— Deixa de *bobeira*, Maureen! — Eu me afastei, indo para o tapete estreito que ficava em frente ao sofá. Provavelmente não teria acontecido mais nada se Leroy não tivesse chegado nesse momento.

— Faz cócegas nela! Faz cócegas nela! — Maureen gritou, pulando no sofá. Só dias depois fui descobrir por que Leroy reagiu daquele jeito. Antes que eu pudesse passar correndo por ele e chegar à porta, ele tinha arrancado o tapete sobre o qual eu estava e se sentado na minha barriga enquanto Maureen se agachou ao meu lado e começou a fazer cócegas, com um prazer covarde estampado no rosto. Eu me contorcia; eu guinchava. Me pareceu impossível escapar daquela situação. Leroy prendia meus braços no chão e meus chutes enlouquecidos não chegavam nem perto de Maureen. Então fiz a única coisa que me restava. Virei a cabeça e cravei os dentes no trecho de pele nua logo acima da meia esquerda de Leroy, que, pelo que pude perceber, cheirava a rato, e não soltei até ele me deixar sair. Ele caiu para o lado, urrando. No mesmo instante a sra. Kelly entrou pela porta da casa.

Os Kelly contaram a alguns vizinhos que minha mordida tinha arrancado sangue, mas, depois que os ânimos se acalmaram e voltamos a falar um com o outro, Leroy me confidenciou que o único sinal de que ele havia sido mordido eram algumas marcas de dentes um pouco roxas, e que elas ficaram amarelas e desbotaram em um ou dois dias. Leroy aprendera o truque do tapete num gibi do Lanterna Verde que tinha me emprestado, indicando o trecho em que o Lanterna Verde, encurralado, cara a cara com o espião e sua arma, pedia com muita humildade para recolher um cigarro que acabara de deixar cair, dizendo que merecia fumar o último cigarro de sua vida. O espião, deslumbrado com a garantia de vitória, sem perceber que estava em pé sobre um tapete, dizia com uma arrogância fatal: "É *craro!*". Uma flexão dos joelhos, uma sacudidela do pulso, e o Lanterna Verde arrancava o tapete de baixo do espião e pegava a arma do espião, e o espião ficava estirado no chão, e seu balão de diálogo se enchia de asteriscos e pontos de exclamação. Talvez eu fizesse a mesma coisa se tivesse a oportunidade que Leroy teve. Se o tapete não estivesse debaixo dos meus pés, sem dúvida Leroy teria zombado dos gritinhos bobos da Maureen e nós dois teríamos saído numa boa e a deixado sozinha. Ainda assim, tais análises de causa e efeito podiam esclarecer a sequência dos acontecimentos, mas não podiam mudar o que tinha acontecido.

*

NAQUELE NATAL NÃO RECEBEMOS o bolo de frutas que a sra. Abrams enviava todos os anos; os Kelly receberam o deles. Mesmo depois que eu, Leroy e Maureen tínhamos feito as pazes, a sra. Kelly não voltou a tomar café com minha mãe, hábito que ela abandonara na semana em que tivemos nosso problema. Eu continuava indo à loja do sr. Greenbloom para comprar gibis e doces, mas até lá qualquer um notaria que a vizinhança tinha resolvido nos dar um gelo.

— Uma coisinha pra afiar os dentes, né? — o sr. Greenbloom disse, numa voz mais baixa, embora não houvesse mais ninguém na loja. — Castanha-do-pará, amêndoa crocante, alguma coisa bem dura? — Seu rosto pálido e quadrado, com seus olhos pretos com bolsinhas roxas, não exibia mais aquele sorriso enrugado de sempre; agora se mantinha rígido, pesado, era uma máscara vincada e lúgubre. Senti vontade de dizer "não foi culpa minha, o que você ia fazer no meu lugar? O que você acha que eu devia ter feito?", como se ele estivesse me confrontando a respeito da história com os Kelly, quando, na verdade, não tinha nem tocado no assunto.

Prateleiras e mais prateleiras das capas mais berrantes das últimas histórias em quadrinhos — *Super-Homem, Mulher Maravilha, Tom Mix* e *Mickey Mouse* — flutuavam diante dos meus olhos num borrão de arco-íris. Remexi o bolso da jaqueta até encontrar uma única moeda de dez centavos pela qual eu havia extorquido meus pais, argumentando que era um adiantamento da mesada, mas não tive coragem de levar nenhuma delas.

— Eu... eu volto depois. — Por que eu me sentia obrigada a explicar cada um dos meus movimentos era algo que estava além do meu entendimento.

Desde o começo pensei que minha briga com os Kelly fosse uma questão simples e que não havia possibilidade de as emoções externas piorarem a situação — limitada ao nosso círculo, como aqueles tomates redondos e vermelhos com que minha mãe fazia conservas todo final de verão, acomodando-os em potes de vidro herméticos. Embora as desfeitas dos vizinhos me parecessem injustas, e até estranhamente excessivas — já que, além de mim,

438 sylvia plath

se estendiam também aos meus pais —, nunca duvidei que, mais cedo ou mais tarde, a justiça chegaria para reequilibrar as coisas. Era provável que minha visão tão limitada dos fatos, toda pintada de cores primárias, tivesse a ver com os programas de rádio e as histórias em quadrinhos de que eu mais gostava.

Não que eu já não soubesse que as pessoas podiam ser cruéis ao extremo.

"Quem conhece o mal que se esconde no coração dos homens?" era a pergunta retórica que a voz anasalada e sardônica do Sombra fazia todas as tardes de domingo. "O Sombra conhece... Há, há, há." Todas as semanas eu e Leroy estudávamos nossa lição: em algum lugar, vítimas inocentes eram transformadas em ratos com a ajuda de uma droga experimental virulenta, e depois tinham os pés queimados com velas e eram jogadas numa piscina cheia de piranhas como alimento. Num tom grave, tanto no quarto de Leroy quanto no meu, a portas fechadas, ou em sussurros durante o recreio, em algum canto do parquinho, compartilhávamos nossas crescentes evidências das emoções perversas e violentas que dominavam o mundo atual, para além da Washington Street e dos limites da Escola Hunnewell.

— Você sabe o que fazem com os prisioneiros no Japão... — Leroy me disse numa manhã de sábado, logo depois de Pearl Harbor. — Eles os amarram numas estacas no chão, em cima de umas sementes de bambu, e quando chove o bambu cresce e atravessa as costas dos prisioneiros até chegar ao coração.

— Ah, mas não daria para um bambu pequeno fazer isso — eu contestei. — Não teria a força pra isso.

— Você já viu a calçada de concreto na frente da casa dos Sullivan, não viu? Que está cheia de rachaduras que ficam cada dia maiores? Experimenta olhar o que tem lá embaixo... — Leroy arregalou os olhos claros de coruja. — Cogumelos! Uns cogumelos bem pequenos de cabeça mole!

A continuação do comentário esclarecedor do Sombra sobre o mal era, claro, sua mensagem de despedida: "As sementes do crime geram frutos *amargos*. O crime *não compensa*". No programa dele nunca compensava, ou pelo menos não por mais de vinte e cinco minutos seguidos. Não tínhamos motivo para perguntar "*será que as pessoas boas vão vencer?*", mas sim "*como?*".

*

Ainda assim, os programas de rádio e as histórias em quadrinhos eram um privilégio conquistado a duras penas; eu sabia que seria a gota d'água se minha mãe soubesse que eu tinha visto um filme de guerra ("Não é bom encher a cabeça de uma criança com essas baboseiras, as coisas já são ruins como são."). Quando, sem que ela soubesse, assisti a um filme sobre um campo de prisioneiros japonês, simplesmente porque tinha ido à festa de aniversário de Betty Sulivan, que incluía levar dez de nós para uma sessão dupla e sorvete, comecei a pensar que a sabedoria de minha mãe tinha lá seu valor. Noite após noite, como se minhas pálpebras fechadas fossem uma tela de cinema privativa, eu via a mesma cena se repetir, venenosa, coberta de enxofre: os homens famintos em suas celas, há dias sem água, tentavam inúmeras vezes estender o braço entre as grades e alcançar a fonte que pingava ruidosamente no meio do pátio da prisão, a mesma fonte na qual os guardas de olhos puxados bebiam com frequência sádica e goles barulhentos.

Eu não ousava chamar minha mãe nem contar a ela sobre meu sonho, embora isso fosse me trazer um imenso alívio. Se ela soubesse das minhas noites de perturbação, seria o fim dos filmes, dos quadrinhos e dos programas de rádio que extrapolassem as fábulas açucaradas da *Singing Lady*, e a esse sacrifício eu não estava disposta.

O problema era que, no meu sonho, minha firme crença numa justiça infalível havia me abandonado: o incidente no sonho perdera seu final feliz original — em que as tropas do bem invadiam o acampamento, vitoriosas, entre os aplausos da plateia do cinema e dos prisioneiros praticamente mortos. Como se uma cor familiar — o azul da Winthrop Bay, e o céu lá no alto, ou o verde da grama, das árvores — subitamente desaparecesse do mundo e deixasse um abismo negro em seu lugar. Nada poderia ter me deixado mais perplexa, mais horrorizada. Aquele velho consolo de "isso não é verdade, é só um sonho" também parecia ter perdido o efeito. A aura hostil e deprimente do pesadelo se alastrou, de alguma forma, e passou a fazer parte do cenário da minha vida consciente.

*

O RITMO TRANQUILO DAS aulas e dos momentos de brincadeira na Escola Hunnewell passou a ser interrompido com certa frequência pelos alarmes estridentes e imprevisíveis da simulação de bombardeio aéreo. Sem os empurrões e cochichos com os quais nos divertíamos nos treinamentos de evacuação em caso de incêndio, recolhíamos nossos casacos e lápis e descíamos em fila a escada carcomida que levava ao porão da escola, onde ficávamos agachados nos lugares combinados, de acordo com a cor atribuída a cada aluno, e colocávamos os lápis entre os dentes, senão, como os professores explicavam, as bombas nos fariam morder a língua. Sempre havia alguma criança dos primeiros anos que começava a chorar; o porão era escuro, e a única lâmpada nua no teto não era o suficiente para iluminar as paredes de pedra fria. Em casa, meus pais passavam muito tempo sentados ao lado do rádio, ouvindo, com uma cara séria, o *stacatto* do resumo das notícias. E quando eu me aproximava prestando atenção, havia os silêncios súbitos, inexplicáveis — o hábito da melancolia, só aliviado por um falso bom humor que era ainda pior que a melancolia.

Por mais que estivesse preparada para o fenômeno do mal no mundo, eu não esperava vê-lo se expandir de forma tão temerária, como se fosse um fungo incontrolável, para além dos limites dos programas de meia hora no rádio, das capas de revistas em quadrinhos e das sessões duplas das tardes de sábado, e ultrapassar todas as previsões otimistas de um final rápido e feliz. Eu tinha profunda consciência das forças do bem que me protegiam: meus pais, a polícia, o FBI, o presidente, as Forças Armadas Americanas, e até os defensores simbólicos do Bem que vinham de uma hinterlândia mais nebulosa — o Sombra, o Super-Homem e os outros. Isso sem falar no próprio Deus. Sem dúvida, com essas figuras ao meu redor, em sucessivos círculos concêntricos que chegavam ao infinito, eu não tinha nada a temer. E no entanto eu estava com medo. Era óbvio que, apesar da dedicação com que eu estudava o mundo, havia algo que não tinham me contado, alguma peça do quebra-cabeça que me faltava.

*

ESCLARECI ALGUMAS DAS MINHAS dúvidas a respeito desse mistério naquela sexta-feira, quando Maureen Kelly correu para me alcançar no caminho da escola.

— Minha mãe disse que você não teve culpa de ter mordido o Leroy — ela anunciou, com uma voz clara e cheia de doçura. — Minha mãe disse que é porque o seu pai é alemão.

Fiquei perplexa.

— Meu pai não é alemão! — rebati assim que recuperei o fôlego. — Ele... ele é do corredor polonês.

Maureen não entendeu qual era a diferença, do ponto de vista geográfico.

— Ele é alemão. A minha mãe que disse — ela insistiu, teimosa. — Além do mais, ele não vai à igreja.

— Como a culpa pode ser do meu pai? — Tentei mudar de tática. — Meu pai não mordeu o Leroy. Fui eu que mordi. — Essa ideia inconsequente de envolver meu pai numa briga que a própria

Maureen tinha começado me deixou furiosa, e também um pouco assustada. No recreio vi Maureen numa rodinha com algumas das outras meninas.

— Seu pai é alemão — Betty Sullivan cochichou no meu ouvido na aula de artes. Eu estava desenhando um distintivo de Defesa Civil, no qual um relâmpago branco atravessava um espaço com listras vermelhas e azuis na diagonal, e não tirei os olhos do papel. — Como você sabe que ele não é espião?

Depois da aula fui direto para casa, decidida a desembuchar e contar tudo para a minha mãe. Meu pai dava aulas de alemão na universidade municipal, era verdade, mas isso não o tornava menos americano que o sr. Kelly ou o sr. Sullivan ou o sr. Greenbloom. Ele não ia à igreja, isso eu tinha que admitir. Mesmo assim eu não conseguia ver como isso ou as aulas de alemão poderiam ter qualquer relação com meu desentendimento com os Kelly. Eu só via, e com muita confusão, que ao morder Leroy eu tinha, de alguma forma obscura e indireta, exposto meu pai aos ataques da vizinhança.

Entrei pela porta da frente andando devagar e fui até a cozinha. Não havia nada no pote de vidro sobre o balcão, exceto dois biscoitos de gengibre murchos da fornada da semana anterior.

— Manhê! — eu chamei, indo em direção à escada.

— Manhê!

— Aqui, Sadie. — Sua voz soou abafada e tinha um pouco de eco, como se ela me chamasse do outro extremo de um longo túnel. Embora a luz vespertina de inverno se dissipasse mais cedo nesses dias curtos, nenhuma lâmpada da casa estava acesa. Subi dois degraus por vez.

Minha mãe estava sentada no quarto grande, perto da janela cada vez mais acinzentada. Ela me pareceu pequena, quase encolhida naquela enorme poltrona Wing. Mesmo na luz baixa consegui ver que seus olhos estavam vermelhos, úmidos nos cantos.

johnny panic e a bíblia de sonhos e outros textos em prosa 443

Minha mãe não pareceu nem um pouco surpresa quando lhe contei o que Maureen dissera. Nem tentou tapar o sol com a peneira com seu tradicional discurso de que Maureen não sabia o que dizia porque era muito criança e que cabia a mim ser generosa, saber perdoar e esquecer.

— O papai *não é* alemão que nem a Maureen falou — eu perguntei, só para garantir —, né?

— De certa forma — minha mãe me pegou de surpresa — ele é. Ele é cidadão alemão. Mas, por outro lado, você tem razão... ele não é alemão da forma como a Maureen falou.

— Ele não seria capaz de fazer mal pra ninguém! — eu explodi. — Ele lutaria do nosso lado, se precisasse!

— Claro que lutaria. Eu e você sabemos disso. — Minha mãe não sorriu. — E os vizinhos sabem. Mas em tempos de guerra as pessoas ficam com medo, e muitas vezes se esquecem do que sabem. Acho até que o seu pai pode precisar passar um tempo longe da gente por causa disso tudo.

— Ele vai ser recrutado? Igual o filho da senhora Abrams?

— Não, não é isso — minha mãe disse devagar. — Tem lugares na costa oeste para cidadãos alemães morarem durante a guerra, para as pessoas se sentirem mais seguras. Pediram para o seu pai ir para um desses.

— Mas isso não é justo! — Ver minha mãe ali sentada, me contando tranquilamente que meu pai seria tratado como um espião alemão, me deu arrepios. — Isso é errado! — Pensei em Maureen Kelly, Betty Sullivan e nas crianças da escola: o que diriam quando soubessem disso? Pensei, numa rápida sucessão, na polícia, no FBI, no presidente, nas Forças Armadas dos Estados Unidos. Pensei em Deus. — Deus não vai deixar isso acontecer! — Eu chorei, me sentindo inspirada.

Minha mãe me olhou de cima a baixo. Em seguida me agarrou pelos ombros e começou a falar muito rápido, como se tives-

444 sylvia plath

se algo vital para resolver comigo antes que meu pai chegasse em casa.

— É mesmo errado, *é* injusto que seu pai tenha de ir para longe. Você nunca pode se esquecer disso, não importa o que a Maureen ou qualquer outra pessoa diga. Ao mesmo tempo, você não pode fazer nada para mudar essa situação. São ordens do governo, e não podemos fazer nada...

— Mas você disse que Deus... — protestei debilmente.

Minha mãe cortou minha fala no meio.

— Deus vai deixar.

Naquele momento entendi que ela estava tentando me entregar a peça do quebra-cabeça que eu não tinha. A sombra que havia no meu pensamento se alongou com a noite, apagando nossa metade do mundo, e muito além; o globo terrestre inteiro pareceu se afundar numa escuridão. Pela primeira vez minha mãe não tentava maquiar os fatos e me deixava vê-los como eram.

— Então acho que Deus não existe coisa nenhuma — eu disse, abatida, sem sentir que proferia uma blasfêmia. — Se essas coisas podem acontecer...

— Tem gente que pensa a mesma coisa — minha mãe disse em voz baixa.

DOCINHO DE COCO
E OS HOMENS DAS CALHAS

Diante da porta da casa desconhecida, esperando que alguém atendesse a campainha e escutando a entonação aguda e musical das vozes de crianças que vinham da janela aberta do andar de cima, Myra Wardle lembrou que quase não se importava com Cicely Franklin (à época Cicely Naylor) na faculdade. Naqueles tempos, ela tolerava Cicely — ao contrário de muitas das outras colegas de classe — e via que era bem-intencionada, apesar de pudica e provinciana. Tudo indicava que, ao longo dos oito anos seguintes, a memória de Cicely havia moldado essa tolerância declarada e a transformado em uma imitação de amizade. Do contrário, como explicar o bilhete de Cicely, único contato entre as duas em todo aquele tempo, que aparecera na caixa de correio dos Wardle? "Venha conhecer nossa nova casa, nossas duas filhinhas e nosso filhote de cocker", Cicely tinha escrito com sua caligrafia grande de menina estudiosa no verso de um cartão em alto-relevo que anunciava a inauguração do consultório de obstetrícia de Hiram Franklin.

O cartão em si tinha rendido a Myra um momento desagradável — isso antes de ela descobrir a mensagem de Cicely na parte de trás. Por que o novo obstetra da cidade (Myra não reconhecera o sobrenome do marido de Cicely) lhe enviaria um anúncio todo trabalhado, senão para insinuar, ainda que com a máxima sutileza, que os Wardle não estavam cumprindo seu dever para com a comunidade, para com a espécie humana? Myra Wardle, depois de cinco anos de casamento, não tinha filhos. Não era, conforme ela respondia às delicadas indagações dos parentes e amigos, que não pudesse tê-los, nem que não os quisesse. Era simplesmente porque seu marido, Timothy, que era escultor, insistia que as pessoas que tinham filhos perdiam a liberdade. E os parentes e amigos dos Wardle, sobrecarregados com os filhos, os empregos estáveis, as hipotecas das casas e os furgões e máquinas de lavar compradas a prestações, elementos tão inevitáveis da criação de filhos nos subúrbios, não poderiam concordar mais com aquela afirmação.

Myra tocou a campainha mais uma vez, um pouco irritada com o fato de Cicely a deixar esperando tanto tempo naqueles degraus sem sombra em plena tarde úmida de agosto. As vozes de crianças continuaram, um falatório claro e docemente discordante que vinha da janela do segundo andar. Então uma voz de mulher ressoou junto às das crianças, um contraponto grave aos agudos vibrantes. Myra tentou abrir a maçaneta da porta de tela para alcançar a aldraba da porta principal, mas a porta de tela pareceu trancada por dentro. Não querendo chamar mais alto, gritar como se Cicely fosse uma vizinha de muro, ela bateu com as juntas das mãos no batente da porta, fazendo muito barulho. Uma lasca de tinta se desprendeu e caiu nos arbustos secos e sépia. A casa inteira parecia estar em más condições. Com a tinta branca descascando em trechos estufados, persianas fechadas, cheia de objetos amontoados nos fundos do quintal, a casa tinha uma expressão peculiar de albino sem cílios — que até lembrava, Myra pensou, a própria Cicely. Por um instante ela se perguntou se Cicely queria

448 sylvia plath

que ela fosse embora, sob a impressão de que a campainha não tinha funcionado. Então ouviu as vozes se afastando da janela. Passos retiniam nos degraus das profundezas da casa. A porta da frente abriu-se para dentro.

— Olá, Myra. — Era a voz de Cicely, aquele mesmo sotaque cansativo do Meio-Oeste, o quê de língua presa que lhe dava um ar empolado. Protegendo os olhos do brilho ofuscante do acabamento branco da casa, Myra olhou através da tela, sem conseguir enxergar muita coisa no poço escuro que era o corredor. Nesse momento Cicely abriu a porta de tela e saiu nos degraus com uma bebê loira e gorducha no colo. Uma menina magra e muito alegre de uns quatro anos veio atrás, olhando para Myra com sincero interesse. De peito liso como uma tábua e pele pálida mesmo no verão, Cicely ainda usava seu cabelo loiro aguado modelado em cachinhos bem pequenos, como uma peruca de boneca.

— Vocês não estavam dormindo, estavam? — Myra disse. — Cheguei em má hora?

— Claro que não! A Alison tinha acabado de acordar a Millicent, de qualquer forma. — Por trás dos óculos de armação de tartaruga, os olhos claros de Cicely se desviaram levemente, fixando-se em algum lugar para além do ombro direito de Myra.

— Vamos entrar e nos sentar debaixo da árvore lá do fundo. Lá é sempre mais fresco.

Cadeiras de lona listrada e cadeirinhas de vime de tamanho infantil estavam arranjadas em círculo sob a sombra densa e azulada da imensa árvore cujos galhos curvados cobriam mais da metade do pequeno quintal. Uma piscina de plástico, um balanço, um escorregador de metal, uma gangorra de madeira e uma caixa de areia amarela enchiam toda a área dos brinquedos das crianças. Cicely colocou Millicent apoiada em seus pés, ao lado da piscina de plástico. A bebê ficou imóvel, oscilando um

johnny panic e a bíblia de sonhos e outros textos em prosa 449

pouco, com a barriga inchada saindo para fora da calça cor-de-
-rosa listrada, como uma fruta de casca muito lisa. Alison pulou
na piscina na mesma hora e aterrissou num movimento violento;
a água esguichou numa fina camada de borrifos, encharcando
seu cabelo curto.

Cicely e Myra puxaram duas cadeiras de lona e se sentaram
perto das crianças.

— Olha, Alison — Cicely disse, ensaiando o que parecia ser
uma velha lição —, você pode se molhar e molhar todos os brinquedos, e a grama também, mas não pode molhar a Millicent.
Deixa a Millicent se molhar sozinha.

Alison pareceu não ouvir.

— A água está *gelada* — ela disse a Myra, arregalando os
olhos azuis-acinzentados de forma enfática.

— *Geada* — Millicent repetiu. Agachada ao lado da piscina,
ela remexia a água com movimentos delicados.

— Sempre me pergunto se a capacidade linguística é here-
ditária — Cicely disse, falando mais baixo para as crianças não
ouvirem. — A Alison falava frases inteiras aos onze meses. Ela
tem uma consciência fantástica da linguagem. A Millicent fala
tudo errado.

— Mas como assim? — Myra tinha um pacto íntimo consigo
mesma para "fazer as pessoas a se soltarem". Ela começava imaginando a si mesma como um vaso transparente, mais límpido que o
cristal. Quase invisível, na verdade. (Ela tinha lido em algum lugar
que, em uma certa escola de atuação, os atores fingiam que eram
copos vazios enquanto se preparavam para um novo papel.) Dessa forma, expurgada de qualquer viés, de qualquer idiossincrasia
pessoal, Myra se tornava o receptáculo perfeito para confidências.

— Como assim "consciência da linguagem"?

— Ah, a Alison se *esforça* para aprender as palavras. Ela se
empenha em melhorar o vocabulário. Uma vez, por exemplo, eu

a entreouvi falando sozinha no quarto de brinquedos. Ela disse assim: "O papai vai arrumar". E logo depois ela se corrigiu: "Não, o papai vai *consertar*". Mas a Millicent não tem jeito...

— De repente a Alison reprime a outra...? — Myra sugeriu.

— Muitas vezes, quando uma criança é muito falante, a outra se recolhe e desenvolve uma espécie de personalidade secreta que é só dela. Pode ser que a Millicent apareça um dia desses falando uma frase inteira, não acha?

Cicely balançou a cabeça.

— Acho que parece improvável, infelizmente. Quando estávamos em Akron, visitando a minha mãe, a Millicent aprendeu a falar "vovó" e "papai" certinho. Mas desde que nos mudamos para cá ela começou a misturar as duas palavras. Ela às vezes vem com um "popó", umas combinações estranhas assim. E ela fala "tacholo" em vez de "cachorro", essas coisas.

— Ah, mas isso é muito normal, não é? Muito comum? — Os dedos de Myra se enrolaram nas folhas de um galho baixo da árvore que estava perto do braço da cadeira. Ela já tinha rasgado várias das folhas brilhantes e avermelhadas, quase pretas, com as unhas. — A maioria das crianças troca as letras das palavras, não?

— Acho que sim — Cicely disse, momentaneamente distraída pela tagarelice das crianças na piscina de plástico —, que talvez seja normal.

— Bom, lembro que quando *eu* era criança — Myra disse — não sabia pronunciar os éles, sabe-se lá por quê. Eu falava "nuz, nuz!" quando queria que deixassem a luz do corredor acesa. Dava um nó na cabeça das minhas babás.

Cicely sorriu, e Myra, empolgando-se, criou coragem para improvisar um pouco.

— Acho que também acabei afastando uma tal de tia Lily do convívio com a família. Ela não aceitava a explicação que minha

johnny panic e a bíblia de sonhos e outros textos em prosa 451

mãe dava para minha mania com os éles. Cismava que eu devia ter ouvido meus pais a chamando de tia Ninny.*

Cicely se tremelicou numa risada muda e seca. Com sua blusa engomada de marinheira, sua bermuda bege e seus sapatos de caminhada marrons e sem salto, com detalhes nos cadarços, era inegável que Cicely estava sem graça, e até malvestida. Não tinha nada das formas voluptuosas das mães exaustas da classe trabalhadora com que Myra cruzava nos corredores da Woolworth's ou da A&P. Então, com uma pontada de culpa por ter saído de seu estado vítreo e impessoal, Myra manobrou a conversa em direção a Hiram e seu consultório de obstetrícia. Com certo alívio, ela voltou a ser transparente, cristalina. Mas, enquanto Cicely tagarelava sobre as dificuldades de se abrir um consultório numa cidade desconhecida, Myra se entregou a um devaneio só dela. As palavras de Cicely se dissolveram como as palavras de um locutor de televisão quando alguém desliga o som. De repente Myra sentiu uma sedosidade morna roçar seu tornozelo. Ela olhou para baixo. O filhote de cocker preto estava estirado debaixo de sua cadeira, de olhos fechados, a língua um retalho de feltro cor-de-rosa pendurado no canto da boca.

— ... as cartas da Junta Comercial eram muito bobas — Cicely ia dizendo. — Só falavam da população, da indústria, coisas assim. Algumas cidades tinham muitos obstetras. Outras não tinham nenhum...

— Por que uma cidade sem *nenhum* obstetra não seria um bom lugar para começar?

Prestativa, Cicely se lançou em uma explicação detalhada da animosidade que brotava no coração dos clínicos gerais sempre que um obstetra invadia a cidade e lhes roubava os clientes.

— Aí o dr. Richter escreveu daqui. Disse que havia uma boa demanda, e que um outro médico já estava pensando em se mudar para cá, então era melhor o Hiram se apressar se quisesse vir...

---

* "Boba" em inglês. (N. T.)

452 sylvia plath

Nesse momento, Cicely foi interrompida. Millicent estava deitada de bruços na piscina de plástico, uivando e cuspindo água, com o rosto redondo contorcido numa careta de ódio.

— Ela deve ter caído — Myra se viu dizendo, embora estivesse quase certa de que Alison havia empurrado a irmã na água. Cicely se levantou da cadeira com dificuldade e foi tirar Millicent da piscina.

— Abre pra mim? — Ignorando solenemente o choro de Millicent, Alison entregou a Myra uma lata pintada de preto e cheia de buracos na tampa. — Emperrou.

— Posso tentar. — A lata pareceu estranhamente pesada. Por um instante Myra se perguntou se estaria vendo seu próprio prazer reprimido nos olhos de Alison, o prazer de ver a gorducha e branquela Millicent choramingando na grama, agarrando a parte de baixo do biquíni, agora tingida pela água de um carmesim mais vivo. — O *que é* que tem aqui?

— Massa de bolo.

Myra tentou abrir a tampa de rosquear, mas a lata brilhosa e úmida escorregava. A tampa não saía do lugar. Um pouco encolerizada, ela devolveu a lata a Alison. De certa forma, sentiu que havia sido reprovada em uma espécie de teste.

— Não consigo abrir.

— O papai vai abrir a lata quando chegar do escritório. — Cicely parou ao lado da cadeira de Myra, com Millicent aninhada debaixo do braço.

— Vou entrar para fazer uma limonada pra gente e trocar a roupa da Millicent. Quer conhecer a casa?

— Claro. — As mãos de Myra estavam molhadas e ásperas, e até um pouco doloridas, depois da tentativa de abrir a lata. Ela pegou um lenço de papel na bolsa e o passou nas palmas das mãos. Dos degraus da porta dos fundos ela observou Alison, emoldurada pela vegetação que cercava a piscina de plástico. —

O que tem naquela lata, afinal? — Com um graveto da árvore, Alison cutucava a barriga do cachorrinho sonolento. — Parece que tem chumbo dentro.

— Ah — Cicely deu de ombros e balançou Millicent, que estava no colo —, areia da caixa de areia e água da piscininha, provavelmente.

*

O INTERIOR DA CASA dos Franklin cheirava a verniz e aguarrás, e as paredes pintadas de branco emanavam uma luz hospitalar. Um piano de armário, algumas poltronas em tons pastel indefinidos e um sofá lilás se acomodavam, solitários como rochas num prado, sobre o piso recém-encerado da sala de estar. O linóleo da sala de jantar, quarto de brinquedos e cozinha, com seu padrão de quadrados irregulares em preto e branco, lembrava uma pintura holandesa modernizada — destituída, no entanto, das pátinas marrons e ocre da madeira polida, dos brilhos de estanho e bronze, e das agradáveis silhuetas de pera e violoncelos que enriquecem os interiores de Vermeer.

Cicely abriu a geladeira e pegou uma lata um pouco congelada de suco concentrado de limão.

— Você se incomoda...? — Ela entregou a Myra um abridor de latas. — Vou lá em cima trocar a Millicent.

Enquanto Cicely estava no andar de cima, Myra abriu a lata e despejou o conteúdo numa jarra de alumínio, depois adicionou quatro medidas da lata de água fria à base da limonada, misturando tudo com uma colher que encontrou na pia. A luz do sol, refletida na laca branca e nas superfícies cromadas dos acessórios de cozinha, fez com que ela se sentisse atordoada, distante.

— Tudo pronto? — Cicely chilreou da soleira da porta. Millicent estava no colo, radiante, vestindo calças listradas limpas e idênticas ao modelo cor-de-rosa, só que azuis.

Levando a jarra de alumínio com limonada e quatro copos de plástico vermelhos, Myra, a passos lentos, seguiu Cicely e Millicent até o pequeno oásis de cadeiras sob a sombra da árvore.

— Quer servir? — Cicely colocou Millicent na grama e se deixou cair em sua cadeira de lona. Saindo da piscina, perambulando, Alison se aproximou delas, com o cabelo curto e coberto de areia lambido como se fosse uma lontra.

— Ah, pode servir. — Myra entregou a jarra e os copos a Cicely. Com uma letargia peculiar, uma fraqueza, ela observou a mulher começar a servir a limonada. As folhas da árvore e o sol, que se projetava entre as folhas em longos lápis de luz, se desfocaram por um instante num borrão sarapintado de verde e dourado. Então um lampejo lhe saltou aos olhos.

À vista de todos, Alison tinha empurrado Millicent de forma brusca e repentina, derrubando-a no chão. Houve um segundo de um silêncio cheio de expectativa, como o breve intervalo entre o clarão do relâmpago e o estrondo do trovão, e então Millicent, ainda na grama, começou a berrar.

Cicely apoiou a jarra e o copo que estava enchendo no chão, ao lado da cadeira, se levantou e pegou a chorosa Millicent no colo.

— Alison, você agiu errado. — Myra pensou que era impressionante que Cicely conseguisse manter uma voz tão calma. — Você sabe que nesta casa nós não batemos em ninguém.

Alison, uma criaturinha astuta e desconfiada, se mostrou impassível ao se ver acuada, olhando ora para Myra, ora para Cicely com seus olhos tremeluzentes.

— Ela queria sentar na *minha* cadeira.

— Não batemos em ninguém, seja qual for a situação. — Cicely alisou o cabelo de Millicent. Quando a criança parou de soluçar, ela a colocou numa das cadeiras de vime menores e serviu-lhe um copo de limonada. Alison, sem dizer nenhuma palavra, ficou observando Myra enquanto esperava sua vez, pegou o copo de limonada que Cicely lhe entregou e voltou a sua cadeira. Seu olhar fixo deixou Myra inquieta. Sentiu que a criança esperava alguma coisa dela, algum sinal, alguma promessa.

O silêncio se aprofundou, pontuado apenas pelo som irregular das quatro pessoas bebericando limonada — as crianças ruidosas e desavergonhadas, as adultas mais discretas. Exceto por esse barulho tênue, o silêncio as cercou como um mar cujas ondas se quebravam contra as bordas sólidas da tarde. A qualquer momento, Myra pensou, as quatro poderiam ficar paralisadas, para sempre mudas e bidimensionais — figuras de cera numa fotografia desbotada.

— O Hiram já tem algum paciente? — ela disse, esforçando-se para romper o silêncio acumulado.

— Ah, o Hiram se voluntariou para trabalhar na ala de caridade do hospital durante o mês de agosto. — Cicely inclinou o copo de limonada e bebeu tudo. — Ele não recebe nada pelos casos do hospital, claro, mas já fez quatro partos este mês.

— Quatro! — Uma visão de vários bebês em berços cor-de-rosa e azuis se avultou nos pensamentos de Myra, trezentos e sessenta e cinco bebês em trezentos e sessenta e cinco berços, e todos os bebês eram réplicas perfeitas dos outros, todos enfileirados num beco fantasmagórico de perspectiva diminuída entre dois espelhos. — Nossa, é quase um parto por dia!

— Essa é mais ou menos a média da cidade. Na verdade, o Hiram ainda não tem nenhum paciente só dele, nenhum paciente particular. Mas ontem uma mulher entrou no consultório sem mais nem menos. Marcou uma consulta para hoje. Não sei como ela ficou sabendo do Hiram, talvez pelo anúncio no jornal.

— Que tipo de anestesia o Hiram usa? — Myra perguntou de repente.

— Bom, depende muito... — A franqueza de Cicely a impelia a responder, mas Myra percebeu que ela começava a se esconder atrás daquele bom humor evasivo que tantas mães adotavam quando mulheres sem filhos a questionavam diretamente sobre o parto.

— O que quero dizer — Myra se apressou para acrescentar — é que me parece que há diferentes escolas de pensamento. Já ouvi algumas mães falando sobre anestesia caudal. Uma coisa que alivia a dor, mas permite que você ainda veja o bebê nascer...?

— Anestesia caudal. — Cicely soou levemente desdenhosa. — É o que o dr. Richter usa em *todos* os pacientes. Por isso ele é tão famoso.

Myra começou a rir, mas, por trás do brilho das lentes, a expressão de Cicely lhe pareceu suspeita.

— É que é muito curioso — Myra explicou — que alguém fique famoso pelo tipo de anestesia que usa. — Mesmo assim, Cicely pareceu não ver graça.

— De repente... — Myra baixou a voz, lançando um olhar cauteloso em direção a Alison, que estava bebericando o restinho da limonada. — De repente estou tão interessada porque uma vez, anos atrás, eu mesma passei pela experiência de ver um bebê nascer.

As sobrancelhas de Cicely se ergueram.

— Mas como foi que você conseguiu? Era alguma mulher da sua família? Eles não deixam ninguém, enfim...

— Não era ninguém da família. — Myra olhou para Cicely com um sorrisinho irônico. — Foi quando eu era... muito mocinha. Na época da faculdade, quando namorava estudantes de medicina, assisti a algumas palestras sobre anemia falciforme, os vi dissecando cadáveres. Ah, eu virei uma própria enfermeira Florence Nightingale.

Nesse momento Alison se levantou e foi até a caixa de areia, que ficava logo atrás da cadeira de Myra. Millicent estava de joelhos junto à piscina, rodopiando uma folha seca na água.

johnny panic e a bíblia de sonhos e outros textos em prosa 457

— Foi assim que consegui entrar no hospital e assistir a um parto na ala de caridade. Disfarçada com um uniforme branco e de máscara, claro. Na verdade, deve ter sido na mesma época em que nos conhecemos, quando você estava no quarto ano e eu no segundo. — Enquanto falava, ouvindo a própria voz afetada e distante como um disco muito antigo, Myra se lembrou com repentina clareza dos embriões cegos e com cor de cogumelo nos vidros cheios de formol, e dos quatro cadáveres já sem pele, escurecidos como peru queimado, sobre a mesa de dissecação. Ela estremeceu, atravessada por um forte arrepio, embora fosse uma tarde quente. — Deram a uma das mulheres uma tal droga, inventada por um homem, eu suponho, como todas são. Não impediu que ela sentisse a dor, mas a fez esquecê-la logo em seguida.

— Muitas substâncias agem assim — Cicely disse. — Você esquece a dor numa espécie de sono crepuscular.

Myra se perguntou como Cicely conseguia falar com tanta calma sobre formas de esquecer a dor. Mesmo que a apagassem da superfície da mente, a dor continuava lá, em algum lugar, indelével, cravada em carne viva — um corredor de dor vazio, sem porta nem janela. E depois ser persuadida pelas águas do Letes a voltar, na mais pura inocência, e dar à luz filho após filho! Era uma brutalidade. Uma fraude idealizada pelos homens para perpetuar a raça humana; motivo de sobra para que uma mulher resolvesse nunca conceber uma criança.

— Bem — Myra disse —, essa mulher gritava e gemia um bocado. Essas coisas ficam na nossa memória. Lembro que tiveram que fazer um corte. Pelo que pude ver, saiu muito sangue…

De repente a voz de Alison começou a ressoar da caixa de areia num monólogo estridente, mas Myra, concentrada na própria história, não se preocupou em decifrar as palavras da criança.

— O aluno do terceiro ano que estava fazendo o parto ficava repetindo: "Vou derrubar, vou derrubar", como se fosse um salmo da Bíblia... — Myra fez uma pausa, observando a cortina vermelho-escura das folhas da árvore, mas sem vê-la, mais uma vez representando seu papel na peça que tanto conhecia, um papel que fazia com que todos os outros perdessem a força e a cor.

— ... e ela sobe no sótão — Alison estava dizendo. — Entra uma farpa no pé dela. — Myra reprimiu um súbito impulso de dar um tapa na menina. Em seguida suas palavras lhe chamaram a atenção. — Ela cutuca o olho das pessoas na calçada. Ela puxa a saia das pessoas. De noite ela fica com *diarreia*...

— Alison! — Cicely gritou. — Fica quieta! Você sabe que não pode fazer isso.

— Mas de quem ela está falando? — Myra deixou a história do bebê azulado voltar, incompleta, às obscuras profundezas da memória das quais tinha saído. — De alguma criança da vizinhança?

— Ah — Cicely disse com certa irritação —, é a *boneca* dela.

— A Docinho de Coco! — Alison gritou.

— E o que mais a Docinho de Coco faz? — Myra perguntou, contrariando os esforços de Cicely para fazer a menina se calar. — Eu também tinha uma boneca quando era criança.

— Ela sobe no telhado. — Alison pulou em sua cadeira de vime e ficou de cócoras no assento, como um sapo. — Ela derruba os homens das calhas.

— Homens *das calhas*?

— Os pintores arrancaram as calhas do telhado da varanda hoje de manhã — Cicely explicou. — Conta para a senhora Wardle — ela pediu a Alison no tom claro e construtivo de uma professora de religião da igreja unitarista — como você *ajudou* os pintores hoje de manhã.

Alison parou por um instante, cutucando os dedos do pé.

— Eu arrumei as coisas dele. Um chamava Neal. O outro chamava Jocko.

johnny panic e a bíblia de sonhos e outros textos em prosa 459

— Não sei o que eu vou fazer com o senhor Grooby — Cicely disse, virando-se para Myra, excluindo Alison de propósito. — Hoje de manhã ele chegou para começar a pintura às seis e meia.

— Seis e meia! — Myra disse. — Por quê, meu Deus?

— E foi embora às dez e meia. Ele tem uma doença cardíaca, então trabalha a manhã inteira e passa a tarde pescando. A cada dia ele chega mais cedo. Oito e meia era um bom horário, mas seis e meia? Não sei o que vai ser amanhã.

— Ao raiar do sol, pelo jeito — Myra disse. — Eu imagino — ela acrescentou sem pensar — que você deve ficar muito ocupada só sendo mãe. — Ela não queria dizer "só", o que pareceu aviltante, mas agora não tinha como consertar. Ultimamente Myra havia começado a pensar em filhos. Sendo jovem como era, e tendo um casamento feliz, ela se sentia uma espécie de tia solteira entre os filhos das parentes e amigas. Também ultimamente Myra tinha começado a rasgar folhas de galhos baixos ou gramas altas com uma energia deliberada, e também a enrolar os guardanapos de papel da mesa até virarem uma massa compacta, algo que não fazia desde a infância.

— Manhã, tarde e noite — Cicely disse com um ar que Myra pensou ser de nobre martírio. — Manhã, tarde e noite.

Myra olhou o relógio. Eram quase quatro e meia.

— Acho melhor — ela disse — eu voltar para casa. — Se não tomasse cuidado, ela ia acabar ficando para o jantar por pura inércia.

— Fica mais um pouco — Cicely disse, mas se levantou da cadeira, limpando a bermuda distraidamente.

Myra tentou pensar em uma boa desculpa para conseguir chegar ao portão. Era cedo demais para começar a fazer o jantar, tarde demais para explicar que iria ao centro fazer compras.

— Preciso mesmo ir.

Ao se virar, Myra viu um carro azul-escuro estacionando do lado de fora da cerca de madeira sem pintura que separava o quintal dos fundos e a entrada da casa da rua. Devia ser Hiram Franklin, com quem Myra só havia se encontrado uma ou duas vezes durante a faculdade, oito anos antes. Cicely e as crianças já pareciam se afastar, refugiando-se atrás da janela de vidro de algum trem expresso impiedoso, protegidas em sua cabine luxuosa de luz cor-de-rosa, rodeando com gestos amorosos o jovem rapaz de estatura mediana que agora abria o portão. Millicent começou, com passos irregulares, a se aproximar do pai.

— Papai! — Alison gritou da caixa de areia.

Hiram andou em direção às mulheres. Enquanto se aproximava, Millicent o agarrou pelos joelhos, e Hiram se agachou para pegá-la no colo.

— Ela é a menina do papai — Cicely disse.

Myra esperou com o sorriso se endurecendo no rosto, como acontecia quando ela precisava ficar imóvel para alguém tirar uma foto. Hiram parecia muito jovem para ser obstetra. Seus olhos, de um azul límpido e rígido, ladeados por cílios pretos, lhe conferiam uma expressão quase glacial.

— Myra Smith Wardle, Hiram — Cicely disse. — Uma velha colega de faculdade, você deve se lembrar dela.

Hiram Franklin cumprimentou Myra com um aceno de cabeça.

— Devo me lembrar, mas não me lembro, infelizmente. — Suas palavras eram menos um pedido de desculpas pelo esquecimento e mais uma firme negação de qualquer contato anterior.

— Já estou indo embora. — A aliança de Cicely com Hiram, poderosa e imediata, excluía todo o resto. Algumas mulheres eram assim com seus maridos, Myra pensou, possessivas em demasia, incapazes de compartilhá-los mesmo que por um instante. Os Franklin provavelmente queriam discutir os assuntos da família

johnny panic e a bíblia de sonhos e outros textos em prosa 461

e conversar sobre a mulher que tinha marcado a consulta para aquela tarde sem mais nem menos. — Tchauzinho.

— Tchau, Myra. Obrigada por ter vindo. — Cicely não fez nem menção de acompanhar Myra até o portão. — Venha com o Timothy um dia desses.

— Venho, sim — Myra respondeu, já na metade do gramado.

— Se eu conseguir convencer o Timothy a largar o batente.

Por fim, os arbustos da lateral da casa cobriram o retrato da união familiar dos Franklin. Myra sentiu que o calor do fim de tarde lhe invadia o cocuruto e as costas. Então ela ouviu passos se aproximando por trás.

— Cadê o seu carro? — Alison estava em pé na faixa de grama que ficava entre a calçada e a rua, separada, por vontade própria ou por algum outro motivo, do resto da família que continuava no quintal.

— Não tenho carro. Não aqui. — Myra fez uma pausa. A rua e a calçada estavam desertas. Com uma estranha impressão de estar conspirando com a criança, ela se inclinou para perto de Alison e começou a sussurrar. — Alison — ela disse —, o que você faz com a Docinho de Coco quando ela faz *muita* malcriação?

Alison esfregou os pés descalços na grama cheia de ervas daninhas e olhou para Myra com um sorrisinho estranho, quase tímido.

— Eu bato nela. — Ela hesitou, esperando a resposta de Myra.

— Ótimo — Myra disse. — Você bate nela. E o que mais?

— Eu jogo ela no céu — Alison disse, começando a falar mais rápido. — Jogo ela no chão. E bato nela sem parar. Afundo o olho dela de tanto bater.

Myra se endireitou. Uma dor aguda surgiu na base da coluna, como se um osso que um dia se quebrara voltasse a latejar.

— Ótimo — ela disse, se perguntando por que se sentia tão atordoada. — Ótimo — ela repetiu, sem muita convicção. — Continue assim.

Myra deixou Alison na grama e voltou a andar pela rua comprida e banhada de sol, e viu a menininha a distância, pequena como uma boneca, ainda a observando. Mas suas próprias mãos pendiam letárgicas e vazias ao lado do corpo, como mãos de cera, e ela não acenou.

ESTE LIVRO, COMPOSTO NA FONTE FAIRFIELD,
FOI IMPRESSO EM PAPEL POLEN SOFT 70G, NA GRÁFICA LIS,
SÃO PAULO, BRASIL, JANEIRO DE 2021.